황금제국

황금제국 ❹

초판 1쇄 : 2014년 11월 27일

지은이 : 이원호
펴낸이 : 박연
펴낸곳 : 스토리뱅크

등록일자 : 2009년 11월 17일
등록번호 : 제 313-2009-250호
주소 : 서울시 마포구 모래내로 83, 한올빌딩 6층
전화 : 02 · 704 · 3331
팩스 : 02 · 704 · 3360

ISBN 978 − 89 − 6840 − 177 − 0   04810
ISBN 978 − 89 − 6840 − 173 − 2   (세트)

황금제국

④

대학살

이원호 장편소설

스토리뱅크
story bank 2010

차례

1.
까뜨린 거리의 전투

"이봐, 에르난데스. 그렇게 노골적인 감정을 보이면 곤란하단 말이야."

이맛살을 찌푸린 카스틸로가 입맛을 다셨다. 대통령궁의 카스틸로 집무실이다.

거대한 목조 책상에 앉아 앞쪽에 서 있는 에르난데스를 바라보던 카스틸로는 자리에서 일어났다.

"에르난데스, 여기 앉아."

그는 소파의 자리를 가리켜 보이면서 앞자리에 앉았다.

에르난데스는 시무룩한 얼굴이다.

그는 지금 카스틸로에게 불려와 꾸중을 듣고 있는 중이었는데, 보고타 시내에서 계엄군이 미국 대사관 소속의 차량에 총격을 가한 사건 때문이었다.

"각하, 아무리 대사관 차량이라도 정지신호는 지켜야 합니다. 그들이 계엄군의 명령을 무시해서 어쩔 수 없는 일이었습니다."

에르난데스가 억울한 듯 말했으므로 한동안 그를 노려보던 카스틸로의 입술 끝이 희미하게 움직였다.

"에르난데스, 다행히 인명 피해는 없는 모양이니까 맨스필드가 항의하러 오면 유감이라고만 말해. 괜히 따지지 말고."

카스틸로가 자르듯 말했으므로 에르난데스는 머리를 숙였다.

보고 내용을 보면 미국 대사관의 차량은 오만하기 짝이 없었다. 계엄군의 초소에 당연히 멈춰야 함에도 경고등을 번쩍이며 그냥 통과해버렸던 것이다.

"도밍고가 오르쿠에에 연합군 사령부를 차렸어. 축하해야 할 일이야. 내가 오르쿠에에 가 봐야겠지만 도밍고가 주최해서 환영 행사를 치르라고 했어."

카스틸로가 말을 바꿨다. 그는 뚫어질 듯한 시선으로 에르난데스를 바라보았다.

"에르난데스, 도밍고 앞으로 공식 축전을 보내주게. 그리고 자네도 참석하고 오게."

머리를 든 에르난데스는 하마터면 각하 대신 가느냐고 물으려던 입을 다물고는 침을 삼켰다.

그는 도밍고 주최로 행사를 치른다고 했다. 그리고 그에게 오르쿠에 행사에 참석하라고 한 것은 중앙에 도밍고를 앉히고 자신은 옆자리에 서서 행사를 빛내라는 뜻이었다.

에르난데스는 입술 끝을 치켜 올리며 온 얼굴에 웃음을 띠었다.

"알겠습니다, 각하. 다녀오겠습니다."

"라파엘이 베네수엘라로 도주하려고 한다는 소문이 있어. 국경 지역은 자네 계엄군 관할이야."

"염려 마십시오, 각하."

“에르난데스.”

“네, 각하.”

그에게서 시선을 떼지 않은 채 카스틸로는 빙그레 웃었다. 검은 눈이 가늘어졌고 흰 이가 드러났으나 따라 웃을 수는 없었다.

“불편하더라도 참아.”

“뭐가 말씀입니까? 각하.”

“도밍고 말이야.”

“……”

“행사에만 참석하고 연회 따위는 참가할 필요가 없네. 곧장 돌아오도록. 내가 보낸 돈 까발로니하고 같이 다녀오게.”

감시 역이었다.

“알겠습니다, 각하.”

“맨스필드에게 심하게 굴지 말고 정중하게 대하도록 해.”

“네 각하.”

자리에서 일어선 에르난데스는 머리를 숙여 보이고는 집무실을 나왔다.

에르난데스는 카스틸로가 계엄군이 미국 대사관 차량에 총격을 가한 것을 내심 흐뭇해하고 있다고 믿었다. 물론 이쪽도 계엄군 총사령관인 자신의 분위기가 말단 초소병한테까지 전파되었다는 은근한 암시를 주었다.

긴 복도를 걸으면서 에르난데스는 맨스필드가 찾아오면 멱살이라도 잡아야겠다고 마음먹었다.

그러면 카스틸로는 겉으로는 발을 구르며 야단을 치겠지만 속으로는 만족해 할 것이었다.

아닌 게 아니라 맨스필드는 자리에 앉자마자 눈썹을 치켜뜨고 에르난데스를 쏘아보았다. 언제나 사람 좋은 웃음을 띠던 입술 끝은 아래쪽으로 잔뜩 처져 있었다.

"에르난데스 씨, 난 국무성의 정식 항의 문서를 가져왔소. 이것은 당신과 나, 그리고 카스틸로 각하만이 알고 있어야 합니다."

서류봉투를 그에게 내밀며 멘스필드가 말했으므로 에르난데스는 어깨를 한번 치켜 올리면서 풀썩 웃었다.

"좋소. 그럼 당신들은 나가 있어."

에르난데스가 부관인 프랑코와 참모들에게 눈짓을 하자 그들은 자리에서 일어나 응접실 밖으로 나갔다.

넓은 응접실에는 에르난데스와 맨스필드 두 사람이 마주 앉게 되었다.

"자, 읽어 보시오, 에르난데스 장군."

맨스필드가 세차게 다시 말했고 입술을 부풀린 에르난데스는 봉투를 열었다.

서류의 첫 페이지를 읽던 에르난데스의 눈이 차츰 커지더니 이내 늘어진 눈시울이 치켜 올라갔다. 그는 침을 끌어 모아 삼키고는 맨스필드를 바라보았다.

맨스필드는 묵묵히 그의 시선을 받은 채 표정에 변화를 보이지 않았다.

한동안 에르난데스는 항의 서류의 앞 페이지를 바라본 채 움직이지도 입을 열지도 않았다. 이윽고 그는 서류의 앞 페이지를 떼어 맨스필드에게 건네주었다. 그러고는 다시 서류에 시선을 내렸다.

"우리는 당신 정부의 공식적인 사과를 바랍니다. 그것이 우리 정부의 방침이오."

종이를 가슴 호주머니에 넣은 맨스필드가 카랑카랑한 목소리로 입을 열었다.

"못합니다."

에르난데스가 즉각 말을 받았다.

"위반한 것은 당신이야."

"우리는 급한 환자를 수송하고 있었소. 대사관의 깃발이 꽂혀 있었고 경고등을 켜고 있었던 거요!"

"경고등만 켠다고, 미국 깃발만 걸었다고 무사통과란 말이야!"

에르난데스가 주먹으로 책상을 치고는 책상 옆에 놓인 벨을 눌렀다. 밖에서 소음을 들은 모양인지 문이 열리더니 프랑코와 참모들이 들어섰고 미국 대사관원들의 얼굴도 보였다.

"미국 대사님에게 가는 길을 안내해 드려라."

얼굴이 붉게 상기된 에르난데스가 고함을 쳤다.

"이런 모욕을 주다니. 에르난데스 씨, 당신은 신사가 아니오!"

자리에서 일어선 맨스필드가 버럭 고함을 쳤고, 에르난데스가 따라 일어서며 그의 말을 받아 소리쳤다.

"나는 군인이지 신사가 아니야!"

"정식으로 사과하지 않으면 시끄러워질 거요, 에르난데스."

"사과 못 해."

대사관 직원들에 이끌려 맨스필드는 응접실을 나갔고 응접실에는 에르난데스와 참모들만 남게 되었다. 아직도 흥분이 가라앉지 않은 얼굴로 에르난데스는 자리에 서 있었다.

참모들은 제각기 서서 그의 눈치를 살피고 있었다. 아마 10분 안에 이 소식은 카스틸로에게 전해질 것이다.

에르난데스는 털썩 의자에 앉아 기다랗게 한숨을 내쉬었다. 그의 얼굴은 나이보다 5년은 더 늙어 보였고 지친 모습이었다.

"독립기념일 행사가 끝나고 차량 여섯 대가 대통령궁에서 나와 메모리얼 빌딩으로 들어갔어.”

고영무가 말했다. 그는 주위에 둘러앉은 사내들을 바라보았다.

“그 차량들은 다음날 아침 6시에 메모리얼을 출발해서 대통령궁으로 되돌아갔다. 그것이 열흘 전이야.”

“그렇다면 한 달에 두 번 그 행사가 있다고 했는데, 앞으로 닷새 남은 것 아닙니까? 닷새 후에 무슨 행사가 있나?”

짐 버클리가 주위를 둘러보았으나 아무도 대답하는 사람이 없었으므로 다시 머리를 고영무에게로 돌렸다.

“페드로, 세실리아에 대해서 조사한 것을 말해봐라.”

고영무가 페드로를 바라보았다.

페드로가 상체를 세웠다,

“그 여자는 산타페 호텔 근처의 빌라에 살고 있습니다. 10층짜리 호화판 빌라인데 그 여자는 8층 2호실에 삽니다.”

그는 호주머니에서 구겨진 종이쪽지를 꺼내 들었다.

“가족은 가정부와 유모, 그리고 운전사가 있고, 세 살 난 아들이 있습니다. 남편과는 2년 전에 이혼했는데 사진기사였던 남편은 지금 행방을 모릅니다.”

모두들 잠자코 그를 바라보고 있었다.

“빌라는 침실 여섯 개에 서재와 로비, 연회실이 있는 호화판인데 빌라 입구에 대통령궁의 경호요원 너댓 명이 24시간 감시를 하고 있더군요.”

“빌라에 들어가보았어?”

브루노가 불쑥 묻자 페드로가 눈을 치켜떠 보았다.

“제가 어떻게. 부동산 소개소를 찾아가서 임페리얼 빌라의 안내책자를 찾아본 것뿐입니다.”

“세실리아를 감시하면 카스틸로의 움직임을 알 수 있겠군요. 아무래도 그것이 수월할 것 같습니다."

신용만의 말에 짐이 머리를 끄덕였다.

"그 방법밖에 없습니다. 세실리아가 움직이는 날이 카스틸로가 나오는 날일 테니까요."

고영무가 머리를 들었다.

"메모리얼 빌딩은 하나의 요새야. 내부에 들어가 보지는 못했지만 내가 듣기로는 벽을 10인치 강철에 다시 10인치 콘크리트를 입혀 놓아서 핵폭탄에도 부서지지 않는다는 거야."

그들을 둘러보며 그가 다시 말을 이었다.

"물론 내부로 침투해야 하겠지만 내부에는 언제나 2백 50명에서 3백 명에 가까운 인원들이 있어, 밤이나 낮이나."

"저쪽의 지원을 받을 수 있지 않겠습니까?"

브루노가 물었으나 고영무는 머리를 저었다.

"개죽음을 당할 뿐이야."

그는 탁자 위에 놓인 지도를 손가락으로 가리켰다.

"지난번에 카스틸로가 메모리얼 빌딩으로 왔을 때는 이쪽 칼레가로 해서 우회전해서 들어왔는데, 대통령궁에서 여기로 오는 길은 모두 여덟 개가 있어."

모두들 지도를 내려다본 채 입을 열지 않았다.

고영무는 볼펜으로 두 곳을 번갈아 짚었다.

"그렇지만 확실한 길이 있지, 딱 두 곳. 그곳은 언제나 그들이 통과하는 길이야."

"……"

"대통령궁의 앞길, 길이 1.5킬로미터의 길과 메모리얼 빌딩의 앞길, 길이 1킬로미터의 길이지. 이곳은 언제나 그가 지나가야 하는 길이야."

“보스, 그렇다면 우리 숫자가…… 아무리 저쪽 3백 명을 지원 받는다고 하더라도 말입니다.”

짐이 이맛살을 찌푸리며 말했다.

“통금시간이면 도로에는 계엄군이 깔려 있습니다. 우리는 계엄군을 상대로 놈을 잡아야 합니다.”

신용만이 머리를 끄덕였다.

“그리고 배후에는 대통령궁의 경비대와 메모리얼 빌딩의 경비대가 있구요. 그놈들이 치고 나오면.”

브루노가 입맛을 다셨다.

“이것은 이것 때문에, 저것은 저것 때문에, 그런 식으로 생각하다 보면 아무 일도 못해요. 지금으로서는 이 두 길을 막고 공격하는 것이 제일 나을 것 같으니까 이것 중에서 하나를 잡읍시다.”

그는 굵은 손가락을 뻗어 한 곳을 가리켰다.

“이곳, 메모리얼 빌딩 앞이 제일 낫습니다. 대통령궁은 경비대 병력만 2천 명이 넘어요. 이곳은 안 됩니다.”

그는 지도에서 손을 떼고는 스스로도 그럴듯한지 머리를 서너 번 끄덕였다.

그러나 아무도 맞장구를 치지 않았다.

“지금 무슨 말을 한 거요, 브루노 씨?”

뒤늦게 물어온 것은 최대광이었다. 그는 고영무나 신용만의 스페인어는 대충 알아들었으나 제멋대로 지껄이는 페드로나 짐, 브루노의 이야기는 반쯤밖에 듣지 못했다. 짜증이 났지만 꾹 참고 다시 물은 것이었다.

브루노와 최대광은 투박한 성품이나 용모도 비슷했지만 특히 술 실력이 같았으므로 한 달이 넘는 아파트 생활에서 부쩍 친한 사이가 되어 있었다.

차근차근 다시 설명해주는 브루노의 말이 끝나자 최대광이 커다랗게 머리를 끄덕였다. 얼굴은 감탄한 듯 얇은 입술을 꾹 다물고는 지도를 노려보았다.

"전적으로 찬성이오. 이곳 메모리얼 빌딩 앞에서 진을 치고 있다가 아예 박살을 냅시다."

그는 브루노가 했던 것처럼 손가락으로 그곳을 짚었다.

"시가전이 되겠군."

짐 버클리가 혼잣말처럼 말했다.

"엄청난 시가전이 되겠어."

"옆에서 치고 앞에서 막는 거야. 어려울 것 없어."

브루노가 자르듯 말하자 최대광도 머리를 끄덕였다.

"라파엘 측의 지원군을 메모리얼 빌딩 앞에 배치시키고 놈들을 막아야겠군요."

이제는 신용만이 그렇게 말하자 고영무가 머리를 들었다.

"부족하지만 하는 수 없다, 페드로."

페드로가 머리를 들었다.

"앙드레에게 연락해서 그쪽 부대를 준비시키도록 해라. 우리가 어디를 공격할 예정이라는 것은 말해주지 말고."

"알았습니다, 보스."

"이제 결정되었다. 공격 지점은 메모리얼 빌딩 앞이야. 시간은 세실리아가 움직이는 날, 카스틸로가 자고 떠나는 새벽이다."

고영무의 목소리가 방 안을 울렸다.

엊그제 꽂아 둔 장미는 꽃병 바닥이 말라 있었던 탓으로 시들어 있었다. 김영지는 시든 장미를 버리고 방금 가져온 싱싱한 장미를 꽂았다.

김강남의 묘소에는 옆쪽에서 날아온 종이 부스러기가 흩어져 있었으므로 그녀는 구겨서 가방에 집어넣었다. 호세 김의 묘소 앞으로 다가온 김영지는 잔디 바닥에 앉아 묘비를 올려다보았다.

아직 점심시간 전이어서인지 묘지에는 사람들의 인적이 뜸했고, 건너편의 능선에서 두 명의 인부가 기다란 삽을 어깨에 메고 어디론가 걸어가고 있었다.

바람이 살랑이며 불어와 흙냄새와 함께 비린 듯한 공기를 폐 속으로 불어넣었다. 무의식중에 무릎 옆의 잔디를 뜯어 바람에 날리며 김영지는 아버지의 묘비명을 바라보고 있었다.

뒤쪽에서 인기척이 났다. 김영지는 온몸을 굳히고는 몸을 돌리지 않았다. 이제는 바람결에 옷냄새와 함께 살냄새가 맡아졌다. 김영지는 옆으로 다가와 놓인 사내의 구두를 보았고 머리를 들어 자신을 내려다보고 있는 고영무의 얼굴을 보았다.

고영무는 잠자코 그녀 옆에 앉았다. 짙은 콧수염을 기르고 판초를 입은 차림이었으나 그의 눈매와 굳게 다문 입술은 그대로였다.

"난 지난번에 당신 아버지의 묘비 앞에서 약속을 했어."

묘비를 바라보며 고영무가 입을 열었다.

바람이 불어와 중절모를 벗은 그의 검은 머리칼 몇 올을 이마 위로 흐트러 놓았다.

"내가 당신을 보살피겠다고 했지. 당신을 다시 웃게 만들겠다고, 행복하게 해주겠다고."

고영무가 말을 이었다.

"당신을 사랑하겠다고. 나는 그런 일이 일어나기 전부터 당신을 좋아하고 있었으니까."

김영지가 머리를 들어 그의 얼굴을 바라보았다. 아버지의 묘비를 보는 시선과 똑같은 표정이다.

"설령 그런 것이 인위적으로 되지 않는다손 치더라도 나는 노력하겠어. 당신의 사랑을 갖기 위해서, 당신을 다시 예전의 활기 있는 여자로 만들기 위해서."

"……"

"난 당신의 오빠를 죽이지 않았어. 그리고 아버지를 죽일 의도도 없었고, 하지만 날 용서하고 용기를 내어 날 받아들여 봐. 당신을 아프게 한 게 나라고 생각한다면 그것을 치료할 사람도 나야. 피하지 말고 나를 봐."

김영지가 다시 머리를 들어 고영무를 바라보았다. 검은 두 눈이 그의 시선과 마주치자 두어 번 깜박였다.

고영무가 한 손을 뻗어 그녀의 어깨 위에 올려놓았다. 김영지의 눈썹이 조금 찌푸려졌으나 입을 열지도 몸을 틀지도 않았다.

"난 며칠 안에 어떤 일을 하게 돼. 어쩌면 죽게 될지도 몰라."

고영무가 입술 끝을 올리며 슬쩍 웃었다.

"죽더라도 쉽게 죽지는 않아. 수류탄 서너 개를 가슴 위에 놓고 터뜨려서 조금 큰소리를 내고 죽을 거야."

"……"

"내가 살아온다면 날 받아들여야 돼. 당신 어머님도 내가 모실 테니까, 내가 어떻게든 낫게 해드릴 테니까."

고영무는 손을 떼고 자리에서 일어섰다.

"한마디도 안 해주는군."

머리를 든 김영지가 고영무를 올려다보았다.

"난 알고 있었어요."

그녀의 말소리가 바람을 타고 저쪽으로 훌러갔다. 고영무가 눈을 끔벅이며 잘 들으려는 듯 허리를 조금 숙였다.

“당신이 오빠를, 그리고 아버지도…….”

그녀의 말소리가 낮았으므로 고영무는 아예 한쪽 무릎을 꿇고 그녀의 앞에 앉았다.

그녀의 얼굴을 들여다보자 이제 김영지의 시선은 이리저리 흔들리기 시작했고 입술 끝이 조그맣게 떨렸다.

“그것이 언제부터인지는 몰라요. 당신 아버지를 만났을 때인지, 소문을 듣고 나선지, 당신을 만났을 때인지, 점점 자신이 없어졌고 이젠 알아요.”

“……”

“너무 외로워요.”

이제 그녀는 고영무를 똑바로 바라보았다.

김영지는 그 한마디의 말로 귀신을 떨치듯이 모든 원한을 고영무 앞에서 털어준 셈이 되었다.

고영무는 불쑥 손을 뻗어 그녀의 얼굴 근처에 대었다가 움직임을 멈추었다. 그의 손이 무엇인가를 움켜쥘 듯이 그녀의 한쪽 볼 옆에 떠 있었다.

김영지가 얼굴을 조금 돌려 그의 손가락을 바라보자 고영무는 어금니를 물면서 손을 뺐다.

“이런, 빌어먹을.”

씹어 뱉듯이 말을 던진 고영무가 자리에서 일어섰으므로 놀란 김영지가 그를 올려다보았다.

“내가 며칠을 못 참아서 이런 짓을 저지르다니, 이런 개 같은.”

그의 억눌린 말소리가 호세 김의 묘비에 퉁기고 뒤쪽의 묘비에도 퉁겨 울리는 것 같았다.

“차라리 일을 끝내고 이야기를 했어야 하는데.”

말을 그친 그는 몸을 돌려 김영지를 내려다보았다. 눈을 치켜뜨고 어금니를 물고 있었으므로 김영지는 침을 삼켰다.

고영무가 그녀를 내려다보았다.

"내 생각만 하였는데, 영지, 아예 그렇게 생각하도록 해. 내가 죽으면 아예 죗값을 받은 것으로 치고, 살아오면 그것도 당연한 일이라고."

"당신은 살아서 약속을 지켜야 돼요."

"이런 빌어먹을!"

고영무의 두 눈이 부릅떠졌고 악문 이가 보였다. 얼굴이 빨갛게 상기된 그는 한동안 헐떡이며 그녀와 호세 김과 김강남의 묘비를 번갈아 바라보았다.

"내가 또 당신에게 상처를 줄지도 몰라!"

고영무의 말소리는 억눌린 듯 낮게 깔려 있었다.

"살아와요, 그럼."

이제는 평온해진 얼굴로 김영지가 그를 올려다보았다.

"그래서 나에게 한 약속을 지켜요. 아버지 앞에서 한 약속을."

바람이 다시 스치고 지나갔고, 고영무는 판초 자락을 펄럭이며 우두커니 서 있었다.

그녀의 젖가슴은 크지도 작지도 않은 적당한 크기인데다가 젖꼭지 또한 싱싱하게 돌출되어 있었다. 허리의 부드러운 선과 매끈한 엉덩이의 살을 바라보던 카스틸로는 저도 모르게 침을 삼켰다.

세실리아는 몸매도 발가락 끝까지 아름답지만 그녀의 잠자리 기교도 더할 나위 없이 훌륭했다. 격렬한 정사를 나누었다손 치더라도 마치고 나면 지저분한 느낌이 드는 경우도 있는 법이다. 그러나 세실리아는 시작이나 끝이나 언제나 신선한 분위기를 느끼게 하는 기술을 터득하고 있었다.

그것은 어지간한 자기 희생이 있지 않으면 안 되는 법이었다. 그리고 그것은 자신 같은 절대 권력자나 극히 일부의 남자들만이 그런 봉사를 받을 수 있다는 것도 카스틸로는 알고 있었다.

세실리아는 발끝으로 사뿐거리며 걸어와 침대 끝에 걸터앉았다.

긴 머리가 반은 등뒤로, 나머지 반은 한쪽 가슴 위로 흘러내려와 있었다.

"8월 중순경에는 이태리에 며칠 다녀오겠어요. 그래도 괜찮죠?"

코가 막힌 듯한 목청이었으나 목소리는 맑다. 그녀의 목소리만 들어도 성욕이 동한다는 놈들도 있다고 들었다.

"이태리는 왜?"

침대에 누운 채로 그가 묻자 세실리아는 방긋 웃었다.

"영화제에 참석하려요. 그리고 쇼핑도 좀 하고. 괜찮죠?"

카스틸로는 잠자코 그녀를 바라보았다. 그녀가 갖고 싶어하는 것이라면 무엇이건 사주었다. 아니, 그보다도 산더미처럼 안겨 주고는 그중에서 갖고 싶은 것을 고르게 했다는 표현이 맞을 것이다. 그녀가 좋아하는 사람은 출세가도를 달렸고 싫어하는 놈들은 관직에서 명단이 삭제되었다.

그는 사랑하고 배를 맞추는 남과 여의 입장으로만 보았을 때 내일 모레가 육십인 자신과 이제 스물네 살인 세실리아는 전혀 어울리지 않는 상대라는 것을 알고 있었다.

여기에서는 결코 사랑 같은 맹랑한 감정은 일어나지 않는다. 세실리아는 젊고, 억세고, 잘생긴 남자들을 수만 명이라도 고를 수 있는 조건이었고, 카스틸로 라몬은 폐경기가 10년도 더 지난 쭈그렁바가지인 소피아를 뒤에서 안는 것으로 만족해야 했다.

그녀는 권력과 부를 찾아서 이쪽으로 온 것이었다. 그녀는 허영심이 강하고 자신의 미모를 과시하고 싶은 욕망에 차 있었는데, 그것이 카스틸로의 권력과 부에 맞아떨어진 것이다.

"그래, 가거라."

카스틸로가 선선히 머리를 끄덕이자 그녀는 알몸으로 그의 몸 위에 비스듬히 엎드렸다.

"내가 백만 달러쯤 주마, 쇼핑하도록."

얼굴에 웃음을 띤 세실리아는 잠자코 그의 파자마 바지를 벗겨 내렸다.

그의 연장이 쭈그러진 채 늘어져 있었으나 그녀는 소중한 듯한 눈길을 주면서 두 손으로 움켜쥐었다.

카스틸로는 천장을 바라보고 누운 채 움직이지 않았다. 방 안은 은은한 향내에 차 있었는데, 방음장치가 되어 있었으므로 들리는 것은 그녀의 거칠어진 숨소리밖에 없었다.

눈을 내려뜨자 윤기 흐르는 알몸을 꿈틀대면서 세실리아가 자신의 하반신에 매달려 있었다. 그녀의 열중한 모습을 보자 카스틸로의 온몸이 조금씩 달아오르기 시작했다.

"칠레가로 가려면 이쪽 까뜨린 12번 도로를 따라가야 하는데 검문소가 네 개나 있어서……"

마리크가 지도를 손가락으로 짚으며 말하자 니콜라스가 이맛살을 찌푸리며 버럭 소리를 질렀다.

"검문소가 네 개 있다는 건 지금 세 번째 이야기하고 있어, 마리크. 젠장, 어쨌든 우리는 까뜨린 12번 도로를 지나가야 돼. 마침 트럭도 있고 하니까 곧장 달려가버리자구."

"니콜라스, 말도 안 되는 소리 하지 말아요."

이제는 마리크가 눈썹을 치켜 올렸다.

그는 부대장이었지만 할 말은 했다. 라파엘 참모들의 기질이었는데 라파엘의 영향을 받은 탓이었다. 부하들에게 자유롭게 의견 개진을 시키고 부하의 의견이 옳다고 생각하면 서슴없이 자신의 주장을 꺾는 것이다.

"도대체 고영무도 그렇지, 작전 개시 하루 전에 알려주는 자식이 어디 있습니까? 적어도 일주일의 여유는 줘야지."

"사정이 있었겠지."

니콜라스는 그쯤은 안중에 없는 듯했다.

"마리크, 도로가로 2열 종대로 행진해 들어가면 어떨까? 계엄군처럼 위장하고 말이야."

마리크가 다시 혀를 찼다.

"이것 봐요, 대장. 여기서부터 까뜨린 12번 도로의 끝까지는 16킬로가 됩니다. 도로 입구에서부터 2킬로마다 검문소가 있고, 검문소 병력은 1개 소대이지만 즉각 지원 병력이 오게끔 되어 있어요. 그리고 검문소 사이에는 순찰 병력이 5분 간격으로 지나갑니다. 그것을 어떻게 다……"

니콜라스가 시계를 들여다보았다.

밤 11시였고 고영무가 지원을 부탁한 내일 새벽 6시 정각에 메모리얼 빌딩까지 가는데 앞으로 일곱 시간밖에 남지 않았다.

조급해진 니콜라스는 자리에서 일어섰다.

"대장, 어디 갑니까?"

"잠깐 밖에 바람 좀 쐬러."

잔소리를 할 줄 알았는데 마리크는 아무 말이 없었다.

움집을 나온 니콜라스는 머리를 들어 하늘의 별을 바라보았다. 해발 2천 5백 미터 이상인 고원지대여서 밤은 어깨가 웅크려질 정도로 추웠다.

별이 가깝게 떠 있는 듯 흔들리고 있었는데 내일은 날씨가 좋을 모양이었다. 주변에서 두런거리는 소리들이 들렸고 옆쪽의 움집에서는 웃음소리가 들려왔다.

이곳은 보고타에서 8킬로쯤 떨어진 고원지대에 있는 인디오 부락 안이었다. 인디오들은 외부 출입을 자주 하지 않는데다가 니콜라스가 이끌고 온 280명의 대원들이 낮에는 꼼짝 않고 엎드려 있다가 밤에만 행동하기 때문에 이제는 부담스러워하지 않았다. 그리고 그들에게 보고타에서 사온 양식을 공급해주기 때문이기도 했다.

니콜라스는 소리 내어 길게 한숨을 내쉬었다.

말이야 그렇게 마리크에게 했지만 자신의 방법으로 했다가는 목적지까지 가지도 못하고 대원들을 전멸시킬 것이 틀림없었다.

앞쪽에서 인기척이 들렸으므로 니콜라스는 눈을 끔벅이며 그쪽을 바라보았다. 밤낮으로 부락의 사방을 경계시키고는 있었다. 앞쪽에서 다가오는 사람의 모습이 어둠 속에서 희미하게 보였다. 두 사람이었다. 그들은 곧장 이쪽으로 다가왔다.

"아니, 이게 누구야? 웬일이야, 또?"

경비병과 함께 다가온 사내를 본 니콜라스가 의아한 듯 이맛살을 찌푸리며 물었다.

그는 불안한 듯 앙드레의 얼굴을 찬찬히 들여다보았다.

"급히 전할 말씀이 있어서 통금을 뚫고 나왔어요. 자, 들어가십시다."

앙드레가 앞장서서 움집의 안으로 들어서자 니콜라스도 뒤를 따랐다.

안에 있던 마리크도 놀란 듯 커다란 입을 벌리고는 앙드레를 바라보았다.

"무슨 일이야?"

앙드레가 자리에 앉기도 전에 니콜라스가 다그쳐 물었다.

그는 저녁 7시에 왔다가 8시쯤 돌아갔는데, 다시 11시에 돌아온 것이다. 니콜라스는 혹시 계획이 취소되지나 않았나 하는 생각이 들었다.

앙드레는 밖이 쌀쌀한 날씨였는데도 얼굴에 땀을 흘리고 있었다. 그것도 그럴 것이 자전거로 10킬로 길을 달려온 것이었다.

"당신들은 까뜨린 12번 도로를 통과해야 합니다."

수건을 꺼내 이마의 땀을 닦으며 그가 말하자 니콜라스와 마리크가 서로 얼굴을 바라보았다.

그것 때문에 이제까지 다투어 온 참이었던 것이다.

"앙드레, 글쎄 우리도 그럴 생각이오. 그런데 말씀이야."

니콜라스가 마리크를 대신해서 입을 열었다.

마리크에게는 그렇게 이야기를 했지만 이쪽은 작전에 문외한인 모양이었다.

"압니다, 니콜라스. 검문소 네 개, 5분 간격의 순찰 병력들."

앙드레가 자르듯 말했으므로 니콜라스는 눈을 끔벅이며 그를 바라보았다.

"내일 새벽 4시부터 6시 사이에 까뜨린 12번 도로를 통과하세요. 기억해 두세요. 새벽 4시에서 6시 사입니다."

"왜? 그때가 새벽 밤참시간인가?"

입술을 찌그러뜨리며 이제는 마리크가 묻자 앙드레가 힐끗 그를 바라보았다.

"그때는 검문소도 비어 있고 순찰도 돌지 않습니다."

"……"

"당신들은 빈 길을 행진해 나가기만 하면 됩니다."

새벽 5시경이 되자 메모리얼 빌딩의 모든 층에 불이 환하게 밝혀졌다. 이제까지는 1층과 2층에 있던 방 몇 개에만 불이 밝혀져 있던 것이 일제히 밝혀진 것이다.

"이제 카스틸로가 떠날 모양입니다."

창에서 시선을 떼지 않은 채 페드로가 말하자 짐 버클리가 머리를 저었다.

"아직 멀었어. 아래층에 있는 경호원들이 준비하는 거야."

방 안은 어두웠으나 대원들의 움직임이 부산해졌다. 탄창을 철컥이며 장진하는 소리, 마룻바닥에 탄창인가 수류탄인가가 떨어졌고 누군가 그것을 가볍게 나무라는 소리가 들렸다.

두어 명이 창가로 몰려가 블라인드 사이로 메모리얼 빌딩을 건너다보았다. 길 건너편의 비스듬한 끝 쪽에 있는 메모리얼 빌딩에만 불이 환했고, 주변의 빌딩들은 아직도 새벽의 어둠 속에 묻혀 있었다.

고영무는 자리에서 일어나 의자 옆에 세워 둔 M-16을 집어 들었다.

이제까지 써 왔던 우찌는 근접전에서는 살상력이 대단했지만 사정거리가 50미터였다. 사정거리가 길고 명중률이 높은 M-16에 철갑탄을 장탄하여 둔 것이다.

창가로 다가간 고영무는 블라인드를 젖히고 빌딩을 바라보았다. 카스틸로는 정문을 나와 이쪽으로 올 것이다.

빌딩에서 이곳까지의 거리는 5백 미터쯤 되었는데, 까뜨린 도로의 중간 부분이다. 금 세공품을 파는 2층짜리 이 건물은 1층은 가게이고 2층이 살림집이었으나, 초저녁부터 고영무의 일당에게 점거되어 주인 식구들은 모두 2층의 한방에 감금되어 있었다.

고영무는 시계를 들여다보았다. 5시 10분이었다.

"자, 나가자."

고영무의 말이 떨어지기를 기다리고 있었다는 듯이 대원들은 아래층으로 몰려 내려갔다.

가게의 현관 앞에 서 있던 브루노가 2층에서 내려오는 고영무를 올려다보았다.

"보스, 니콜라스가 아직 오지 않았을지도 모릅니다. 더 기다려 보시는 것이."

"어차피 도로는 비어 있다고 믿어야 된다. 나가자."

고영무가 닫힌 셔터를 턱으로 가리켜 보이자 그는 잠자코 돌아섰다.

철제 셔터를 바라보며 11명의 대원이 몰려 서 있었다.

모두 차림과 무장이 제각각이었다.

페드로는 중절모에 판초를 걸쳤는데 로켓포를 어깨에 걸치고 허리춤에는 커다란 오이 같은 포탄을 주렁주렁 매달고 있었다. 앙헬은 어디서 구해 왔는지 군복을 입고 있었다. 상의의 가슴 주머니에는 수류탄을 쑤셔 넣어 여자의 젖가슴처럼 보였다. 머리에는 해어진 중절모를 눌러쓰고 있었다.

산토스는 신사복 차림에 군용 벨트를 차고 있었는데, 어깨에는 배낭을 걸치고 있었다. 최대광은 판초를 벗어 던진 작업복 상의에 바지 차림이었고, 신용만은 군용 점퍼를 입고 있었다.

철제 셔터가 올라가는 소리가 새벽의 거리에 요란하게 울려 퍼졌다. 사내들은 제각기 손에 쥔 총기를 움켜쥐었다. 서늘한 공기가 가게 안으로 밀려들어왔고 앞장을 선 브루노가 거리로 뛰쳐 나갔다.

고영무는 대원들의 뒤를 따라 거리로 나섰다.

거리에는 인적이 없었고 차량의 통행도 없었다. 어젯밤에 내린 비에 젖은 도로는 검게 번들거렸고 드문드문 켜져 있는 가로등의 불빛이 희미해지고 있었다.

도로는 20미터쯤 되었는데 브루노와 앙헬이 세 명의 대원을 이끌고 길을 뛰어 건넜다.

고영무는 도로가에 주차시켜 놓은 차량의 뒤쪽으로 가서 몸을 숙이고는 땅바닥에 앉았다.

페드로가 승용차의 보닛 위에 로켓포를 걸쳐 놓고 도로 쪽을 겨누었다.

"산토스, 초소를 살펴보고 와라."

고영무가 말하자 산토스가 그림자처럼 움직여 거리 위쪽으로 사라졌다.

모두들 잠깐 그쪽으로 시선을 주었다. 가게의 2층에서는 보이지 않았지만 거리의 2백 미터쯤 위쪽에는 검문소가 있고 평시에도 10여 명의 병사들이 주둔해 있는 것이다.

짐 버클리가 다가왔다.

"앙드레 말이 맞는가 봅니다. 지금쯤 순찰이 바쁘게 돌아다닐 때인데 조용한 걸 보면 말입니다."

그들은 길가에 세워진 자동차들 뒤쪽에 웅크리고 앉아 있었으므로 인도를 순찰하는 병사들에게 금방 발각될 위치였다.

"저쪽에서 미리 경계병을 띄울지도 모른다. 그걸 조심해야 돼."

고영무가 턱으로 메모리얼 빌딩을 가리켰다.

환한 불빛이 주변을 비추고 있었고 유리창에는 사람들의 검은 그림자도 보였다.

짐 버클리가 머리를 끄덕이며 빌딩을 바라보았다. 카스틸로가 눈치채고 빌딩을 나오지 않거나, 나왔다가 도로 들어간다면 거사는 실패한 것이나 마찬가지가 될 것이다.

니콜라스는 까뜨린 도로의 끝 쪽과 반대쪽 입구에 병력을 집결시켜 놓았으므로 빌딩 앞으로 병력을 모아 공격을 하려면 한 시간 정도의 시간이 걸릴 것이다.

그리고 3백 명 정도의 병력으로 빌딩을 파괴하고 카스틸로를 제거할 수도 없다. 그들이 빌딩을 단단히 요새화시켜 놓아서 경무장한 3백 명으로는 승산이 없다.

고영무는 머리를 돌려 빌딩의 왼쪽 끝 부분을 바라보았다.

빌딩에서 이쪽과 반대쪽의 카뜨린 도로를 2백 미터쯤 가면 아래쪽으로 내려가는 또 한 갈래의 길이 나온다. 시내로 들어가는 길인데 그 길목에 니콜라스의 부대장인 마르코가 백 명을 데리고 잠복해 있다. 그는 빌딩에서 카스틸로가 나오자마자 대원들을 이끌고 전속력으로 달려 메모리얼 빌딩 앞의 도로를 차단해야 한다. 카스틸로가 다시 빌딩에 들어가지 못하게 하는 것이 그의 임무였다.

니콜라스는 그 반대쪽이다. 그는 고영무의 오른쪽 4, 5백 미터 지점인 까뜨린 도로의 끝 부분에 진을 치고 있을 것이다. 도로는 좌우로 조그만 골목길이 10여 개씩 있을 뿐 찻길은 없다.

구시가의 한복판을 잘라서 길을 만들었다가 주민들의 반발 때문에 직진 도로 한 개만 만들었으므로 1킬로가 넘는 길의 좌우에는 찻길이 없는 것이다.

오른쪽 길에서 인기척이 들렸으므로 모두들 머리를 돌렸다.

토마스였다. 그러나 혼자가 아니었다. 그의 뒤로 사내 두 명이 따르고 있었다.

긴장한 대원들이 일어섰다.

"어이, 나야. 괜찮아."

토마스가 손을 저었다.

그는 뛰어왔는지 헐떡이며 고영무 옆으로 다가왔다.

"보스, 이 사람은 니콜라스의 부하인 마론입니다."

콧수염이 짙고 눈이 부리부리한 사내가 한 걸음 다가와 고영무 앞에 섰다. 그는 잠자코 서 있는 고영무를 주춤거리는 시선으로 바라보았다.

"지금 있는 곳이 어딘가?"

고영무가 묻자 그는 손가락으로 뒤쪽을 가리켰다.

"우린 초소에 있습니다. 초소 병력들이 모두 철수해서 비어 있습니다."

짐 버클리가 고영무를 바라보더니 시선이 마주치자 머리를 끄덕였다.

"저는 니콜라스한테서 미스터 고의 지시를 받으라는 명령을 받았습니다."

마론이 초조한 시선으로 왼쪽의 메모리얼 빌딩을 힐끗거리며 말했다.

"인원은 몇 명인가?"

"20명입니다, 저까지 포함해서. 나머지는 도로의 샛길에 대여섯 명씩 배치시켰기 때문에."

"이곳에서 빠져 나간 차량이 있다면 그것은 당신 몫이야, 마론."

마론이 어둠 속에서 흰 이를 내보이며 웃었다.

"이제 카스틸로의 시대가 오늘 새벽에 끝이 나는군요, 미스터 고."

"이봐, 서둘러."

옆에서 지미가 말하자 머리를 끄덕인 그가 몸을 돌렸다.

고영무는 시계를 내려다보았다. 새벽 6시가 되어 가고 있었다.

에르난데스는 이맛살을 찌푸리며 머리를 저었다.

"이봐, 각하가 나오시기 전까지 순찰 병력은 움직이지 말도록 하라고 했잖아? 뭘 못 알아듣는 놈이군, 네놈은."

그의 앞에 선 메니크는 얼굴을 굳히며 턱을 들었다.

"각하, 저는 4시에서 6시까지라고 각하께서 말씀하셔서."

"병신 같은 놈."

에르난데스가 늘어진 눈시울 밑의 흐린 눈으로 그를 쏘아보았다. 그 것은 마치 먹이를 노려보는 뱀의 눈과 같았다. 그는 이제까지 자신의 정적이나 명령을 어긴 부하들을 한 번도 용서한 적이 없었다.

메니크는 온몸을 굳힌 채 서 있었다.

"각하는 요즘 자신의 부하들에게까지도 약점을 보이고 싶어하지 않는단 말이다. 그것이 설령 초소병이라고 할지라도. 알아들었어?”

“네 각하.”

“자신이 그들 앞으로 지나갈 때 각하께서 오늘은 딴 곳에서 주무시고 가시는구나 하고 병사들이 뒷소리를 할 것이라고 믿고 계셔. 그것을 나에게 은근히 말해주셨단 말이야. 알겠나, 메니크?”

“네, 각하.”

“우리는 각하의 사생활을 보호해 드려야 할 책임도 있는 거다. 병사들의 입방아에 오르지 않도록.”

“잘 알겠습니다, 각하. 그럼 궁에 도착하실 때까지 초소와 순찰은 그대로 두겠습니다.”

“잘 알아듣는군, 메니크. 시내 경비는 철통과 같다. 내가 있는 한 말이야. 고작 2킬로의 도로다. 각하의 명령이니까 궁으로 돌아가실 때까지 비워 둬.”

메니크가 경례를 올려붙인 다음 몸을 돌려 상황실을 나갔다.

에르난데스가 프랑코를 돌아보았다.

“따라가 봐라.”

머리를 끄덕인 프랑코가 방문을 열고 나갔다.

에르난데스는 책상을 돌아 자리에 앉았다. 벽에 걸린 시계는 6시 10분을 가리키고 있었다.

“아르마스, 오늘은 자네 기분이 꽤 좋은 모양이로군.”

그냥 지나칠 줄 알았던 카스틸로가 그의 어깨를 짚었다.

“무슨 일이 있나?”

“아닙니다, 각하. 저는 단지.”

아르마스는 카스틸로의 기분이 언짢다는 것을 알아차렸다. 그는 기분

전환을 위해서는 무엇이건 하는 사람이었다.

그들은 현관 앞에 도열해 서 있는 경비병들의 사이를 지나 차 쪽으로 다가갔다.

카스틸로의 승용차는 포드에서 특별주문한 방탄차였다. 긴 차체는 1센티 두께의 강철판으로 덮여 있어서 무게가 6톤이나 나갔고 유리창도 소총탄이 뚫지 못하는 방탄유리였다.

카스틸로를 뒷좌석에 태우고 난 아르마스는 잠시 주위를 둘러보았다. 여섯 대의 승용차는 출발 준비를 마치고 그의 신호를 기다리고 있었다. 선두에 설 차량은 이미 까뜨린 도로 쪽으로 머리를 향하고 있었다.

잠시 그것을 바라보던 아르마스는 한쪽 손을 들어 보이고는 운전석 옆자리에 올랐다. 그러자 빌딩 앞쪽에 정렬해 서 있던 장교들과 병사들이 제각기 흩어지면서 빌딩 안으로 몰려 들어갔다.

승용차가 빌딩 앞을 돌아 도로로 들어서자 아르마스는 시계를 들여다보았다.

아침 6시 15분이 되어 있었다.

"각하, 라파엘이 자살했다는 소문이 있습니다."

아르마스가 뒤쪽으로 몸을 돌리며 말했다.

의자에 등을 붙이고 앉아 눈을 감고 있던 카스틸로가 눈을 떴다.

"오르쿠에 근처의 밀림에서 자살을 했다는데요. 아직 확인은 안 된 소문입니다만……."

라파엘이 나타나지 않는다면 카스틸로의 충성스런 부하들은 아마 백 명도 넘는 라파엘의 시체를 찾아낼 것이다.

한때 라파엘이 서너 달 동안 종적을 감추었을 때 그런 일이 있었다. 부대의 사령관과 기지의 부대장까지 포함해 네 명이나 라파엘의 시체를 가져왔던 것이다.

"제가 곧 확인을 시켜보겠습니다, 각하."

"고맙네, 아르마스."

다시 눈을 감으며 카스틸로가 말했다.

"그건 이제 많이 써먹은 메뉴야."

힐끗 카스틸로의 얼굴을 들여다본 아르마스는 머리를 돌렸다.

그는 카스틸로의 전속 부관으로 있다가 경호실장을 맡게 되었으므로 10년 가깝게 그의 수족이 되어 왔다.

그러나 카스틸로를 대할 때는 언제나 긴장이 되었다. 그가 자신을 전폭적으로 신뢰하고 있다고 생각하다가도 어느 순간은 카스틸로가 전혀 다른 사람으로 보이기 때문이었다.

앞쪽에서 달리던 경비 차량이 속력을 늦추는 모양이었다. 두 번째 차량과의 거리가 부쩍 가까워졌으므로 아르마스는 이맛살을 찌푸렸다.

어떤 장애물이 있을 리가 없었다. 까뜨린 도로만큼 순찰과 초소의 검문이 심한 곳이 없으므로 지금 같은 시간에는 차량의 통행도 없을 터였다.

앞차가 정지하려는 모양이었다. 뒤쪽의 경고등과 브레이크 등이 한꺼번에 들어왔고 속력을 뚝 떨어뜨리더니 멈춰 섰다. 이쪽 차도 브레이크를 밟아 차를 세웠고 뒤쪽에서도 브레이크 밟는 소리가 들렸다.

아르마스는 얼굴을 굳히며 무의식 중에 길가를 바라보았다.

그의 눈에 길가에 세워 둔 차량들 뒤쪽에서 어른거리는 사람들이 보였다. 그는 눈을 치켜떴다. 그 순간 쐐액 하는 소리가 들리더니 불기둥이 곧장 앞쪽의 승용차를 향해 뻗어 나갔다.

"엎드려!"

아르마스가 고함치며 뒤쪽으로 상체를 뻗었을 때는 카스틸로는 이미 의자 밑으로 몸을 눕히고 있었다. 순간 귀청이 떨어져 나갈 것 같은 폭음이 들렸고 앞쪽으로 머리를 돌린 아르마스는 불덩이가 된 승용차를 보았다.

"후진! 후진이야!"

아르마스가 고함치는 순간 운전사는 이미 맹렬히 차를 후진시켰다가 뒤차의 머리를 받고는 비스듬하게 머리를 그쪽으로 돌렸다.

"쐐액!"

로켓탄이 이제는 반대쪽으로 날아왔는데 뒤쪽에서 다시 요란한 폭음이 들렸다. 네 번째 차량이 폭발한 것이다.

이제는 함석지붕에 우박이 떨어지듯 유리창에 소총탄이 맞아 튀었다. 도로는 폭음과 소총 소리로 가득 차 있었다.

"각하, 반란입니다!"

아르마스가 소리치면서 허리춤에 찬 무전기를 빼어 들었다.

"여기는 알파다! 까뜨린 도로상에서 반란군의 공격을 받고 있다."

도로의 양쪽에서 빗발치듯 총알이 날아왔고 운전사는 불쑥 차를 인도 쪽으로 돌진시켜서 차량 한 대를 받아 반쯤 뒤집어 놓았다. 그러자 그의 뒤쪽에 서 있던 사내 한 명 이 두 팔을 올리고 차에 깔렸다. 운전사가 다시 차를 후진시키자 뒤쪽 메모리얼 빌딩으로 회전시킬 수 있는 반경이 되었다.

아르마스는 바로 뒤쪽에 타고 있던 경호원들이 차 밖으로 뛰쳐나오다가 모두 네 활개를 흔들면서 도로 위에 쓰러지는 것을 보았다.

"메모리얼로! 어서!"

고함을 치던 아르마스는 이쪽을 정면으로 겨누고 있는 사내들을 보았다.

차량들 사이에 대여섯 명이 흩어져 있고 제각기 번쩍이며 불빛을 쏟고 있었다. 그리고 한복판에 로켓포를 어깨에 걸친 사내가 보였다.

"돌려! 어서!"

승용차는 요란한 타이어의 마찰음을 내면서 그들 앞을 회전하였는데, 순간 아르마스는 요란한 폭음을 들으면서 머리를 차의 천장에 들이받고는 입을 쩍 벌렸다. 눈앞에 보이는 건 아무것도 없었는데 수백 개의 흰 불똥이 빙글빙글 돌고 있다.

수류탄이다. 수류탄이 터진 것이다. 차는 폭발에 앞부분이 들썩 떴다가 내려앉으면서 엔진이 꺼져 있었다. 운전사가 머리에 피를 흘리면서 시동을 걸려고 기를 쓰고 있었다.

아르마스는 보이지 않는 눈을 깜박이면서 고함을 쳤다.

"각하! 무사하십니까!"

"난 괜찮아, 아르마스."

뒤쪽에서 가라앉은 듯한 카스틸로의 목소리가 들렸다. 그러자 요란한 총소리가 뒤쪽에서 났다. 메모리얼 빌딩의 앞쪽이었다. 빌딩의 현관을 나오려던 경비병들이 거리의 앞쪽 요소요소에 진을 치고 있던 사내들의 공격을 받는 것이다.

금방 10여 명의 사상자를 낸 경비병들이 빌딩 안으로 후퇴하고 있었다.

앞쪽에서 다시 수류탄 한 발이 터져 보닛의 뚜껑이 퉁겨 올라갔고 흰 수증기가 분수처럼 뿜어 나왔다.

"에르난데스, 이놈."

뒷자리에서 카스틸로가 악문 이 사이로 뱉듯이 말했다.

"이놈이 결국 나를 배신하는구나."

차는 이제 고물이 되었다. 도로 한복판에서 수증기를 뿜어 올리면서 꼼짝하지 않았다.

소총탄이 10여 발 다시 날아와 차체와 유리창을 때렸다.

"저 빌어먹을 놈의 차가 수류탄을 맞고도 안은 멀쩡해!"

최대광이 버럭 소리를 질렀는데 한국말이다. 그는 20미터쯤 앞쪽에 있는 세 번째 차량을 향해 볼링을 하듯 수류탄 한 발을 다시 굴려 넣었다.

요란한 폭음이 울리면서 차체가 들썩 들렸다가 내려앉았다. 그러나 안은 아직도 멀쩡했고 유리창도 깨어지지 않았다.

페드로가 로켓포를 겨누었다.

"그래, 페드로! 해치워라!"

고영무의 옆쪽에 엎드려 있던 짐 버클리가 소리쳤다.

여섯 대의 차량 중 세대는 로켓포로 박살을 내었고 두 대는 수류탄으로 차체를 깬 다음 밖으로 튀어나오는 경호원을 양쪽에서 사살했다.

살아남은 놈들은 세 번째 차량에 탄 놈들뿐이다. 카스틸로는 두 대의 방탄차로 메모라얼 빌딩에 왔고, 이쪽은 그가 어느 차에 탔는지 알 수가 없었다.

방탄차는 두 번째와 세 번째였으므로 우선 페드로가 두 번째를 부쉈고 앙헬은 세 번째를 겨눈다는 것이 비스듬한 각도여서 다섯 번째 차량의 엔진을 때렸던 것이다. 그 사이에 첫 번째 차량은 최대광과 브루노 등의 수류탄에 박살이 났고 끝 쪽 차도 마찬가지였다.

이젠 세 번째 차량만 남아 있는 것이다. 빌딩 앞쪽에서는 격렬한 총격전이 그치지 않고 있었다. 빌딩 3층과 5층에서 콩볶는 듯한 소리가 들려 왔다. 기관포로 마리크의 대원들을 내려쏘는 것이었다.

페드로는 이제 신중하게 로켓포를 겨누었다. 양쪽의 대원들은 총격을 멈추고는 잠자코 그를 바라보고 있었다.

"잠깐 안에서 손수건을 흔듭니다!"

누군가가 소리쳤다. 이제 희끄무레하게 밝아오는 새벽의 여명으로 모두들의 눈에 그것이 보였다.

앞쪽 좌석이었는데 안에서 흰 손수건을 좌우로 내젓고 있었다. 그러자 페드로가 주춤 가늠자를 바라보던 시선을 이쪽으로 돌렸다.

고영무는 모두의 눈이 자신을 향하고 있는 것을 보았다.

“페드로, 쏴!”

고영무가 낮게 소리쳤다.

모두의 시선이 다시 차량으로 옮겨졌고 페드로는 눈을 다시 가늠자에게 돌리더니 방아쇠를 당겼다.

“쒜액!”

귀를 긁는 듯한 발사음이 들렸고, 흰 섬광을 뒤로 뿜으면서 로켓탄이 날아가 차의 뒤 창문을 뚫었다.

거리를 울리는 폭음과 함께 차체가 갈래갈래 찢긴 조각들을 불덩이와 함께 공중으로 뿜어 올렸다.

“철수해라! 끝났다!”

고영무가 소리쳤다. 여섯 대의 차량에서 살아남은 사람은 한 사람도 없었다. 성공이다. 그리고 이쪽은 한 사람의 부상자뿐이다.

거리는 이제 사물의 윤곽이 뚜렷하게 드러나 있었다.

고영무는 뛰면서 시계를 들여다보았다. 6시 40분이 되어 가고 있었다. 한 시간도 넘게 걸린 것 같았으나 기습은 10분 만에 끝난 것이다.

카스틸로는 제거된 것이다.

뛰면서 고영무는 뒤쪽을 바라보았다. 메모리얼 빌딩 앞의 총성도 뚝 그쳐 있었다.

최대광과 신용만이 제일 뒤쪽에 처져 있었는데, 최대광이 차에 깔린 대원을 들쳐 업고 뛰기 때문이었다. 신용만은 그의 옆을 따라오고 있다.

고영무는 앞쪽으로 머리를 돌렸다. 초소가 50미터 앞으로 다가와 있었다. 그쪽에 있을 마론과 합류해서 니콜라스의 본대로 돌아갈 것이다.

라파엘은 카스틸로가 제거되었다는 소식을 들으면 곧장 보고타로 달려올 것이고 기다리고 있던 에르난데스의 추대에 의해 다시 정권을 쥘 것이다.

앞장서 가던 짐 버클리가 초소에 거의 접근해 있었다.

이제 거리는 윤곽이 뚜렷이 보일 정도로 밝음을 되찾았고 동쪽 하늘에는 구름에 가린 햇살의 둥그런 무리가 떠올라 있었다.

대원들의 발걸음은 가벼웠고, 서로 말은 없었으나 시선이 마주치면 서로 얼굴에 웃음을 띠었다. 헐떡이는 숨소리와 절그렁거리며 금속이 부딪치는 소리, 달려가는 발자국 소리가 한동안 거리를 메웠다.

아직 뒤쪽의 메모리얼 빌딩에서 쫓아오는 차량의 기척은 없었다. 오려고 해도 길을 가득 막은 차량들의 잔해에 걸려 올 수도 없을 것이다.

짐 버클리가 마악 초소의 입구로 다가갔을 때였다. 그때까지 초소에는 인적이 없었으므로 고영무는 그들이 미리 철수했나 하는 생각을 했는데, 그때 입구에서 대여섯 명의 사내들이 쏟아져 나왔다.

사복 차림의 라파엘 부대원들이었다. 그들은 일제히 이쪽을 향해 벌려서더니 총을 난사하기 시작했다.

순간에 일어난 일이어서 고영무는 입을 쩍 벌렸다가 인도 위로 몸을 굴렸다. 앞장 서 뛰던 서너 명의 대원들이 총탄에 맞아 거리에 나뒹구는 것이 그의 시선에 들어왔다.

"이, 이런!"

누군가가 쥐어짜는 듯한 고함을 질렀는데 그것도 뚝 그쳤다.

"이봐, 우리야! 같은 편이라구!"

서너 발자국 앞에서 아직 사태를 알아차리지 못한 대원 한 명이 한 손을 휘저으며 고함을 질렀다가 빗발 같은 총탄을 맞고 허물어지듯이 주저앉았다.

고영무는 인도에 바짝 세워진 차체에 몸을 숨겼다.

"놈들을 쏘아라! 앙헬! 페드로!"

“보스! 앙헬은 죽었습니다.”

앞쪽의 차량 뒤쪽에서 누군가가 소리쳤다. 총탄이 날아와 차체에 맞아 어지럽게 튀어 올랐다.

“짐! 브루노!”

“보스! 짐도 죽었습니다.”

어디에선가 브루노가 깨어지는 듯한 소리로 고함을 쳤다.

이젠 이쪽에서도 초소를 향해 응사하기 시작했으므로 요란한 총성이 거리를 가득 메웠다.

고영무 뒤쪽에서 최대광이 다가왔다. 온몸을 둥그렇게 굽히면서 달려온 그는 차체의 트렁크에 몸을 부딪치며 멈췄다.

“저, 씨발놈들. 형님, 저놈들이 사람을 잘못 보고, 병신 같은…….”

“수류탄을 던져!”

그의 허리에 매달린 수류탄을 한 개 뽑아 들면서 고영무가 소리쳤다.

“저놈들은 배신한 것이다.”

그는 팔을 휘둘러 50미터 안쪽 거리에 있는 막사를 향해 수류탄을 던졌다. 몸을 드는 순간 빗발 같은 총알이 날아왔으나 수류탄의 검은 덩어리가 날아가는 것이 그의 눈에 똑똑히 보였다. 그러고는 막사 옆에서 요란한 폭음을 내며 폭발하였는데 모래자루 안쪽이었다.

두어 명의 사내들이 폭발과 함께 공중으로 튀어 올랐다.

이어서 페드로가 쏜 로켓탄이 흰 줄기를 뱉으면서 막사의 창문으로 빨려 들어갔고 꾸웅하는 절제된 폭음과 함께 막사의 창문 안에서 검은 연기가 뿜어져 나왔다.

최대광이 조급했는지 한 주먹에 두 개의 수류탄을 쥐고는 냅다 던졌는데, 한 개는 막사 뒤쪽에서 폭발하였고 다른 하나는 막사 앞쪽에 세워진 차량 한 대를 번쩍 들어 인도 위에 올려놓았다.

저쪽의 총격이 뜸해졌다.

"브루노! 대원들을 샛길로 철수시켜라!"

고영무가 악을 쓰듯 소리쳤다.

"모두 뛰어라! 여길 떠나자!"

샛길로 가려면 오던 길로 돌아가야 했다.

대원 두어 명이 차량들 틈 사이에서 얼굴을 드는 것을 본 고영무가 이를 갈았다.

"니콜라스, 이놈."

수류탄 한 발이 날아와 방금 얼굴을 든 대원들이 있는 부근에서 터졌다.

최대광이 던진 수류탄이 다시 초소 쪽에서 폭발했고, 브루노가 다리를 절름거리며 연기 사이를 빠져 나왔다.

자동차의 연료 탱크가 폭발하였는지 주변은 검은 연기에 뒤덮여 있었다.

"브루노! 어서!"

"보스, 움직일 수 있는 사람은 저와 페드로밖에 없습니다."

이마에 피를 흘리며 고영무 옆으로 다가온 그는 차체에 등을 기대고 털썩 땅바닥에 주저앉았다.

"산토스는?"

고영무가 소리치듯 물었다.

"앞쪽에 쓰러져 있는 것을 보았습니다."

"짐은?"

"제일 먼저 죽었습니다." 페드로가 쏘았는지 로켓탄이 막사 주변에서 폭발했고 최대광이 던진 수류탄이 연달아 터졌다.

"먼저 철수해라! 브루노."

"보스."

브루노가 악마와 같은 얼굴로 그를 바라보았다.

“보스가 먼저.”

“빨리 꺼지지 못해!”

고영무가 악을 쓰자 브루노는 머리를 돌렸다.

페드로가 절름거리며 다가오고 있었다.

“형님, 이제사 형님허고 둘이 있게 되었네요, 잉?”

최대광의 헐떡이는 소리에 고영무가 힐끗 그쪽을 바라보았다. 그는 상점의 현관 틈에 몸을 웅크리고 앉아 있었다.

“용만이는?”

고영무가 소리쳐 물었다.

“용만이는 어떻게 되었나?”

“여기 있습니다, 형님.”

뒤쪽에서 신용만의 목소리가 들려 왔고 그것을 목표로 하듯이 총알이 쏟아져 왔다.

“살아 있는 사람은 대답해라! 짐! 앙헬!”

그리고 잠시 기다렸으나 앞쪽에서는 대답이 없었다. 그 대신 검은 그림자 두어 개가 이쪽으로 다가오려는 듯 불타오르는 차량 뒤쪽에서 어른거렸다.

고영무는 벌떡 상반신을 세우고 그쪽을 향해 M-16을 쏘아 갈겼다. 그러고는 서너 발짝 앞으로 다가갔다.

“산토스!”

“보스.”

희미한 목소리에 고영무는 눈을 치켜떴다. 매운 연기가 바람을 타고 이쪽으로 몰려왔다.

아마 10분쯤의 시간이 흘렀을 것이다. 메모리얼 빌딩의 경비병들이 카스틸로의 사체를 수습하고는 바짝 뒤에 붙을 수 있는 시간이었다.

서너 발짝 다시 앞으로 나간 고영무는 뒤집힌 차체 밑에 깔려 있는 산토스를 보았다. 눈의 흰자위를 굴리며 똑바로 누운 산토스의 하반신은 차체에 깔려 보이지 않았다.

"보스."

입으로 피를 쏟으며 산토스가 그를 올려다보았다. 평화로운 얼굴이었다.

"산토스, 내가 구해주마."

그에게로 몸을 굽히던 고영무는 다다닥거리는 총성을 다시 들었고 온몸을 떠밀린 듯한 자세로 뒤쪽의 부서진 차체에 부딪혔다.

"형님!"

최대광의 고함 소리가 들렸다.

눈을 부릅뜬 고영무는 앞쪽의 산토스와 초소 쪽을 바라보려고 기를 썼지만 아무것도 보이지 않았다. 그러나 그의 귀는 아직도 기능을 발휘하고 있었다.

"야, 용만아. 야, 이 새끼야, 빨리!"

최대광이 악을 쓰는 소리가 들렸고 뛰어오는 발자국 소리와 다시 총소리가 들렸다.

"내가 업을 텡게! 빨리해, 이 씨발놈아!"

최대광이 악을 썼다.

"형님! 형님!"

신용만이 그를 흔들었다.

"난 괜찮다. 산토스를……."

고영무는 그렇게 말하였으나 자신의 입이 떨어지지 않는 것을 깨달았다.

자신의 몸이 흔들거리기 시작했다. 최대광의 넓은 등이 편안했으므로 고영무는 얼굴에 웃음을 띠었다. 그러고는 의식을 잃었다.

2.

정략과 모략

"시 외곽을 차단해라. 시내에서 나가는 사람은 물론 들어오는 사람들도 철저히 검색하도록."

에르난데스는 지휘봉으로 앞에 늘어서 있는 장군들을 가리켰다.

"지금은 계엄하에 있는 상황이야. 각하가 유고시에는 계엄사령관인 내가 나라를 통치한다. 하지만."

말을 멈춘 에르난데스는 어깨를 늘어뜨리면서 이를 악물었다. 그러고는 부릅뜬 눈으로 장군들을 노려보았다. 그의 눈에 가득 고인 물기가 보였고, 이내 그것은 두 줄기의 눈물이 되어 볼을 타고 흘러내렸다.

"나는 각하의 뜻을 받들어 국가를 평온하게 유지시킬 작정이다. 나는 정권에 대한 욕심은 없다."

그의 가라앉은 목소리가 커다란 응접실을 울렸다.

"이제 곧 우리 조국은 내란이 끝나게 될 것이다. 국민들에게 더 이상 고통을 분담시킬 이유도 명분도 없다."

　장군들은 부동자세로 서서 그의 말을 듣고 있었다. 모두 오십대 중반으로 산전수전을 겪은 노장들이다.

　2년 전에 카스틸로가 라파엘을 몰아내는 쿠데타를 일으켰을 때 그가 했던 말과 비슷한 말을 에르난데스가 하고 있었다. 그러나 에르난데스는 그때의 카스틸로보다 상황이 좋지 않았다.

　수도권의 경비를 담당한 제3군의 사령관이자 계엄사령관이었지만 오르쿠에에는 제1군과 5군의 연합군 사령관인 도밍고가 있다. 이제 에르난데스의 강력한 정적으로 도밍고가 등장할 것이고, 전국은 카스틸로와 라파엘의 대치 상황과는 비교도 안 되는 내란에 빠져들 가능성이 있었다.

　"나는 도밍고 장군과 프란체스코 장군을 보고타로 초치했다. 그분들과 상의해서 곧 정국을 안정시킬 작정이니까 귀관들은 부하 장병이나 가족들을 안심시키도록."

　에르난데스가 말을 맺자 장군들은 긴장을 풀고 어깨를 늘어뜨렸다. 그들은 에르난데스의 직속 부하들이었으므로 어차피 같은 배를 탄 입장이다. 지연과 혈연으로 뭉친 사이였고, 카스틸로의 심복들이 요소요소에 있었으나 그들은 이제 기력을 쓰지 못하고 있었다.

　카스틸로는 만일의 경우를 생각하여 후계자 체제를 명확하게 해두지 않았는데 권력이 제2인자에게 들어가는 것을 보아 넘기지 못하는 성격이었기 때문이다. 도밍고와 에르난데스를 경쟁시킨 것도 그런 맥락이었으나 갑작스런 그의 유고는 정국을 극도의 분열 상태로 끌고 가 고 있었다.

　장군들은 사태를 그렇게 파악하고 있었으므로 이제 상대는 라파엘이 아니라 도밍고라고 믿었다.

　장군들이 제각기 그들의 부대로 떠나자 에르난데스는 프랑코 쪽으로 머리를 돌렸다.

　"프랑코, 도밍고는?"

“네, 각하. 작전을 중지하고 오르쿠에 시의 사령부에 머물러 있습니다.”

프랑코가 기운차게 대답했다.

머리를 끄덕인 에르난데스는 그와 자신과의 관계가 옛적의 자신과 카스틸로의 관계와 거의 똑같다는 생각이 들었는데 그렇게 생각하자 기분이 언짢아졌다.

“다른 건 없나?”

무뚝뚝한 말투로 그가 다시 묻자 프랑코는 어깨를 세웠다.

“제3연대는 대통령궁에서 정식으로 경비업무에 들어갔습니다.”

“……”

“메모리얼 빌딩은 15대대가 접수 완료했습니다. 그곳에 있던 정보부원과 경호실 소속 경비원 425명은 현재 억류중입니다.”

에르난데스는 잠자코 머리를 끄덕였다.

카스틸로의 친위부대인 제27사단은 최정예 부대였다. 그들은 대통령궁 북쪽 12킬로 지점에 사령부를 두고 있었다. 카스틸로의 말 한 마디면 에르난데스조차도 친위대의 장교 앞에 무릎을 꿇는 신세가 되어야만 하는 막강한 위력의 부대였다.

그러나 지금은 카스틸로가 로켓포에 맞아 형체를 찾아볼 수 없는 시체가 되었다. 친위사단은 침묵을 지키고 있었는데 이제야말로 사단장인 빈센토는 자신의 능력을 깨달았을 터였다. 친위사단의 전후방에 에르난데스의 두 개 사단이 옮겨와 있었으므로 움직이려야 움직일 수도 없다.

산토 도밍고는 카스틸로의 폭사 소식을 듣자마자 부대의 활동을 중지시킨 채 세 명의 심복 부관을 보고타로 파견하여 정정을 살펴보게 했다.

친위대와 정보부원, 대통령궁 경호원의 철통같은 경비망을 뚫고 반란군이 카스틸로의 길목을 차단하여 차량을 모조리 폭파했다는 것은 있을 수도 없는 일이다. 이것은 에르난데스의 반란이다. 도밍고는 그렇게 믿었다. 그렇게 대담한 작전을 벌일 사람은 수도권의 병권을 쥐고 있는 에르난데스밖에 없는 것이다.

이쪽이 작전을 그쳤으므로 라파엘 측의 움직임이 활발해지고 있었는데 대수로운 것은 아니었다. 그들은 앞뒤로 에워싸여 있어서 앞으로 열흘쯤 후면 밀림과 함께 깡그리 불에 타 죽게 되어 있었다.

오후 6시가 되어 가고 있었으므로 도밍고는 책상에서 일어섰다. 참모들과 함께 앞으로의 계획을 결정할 작정이었다.

그때 노크 소리가 들리더니 문이 열렸다. 참모장인 쿠에바 장군이다. 도밍고와는 대조적으로 흰 피부에 근육질의 사내였다. 그는 눈을 치켜뜨고 있었다.

"각하, 제5군이 회의에 참석하지 않고 있습니다."

순간 도밍고의 가슴이 아래쪽으로 철렁 내려앉았다. 그러나 검은 피부의 얼굴에는 표정을 보이지 않는다.

"왜? 무슨 일이 있나?"

"5군의 참모장인 아드리스한테서 연락이 왔습니다. 현재의 정국 상황이 극히 불투명하므로 군을 움직이거나 타군과 연합하지 않겠다는……"

"미친놈, 사령관은 나야! 제5군은 연합군 소속이고."

버럭 소리를 치자 쿠에바는 이쪽을 멀뚱한 시선으로 바라보았다.

도밍고가 억눌린 음성으로 말했다.

"버릇없는 놈. 이럴 때일수록 군이 단결해야 하지 않는가 말이다."

"각하, 5군 사령관이 마음을 돌린 것 같습니다."

쿠에바가 마음을 다져 먹은 듯 한 걸음 다가섰다. 그도 50대의 나이로 이만큼까지 올라온 사내이고 보면 세상 돌아가는 물정쯤은 훤하다. 그리고 연합군의 참모장 역할까지 맡고 있는 작전통인 것이다.

"그의 사령부에 에르난데스가 보낸 참모가 와 있다는 정보가 있습니다."

눈을 부릅뜬 도밍고는 그를 바라본 채 한동안 입을 열지 않았다. 에르난데스가 선수를 친 것이다. 그놈은 언제나 약삭빠른 기지를 발휘해서 카스틸로의 신임을 독차지해 왔다. 지금도 마찬가지인 것이다.

도밍고는 머리를 끄덕였다.

"부대장들에게 연락해서 위치를 지키도록! 그리고 참모들을 각 부대로 파견해서 에르난데스의 교란을 막아라."

"알았습니다, 각하."

쿠에바가 몸을 돌려 방을 나갔다.

오늘의 회의에서 도밍고는 에르난데스에 관한 의혹을 열거하고는 연합군을 보고타로 돌릴 작정이었다. 에르난데스에게 정권을 넘겨주는 것은 조국을 부패와 타락의 구렁텅이로 빠뜨리는 것과 같다고 도밍고는 믿고 있었던 것이다.

그를 제거하고 당분간 정권을 장악한 다음 국민투표를 실시해서 민선 대통령을 뽑는다. 그때에는 자신의 위상도 명확히 서 있을 것이다.

라파엘은 구악이다. 그에게 정권을 넘겨줄 수는 없었다. 그와는 악운으로 연결되어 있었으므로 그가 집권한다는 것은 자신의 몰락을 의미한다. 하루 동안 생각해낸 도밍고의 결심이었다.

책상에서 다시 일어나던 도밍고는 다리에 힘이 빠져 휘청거렸다. 창 밖으로 저녁노을이 지고 있었다.

오르쿠에 시 북쪽에 있는 제5군 사령부의 사령관실에 네 명의 사내가 모여 앉아 있었다. 물론 중앙에 앉아 있는 사내는 사무엘 프란시스코 대장이다.

그는 40대 후반으로 카스틸로와 동향인 남부 국경 지역 출신이었고 미국 육사를 나와 야전군 지휘관으로 잔뼈를 굳힌 인물이었다.

그의 옆에는 5군 참모장인 아드리스 중장이 앉아 있었다.

"도노반 씨, 난 친미 성향이 강한 인물이라고 해서 국경 지역의 사령관으로만 10년 가깝게 돌아다녔소."

프란시스코가 앞쪽에 앉은 작업복 차림의 사내를 바라보며 말했다. 그는 모난 얼굴에 눈매가 날카로웠으나 목청이 굵었다.

그가 다시 말을 이었다.

"난 솔직히 말해서 당신이 이래라저래라 하는 것 같아 기분이 나쁩니다. 당신 말을 따르게 된다는 것은 카스틸로 씨가 나에 대해 잘 판단하고 있었다는 말도 되거든."

도노반이라고 불린 작업복 차림의 50대 사내가 빙그레 웃었다. 부드러운 은발이 이마 위에 늘어진 백인이다.

"이젠 그런 오해를 할 사람이 없어졌다고 생각하면 됩니다, 프란시스코 대장. 이제 당신의 조국은 당신의 어깨에 얹혀졌소."

"내가 아니오, 도노반 씨. 에르난데스 대장이겠지."

프란시스코가 앞쪽에 앉은 군복 차림의 장군을 바라보았다.

"그렇지 않은가, 바텔 소장?"

"아닙니다, 각하. 저희 각하께서는 정권에 대한 욕심이 없으십니다. 각하께서는 라파엘 각하를 복권시키겠다는 생각밖에 없으십니다."

검은 얼굴의 장군이 온몸을 굳히며 대답했다. 그는 에르난데스의 참모로 도노반과 동행해 왔다.

"내가 열쇠를 쥐고 있군, 아드리스."

옆에 앉은 참모장을 바라보며 프란시스코가 빙긋 웃었고 아드리스가 희미하게 따라 웃었다.

"나는 오늘 저녁 도밍고 대장이 주재하는 회의에 참석하지 않았소, 도노반 씨.”

도노반 쪽으로 머리를 돌린 프란시스코가 정색을 하고 말했다.

“이미 도밍고는 이쪽의 상황을 눈치 채고 있을 거요. 하지만 어떻게 할 수는 없지. 그의 부대가 화력이 대단하다고 들었지만 이곳에 와보니 종이 호랑이였어. 실전 경험이 없는 목동들이었지.”

모두들 잠자코 프란시스코를 바라보았다.

“라파엘 씨를 복권시킨다는 생각에 나는 찬성합니다. 나는 오르쿠에를 남쪽으로 돌아서 보고타로 진군하겠소. 물론 라파엘 씨와 함께 말이오. 바텔, 에르난데스 장군에게 그렇게 전해 주게.”

바텔이 힐끗 도노반을 바라보았다.

“장군, 도밍고 대장의 1군을 자극하게 되지 않겠습니까?”

도노반이 묻자 프란시스코가 머리를 저었다.

“연합군 사령부는 이제 아무런 의미도 없습니다. 난 라파엘 씨를 내세우고 진군해 갈 테니까. 국민들은 절대적인 환영을 할 겁니다. 그렇지 않습니까?”

“그럴 겝니다, 장군.”

“그렇지 않은가, 바텔?”

바텔이 입 안의 침을 삼켰다.

“저도 그렇게 생각합니다, 각하.”

“그렇다면 에르난데스 대장에게 그렇게 전해주게. 진정으로 라파엘 각하를 복권시킬 의도라면 이곳에서 라파엘 각하만 빼내어 가는 것보다 내가 각하와 함께 바람을 몰고 가는 것이 훨씬 유리할 것이라고.”

“……”

“그렇게 되면 도밍고 대장도 마지못하건 어쩌건 간에 우리 측에 붙게 되네. 그를 적으로 돌리면 나와 에르난데스 대장이 연합한다손 치더라도 다시 내전이 일어나. 그에게도 여유를 주어야 해. 내 뒤를 따라 보고타로 진군해 오도록 해야 하네. 그래서 같이 라파엘 각하를 모시는 것이지."

이제 바텔은 입을 꽉 다물고 잠자코 있었다.

"그것 좋은 생각입니다, 장군."

도노반이 머리를 끄덕였다.

"우리는 한시바삐 정국을 안정시키려는 의도에서 라파엘 씨를 모시려고 했는데, 장군께서 적극적으로 그렇게 해주신다니 오히려 그 방법이 낫겠습니다."

"그거 혹시 본부의 승인을 받아야 하는 일 아닙니까, 도노반 참사관?"

프란시스코가 그렇게 물었으나 도노반은 입술 끝을 올려 웃고는 대답하지 않았다.

그러나 바텔은 이맛살을 찌푸린 채 시선을 이리저리 굴리면서 불안한 표정이었다.

"도노반 씨, 당신이 도와야 할 일이 있을 것 같습니다. 여기, 바텔 소장의 입장이 난처한 모양인데."

프란시스코가 앞에 앉은 바텔을 턱으로 가리키며 말했다.

"내가 주문받은 일 이상을 하게 되니까 바텔이 오해를 받게 되겠소."

"염려 마시오, 바텔. 에르난데스 장군도 적극적으로 찬성할 겁니다."

도노반이 말하자 프란시스코도 머리를 끄덕였다.

"날 이쪽에 남겨 두어 도밍고를 견제시키는 것보다 보고타로 끌어들여 확실한 우군으로 해 두는 게 이로울 것이라고 말하게나, 바텔. 도밍고는 갖은 수단을 써서 나를 끌어들이려고 할 테니까 말이야."

"잘 알겠습니다, 각하."

바텔이 머리를 끄덕였다.

"그럼 되었어. 아드리스, 이젠 라파엘 각하를 찾아야 되네. 밀림에 전단을 뿌려 내가 직접 각하를 모시러 간다고 하게. 나 혼자서라도 가겠어."

"알겠습니다, 각하."

도노반과 바텔은 잠자코 그들을 바라보았다.

보고타 시내의 힐튼 호텔 근처에 있는 가브리엘 정형외과 원장인 가브리엘 박사는 나이가 육십이 지났으나 언제나 출근은 두 번째로 한다. 6시 30분에 병원 문이 경비에 의해 열리면 문 앞에서 기다리던 청소부인 마리아가 병원으로 들어가는 첫 출근자이기 때문이다.

오늘도 6시 45분에 가브리엘 박사는 병원 앞의 주차장에 차를 세웠다. 아침의 신선한 공기가 차 밖으로 나온 그의 코에 스며들었고, 아침 안개가 조금 끼어 있었으나 상쾌한 아침이었다. 카스틸로가 그가 예견한 대로 제 명에 살지 못하게 된 것도 마침 좋은 아침이 된 이유 중의 하나일 것이다.

어제 새벽의 라파엘 측 공격은 대단했었다. 병원에 마악 출근해 있던 그는 유리창이 깨질 듯 덜렁거리고 벽이 울리는 폭음을 30분 가깝게 들었던 것이다. 그러고는 산산조각 난 카스틸로의 시체를 맞추느라고 지금도 국립의료원의 조르단과 그의 제자들은 진땀을 흘리고 있다.

가브리엘은 차의 열쇠를 잠그고는 두 팔을 뒤로 힘껏 젖히면서 심호흡을 했다. 제일 멋진 일은 프란시스코가 라파엘을 모시고 보고타로 진군해 온다는 뉴스였다. 그리고 에르난데스도 웬일인지 그것을 적극 환영한다는 성명을 어젯밤 특별 뉴스로 방송하고 있었다.

"가브리엘 원장이십니까?"

뒤에서 부르는 소리에 가브리엘은 놀라 몸을 돌렸다. 이른 아침의 빈 주차장에 사람이 있을 줄은 생각지도 못했던 것이다.

"그렇습니다만, 댁들은 누굽니까?"

그는 앞에 서 있는 두 명의 사내를 번갈아 바라보며 물었다.

한 명은 양복 차림의 날카로운 인상의 사내였는데 어딘가 경찰 계통의 사내로 보인다. 그리고 다른 한 명은 보기 드문 메스티소계의 거인이다. 판초를 들렀으나 보통 사람이 입으면 비웃처럼 보일 만큼 컸다.

그의 얼굴을 바라보던 가브리엘은 얼른 시선을 양복을 입은 사내 쪽으로 돌렸다.

"박사님, 치료해주셔야 할 사람이 있습니다."

양복을 입은 사내가 한 걸음 다가섰다.

"총상입니다. 가슴과 배에 네 발을 맞았는데 의식이 없습니다."

사내의 눈이 번들거리고 있었는데 이것은 공무로 온 것이 아니다. 가브리엘은 한 걸음 뒤로 물러섰다.

"병원으로 데려오셔야지. 그럼, 환자는 지금 어디에 있소?"

"병원으로 데려갈 입장이 안 됩니다, 박사님."

사내가 뚫어질 듯 가브리엘을 노려보았다.

"어제 카스틸로를 폭사시켰기 때문입니다. 우리들이 말입니다."

가브리엘이 저도 모르게 눈을 치켜뜨면서 입을 벌렸다.

"치료 도구를 가지고 같이 가주십시오. 부탁합니다."

"이것 보시오, 나는."

그러자 뒤쪽에 서 있던 거인이 성큼성큼 다가오더니 판초 속에서 한 팔을 꺼내었다. 수류탄 두 개를 한 주먹에 쥐고 있는 손이 보였다.

그는 잠자코 가브리엘의 양복 주머니에 수류탄 한 발을 집어넣었다. 그러고는 남은 한 발의 수류탄을 입으로 가져가더니 안전핀을 뜯어 뱉었다.

"박사님, 의료 도구를 가지러 가십시다."

양복을 입은 사내의 말소리는 이제 부탁조가 아니었다.

그들이 시내의 빈민가에 있는 허름한 주택 안으로 들어섰을 때는 그로부터 한 시간이 지난 뒤였다.

방에는 한 사람이 침대 위에 누워 있었는데, 그를 내려다본 가브리엘은 이맛살을 찌푸렸다. 그는 목숨이 붙어 있는 것이 기적이었다. 상체를 가득 붕대로 감아 놓았고 지혈을 시킨답시고 약방에서 가져온 온갖 약을 처바른 모양이었다.

붕대는 온통 피에 젖어 있었는데 환자는 가늘게 숨을 쉬고 있었다.

"붕대를 떼어 내시오. 어서!"

가브리엘이 소리치자 방 안에 있던 두 사내가 달려들어 붕대를 떼어 내었다.

그동안에 가브리엘은 머리를 들어 방 안을 둘러보았다. 퀴퀴한 냄새에 피비린내가 섞여 있는 이곳은 걸인이나 살아가기를 포기한 마약 상습자들이 사는 곳이어서 경찰도 들어서기를 꺼리는 곳이다.

식수와 전기의 공급도 되지 않았으므로 라파엘의 게릴라들도 잠복하기에 불편해 찾지 않는다고 들었다.

방의 한쪽 구석에는 로켓포와 소총이 여러 정 세워져 있었고 구석에는 수류탄 덩어리가 오물 덩어리처럼 어지럽게 흩어져 있다. 방 안에 있는 사람은 자신을 끌고 온 사람과 합해 모두 네 사람이다. 누워 있는 사람은 곧 시체가 될 것이므로 숫자에서 빼도 될 것이었다.

사내는 가슴에 두 발, 어깨에 한 발, 그리고 옆구리에 한 발의 총상을 입고 있었다. 가슴 상처에서는 아직도 조금씩 피가 배어 나오고 있다.

가브리엘은 한동안 입을 벌리고 사내의 몸을 내려다보았다. 이렇게 총을 맞고도 살아 있는 사람은 처음 보는 것이다.

"자, 거기 가방을 이리로!"

사내의 몸 위에 엎드리면서 그가 짧게 말하자 사내들이 다투듯 가방을 쥐어 그의 앞에 내려놓았다.

"선생님, 제발 살려주십시오."

갑자기 커다란 얼굴의 사내가 그의 옆으로 다가와 말했다.

"이대로 보스를 죽게 할 수는 없습니다. 보스는 너무 억울합니다."

가브리엘은 상처 자국을 하나하나 살펴 나갔다. 가방에서 가위와 붕대를 꺼낸 그는 소독약을 쥐었다.

사내가 다시 말을 이었다.

"박사님, 우리는 카스틸로를 처단했습니다. 그리고 배신당한 겁니다. 우린 동료들을 거의 다 잃었습니다. 배신자들에게 말입니다."

"거기 핀셋을 주시오."

핀셋이 주어졌고 그는 가슴 부근의 상처를 열어보았다. 그의 가슴이 뛰었다. 두 발 모두 심장 근처에 박혀 있었고 총알의 밑바닥이 보인다. 아직 심장을 건드리고 있지 않은 것이다.

"불을! 조금 더 밝게!"

방 안이 어두웠으므로 그가 짧게 소리치자 사내 하나가 촛불을 두 개 밝혀 들고 다가왔다. 모두들 촉각을 곤두세우고 그의 일거수일투족에 예민하게 반응하고 있다.

"배신한 것은 누굽니까?"

긴장을 풀어야 했으므로 가브리엘이 상처를 벌리면서 물었다.

"라파엘입니다. 아니, 미국인지도 모릅니다."

넓은 얼굴의 사내는 갑자기 말끝을 흐렸다.

힐끗 머리를 든 가브리엘은 그의 얼굴이 낙담으로 찌그러져 있는 것을 보았다. 마치 어머니를 잃어버린 아이의 얼굴이었다.

"우린 이유도 없이."

"브루노, 그만 해."

날카로운 얼굴의 사내가 갑자기 입을 열었다.

"박사님 일에 방해가 돼."

브루노라고 불린 사내는 입을 닫았고 그의 뒤쪽에 서 있는 거인과 말쑥한 얼굴의 사내는 이쪽의 손길만 바라보고 있었다.

수저를 내려놓은 민기철이 벽에 걸린 시계를 올려다보았다.

"1시 반 도착이니까 공항에 1시 반쯤 가서 기다리면 될 게다. 입국심사 받고 세관을 거쳐 나오려면 빨라도 30분은 걸릴 테니까."

아침 8시가 조금 지나 있었다.

머리를 끄덕인 김영지는 그의 앞으로 물그릇을 내려놓았다.

"12시에 후안이 엔진 세 개를 가져온다고 했어요. 그걸 받고 돈을 줘야 돼요."

"그래? 이제야 벤츠 엔진을 끼울 수 있게 되었군."

민기철의 얼굴에 웃음기가 떠올랐다.

"후안 그놈이 네가 말하면 고분고분 들어주는 모양이야. 내 말에는 들은 척도 않는 녀석인데."

"아저씨도 참."

"네가 일을 시작하고 나서 공장의 능률도 부쩍 올랐어. 하루에 10대에서 이제는 엔진 수리만 20대로 늘었다."

"그건 밀려 있던 일이 요즘에야 끝나서 그렇죠."

"영지야, 거기 TV 볼륨 좀 높여봐라. 뉴스를 좀 듣자꾸나."

민기철이 그녀의 뒤쪽에 놓인 TV를 턱으로 가리켰다.

김영지가 볼륨을 높이자 아나운서의 목소리가 들려 왔다. 오늘도 라파엘 대통령의 복권에 대한 뉴스였다. 프란시스코와 함께 보고타로 진군한 라파엘은 에르난데스의 대대적인 환영을 받았고 보복 없는 정치를 선언했다.

그것이 이틀 전이었다. 오르쿠에에 주둔해 있던 도밍고 대장도 어제 참모들과 함께 보고타로 날아와 라파엘 대통령에게 충성을 맹세했다. 전국은 이제 내란이 끝난 축제 분위기에 젖어 있었다.

아나운서는 대통령이 오늘 낮 12시를 기해 전국의 계엄령을 해제하기로 결정했다고 말하는 중이었다.

"어쨌든 대단한 사람이야, 라파엘은."

물그릇을 내려놓으면서 민기철이 혼잣소리처럼 말했다.

"우린 연합군에 포위되어서 금방 잡혀 처형당할 줄 알았지, 보고타에 부대를 보내어 카스틸로를 박살낼 줄 누가 알았겠니?"

"그날 아침은 무서워서 혼났어요."

김영지의 말에 민기철이 풀썩 웃었다.

"실은 나도 그랬다. 포탄이 터지는 소리가 수십 발 들리는데, 누가 아니? 잘못 날아온 포탄에 사람이 다칠지도 모른단 말이야. 옛날 한국 전쟁 때에도 오폭으로 많이 죽었어."

그러다가 민기철이 말을 그치고는 TV를 바라보았다.

아나운서는 라파엘의 대사면령을 발표하고 있었다. 카스틸로 정권 하의 정치범과 수배자들에게 라파엘이 사면령을 내린다는 것이다.

"그건 말두 안 돼. 골라서 사면을 하든지 말든지 해야지."

이맛살을 찌푸린 민기철이 말했다.

"고영무 같은 놈은 라파엘 정권이 책임지고 잡아줘야 돼. 그런 놈은 사면을 받을 수가 없어."

"……"

"그놈이 보고타에 숨어 있는 모양이다만, 내가 탄원을 해서라도 꼭 잡을 테다."

"아저씨, 이제 그만두세요."

김영지의 말에 민기철이 눈을 둥그렇게 떴다.

"그게 무슨 말이냐? 네가 모든 걸 잊고 일에 몰두해서 내가 마음은 놓는다만, 그 일을 그냥 넘어갈 수는 없다. 영지야, 죄 지은 놈은 죗값을 받아야 돼."

김영지는 자리에서 일어나 빈 그릇을 모았다.

"그런 놈은 정권이 바뀌더라도 다음 정권에 분명히 인계를 해줘야 된다."

김영지는 빈 그릇을 들고 주방으로 다가갔다.

그와 묘지에서 헤어진 지 일주일이 지났다. 살아 돌아오면 꼭 찾을 것이라고 하던 그의 목소리와 그때의 표정이 눈에 선했으나 그가 지금 어디에서 무엇을 하고 있는지는 알 수가 없다. 민기철의 말대로 정권이 바뀌어도 쫓길 입장이어서 어디에 숨어 있는지도 모른다.

그릇을 닦으면서 김영지는 가늘게 긴 숨을 내쉬었다.

외삼촌을 설득하여 오늘 1시 반 비행기로 어머니는 보고타로 돌아오게 되었다. 어머니는 어쩌면 자신을 이해할 수 있을지도 모른다.

"누구요?"

뒤쪽에서 민기철이 문 쪽을 향해 묻는 소리에 김영지는 머리를 돌렸다.

민기철이 일어나 현관 쪽으로 다가갔다. 그릇을 챙겨 서랍 속에 넣는데 민기철이 그녀를 불렀다.

"영지야, 시내에서 손님이 찾아왔다."

물에 젖은 손을 치마로 닦으면서 김영지는 현관으로 다가갔다. 공장의 종업원과 나란히 서 있는 사내가 눈에 띄었다.

첫눈에 스페인계 메스티소였다. 눈매가 날카로운 사내였으나 그녀와 시선이 마주치자 모자를 벗었다.

"김영지 씨 맞습니까?"

"네, 그런데요."

민기철이 그녀의 옆에 서서 사내를 의심쩍은 시선으로 쏘아보고 있었다.

"저, 잠깐 개인적으로 드릴 말씀이."

사내가 힐끗 민기철을 바라보는 순간 김영지의 가슴이 뛰었다.

"아저씨, 저 잠깐만 나갔다 올 게요."

행주치마를 벗어 현관 옆에 내려놓은 김영지는 그의 곁으로 다가갔다.

종업원이 몸을 돌려 공장으로 돌아가는 것을 바라보던 그가 입을 열었다.

"저는 페드로라고 합니다. 제 보스는 고영무 씨라고 하는데, 알고 계십니까?"

김영지가 아랫입술을 깨물며 그를 쏘아보았다. 그녀는 힘들여 머리를 끄덕였다.

"저, 무슨 일이 있어요?"

"보스가 총에 맞아 중상을 입었습니다. 다행히 생명은 건졌습니다만."

김영지를 탐색하듯 바라보면서 그는 손에 든 중절모를 구기적거렸다.

"보스가 뵙고 싶다고 합니다, 세뇨리타."

"……"

"의사도 살아난 것이 기적이라고 했습니다."

"지금 어디에 있어요?"

그녀는 자신의 목소리가 갈라져 있는 것을 느꼈다. 사내의 얼굴이 순식간에 밝아지고 있었다.

"제가 모시고 가겠습니다."

"잠깐, 옷을 갈아 입구요."

"제 차가 공장의 정문 앞에 있습니다, 세뇨리타."

김영지는 몸을 돌려 집 안으로 들어갔다.

"왜? 무슨 일이냐?"

그녀의 얼굴을 들여다본 민기철이 눈을 치켜뜨고 물었다.

"좋은 일이냐?"

김영지는 고영무에게로 한 걸음 다가섰다. 이젠 어느 정도 마음이 진정되어서 가슴이 두근거리고 온몸이 떨리는 것은 조금 나아졌다.

상반신을 온통 붕대로 감은 채 고영무는 눈을 감고 누워 있었다. 방 안에는 서너 사람의 사내들이 있었으나 모두들 잠자코 입을 다문 채 그녀를 바라보았다.

김영지는 침대 가까이에 있는 의자에 앉았다. 무엇을 어떻게 해야 할 것인가가 생각나지 않았으므로 머리를 돌려 주위에서 있는 사내들을 바라보았다.

자신을 데려온 사내는 침대 끝에 서 있었는데 시선이 마주치자 얼른 시선을 내렸고, 나머지 사내들은 아예 그녀 쪽을 쳐다보고 있지도 않다.

김영지는 어둡고 냄새나는 방 안에 앉자 한동안 우두커니 고영무를 내려다보았다. 문득 그가 한 말이 떠올랐다. 만일 죽게 된다면 죗값을 받아 죽었다고 믿으라는 말이다.

그의 가슴이 조금씩 흔들리는 것을 보면 살아 있었다.

"거시기."

옆쪽에서 굵은 한국어가 들렸으므로 그녀는 퍼뜩 머리를 들었다. 산타모니카에서 보았던 거인이 자신을 내려다보고 있었다.

"형님은 댁이 그때 그렇게 한 것이 가슴에 맺혔던 모양이오. 내가 들었는데, 댁네 오빠를 해코지한 것이 우리 형님이 아니라고 합디다."

그의 말소리가 어두운 방 안을 울렸다. 그러자 그제야 사내들이 몸을 움직였는데, 얼굴이 넓은 메스티소는 뒤쪽의 의자로 물러가 앉았고 자신을 데려온 사내는 돌아서서 철벅거리며 수건을 빨았다.

"우리 형님은 거짓말할 사람이 아니여. 아, 죽였으면 죽였다고 말해버리지 뭐 하러 숨기겠소? 어디 사람 한두 명 죽여 보았나?"

"……"

"형님이 깨어나면 내가 잘못 생각한 것 같다고 말해버리시오. 그것이 신상에 이로울 거요."

"야, 시끄러!"

옆에 서 있던 다른 한국인이 그의 말을 잘랐다.

"박사님 오실 때가 되었으니까 네가 나가 봐. 어서!"

퍼뜩 눈을 치켜들었던 거인이 잠자코 몸을 돌렸다.

"저, 병원에는 왜?"

김영지가 말쑥한 얼굴의 사내를 바라보며 한국말로 물었다.

사내가 입술 끝으로 웃음을 띠며 말했다.

"우린 배신을 당했습니다. 라파엘 측이 아마 우리를 찾고 있을 겁니다."

"……"

"카스틸로를 제거하고 나니까 그놈들이 공격을 해오더군요. 살아 남은 사람은 우리 다섯 명뿐입니다."

"……"

"형님은 살아나실 겁니다. 이렇게 당하고 돌아가실 수는 없습니다."

김영지는 구석의 선반 위에 촛불 한 자루가 켜져 있는 어두운 방 안을 돌아보았다. 창문이 없었으므로 환기도 되지 않는다. 밖은 이미 밝은 한낮이었으나 이곳은 밤이었다.

김영지가 머리를 들었다.

"오늘 저녁에 저희 집으로 옮기세요."

사내가 눈을 깜박이며 그녀를 내려다보았다.

"방을 치워 두겠어요. 모두 저희 집으로 옮기세요."

시계를 내려다보면서 김영지는 자리에서 일어섰다. 11시 반이었고 공항에 나가야 할 시간이다.

"괜찮겠습니까?"

조심스럽게 사내가 묻자 그녀는 머리를 끄덕였다.

"방이 많아요. 오빠가 쓰던 방도 비어 있구요."

문이 열리더니 밖으로 나갔던 거인이 가방을 든 사내와 함께 들어섰다. 나이 든 사내는 거침없이 고영무에게 다가왔는데 의사인 것처럼 보였다.

고영무가 눈을 떴을 때 맨 처음 시야에 들어온 것은 천장에 매달린 둥근 모양의 형광등이었다. 눈앞이 희미하게 밝아져 온다고 느끼며 그것이 형광등이라는 것을 알게 되기까지에는 상당한 시간이 걸렸지만 이제는 형광등과 밝은 색깔의 천장 벽지무늬까지 선명하게 보였다.

그는 머리를 돌려 방의 안쪽을 바라보았다. 책상이 벽에 붙어 있었고 옆쪽에는 장롱 같은 커다란 목제 가구가 놓여져 있다. 가구의 냄새에 섞여 약품 냄새가 맡아져 왔으므로 그는 시선을 내려 자신의 상반신을 바라보았다. 온통 흰 붕대에 감긴 자신의 몸이 보였다.

까뜨린 12번 도로에서 온몸에 격심한 충격을 받고 쓰러지는 순간이 기억에 떠올랐다. 총성과 충격, 뺨에 부딪쳤던 아스팔트의 차갑고 습기에 젖었던 촉감도 기억되었다. 아물거리며 희미해지는 의식 속에서 최대광의 고함 소리를 들었다. 그러고는 지금 이렇게 따뜻한 방 안에 누워 있는 자신을 발견한 것이다.

그러나 이곳이 어디인지 알 수가 없었으므로 그는 두 팔을 침대에 받치고는 상반신에 힘을 주어 보았다.

머리가 조금 들렸다. 그러자 옆쪽의 문이 열리더니 손에 무엇을 받쳐 든 한 여자가 들어섰다.

"어머나."

그녀가 놀란 듯 짧게 소리쳤고 덩달아 고영무도 놀라 눈을 치켜떴다. 그녀는 김영지였다.

"깨어나셨네."

그녀의 눈이 깜박이며 입이 벌어졌는데 그것은 분명히 기쁜 표정이었다.

"아직 움직이면 안 돼요. 누워요, 어서."

다가온 그녀는 한 손을 그의 이마에 대고 눌렀다.

고영무가 그녀를 올려다보았다.

"여긴 어딥니까?"

"우리 집이에요."

"내가 왜 여기에 와 있지요?"

김영지는 들고 온 물수건을 접어 그의 이마 위에 올려놓았다.

"여기 오신 지 이틀이 되었어요. 나흘 동안 혼수상태였어요."

"……"

"가브리엘 박사님이 꼭 깨어날 것이라고 하시던데, 정말이군요. 당신은 강한 사람이래요."

"내 동료들은."

"지금 모두 우리 집에 있어요. 새벽 3시니까 잠을 자고 있어요."

"누구누구가."

"한국사람 둘하고 브루노 씨, 페드로 씨, 네 명이에요."

"……"

"라파엘이 대통령으로 복권되었어요. 에르난데스나 다른 장군들도 모두 라파엘에게 충성을 맹세했고."

김영지의 밝은 얼굴을 올려다보던 고영무는 눈을 감았다.

김영지의 목소리는 맑았고 들떠 있었다.

그녀가 말을 이었다.

"당신이 살아나 주어서 기뻐요. 약속을 지킬 수 있게 되어서요."

"……"

"당분간은 이곳에서 쉬어요. 여긴 안전하니까. 아무도 당신을 귀찮게 하지 않을 거예요."

고영무는 눈을 떴다.

"영지 씨, 그 사람들을 모두 내 방으로 불러줘요. 지금."

눈을 깜박이며 그를 내려다본 김영지가 자리에서 일어섰다.

"가브리엘 박사한테도 연락을 해야겠어요. 무리하면 안 될 텐데."

"영지 씨."

문 쪽으로 다가가던 김영지가 몸을 돌렸다.

시선이 마주치자 고영무는 그녀를 향해 웃음을 띠어 보였다.

"고맙소. 인사가 늦은 것 같아."

그를 향해 두어 번 머리를 젓고 난 김영지는 잠자코 몸을 돌렸다. 최대광을 선두로 그들이 방 안으로 들어선 것은 그녀가 나간 지 5분도 채 되지 않아서였다.

"형님, 이젠 되었습니다."

최대광이 떠들썩하게 소리쳤고 신용만은 서둘러 다가와 그의 손을 잡았다.

"보스, 나는 보스가 깨어날 줄 알고 있었습니다."

브루노가 머리를 끄덕이며 말했는데, 페드로는 어금니를 꽉 문 채 고영무를 바라보며 서 있었다. 얼굴이 상기되어 있었다.

그들의 얼굴을 하나씩 둘러보던 고영무가 입을 열었다.

“살아남은 사람은 너희들 넷이냐?”

“보스까지 합해서 다섯입니다.”

브루노가 침대 옆으로 바짝 다가와 섰다.

“모두 죽었습니다, 보스. 짐 버클리도, 앙헬도, 산토스도, 그리고 후안이나 다른 사람들도.”

스물여덟 명에서 다섯 명이 남은 것이다.

한동안 브루노를 바라보던 고영무가 다시 입을 열었다.

“마론이라고 했지? 그놈, 니콜라스의 부하라는 그놈은 어떻게 되었나?”

“아직 모릅니다, 보스. 우리는 숨어만 있었습니다.”

브루노가 대답했고 신용만이 말을 이었다.

“형님이 깨어나실 때만 기다리고 있었습니다. 만일······”

그러고는 우뚝 말을 멈추었는데 고영무는 다음 말을 짐작할 수 있었다. 만일 자신이 죽는다면 그때 가서 다시 상의를 한다는 말일 것이다.

고영무는 팔꿈을 침대에 짚고는 머리를 들었다. 가슴 부근에서 찌르는 듯한 통증이 왔으므로 그의 이마에는 금방 땀방울이 맺혔다.

최대광이 그의 상체를 잡았다.

“형님, 괜찮으십니까?”

“날 일으켜라. 앉아야겠다.”

최대광과 신용만의 부축을 받은 그는 침대 위에 등을 기대고 앉았다.

“앙드레를 잡아와라. 그놈이 사실을 알고 있을 것이다.”

“보스, 그놈은 가게 문을 닫고 종적을 감추었습니다. 제가 어제도 찾아가 보았습니다만.”

페드로가 조심스럽게 말했다.

“보스, 우선 몸이 나으실 때까지 기다리시지요. 그때 가서 놈들을 찾아내도 늦지 않습니다.” 브루노의 말에 신용만이 머리를 끄덕였다.

"아무도 믿을 놈이 없습니다. 라파엘이나 알폰소도, 그리고 미국에 있는 놈들도."

그는 눈을 부릅뜨고 어금니를 물었다.

"우리는 이용만 당한 겁니다, 형님."

한국말이었으나 브루노는 이야기의 내용을 눈치 챈 모양이었다.

"보스, 만일 라파엘이나 알폰소가 우릴 배신했다면 난 그들도 살려 두지 않겠습니다. 죽은 동료들 몫까지 합해서 복수를 하고야 말겠습니다."

브루노의 말소리가 방 안을 울렸다.

방문이 열리더니 나이 든 사내와 함께 김영지가 들어섰다.

"이런, 깨어나셨군. 그런데 일어나 앉아서 무얼 하는 거요?"

그는 커다란 목소리로 꾸짖듯 말했다.

"당신들 지금 환자를 상대로 무슨 짓을 합니까? 어서 밖으로 나가시오."

침대가에 둘러선 사내들을 향해 가브리엘이 다시 소리쳤다.

"자, 다시 누워요. 어서. 신이 내려준 은혜를 소중하게 지켜야 합니다."

가브리엘은 김영지와 함께 그의 몸을 침대 위로 다시 누였다.

"배은망덕한 자식 같으니. 자금 지원을 해달라고 굽실거릴 때가 언제인데 지금은 전화도 안 받는 거야?"

카를로스는 머리를 들어 앞에 서 있는 문도를 쏘아보았다.

"알폰소의 집으로 전화를 해봐. 내 이름을 대고 내가 이야기할 것이 있다고 전해."

"카를로스, 알폰소는 집에 들어가지 않습니다. 대통령궁에서 라파엘과 함께 있습니다."

문도는 시선을 마주치지 않으려는 듯 얼굴을 돌렸다.

"좋아, 그렇다면 라파엘에게 전화를 해라. 그 비서관놈들에게 이 카를로스가 직접 라파엘을 면담해야겠다고 전해."

"카를로스, 지금은 상황이 좋지 않습니다. 알폰소가 전화를 받지 않는 걸 보면 알 수 있습니다."

문도가 똑바로 그를 바라보았다.

천장에 달린 전등의 불빛이 희미해졌다가 다시 밝아졌다. 자가발전을 하고 있었으므로 발동기에 이상이 있는 모양이었다.

이곳은 북부 지방의 고원에 있는 카를로스의 별장이었다. 카스틸로가 길거리에서 폭사당했다는 정보를 듣고 난 즉시 카를로스는 헬리콥터로 보고타에서 6백 킬로나 떨어진 이곳으로 날아온 것이다.

별장은 카를로스가 전국 곳곳에 가지고 있는 일곱 개 별장 중의 하나였으나 경비가 가장 완벽한 곳이다.

인근에 집단으로 거주하는 인디오들은 모두 카를로스의 명령 한마디면 당장에 무장세력으로 변하게 된다. 충성스런 그들의 경호를 받고 있었으므로 이곳은 카를로스의 요새나 마찬가지였다.

"라파엘도 정권을 유지하려면 내 도움을 받지 않으면 안 돼, 문도. 정상적인 수출이나 수입으로 국가 재정을 맞출 수 있다면 카스틸로도 나하고 손잡지는 않았을 거야."

격렬하게 화를 낼 줄 알았던 카를로스가 의외로 차분하게 말했다.

"미국의 원조도 한계가 있어. 그리고 놈들의 원조에는 언제나 조건이 따른단 말이야. 뱃이 있는 놈이라면 그 짓은 못할 짓이지."

"카를로스, 카스틸로를 친 것은 미국의 지시를 받은 고영무 일당입니다. 라파엘은 미국의 힘으로 복귀된 것이나 마찬가지가 되었으니 미국의 영향력이 커질 겁니다."

"알고 있어, 문도."

알폰소가 전화를 받지 않는 것도 그것 때문일 것이다. 저희들이 발표

했던 것처럼 저희들의 특공대가 카스틸로를 처단했다면 이렇게 눈치를 볼 리가 없다.

"그런데 그놈, 고영무는 LA에서도 이곳에서도 안 보이는데 어떻게 된 일이야?"

"미국 측이 숨겨 두었겠지요. 자신들이 정권 전복에 관여했다는 것을 감추려고 들 테니까요."

문도가 한 걸음 다가와 그를 찬찬히 내려다보았다.

"카를로스, 당분간 이곳을 떠나시는 것이 어떻겠습니까?"

"어디로 말이야?"

이맛살을 찌푸린 카를로스가 물었다.

"이곳보다 안전한 곳이 있단 말이냐? 1개 사단 병력이 쳐들어온다고 해도 헤그리족들로 편성된 내 사병(私兵)은 끄떡없어. 무기도 콜롬비아 정규군보다 월등하다. 난 도망칠 이유가 없다."

"카를로스, 도밍고의 1군이 오르쿠에서 철수해 옵니다."

"저희들의 본대로 귀환하는 거야."

"시에나가로 가려면 이곳 마간게 부근을 통과하게 됩니다, 카를로스."

"……"

"카를로스, 당분간은 외국으로 몸을 피하시는 것이."

문도의 얼굴을 바라보며 키를로스는 한동안 입을 열지 않았다.

"LA로 떠나시면 됩니다. 이번에 거둔 마약은 제가 배에 싣고 뒤따라 가겠습니다."

문도가 다시 입을 열었다.

"크링거와 함께 계시면 안전합니다. 마약부 놈들이 설령 눈치를 챈다 손 치더라도 함부로 달려들지는 못합니다, 카를로스."

"……"

"이쪽 상황이 안정되면 다시 돌아오시면 됩니다."

천장의 전등이 다시 희미해졌는데 금방 밝아지지 않고 있었다.

"도대체 어떻게 된 일이야?"

박정환이 다시 묻자 이자영이 얼굴에 웃음을 띠었다.

"도망쳐 왔어, 서울을."

"그건 말했잖아? 그러니까 왜?"

"박주경이를 피해서. 그놈이 날 잡으려고 해서."

짐작하고 있었던 모양으로 박정환은 물끄러미 그녀를 바라보았다.

"그놈의 뒤통수를 때리기는 했는데 뜻대로 되지 않았어, 일이."

이자영은 라운지 주위를 신기한 듯한 표정으로 둘러보았다. 코리아타운 안에 있는 조그만 호텔 안이다. 주변은 한국 사람들로 가득 차 있었고 들리는 말도 한국말이었다.

"차이나타운에서 만나자고 할 걸 그랬어. 한국말 듣기가 싫어."

"얘가 돌았군."

박정환이 이맛살을 찌푸리며 그녀를 바라보았다.

참으로 난데없이 이자영이 나타난 것이다. 그녀가 서너 달 전에 회사를 그만두었을 때 별 소문이 난무하기는 했었다. 누구는 그녀가 회장한테 찍혀서 그만두었다고도 하고 또 누구는 그녀가 새로운 회장과 결혼하기 위해서 준비하려고 회사를 그만두었다고도 했다.

아무리 그들이 비밀을 지키려고 해도 10만 명이 넘는 식구를 가진 일성그룹이다. 이자영과 박주경이 그랜드 호텔을 밥 먹듯이 들락거리는 것을 한두 사람이 본 것이 아니었다. 비서실 직원도 보았고 바이어를 데려다주러 왔던 영업부 직원도 보았고 회장실의 운전사도 보았다. 둘만 모르고 있었지 소문이 무성해 있어서 LA에 있는 박정환까지도 진즉부터 알고 있었던 것이다.

"박주경이, 아니, 그래 회장이 널 왜 잡으려고 해?"

얼굴을 굳힌 박정환이 물었다. 이것은 북한 공작원과 접선하는 것보다 더 진땀이 났다. 그녀가 회장과 원수가 되어 버린 사이라면 이제 그녀와 만나는 것이 회장에게 보고가 될 경우 자신의 장래는 그것으로 끝이다.

"내가 그놈의 비리를 폭로한다고 했거든. 비자금 조성 문제나 날 이용해서 김학래 사장과 박인경 사장을 거세한 것을 말이야. 고영무의 사건을 가지고."

이자영이 손에 든 커피잔을 내려다보면서 말했다. 짧은 머리에 윤곽이 뚜렷한 얼굴형은 언제 봐도 퍼뜩이는 생기가 있었다. 그러나 시선을 내리깔고 있는 지금의 그녀는 예전의 그녀가 아닌 것 같아 보였다.

"그랬더니 날 잡으려고 하는 거야. 그래서 도망쳐 왔어."

"회장은 지난달에 결혼했잖아?"

박정환이 불쑥 물었다.

"너하고 결혼 약속을 했던 거야?"

"응."

시선을 든 그녀가 머리를 끄덕였다. 어린아이처럼 천진한 동작이었으므로 박정환은 가슴이 가라앉는 기분이 들었다.

"결혼 약속을 했어, 수십 번. 대권을 쥐게 될 때까지 기다려 달라고. 날 명예회장의 비서로 보낸 것도 그놈이었어. 난 명예회장의 일거수일투족을 모두 알려 주었어. 그가 무엇을 원하는지, 무엇 때문에 기분이 나쁜지, 모두를."

이자영이 커피잔을 들어 한 모금 마시더니 그를 바라보며 웃었다.

"난 박주경에게 복수할 거야. 그놈을 파멸시키겠어."

"야, 야, 그만둬. 그러면 내 밥줄이 끊어진다."

"고영무가 여기 있지?"

문득 그녀가 물었으므로 박정환은 눈을 치켜떴다.

"고영무는 왜?"

"글쎄, 여기 있다고 들은 것 같은데? 신문에도 났었고."

"납치사건? 아냐, 그건 고영무가 한 짓이 아니라구."

박정환이 머리를 저었다.

"언론이 얼토당토않은 수작을 부린 거라구. 걔는 그런 일 하지 않았어."

"어쨌든 여기에 있지?"

박정환이 빤히 그녀를 바라보았다.

"여행 떠났어. 그런데 네가 걔한테 무슨 볼일이 있나?"

"일성그룹에 유감이 많을 거야, 고영무도. 그룹에서 공금횡령, 명예훼손으로 고발했거든."

"그래서?"

"어쨌든 만나고 싶어. 언제 돌아오는지 몰라?"

"그건 잘……."

머리를 젓던 박정환이 그녀를 물끄러미 바라보았다.

"도망쳐 왔다면 너, 돈도 없겠구나?"

"조금 있어. 하지만 아무 데라도 취직할 거야. 내 걱정은 안 해도 돼."

"젠장, 날 찾아온 주제에 그래도 자존심은 세워보겠다고."

그는 호주머니에서 수표 용지를 꺼내더니 사인을 휘갈겨 썼다.

"여기 5천 달러 있다. 내가 내일쯤 몇 만 달러를 만들어볼 테니까 돈 걱정은 말고."

"웬 돈을 이렇게."

이자영이 눈을 끔벅이며 찻잔 옆에 놓인 수표를 바라보았다.

"난 백만장자다. 이제야 까놓고 말하는데 이까짓 일성인지 이성인지 이놈의 회사를 안 다녀도 그만이야. 영무가 돌아오면 난 영무에게 이야기해서 다른 사업을 시작할 작정이야."

박정환이 의자에 등을 기대고 앉아 턱을 들었다.

"영무 그놈은 지금 콜롬비아에 있어. 지난달에 그쪽 소식을 들었는데 카스틸로 정권이 영무를 잡으려고 엄청난 현상금을 걸었다는군. 그래서 알게 된 거야. 그런데 카스틸로가 길에서 로켓포탄을 맞고 죽었단 말이야."

"……"

"아직 영무소식은 없어. 하지만 그놈은 이제 거물이야. 너나 나하고는 다른 사람이 되었어. 이 돈도 영무가 준 거야. 내 결혼 축의금으로."

그는 잠시 말을 멈추고는 물끄러미 이자영을 바라보았다.

"백만 달러를 주고 갔어, 그놈이. 살아서 돌아와야 할 텐데."

"……"

"망할 자식, 떠나기 전에 그런 거금을 주고 가다니. 마음에 걸린단 말이다."

거리에는 관광객이 부쩍 늘어나 있는 것이 눈에 띄었다. 가까운 미국 쪽의 관광객이 많았는데 그들은 콜롬비아 정국이 안정되었다고 믿는 것 같았다.

내부에서 제아무리 떠들어 댄다고 해도 외국인이 보는 시각은 다른 것이다. 카스틸로는 관광객을 유치하기 위해 치안이 완벽한 상태라고 장담을 하였으나 관광객들이 발길을 끊었던 것이다.

앙드레가 8번 도로의 모퉁이를 돌아 빌라의 정문으로 다가갔을 때 옆 길에서 한 무리의 일본 관광객들이 몰려왔다. 그들은 노인 그룹이었는데 모두들 가슴에 여행사 표시가 그려진 주먹만 한 플라스틱 이름표를 붙이고 있다. 앞장선 노인은 조그만 깃발을 들고 있었다. 그들은 인디오의 유적이 진열된 박물관에서 나오는 길이었다.

그들과 엇갈려 앙드레가 빌라의 정문으로 들어서는데 누군가가 어깨를 건드렸다.

젊은 일본인 한 명이 그를 향해 웃고 있었다. 신사복 차림의 관광객이다. 그러나 다음 순간 앙드레는 가슴이 아래로 뚝 떨어져 내리는 느낌이 들었다. 낯익은 얼굴이었다.

그러자 앙드레는 몸을 돌렸다. 그러나 바로 앞을 가로막고 선 거인의 가슴에 머리를 부딪칠 뻔하고는 발을 멈췄다.

"당장에 쏘아 죽일 수도 있다. 네 가족이 이곳 빌라에 있을 텐데, 가족과 함께 몰살을 시킬 수도 있다."

신용만이 나직하게 말했으나 얼굴은 여전히 웃는 표정이었다.

"우리는 거리에서 카스틸로를 폭살시킨 사람들이야. 네놈 목을 뚝 떼어버리는 것은 파리 잡는 것보다 쉬워, 앙드레."

"이것 보시오. 도대체."

"닥치고 따라와. 그러면 목숨은 건질 수 있을지 모른다."

거인이 자신의 어깨를 움켜쥐었으므로 앙드레는 입을 쩍 벌렸다. 신용만이 그의 옆에 바짝 다가서서 그의 어깨를 안고 활짝 웃었다.

지나가는 사람들이 여럿 있었으나 관심을 보이지 않는다. 일본 관광객들의 꼬리는 아직 끊어지지 않았다. 노인들이라 걸음들이 더뎠고 앞뒤에서 부르는 소리와 웃는 소리로 떠들썩했다.

정문 옆쪽에 구형 시보레가 세워져 있었는데 그들은 그쪽으로 다가갔다.

그들을 태운 시보레는 자동차 공장의 정문으로 들어섰고 공장을 지나 안쪽에 있는 저택의 현관에서 멈췄다. 시내를 빠져 나와 이곳까지 오는 동안 그들은 모두 입을 열지 않았고 앙드레도 마찬가지였다.

현관문이 열리더니 넓은 얼굴의 사내가 나타났다. 앙드레는 그의 이름을 기억했다. 브루노였다.

"여어, 왔군. 앙드레."

그가 웃는 얼굴로 머리를 끄덕였다.

"어서 오게. 기다리고 계시네."

거인이 등을 떼밀었으므로 앙드레는 넘어질 듯 집 안으로 들어섰다. 응접실을 지나 침실의 문을 연 브루노는 앙드레의 팔을 잡았다.

"반가워하실 거네, 앙드레."

"이것 봐요, 브루노. 나는……."

방 안으로 들어선 앙드레는 숨을 들이마셨다. 상반신을 붕대로 감싼 고영무가 침대에 일어나 앉아 그를 바라보고 있었던 것이다.

"앙드레, 마룻바닥에 앉아라."

의자가 침대 옆에 놓여 있었으나 고영무가 무표정한 얼굴로 말했다.

"미스터 고, 나는 시키는 대로 했을 뿐입니다. 제 말씀을 들으면 이해가 가실 겁니다."

마룻바닥에 앉으며 그가 말했다.

"말해 보아라, 앙드레."

그는 마치 미라가 관에서 빠져 나온 것 같은 분위기를 풍기고 있었다. 얼굴의 표정도 없고, 말을 하는데 입술이 달싹이는 것도 보이지 않는다.

앙드레는 손등으로 이마의 땀을 닦았다.

"우리를 습격한 놈이 누구냐?"

고영무가 억양 없는 목소리로 물었다.

"알폰소의 부하들입니다."

"개 같은 놈."

고영무의 눈을 올려다본 앙드레는 침을 끌어 모아 삼켰다.

"이놈이 거짓말을 하고 있다. 대광이 네가 혼을 내주어라."

뒤쪽에 서 있던 최대광이 한 걸음 앞으로 나왔다.

"죽일까요?"

"아니, 천천히. 우선 어디 한 곳을……."

군말 하지 않고 돌아선 최대광은 허리를 굽혀 마룻바닥을 짚고 있는 앙드레의 한쪽 팔을 집어 들었다. 그러고는 생각난 듯이 뒤를 돌아보았다. 브루노와 시선이 마주쳤다.

"브루노, 이놈 입을."

브루노가 다가와 앙드레의 입에 수건을 틀어막았다.

머리를 끄덕인 최대광은 앙드레의 한쪽 팔을 곧게 폈다. 앙드레가 기를 쓰고 팔을 움츠리자 그는 입술 끝을 부풀리며 피식 웃었다.

앙드레의 팔이 곧게 펴졌다. 팔의 양쪽 끝을 두 손으로 움켜쥔 최대광이 두 팔에 불끈 힘을 주었다.

"따악."

두꺼운 나뭇가지가 부러지는 소리가 들렸다.

입에 수건을 문 앙드레가 눈을 찢어질 듯 치켜뜨고는 온몸을 부들부들 떨었다. 수건 속에서 억눌린 비명 소리가 터져 나오고 있었다.

앙드레의 팔이 본래 굽혀지는 곳과는 반대쪽으로 굽혀져 있었다. 흰 뼈가 팔의 살갗을 뚫고 튀어나와 있었는데 피는 별로 흐르지 않는다.

"수건을 치워라."

고영무의 말에 브루노가 수건을 빼내었다.

"어어어어."

얼굴에 물벼락을 맞은 듯 땀을 쏟으면서 앙드레가 온몸을 떨었다. 눈의 초점이 흐려져 있었다.

"우리를 습격하게 만든 건 누구냐?"

고영무가 다시 물었다.

"네가 말하지 않더라도 찾아낸다. 하지만 널 네 가족과 함께 몰살시켜 버린다. 아이가 있다면 아이도 죽여 버릴 테다, 앙드레. 네 애미 애비도 모조리 죽인다. 자, 말해라."

"지미 골드요."

쥐어짜는 듯한 목소리로 그가 말했다.

고영무의 얼굴이 처음으로 움직였다. 눈을 치켜뜬 그는 한동안 앙드레를 내려다보았다.

"지미 골드? 그러면 마론이라는 놈은 누구냐? 니콜라스의 부하가 아닌가?"

"아닙니다."

자신의 팔을 내려다본 앙드레가 아랫입술을 세차게 깨물었으므로 피가 배어 나왔다.

"그들은 미국에서 파견된 사람들입니다. 일을 끝내고 돌아갔습니다."

"알폰소나 니콜라스는 이 일을 모른단 말인가?"

"그들은 당신들이 카스틸로의 부하들과 싸우다 당한 줄 알고 있습니다."

"지미가 왜?"

"그건 모릅니다."

앙드레는 고통으로 온몸을 떨었다. 악문 이 사이로 길고 굵은 신음소리가 터져 나왔다.

"나도 그날 밤에야 그들이 보고타에 도착했다는 것을 알았소. 난 그들이 당신을 도와주러 왔는 줄 알았소. 난 억울합니다."

"넌 미국 대사관을 들락거리고 있었어. 미국에서 어떤 지시를 받았는가 말해라."

앙드레가 이를 악물고 머리를 떨구자 최대광이 한 걸음 다가와 마룻바닥을 짚고 있는 그의 다른 쪽 팔을 움켜쥐었다.

"말하겠소."

앙드레가 소리치듯 말하면서 머리를 들었다. 눈물인지 땀인지 볼은 잔뜩 물기에 젖어 있었다.

"당신을 찾으라는 것이었소. 생사를 확인하라는. 그래서 알폰소에게도 연락을 하라는 것이오."

"알폰소에게?"

"그렇소."

"그래서?"

"그 다음은 나도 모릅니다. 이것이 내가 아는 전부요."

"그렇다면 알폰소도 나를 찾고 있단 말인가?"

그의 머리 위쪽을 바라보며 고영무가 물었다.

앙드레는 다시 머리를 숙이며 긴 신음 소리를 내었고 그의 뒤쪽에 둘러선 네 사내들은 말이 없었다.

"어머니, 저도 어머니를 잃었습니다. 제가 이곳에서 살인사건을 저질렀다고 신문에서 떠드니까 드러누우셨지요. 그런데 강도들이 몰려와서 그만."

고영무가 말하자 어머니는 잠깐 눈을 깜박이다가 다시 한 곳을 바라보았다.

그는 말을 이었다.

"인연을 만들면 만들수록 고통이 많다고 누가 말하더군요. 하지만 저는 어머니를 앞으로 제 어머니처럼 모실 작정입니다. 영지 씨도 제가 보살펴주겠다고 약속을 했습니다. 아버님 묘소에 가서 약속을 드렸지요."

가슴에 통증이 왔으므로 고영무는 의자에서 힘겹게 몸을 일으켰다. 이젠 몸을 조금씩 움직일 수 있게 되었으므로 그는 시간만 나면 김영지의 어머니 방을 찾아갔다.

"그럼 저는 돌아가겠습니다."

방문을 열고 나온 그는 천천히 걸음을 떼어 응접실로 다가갔다.

소파에 앉아 있던 브루노가 일어섰다.

"보스, 페드로를 아침 비행기로 출발시켰습니다. 카르타헤나에 도착하면 전화 주기로 했습니다."

"최하고 신은?"

브루노가 빙긋 웃었다.

"공장 일을 거든다고 나갔습니다."

머리를 끄덕인 고영무는 그의 앞을 지나 침실로 다가갔다.

"어머니한테 다녀오시는 길이세요?"

한 손에 붕대꾸러미를 든 김영지가 다가와 침실의 문을 열어 주었다.

"어머니는 나를 알아보셔. 내 말도 모두 들으시고."

김영지는 잠자코 그를 부축하여 침대 위에 눕히고는 붕대를 푼 후 가져온 새 붕대로 감기 시작했다. 익숙한 손놀림이었다.

"그렇게 서두르지 않으셔도 돼요."

붕대를 돌려 감으면서 그녀가 말했다.

그는 잠자코 그녀를 바라보았다.

"답답하시더라도 밖으로 나가면 안 돼요. 집 안에서만 돌아다녀야 돼요."

김영지가 붕대의 끝을 매면서 말했다. 그녀의 머리가 바로 얼굴 밑에 있었고 머리칼에서는 꽃향기 같은 냄새가 맡아졌다. 긴 머리를 뒤로 감아 올렸는데 흰 목덜미에는 보송보송한 솜털이 돋아나 있다.

"가브리엘 박사는 한 달쯤 지나면 가벼운 운동을 해도 좋다고 했어요.

그때까지는 집 안에 계셔야 돼요."

김영지가 머리를 들었으므로 그들의 시선이 마주쳤다.

"난 출근해야 돼요."

굽혔던 상체를 펴면서 그녀가 말했다.

"아저씨한테 엔진을 가져다 줘야 해요. 일이 밀려 있어요."

"아저씨는 아직도 나를 보면 편치 않으신 모양이던데."

고영무의 말에 그녀는 머리를 저었다.

"이젠 아녜요. 많이 나아지셨어요. 아저씬 내가 좋으면 그만이라고 하셨어요."

고영무는 침대에서 몸을 일으켰다.

마룻바닥에 두 발을 짚고 서자 붕대를 감은 상체가 조금 조이는 듯한 기분이 들었으나 견딜 만했다. 그날 이후로 이제 한 달이 지난 것이다.

몸은 빠르게 회복되어 가고 있었다. 조심스러운 시선으로 바라보고 있는 김영지를 향해 그는 한 걸음 다가갔다.

"내가 무슨 일을 했는지 영지는 알고 있지?"

다시 한 걸음 다가선 그는 그녀의 어깨에 두 팔을 올려놓았다.

어지럽게 흔들리던 그녀의 시선이 이제는 그의 시선과 마주 닿아 움직이지 않는다.

"나는 약속을 지켰는데 또 배신을 당했어."

그녀의 눈동자 속에 자신의 얼굴이 조그맣게 들어가 있는 것이 보였고, 그녀의 해맑은 얼굴이 어딘가 수심에 젖어 있는 것처럼 보였다.

"스물여덟 명이 들어와서 다섯 명이 살아남았어. 난 미국으로 가야 돼."

김영지는 한동안 입을 열지 않았다.

"이대로 이곳에 있을 수는 없어."

"당신은 잠시도 멈추지 않는군요."

가라앉은 목소리로 그녀가 말했다.

"짐작하고는 있었어요. 하지만 그 몸으로는. 몸이 나을 때까지 기다려
요."

"가는 동안에 나을 거야. 페드로가 배편을 알아보려고 카르타헤나로
떠났어."

고영무는 그녀의 어깨를 끌어당겨 안았다. 붕대를 감은 그의 상체가
조심스러운지 그녀가 가만히 안겨 왔다.

그들은 서로 볼을 마주 댄 채 한동안 서 있었다.

"돌아올게, 영지한테. 이곳이 내 마음을 놓는 곳이야. 내 가족이고."

그녀의 귀에 대고 고영무가 말했다. 처음 껴안아 보는 김영지의 몸이
었으나 조금도 낯설지 않고 포근했다.

그는 깊게 숨을 들이마셨다.

그녀의 볼은 따스했고 보드라웠다. 알 수 없는 향기도 맡아졌다.

"당신을 사랑해요."

한숨처럼 숨을 뱉으며 김영지가 말했다.

"당신과 함께 있고 싶어요. 언제나, 어디서나."

"약속하지, 일을 마치면 함께 있겠다고."

"당신, 죽으면 안 돼요."

"난 안 죽어."

영지는 두 팔을 올려 그의 어깨를 안았다.

머리를 숙인 고영무가 자신을 올려다보고 있는 그녀에게 얼굴을 가져
다 대자 김영지는 눈을 감았다. 물기를 띤 붉은 입술이 그의 입맞춤을
기다리는 듯 조금 벌어져 있었다.

그녀의 입술은 향기로웠고 뜨거웠다. 그리고 과일 맛이 났다.

지미 골드의 앞으로 다가온 검정색 벤츠가 멈춰 서더니 앞쪽 문이 열리면서 30대의 사내가 내렸다.

감색 양복을 입은 건장한 체격의 사내였고, 저고리의 가슴 쪽에 가죽 권총홀더와 손잡이가 검은색인 권총이 힐끗 보였다.

"지미 골드 씨, 보스가 차 안에서 기다리고 계십니다."

다가선 사내가 딱딱한 목소리로 말했다.

그에게서 시선을 돌린 지미는 차창에 시커먼 선팅을 해놓아 안이 전혀 들여다보이지 않는 벤츠의 뒤쪽 문을 열었다.

안쪽에 앉아 있는 워렌의 모습이 보였다.

"지미, 당신 주변을 조사해봤는데, 재혼한 당신의 처, 루이스 말이야. 대학 때 마약을 먹어 체포된 전과가 있더군. 두 번이나."

워렌이 얼굴에 웃음을 띠며 옆에 앉은 지미를 바라보았다.

"내 말은 약점이 없는 사람이 없다는 말이야, 지미. 설령 대통령일지라도 캐고 보면 약점이 한두 가지가 아니야."

"워렌 씨, 그 알량한 설교는 당신들 CIA 졸개들한테나 하시고."

지미는 주머니에서 담배를 꺼내어 불을 붙였다.

워렌은 담배를 끊은 지 얼마 되지 않는다. 길게 연기를 내뿜자 워렌은 창문을 반쯤 내렸다. 그러나 얼굴의 표정은 조금도 변하지 않았다.

"나를 보자고 하신 이유나 들읍시다."

"지미, 이것은 내가 대통령의 허락을 받은 사항이야. 명심해서 착오가 없도록."

"그렇다면 큰일이군. 우리 보스한테도 연락이 갔겠지요?"

지미가 눈을 둥그렇게 떴다.

"나 같은 졸개한테까지 CIA 국장이 친히 지시를 하시다니, 대단한 일인 모양인데."

"이봐, 지미. 이젠 그쯤 해두지 그래?"

워렌은 여전히 평온한 얼굴이었으나 앞자리에 앉아 있던 가죽 권총홀 더의 사내가 힐끗 뒤를 돌아보았다.

그 순간 지미는 허리춤에 끼어 놓았던 대형 콜트를 꺼내 들고는 사내 의 머리에 가져다 대었다.

사내가 금세 온몸을 굳히면서 눈방울만 굴려 지미의 얼굴을 바라보았 다. 입이 반쯤 벌어져 있다.

"이 개자식아, 네까짓 것이 쳐다보면 어쩔 셈이냐? 한 발에 대갈통을 날려주마."

엄지손가락으로 방아틀을 젖히자 끼릭 하고 실탄이 장전되는 소리가 들렸다.

운전사가 반쯤 얼굴을 이쪽으로 돌린 채 멍한 얼굴로 그를 바라보았 고 워렌의 얼굴에서 웃음기가 사라졌다.

"예를 들어 내가 이곳에서 CIA 국장과 경호원, 그리고 운전사 세 명 을 쏘아 죽이고 사라진다면 아마 수사는 하루도 못 가서 종결될 거요, 워렌. 왜냐하면 당신을 싫어하는 사람이 너무 많거든."

"지미, 권총을 치워."

메마른 소리로 워렌이 말했다.

"장난할 때가 아니야."

"내가 지금 장난 같소?"

권총 끝으로 사내의 머리를 밀면서 지미가 소리쳤다.

"당신을 기다리면서 나도 머리를 굴려 봤단 말이야. 내가 당신을 만난 다는 것을 아는 사람은 지금 나를 포함해서 넷밖에 없는 것 같단 말이 야. 여기 세 명하고 나."

"지미, 권총을 치워."

워렌의 목소리가 조금 더 커졌다.

"보고타의 일 같은 건 잊으라구."

"잊어? 너는 십 몇 년 전 내 마누라가 마약 먹은 것까지 끄집어내면서 나보고는 한 달 전 일을 잊으라구?"

지미는 총구를 돌려 워렌의 가슴에 대었다.

"스물여덟 명이 몰살을 했단 말이다, 네놈의 배신으로."

"나라를 위한 일이다, 지미. 목적은 달성했고 우리가 개입했다는 증거도 없앴어. 대통령도 찬성한 일이야."

"개 같은 놈, 너는 내 이름을 팔아서 작전을 했어. 그들은 나를 원망하고 죽었을 거란 말이다."

"지미, 죽은 자는 말을 못 해."

워렌은 손가락으로 지미의 총구를 옆으로 밀었다. 그러고는 앞자리에 앉은 경호원과 운전사에게로 머리를 돌렸다.

"너희들은 잠시 밖에 나가 있어."

그들이 주춤대며 밖으로 나가자 워렌은 의자에 등을 기대고는 지미를 바라보았다.

"지미, 그쯤이면 화가 풀렸을 테고, 이번의 지시사항을 이야기해주지."

"지시사항이라니?"

권총을 허리춤에 끼워 넣은 지미가 이맛살을 찌푸렸다.

"난 앨버트와 엘리엇, 로스만의 지시만 받소. 당신 지시는 받을 수가 없어요."

"곧 지시가 내려올 거야. 그들한테서."

워렌이 입맛을 다셨다.

"카를로스가 곧 LA에 올 거야. 그를 건드리지 말아주게."

"……"

"크링거의 저택에 머무르게 될 거야. 그런 줄만 알고 있게."

"웃기는군. 정부에서 훈장이라도 줄 작정이오?"

"마약을 거둘 놈은 카를로스밖에 없어. 그놈이 없어지면 오히려 조절하기가 더 어려워져. 자네들도 단속하기가 더 골치 아파진단 말이야. 이제까지는 큰 배로 한 탕씩 뛰었지만 카를로스가 제거되면 조무래기들 수백 명이 수백 척으로 나뉘어 온단 말이야."

"말은 그럴듯하군."

"그리고 우리는 다른 계획이 있어. 그러니까 카를로스는 손대지 말게. 자네가 걱정이 되어서 내가 특별히 자네만 별도로 만나는 거야."

"당신이 한 수작이 마음에 걸려서겠지."

워렌이 다시 입맛을 다셨다.

"이봐, 지미. 고영무가 보고타 어디엔가 살아 있는 것 같네."

지미가 눈을 치켜뜨고 그를 바라보았다.

"앙드레 말인데, 그놈이 행방불명이 되었어. 내 생각엔 고영무가 살아 있어 그놈을 잡은 것 같단 말이야."

워렌의 얼굴에 다시 웃음이 떠올랐다.

"그놈이 살아 있으면 곧 미국으로 오겠지. 그리고 자네를 찾을 거야, 지미."

"……"

"그때는 내가 도와주겠네. 어쨌거나 우리는 같은 편 아닌가?"

3.
어둠 속의 비행

얼큰해진 얼굴로 유장수는 앞자리에 앉아 있는 전우석을 바라보았다.

"놈한테 원본은 보내주었지만 복사본을 가지고 있으니까 일이 잘못되면 복사본으로 잡을 수 있어."

"그렇습니다. 원본이냐 복사본이냐가 중요한 것이 아니지요."

전우석이 맞장구를 쳤다. 모처럼 기분이 좋은 유장수였으므로 전우석도 마음이 가벼웠다.

"제깟 놈이 별 수 있나? 회사가 송두리째 넘어갈 판인데. 철부지 같은 녀석."

유장수가 술잔을 들며 전우석을 바라보았다.

"어쨌든 너도 수고했다."

그는 주머니에서 봉투 한 개를 꺼내어 전우석 앞에 내려놓았다.

"이건 네 몫이다. 한몫 쥐었으니 너도 이것으로 생활기반을 잡아라."

"감사합니다, 사장님."

머리를 숙인 전우석이 봉투를 두 손으로 짚고는 가슴속 호주머니에 넣었다.

"강판술이는 쓸 만한 놈이지만 좁은 바닥에서만 놀아서 오지랖이 좁아. 이 일이 그놈에게 알려지지 않도록 해라."

"물론입니다, 사장님. 더구나 그놈에게도 한몫 크게 주셨지 않습니까? 제깟 놈이 안다고 해도……."

전우석은 강판술과는 다르게 살아왔다. 체육대학을 나와 영어회화도 제법 하는 그로서는 중졸에 밥먹듯이 형무소 출입을 한 강판술과는 노는 차원이 달랐다. 그는 시간이 나면 골프를 치거나 볼링장에 가는 데 강판술은 앉았다 하면 고스톱이다.

카바레에 가서 제법 스텝을 밟는 전우석인데 강판술은 춤도 노래도 영 젬병이었다. 전우석이 모략과 지모를 갖춘 사내라면 강판술은 두드리고 부수는 일에 전문인 사내였으니 유장수로서는 적당한 인물들을 좌우에 거느린 셈이었다.

"내가 듣기로는 장규식이 LA에서 빈둥거린다던데, 넌 그런 소문을 들은 적이 없냐?"

술잔을 내려놓은 유장수가 물었으므로 전우석이 상체를 세웠다.

"그런 이야기는 처음 듣습니다만."

"그래? 어쨌든 놈을 잡아야 하는데. 그놈들, 최대광이 신용만이도 그렇고."

전우석은 술이 깨는 느낌이었다.

오늘은 일성그룹의 박주경으로부터 일성전자의 주식 25만 주를 넘겨받은 날이다. 주당 시세가 6만 원대가 넘는 주식이니만치 150억이 넘는 금액이었다.

유장수는 초저녁부터 청산 클럽의 밀실에 들어앉아 기분 좋게 술을 들이켜고 있는 중이다. 그러나 그가 장규식의 이야기를 꺼내자 전우석은 긴장이 되었다.

그리고 최대광과 신용만도 그렇다. 그들의 이름을 떠올릴 때마다 유장수의 얼굴은 언제나 살기를 띤다.

"홍성희가 LA에 있다면 그놈들도 그쪽에 있는 거다. 연놈들이 모두 LA에 모여 있는 셈이 되는데, 이것들이 무슨 꿍꿍이수작을 부릴지도 모르겠단 말이다."

유장수의 얼굴은 술기운으로 붉게 달아올라 있었다.

"나는 지금까지 날 배신한 놈을 내버려 둔 적이 없다. 그리고 날 모욕한 놈도. 이성철이가 날 비웃고 있는 모양이야."

"사장님, 그럴 리가 있습니까?"

"그놈이 나한테 홍성희가 LA에 있는 걸 누가 보았다고 했는데, 그것이 날 비웃는 수작이야."

"……"

"강판술이 데려와라."

자리에서 일어선 전우석은 방을 나갔다. 플로어의 바로 밑 좌석에 앉아 솔로 춤을 추고 있는 무희에게 정신이 나가 있는 강판술을 금방 찾아낼 수가 있었다.

강판술과 함께 밀실로 들어서자 유장수가 머리를 들었다.

"사장님, 부르셨습니까?"

강판술이 두 손을 모으고 인사를 했다.

"거기 앉아."

유장수가 턱으로 앞쪽 자리를 가리키자 전우석과 강판술은 나란히 앉았다.

"판술이 네가 애들 대여섯 명 데리고 LA에 가야겠다."

유장수가 대뜸 말하자 강판술이 머리를 들었다.

"LA에 말씀입니까?"

"그래. 홍성희란 년이 술집을 하고 있다니까 그곳에 가서 최대광이하고 신용만이라는 두 놈을 요절을 내고 돌아와라. 그 년도 마찬가지다."

"사장님, 그렇다면……."

눈을 끔벅이며 강판술이 말을 멈추자 유장수가 머리를 끄덕였다.

"그래, 죽여 없애라. 그 계집에게 틀림없이 그놈들이 찾아갈 거다. 그 년이 혼자 LA에 갔을 리가 없다. 놈들을 요절내고 그년도 없애."

"알겠습니다, 사장님."

강판술이 머리를 끄덕였다.

"저도 그놈들 이야기는 들었습니다. 걱정하지 마십시오."

"보통 놈들이 아니야. 총으로라도 쏘아야 할 거다."

"예, LA에서 제가 알아서 하겠습니다."

"우석이하고 상의해서 믿을 만한 놈들을 추려 가."

"예, 사장님."

"그리고 또,"

빈 술잔에 술을 따르면서 유장수가 말을 이었다.

"장규식이 LA에서 어슬렁거렸다는 소문도 있어. 그놈도 찾으면 물어볼 것 없이 죽여라."

"예, 사장님."

유장수는 한 모금에 위스키를 털어 넣고는 입을 벌려 뜨거운 김을 뱉어 내었다.

"이성철이 김종무라는 놈을 LA로 보냈다는군. 그런데 김종무 그놈이 마약부 직원에게 들통이 나서 쫓겨 나왔고."

"……."

"우석이 네가 가서 크링거를 만나 보아라. 우리하고는 거래도 없고 연락도 없었지만 놈은 우리를 잘 알 거다."

"네, 사장님, 알 겁니다."

"내가 이성철이 같은 조무래기하고는 차원이 다르다는 이야기를 해라. 만나게 된다면 말이다."

"그야 물론이지요."

전우석이 머리를 끄덕였다.

"그럼 강형하고 상의해서 출발 준비를 하겠습니다, 사장님."

"LA에 코리아타운이 있고 한국말만 써도 된다고 하지만 외국이고 객지야. 후딱 해치우고 나올 때 조심해야 돼."

"염려 마십시오, 사장님."

강판술이 웃는 얼굴로 말했다.

"어쨌든 LA도 사람 사는 곳 아닙니까? 곧 사장님 속을 시원하게 해드리겠습니다."

유장수는 그들의 앞에 놓인 술잔에 술을 채워주었다. 방음장치가 된 밀실이어서 술이 잔에 흐르는 소리도 들렸다.

"분위기가 좋군요. 손님들이 모일 만하겠어요."

이자영이 홀 안을 둘러보며 말하자 홍성희가 흰 이를 드러내며 웃었다.

"그래요? 그런데 박정환 씨하고는 친구 분 되신다고 하셨지요? 박정환 씨가 우리 가게 칭찬을 하셨다구요?"

"네, 코리아타운에서 제일 장사가 잘 되는 곳이라고 하던데요."

그녀의 웃음에 끌려들어간 듯이 따라 웃으며 이자영이 말했다.

"그럼 이런 가게를 하시려구요?"

홍성희가 궁금한 듯 물었으므로 이자영은 머리를 저었다.

“아뇨, 저는 돈도 없고 경험도 없어서요. 그냥 구경 왔어요.”

“박정환 씨한테 빌리시지 그러세요? 그분 돈 많아요.”

이자영이 눈을 깜박이며 홍성희를 바라보았다.

“박정환 씨 잘 아세요?”

“그럼요, 제가 LA에 처음 왔을 때부터 신세를 졌는데요. 친절한 분이세요.”

“……”

“제 남자친구의 선배 뻘 되시는 분이에요.”

박정환은 그런 이야기는 해주지 않았다.

취직하기에는 윗사람 모시고 눈치 봐야 할 뿐만 아니라 조건도 까다롭고 이자영 스스로도 이젠 진력이 나 있었다. 더구나 박정환이 자금을 빌려주겠다면서 한 번 돌아보라고 홍성희의 가게를 소개시켜준 것이다.

“이 가게 차리는 데 30만 달러쯤 들었어요. 하지만 올해 안에 밑천은 모두 뽑을 수 있을 것 같아요.”

종업원이 날라 온 커피잔을 들면서 홍성희가 말했다. 그녀는 박정환의 친구라고 해서인지 스스럼없이 대해주고 있었다.

“어머나, 아직 1년도 안 된 것 같은데. 그렇다면 장사 잘 되는 것이죠?”

이자영이 눈을 동그랗게 뜨자 홍성희가 머리를 끄덕였다.

“고급 술집이라고 소문이 나니까 돈 많은 한국 사람들이 몰려와요. 특히 한국에서 출장 나온 사람들, 여자가 필요한 사람들이 많이 와요.”

“……”

“한국은 이런 곳이 한물갔다고 해요. 하지만 이곳은 달라요.”

아침 10시가 조금 지난 시간이어서 홀 안은 한산했으나 종업원들이 분주하게 점심 손님 맞을 준비를 하고 있었다.

“서울도 그렇지만 여자를 확보하는 것이 제일 중요해요. 다행히 난 아르바이트로 근무하는 여자들을 많이 확보해 두었어요. 밤에만 나와서 일해주는데 그것이 인기예요."

홍성희가 이자영을 바라보며 눈웃음을 쳤다.

"이자영 씨 같은 분이 나오시면 금방 인기를 끌걸요? 매력이 있으시니까."

이자영이 머리를 들어 그녀를 바라보았다.

"그래요? 그럼 나도 이곳에서 아르바이트를 할까요?"

"에이, 농담인데. 박정환 씨한테 야단맞아요, 제가."

"뭐, 어때요? 일도 배울 겸 가끔씩 남자 구경도 하고."

"박정환 씨한테 야단맞는다니까요."

이자영이 말뜻을 알아듣고는 머리를 저었다.

"박정환 씨하고는 아무런 관계도 없어요. 우린 그냥 친구예요. 회사 친구였지만 지금은 회사도 그만두었으니까 걸릴 것이 없어요."

"정말 일하고 싶으세요?"

홍성희의 얼굴이 진지해졌다. 멋진 여자가 많을수록 손님이 끓게 되는 것이다.

"정말이에요. 일도 배우고, 그리고 돈도 벌어야 돼요. 박정환 씨한테 돈 빌려 쓸 생각은 없어요."

"그러세요. 금방 돌아가는 것을 아실 수 있을 거예요. 큰일 났네, 경쟁하는 가게가 생기면."

홍성희가 머리를 갸웃거리며 얼굴에 웃음을 띠었는데 TV에서 본 것보다 더 아름답다는 생각이 들었다.

그녀가 서울에서 사라졌을 때는 별 소문이 다 떠돌았다. 유부남과 눈이 맞아 캐나다로 갔다고도 하고 애를 낳아 일본에서 키운다고도 했다.

어쨌든 홍성희도 남다른 사정이 있어서 이곳에 왔을 것이고 자신도 마찬가지였다.

이자영은 그녀에게 호감을 느꼈고 그런 분위기는 금방 전달이 되는 법이다. 더욱이 홍성희가 신세를 입었고 지금도 단골손님인 박정환의 친구라는데 홍성희도 거리감을 걷어치웠다.

"나오고 싶으실 때 나오셔도 돼요. 손님이 짓궂으면 룸에서 나오시구요. 어렵게 생각하실 것 하나두 없어요. 제가 고급 손님만 상대하게 해 드릴게요. 점잖으신 분들로."

홍성희가 생기를 띤 말투로 말했다.

"참, 교환교수로 계시는 분이 이야기 상대로 누굴 소개시켜 달라고 했는데, 잘 되었어요. 내가 연락해야지."

이자영은 소리 죽여 한숨을 내쉬다가 숨을 멈추고는 참았다.

자신이 일하겠다고 말한 것에 대해서는 경솔했다고 생각하지 않았다. 무슨 일이건 해야겠다고 마음먹었고 이제까지 헛된 꿈을 꾸어 왔던 자신에 대해 자책하고 있었기 때문이다. 이곳에 있으면 고영무를 만나게 될 것이다.

그는 박정환의 말대로 거물이 되어 있었다. 그는 전혀 다른 방향에서 신문지상에 오르내리고 현상수배를 받는 거물이 되었는데, 이제 자신에게 닥쳐온 일을 해결해줄 수 있는 가장 확실한 사람이 되어 있었다.

인생은 돌고 돌아서 다시 제자리로 간다. 문득 이자영의 머리에 그런 말이 떠올랐다.

"카를로스가 LA에 왔다."

밤늦게 들어온 페르난도가 문을 들어서며 말했다.

"그런데 그가 공공연하게 빌트모어 호텔의 식당에서 크링거와 같이 식사를 하고 나왔어."

그는 윗도리도 벗지 않고 응접실 소파에 앉았다. 술을 한잔 마셨는지 눈자위가 붉게 달아올라 있었다. 모처럼 시내에 나가 사람들을 만나고 오는 길이다.

"도망쳐 나왔겠지요. 라파엘이 복권되었으니까 배겨내기 힘들었을 거예요."

그렇게 말해 보았으나 밀리카는 자신의 말소리가 처져 있는 것을 느꼈다.

"페르난도, 이젠 우리와 카를로스는 관계가 없어요. 그 사람에게 죄책감을 느낄 필요도 없구요."

밀리카는 그에게 다가가 그의 어깨 위에 두 손을 올려놓았다.

"카를로스를 만날 작정이다, 밀리카."

페르난도가 머리를 들어 그녀를 올려다보았다.

"너에게 이 이야기를 하려고 곧장 카를로스를 찾아가지 않고 들른 게다. 난 그를 만나야 돼."

"페르난도."

초조해진 그녀가 그의 옆자리에 앉았다.

"제발, 오빠가 그러시면 나도 견뎌낼 수가 없어요."

"넌 강한 여자야. 하지만 난 다르다. 나는 살아가는 목적을 잃었다."

페르난도가 표정 없는 시선으로 그녀를 바라보았다.

"난 고영무에 대한 원한을 잃었다. 그리고 카를로스에 대한 충성심도 마찬가지가 되었어. 이렇게 아무런 목적 없이 숨어 사는 것에 지쳤다, 밀리카."

"페르난도, 그렇다고 포기하면 안 돼요. 그를 만난다는 것은 자살하려는 것과 같아요."

"그의 손에 죽으러 가는 것이 나에게는 마지막 용기야. 시간이 지나면 나는 그것도 못하게 된다. 그것이 두렵다, 밀리카."

"페르난도, 다른 것을 생각해 보세요. 증오심을 키워보세요. 아니면 애정이라도."

페르난도가 입술 끝을 비틀면서 웃었다.

"난 실패한 사람이야. 더욱이 원수한테서 연장받은 생명으로 하루하루를 견뎌나가고 있다. 이제야 말이지만, 그때 가르시아한테서 나는 죽었어야 했다."

"바보 같은."

밀리카가 눈을 치켜뜨고 그를 쏘아보았다.

"카를로스는 충성을 바칠 만한 인물도, 대의도 없는 사람이에요. 그것을 누구보다 잘 알고 있는 사람이 오빠구요. 실패했다고 해서 다른 길을 찾을 생각도 않고 자살하려고만 하는 오빠는 비겁한 사람이에요. 충성의 가면을 쓴 비굴한 사람이란 말이에요. 혹시나 카를로스가 용서해줄지 모른다는 비굴한 기대를 가지고 있겠지요?"

순간 페르난도가 손을 들어 밀리카의 뺨을 쳤다.

머리가 조금 돌아갔으나 그녀는 한 손을 뺨에 댄 채 그를 쏘아보았다.

눈을 부릅뜬 페르난도의 얼굴은 붉게 상기되어 있었다.

"넌 나에게 배신하라고 말하고 있어. 카를로스가 절대로 나를 용서하지 않으리라는 것을 알고 있으니까."

가라앉은 목소리로 그가 말했다.

"나를 죽이려 했던 카를로스에게 등을 돌리고 나면 내가 무엇을 한단 말이냐? 앞쪽엔 고영무밖에 없다."

"……"

"난 고영무에게 원한을 잃고 있다고 말했다."

"그렇다면 그와 손을 잡으세요, 페르난도."

페르난도가 눈을 치켜떴다.

"솔직하게 말해라, 밀리카. 너의 그에 대한 감정은 어떠냐?"

"그를 증오해요."

"……"

"기회가 있다면 꼭 죽이겠어요."

"……"

"기회가 올 때까지 그의 옆에 있을 거예요. 그리고 그의 자식을 낳겠어요."

"……"

"오빠의 감정과는 다를 거예요. 오빠가 어떤 길을 가든 지금처럼 자살하려는 행동만 아니라면 말리지 않을게요."

"자식을 낳아서 어쩌겠다는 것이냐?"

이제는 자신의 일을 잊은 듯 페르난도가 이맛살을 찌푸리며 물었다. 그의 얼굴을 들여다보던 밀리카가 조그맣게 머리를 저었다.

"모르겠어요, 페르난도. 그에게 고통을 주려면 그 자식을 어떻게 해야겠지요. 하지만 내가 낳은 자식이니까 내가 받는 고통도 있을 거예요. 그것밖에 생각할 수 없었어요."

김영지는 하나씩 몸에 걸친 옷을 풀어 내리고 있었다. 원피스를 벗자 가슴을 가린 브래지어와 흰색의 팬티밖에 걸치지 않은 그녀의 몸이 전등불에 비쳐 반들거리듯 윤이 났다.

고영무는 침대에 누운 채로 꼼짝하지 않고 그녀의 몸에 시선을 주었다.

브래지어를 끄르려던 김영지가 잠깐 머리를 들어 그를 바라보았다. 상기된 얼굴에 눈자위가 붉게 달아올라 있었는데 검은 눈동자는 물기를 머금어 반짝이고 있었다.

시선이 마주치자 그녀는 결심한 듯 브래지어를 풀어 내렸다. 그녀의 가슴이 튀어나오듯 일어섰다. 분홍빛 젖꼭지는 복숭아 색깔의 젖가슴 위에 수줍은 듯 서 있었다.

두 손으로 젖가슴을 감싸 안고 서 있던 그녀는 주춤거리며 그에게로 다가왔다. 이제는 고영무가 거절하면 어쩌나 하는 초조감까지 배어 있는 몸짓이다.

그녀가 들어오자 침대가 출렁거렸고 그녀는 머리를 그의 겨드랑이 사이에 집어넣으면서 웅크리듯 누웠다.

고영무는 상반신을 들고 그녀를 내려다보았다. 서 있을 때는 제법 당당하던 김영지가 이제 두 눈을 감고는 비스듬한 자세로 웅크리고 있다. 그녀의 허리 곡선과 허벅지로 내려오는 긴 선을 보자 고영무는 침을 삼켰다.

그는 손을 뻗어 그녀의 팬티를 끌어 내렸다. 엉덩이에 걸쳐졌던 팬티는 그녀가 허리를 비틀어 주었으므로 허벅지 아래로 끌려 내려왔고, 이제 그녀가 다리 한쪽을 들어 팬티에서 다리를 빼내었다.

고영무는 그녀의 어깨에 입술을 가져다 대었다. 그러자 김영지가 팔을 들어 그의 목을 안았고, 그의 얼굴은 그녀의 젖가슴에 부딪쳤다. 분홍색의 젖꼭지는 탱탱하게 긴장되어 있었고 그의 혀가 닿자 굴러 떨어질 듯이 흔들거렸다.

젖가슴에서 다시 위쪽으로 얼굴을 든 고영무는 그녀의 입에서 풍겨 나오는 과일 냄새를 들이켰다. 그녀의 입술은 부드러웠고 달콤했다. 뜨거운 액체로 차 있어서 그의 혀를 부드럽게 녹여 주는 것 같았다.

참을 수 없어진 고영무는 그녀의 몸 위로 상반신을 올려놓았다. 기다리고 있었다는 듯이 김영지는 상체를 편안히 누이면서 두 다리를 벌렸다. 두 눈을 감은 그녀의 얼굴은 빨갛게 달아올라 있었고, 벌린 입에서는 이미 가쁜 호흡 소리가 들렸다.

이윽고 고영무는 자신의 남성이 뜨겁고 가득 찬 곳에 들어서는 것을 느꼈다. 김영지의 입에서 가느다란 신음 소리가 터져 나왔고 두 팔이 어느덧 그의 목을 껴안고 있었다.

고영무는 이제 천천히 움직이기 시작했다. 서두를 일도 조급할 것도 없다. 편안했고 또한 가슴이 무섭게 뛸 정도로 충만한 기쁨이 있었다.

김영지도 마찬가지인 모양이었다. 조금이라도 더 기쁨을 맛보려는 듯이 허리를 들었다가는 그가 부딪쳐 오면 탄성을 뱉으면서 몸을 떨었다.

이내 그들의 몸은 땀으로 젖었고 방 안은 더운 호흡 소리와 끈끈한 습기로 가득 찼다.

그녀의 길고 낮은 신음 소리는 잔뜩 억제되어 있었으나 참을 수 없게 되자 김영지는 한 손을 들어 베개를 끌어당겨 입에 물었다. 그녀의 치켜든 두 다리의 발가락 끝이 안쪽으로 굽혀진 채 펴지지 않았다.

이윽고 고영무의 움직임이 격렬해지자 그녀는 온몸을 내팽개친 듯 그를 따라 움직였다. 어느 사이에 베개는 침대 밑으로 굴러 떨어졌고 이제 그녀는 그의 어깨에 입술을 대고 신음 소리를 죽였다.

이윽고 그녀의 온몸이 거세게 떨리기 시작했다. 입에서는 길고 높은 신음 소리가 흘러나왔고 두 팔과 다리로 그를 감은 채 한 치의 틈도 없이 밀착해 왔다. 고영무는 뜨거운 것이 그녀에게 쏟아지는 것을 느끼면서 그녀의 입술을 빨았다.

"따라가고 싶지만 참겠어요."

침대 위에 반듯이 누운 김영지가 입술만을 달싹여 말했다. 그녀는 손을 움직여 알몸을 덮을 기력도 없는 것 같아 보였다.

머리칼이 젖은 이마 위에 붙어 있었고 아직도 아랫배는 불규칙적인 호흡으로 오르내리고 있었다.

고영무는 팔을 뻗어 그녀의 이마 위에 흐트러진 머리칼을 치워 올리고는 그녀의 알몸을 재 보듯이 목덜미에서 무릎 위까지 손바닥으로 천천히 쓸어 내렸다.

김영지가 초점을 잡으려는 듯 눈을 깜박이며 그를 올려다보았다.

"꼭 돌아오셔야 돼요."

고영무는 그녀의 입술에 입을 가져다 대었다. 그녀의 입술에서는 이제 단맛이 느껴졌다.

"이제 내가 돌아올 곳은 이곳밖에 없어. 나는 그것이 기뻐. 돌아올 곳이 있고, 기다리는 사람이 있다는 것이."

"오래 기다리게 하지 말아요."

"나도 마찬가지야. 오래 기다릴 수 없어."

"행복해요."

고영무는 팔을 벌려 그녀를 가슴 안으로 끌어넣었다. 가슴에 두른 붕대가 땀에 젖어 너덜거리고 있었으나 상처는 이제 아물어 가고 있는 중이다.

그는 입 밖으로 똑같은 말이 끄집어져 나오는 것을 참고 있었다.

"꽤 좋은 집이군요, 크링거. 나도 이쪽 해변가에 이런 집을 하나 마련하고 싶은데."

카를로스가 밤바다를 내려다보면서 말했다.

하모사 비치에 새로 구입한 크링거의 저택은 바다가 내려다보이는 언덕 위에 세워진 대리석으로 지은 2층 양옥이다. 야외풀장과 실내 풀장이 있는데다가 침실이 11개나 되는 저택이었다.

"내가 알아보지요, 카를로스. 요즘은 부동산 가격이 내리고 있어서 매물로 나온 집들이 많을 겁니다.”

크링거는 잔 두 개에 위스키를 채우고는 그에게 다가가 잔을 건네주었다.

그들은 바다가 내려다보이는 베란다에 나란히 앉아 바다를 바라보았다. 밤바다에는 수십 척의 배가 떠 있었는데 대부분이 화물선들이었다. 낮에는 떠 있는 것이 그다지 눈에 띄지 않았으나 환하게 불을 밝힌 지금은 장관이었다.

“난 뜻밖이었소. 카스틸로가 그렇게 쉽게 무너질 줄은.”

한 모금 술을 삼킨 카를로스가 바다를 내려다본 채 입을 열었다.

“까뜨린 거리에서 그를 친 것도 예상밖이었고, 그리고 에르난데스가 그 시간에 거리를 비워 놓은 것도 말이오.”

“그건 워렌도 어쩔 수 없었어요, 카를로스. 카스틸로는 운이 다했던 겁니다. 너무 욕심을 부렸지요. 그의 밑에 있는 놈들도 그렇고.”

“썩었지. 지독하게 썩기는 했었소.”

“난 카스틸로에게 미련이 없습니다, 카를로스. 내가 주의했던 것은 카스틸로를 제거하고 바로 화살을 당신에게 돌리는 것이었는데, 다행히 잘 해결되었소.”

카를로스가 술잔을 내려놓았다.

“고맙소, 크링거. 신세를 입었소.”

“천만에요, 카를로스. 이쪽에서도 당신의 이용가치를 찾아낸 것이지요. 내 이용가치하고 말입니다.”

“마약부의 앨버트와 지미 골드가 길길이 뛰겠군.”

크링거가 흰 이를 드러내며 소리 없이 웃는 것이 어둠 속에서 보였다.

“지미 골드가 실무 책임자였는데, 그를 달래려고 워렌이 직접 그를 만났다고 합니다. 권총을 뽑아 들고 난리를 치다가 결국은 승복했다는군요.”

“워렌의 패거리들이 그때 고영무까지 죽여서 시체를 남겨 놓았어야 하는데.”

그의 말에 크링거가 입맛을 다셨다.

“기습을 하긴 했는데, 놈들이 로켓포까지 가지고 있어서 저항이 대단했던 모양이오. 이쪽은 25명이 가서 12명이 살아 돌아왔다고 합니다. 고영무 일당의 시체 다섯 구를 찾아내었소.”

카를로스는 잔에 남은 위스키를 한입에 털어넣었다.

“운이 좋은 놈이오. 그렇지 않소?”

크링거가 키를로스를 바라보던 시선을 돌렸다.

“나도 그놈에게 인질로 잡힌 적이 있었소, 카를로스.”

카를로스가 싱긋 웃는 것이 알고 있는 눈치였으므로 크링거가 말을 이었다.

“운이 좋은 놈이라고 볼 수만은 없소이다. 놈은 산고양이처럼 독하고 재빠른 놈이오. 복수심이 강하고 치밀하기까지 한 놈이었소.”

“……”

“이제 이야기하지만 그놈은 온갖 전자장비와 여러 명의 부하들로 둘러싸인 내 집을 단신으로 쳐들어와 쑥밭을 만들어버렸소.”

“단신으로?”

카를로스가 그를 향해 몸을 돌렸다.

“당신 부하들은 여섯 명이라고도 하고 일곱 명이라고도 하던데. 나도 들었소.”

“병신 같은 놈들, 혼자였소. 놈은 나까지 끌고 갔단 말입니다, 혼자서.”

“……”

“워렌의 말이 고영무가 총을 맞고 넘어지는 것을 부하들이 보았다던데. 콜롬비아의 시궁창 속에서 시체로 썩어 가고 있기를 바라는 수밖에.”

"그놈이 화근 덩어리요, 크링거."

카를로스가 입맛을 다셨다.

"놈은 페르난도의 동생을 인질로 우리 돈을 2억 3천만 달러나 강탈해 간 놈이오. 나도 그놈에게 빚이 있소이다."

"나도 1억 달러를 뜯겼습니다. 납치당하고 나서."

쓴웃음을 지으며 크링거가 말했다.

"그 와중에 크라우스 놈이 장난을 쳐서 아예 제거해버리기까지 했소."

"그놈, 어쩐지 건방을 떨더라니."

카를로스는 일어나 베란다를 짚고 밤공기를 가득 들이마셨다.

"난 페르난도를 찾아야 합니다, 크링거."

그의 낮은 목소리에 크링거가 잘 들으려는 듯이 상체를 세웠다.

"놈은 나를 배신한데다가 내가 보낸 집행자 세 명을 몰살시켰소. 그놈을 처형하지 않으면 규율이 안 섭니다."

크링거가 머리를 끄덕였다.

"LA에 있다면 찾아내는 것은 금방이오, 카를로스. 내가 찾도록 하겠소."

오늘따라 유달리 손님이 들끓고 있었으므로 홍성희는 바빠서 비명을 지를 지경이었다. LA 한국인 실업가 그룹들의 파티가 있는데다가 서울에서 미국 시장을 시찰 나온 사람들이 10여 명 몰려왔기 때문이다.

"얘, 너라도 좀 3호실에 들어가 보려무나, 내 대신."

1호실에 들어갔다 나온 홍성희가 카운터에 앉아 있는 이은영에게로 다가왔다.

"언니는 정말? 2호실에 아가씨가 모자란다고 해서 거기에 들어갔다가 계산하러 나왔는데."

이은영이 흰자위가 잔뜩 보이도록 그녀를 향해 눈을 흘겼다.

"저쪽 홀의 안쪽 손님들은 술이 몇 병째야?"

자욱한 담배 연기와 소음에 덮여 있는 벽 쪽을 바라보며 홍성희가 물었다.

"헤네시 XQ만 다섯 병째야, 언니. 저런 손님들만 있으면 좋겠어. 여자들도 찾지 않고."

"어머나, 정말."

서울에서 왔다는 그들은 시장에서 장사를 한다고 했는데 시장에서 부대껴서 그런지 모두 거친 인상이었다. 그러나 홍성희로서는 시장의 장사꾼인 그들이 까탈스럽고 음흉을 떠는 서울의 내로라하는 기업체 사장들인 3호실 손님보다 더 예뻐 보였다.

그들이 여섯 명이서 코냑 두 병을 가지고 마시고 있는 데 반하여 홀의 시장 손님들은 다섯 명이 코냑보다 두 배나 비싼 헤네시 XQ를 여섯 병이나 마시고 있는 것이다.

"이자영 씨 연락했니?"

"응, 곧 온다고 했어."

만족한 듯 머리를 끄덕인 홍성희는 홀 안을 둘러보았다. 아가씨 30여 명을 동원하였지만 아직도 숫자를 채우려면 10여 명은 더 있어야 한다.

그녀는 몸을 돌려 까탈스러운 손님들이 모여 앉은 3호실로 다가갔다.

"장사가 잘 되는구만."

홍성희의 뒷모습을 바라보던 강판술이 입술을 내밀면서 풀썩 웃었다.

"저년, 꼬랑지 흔들고 다니는 걸 보니 몇 놈 요절내게 생겼어."

그는 맥주잔에 따라놓은 위스키를 커다랗게 한 모금 삼켰다.

"그런데 형님, 최대광이하고 신용만이가 안 보이는데요."

앞에 앉은 김금택이 주위를 둘러보는 시늉을 했다.

"나타나겠지 뭘, 오늘 아니면 내일이라도."

그들은 자신들을 시장의 장사꾼이라고 소개하였는데 전우석이 서울에서 인원을 뽑을 적에 홍성희와 최대광들과는 안면이 없었던 부하들로만 추려 온 것이다. 전우석은 홍성희와 얼굴을 마주치지 않으려고 호텔에 들어앉아 있었다.

"나타날 때까지 저년한테 점수나 따도록 술이나 먹자."

강판술이 다시 한 모금 술을 삼키자 그와 동행한 네 명의 부하도 따라서 술잔을 들었다.

홍성희가 사람들을 헤치고 다가왔다. 얼굴에 가득 웃음을 띠고 있다.

"불편하신 건 없으세요?"

"없습니다, 사장님."

강판술이 커다랗게 입을 벌리고 말했다.

"우리는 술이면 그만이오. 여자 투정하는 놈들은 모두 제 여편네한테 주눅이 들린 놈들이지. 안 그렇소?"

"어머나, 그럴듯한 말씀이네요."

강판술의 여편네를 머릿속으로 떠올리며 홍성희가 방긋 웃었다. 아마 발바닥에 시커먼 때를 묻히고 팬티를 사흘에 한 번쯤 갈아입는 여자일 것이다. 양치질도 이틀에 한 번쯤 할지도 모른다.

"술이나 한 병 더 가져다 주시오."

"네, 안주는 서비스로 하나 올릴게요."

홍성희가 몸을 돌려 주방 쪽으로 다가가자 강판술이 씹어뱉듯 말했다.

"저년을 없애기 전에 깃발을 한 번 꽂아야겠다. 너희들도 마음에 있는 놈은 이야기해라. 어차피 뒈질 목숨, 그것도 죽기 전에 극락구경 시켜주는 것이니까."

사내들은 히죽히죽 웃으면서 대답하지 않았다.

홍성희가 다시 카운터로 다가가자 이은영이 이맛살을 찌푸려 보였다.

"언니, 이자영 씨가 들어왔다가 나갔어. 언니한테 전화한다고 하면서 잠깐 둘러보다가 나갔는데, 웬일인지 모르겠어."

"들어왔다가 나가?"

홀 안이 시끄러웠으므로 그녀에게 바짝 붙어 선 홍성희가 소리치듯 말했다.

그러자 이은영의 앞에 놓인 전화기가 울렸고 수화기를 들었던 이은영이 잠깐 대답하더니 전화기를 건네주었다.

"언니, 이자영 씨."

"여보세요."

홍성희의 목소리가 부드러워졌으므로 이은영이 눈을 흘겼다. 따라서 눈을 흘기고 난 홍성희가 물었다.

"이자영 씨, 무슨 일이 있어요?"

"홀 안에 조직 폭력배들이 있어요. 그래서 그랬어요."

이자영의 말소리가 숨 가쁘게 들렸으므로 그녀는 수화기를 바짝 귀에 대고 등을 돌렸다.

"누군데요? 그걸 어떻게 이자영 씨가 알아요?"

"홀의 안쪽에 앉은 사람들, 남자들끼리만 앉아 있는 사람들이에요."

"……"

"그중에서 체격이 크고 얼굴이 검은 사람, 가슴이 큰 사람이 내 돈 20억을 가로채 간 사람이에요. 홍성희 씨도 조심하세요. 난 무서워서 도망쳐 나왔어요."

홍성희는 가만히 몸을 돌려 서울의 시장에서 왔다는 사내들을 바라보았다.

그들은 일제히 잔을 들어 올려 술을 마시는 중이었다. 가슴이 드럼통 같은 사내가 주도하고 있었다.

깊은 밤이었으나 바다는 다행히 잔잔했다. 수상비행기는 바다 위를 낮게 날고 있었는데 깜박거리는 날개 끝의 불빛에 파도의 끝이 가끔씩 드러났다.

"오라지게 시끄럽구만, 이놈의 비행기는."

몇 번째인지도 모르게 최대광이 소리치듯 말했는데, 그로서는 겁이 나는 것을 애써 감추려는 허세였다.

이제 비행기 안에 타고 있는 모든 사람들이 그것을 알게 되었다.

수상비행기는 조종사까지 포함해서 7인승이었으나 승객들의 체격이 컸으므로 다섯 명의 승객 몸무게가 여덟 사람의 몫이 넘을 것이다. 그리고 비행기는 20년이 지난 고물이어서 의자도 삐걱거렸고 진동도 대단했다.

비행기가 갑자기 고도를 뚝 떨어뜨리면 최대광은 의자의 손잡이를 움켜쥐고 울상을 지었는데, 마주 앉은 페드로는 그것이 우스워서 참을 수가 없는 모양이었다. 그리고 비행기가 잠잠하게 운항하기 시작하면 최대광은 불평을 늘어놓는다.

카르타헤나에서 수상비행기를 대절한 고영무의 일행은 지금 열다섯 시간째 비행기를 타고 있었다. 오는 도중에 엘살바도르의 바닷가에서 기름을 가득 넣으려고 두 시간 쉰 것까지 합하면 열일곱 시간을 비행 하는 셈이다.

"이제 두 시간이면 LA 바닷가에 도착한다. 참아라."

시계를 내려다본 고영무가 말하자 최대광이 입맛을 다셨다.

"그래도 지난번에 내가 배를 타고 밀항해 올 때보다는 몇 배나 나은 편이다. 그때는 화물선에서 내려 파도를 뚫고 보트로 들어왔으니까."

고영무는 창 밖으로 검은 바다를 내려다보았다. 바다 위에 떠 있는 것은 아무것도 없었다.

　해안경비대의 레이더를 피하기 위해 비행기는 파도 위 10미터를 비행하고 있었다. 비행기는 페드로가 수단을 부려 3만 달러로 흥정을 한 것이다.

　고물 비행기의 조종사는 단숨에 한몫을 쥐게 되었으므로 지금도 온갖 솜씨를 부리고 있었다.

　"나는 미국을 밀항해 들어갈 팔자인가 보다."

　고영무가 주위를 둘러보며 소리치듯 말했다.

　"모조리 없애 버려야 합니다, 보스."

　브루노가 소리쳐 대답했다.

　"실컷 이용해 먹고 우리를 쓰레기처럼 없애 버리려고 했던 놈들, 내버려 두지 않겠습니다."

　비행기가 덜컹거리며 고도를 떨어뜨렸으므로 최대광이 다시 의자를 움켜쥐었다가 버럭 소리쳤다.

　"모두 목을 분질러 버릴 테야."

　그러고는 조종사 쪽을 흘겨보았는데 조종사의 목도 분질러 버리고 싶은 모양이었다.

4.
다운타운의 방랑자들

크링거의 초록색 눈은 흰 머리칼과 비교되어서 그런지 선명했고 눈동자 안의 검은 초점은 고양이의 그것과 비슷했다. 그는 한동안 전우석의 얼굴을 들여다보다가 머리를 끄덕였다.

"동남아의 사정이 좋지 않지. 그리고 그쪽 물품의 품질은 형편없어."

전우석은 잠자코 그의 말을 들었다. 그렇기 때문에 미국으로 날아와 유장수의 제의를 전하는 것이었다.

"지난번에 미스터 김이 다녀갔었는데, 그 친구는 꽤 재수가 없었소. 아니, 시기가 좋지 않았다고 할까."

크링거는 앞에 앉은 전우석을 바라보았다.

"그래, 당신의 보스인 미스터 유는 나한테서 얼마를 가져갈 작정이오?"

"달마다 50킬로요."

머리를 치켜든 전우석이 불쑥 말했다.

"대신 이곳에서 한국까지의 수송은 책임을 져주셔야 됩니다."

"허어, 그거 어려운 조건인데."

크링거는 입술을 비죽거렸으나 눈을 깜박이는 것이 흥미를 느끼는 눈치였다.

50킬로씩 달마다 가져간다면 그것은 막대한 양이다. 김종무의 물량보다 다섯 배가 넘는 물량이었다.

"그래, 당신들이 그 물량을 소화시킬 수는 있소? 기분 나쁘게 생각하지는 마시오. 걱정이 되어서 그러니까."

탁자 위에 놓인 담배를 집어 입에 물면서 크링거는 의자에 등을 붙이고 앉았다. 저택의 호화로운 응접실 안이었는데 유리벽 너머로 짙은 어둠에 덮여 있는 밤바다가 보였다. 수평선 근처에서 희미한 불빛이 어른거리고 있었는데 샌프란시스코 쪽으로 항해하는 배일 것이다.

"크링거 씨, 우리는 이미 판매 루트를 장악하고 있습니다. 김종무의 보스인 이성철은 우리와 비교가 안 됩니다. 더구나……"

전우석이 얼굴을 굳히며 크링거를 바라보았다.

"당신들이 강일준을 제거했다는 것을 알고 있소. 공급과 판매를 장악하고 있다는 것도."

크링거가 자르듯 말하면서 라이터를 켜 담배에 불을 붙였다.

"언젠가 당신 측에서 손을 내밀 거라고 생각은 했었지. 당신은 운이 좋은 셈이오."

길게 담배 연기를 내뿜으면서 크링거는 밤바다 쪽으로 머리를 돌렸다.

"샌프란시스코로 연안 경비정이 돌아가는군."

혼잣소리처럼 말하던 크링거가 문득 머리를 돌려 전우석을 바라보았다.

"당신, 고영무라고 아시오?"

전우석이 머리를 저었다.

“모릅니다. 이곳에서는 꽤 유명한 사람인 모양입니다만 한국에서는
별로……”

“회사원이었다고 들었소.”

“네, 일성그룹에 있었다더군요.”

“잔인한 놈이었소. 철저한 놈이기도 했고.”

그는 과거형의 말투를 썼으나 전우석은 느끼지 못하는 듯 심드렁한
표정이었다.

“나는 그런 사내가 한국을 장악하면 좋겠다는 생각을 했었소. 결국은
그렇게 되지 못했지만.”

물끄러미 전우석을 바라보며 그는 말을 이었다.

“어쨌든 한국은 당신들과 거래하는 것이 낫겠소. 좋소, 50킬로씩 공
급하겠소. 2개월 후부터.”

“고맙습니다, 크링거 씨.”

전우석이 상체를 세우고는 눈을 치켜떴다. 예상했던 것보다 너무 순
조롭게 일이 풀린 것이다.

“한국의 목적지까지 우리가 물품을 실어주는 조건으로 하고 가격은
20퍼센트 인상하겠소.”

“크링거 씨, 가격 문제는 저희 보스에게 연락할 수 있도록 시간을 주
십시오.”

“그렇겠지.”

크링거가 얼굴에 주름살을 만들며 손가락으로 백발을 쓸어 올렸다.

“여긴 안전한 곳이오. 그 어느 때보다도 시기가 적절하기도 하고. 연
락할 동안 기다리겠소.”

“곧 결정이 될 겁니다, 크링거 씨.”

“이곳은 빈 방이 많아요. 미스터 전, 여기에서 묵어도 좋습니다.”

전우석이 머리를 저었다.

"아닙니다, 크링거 씨. 호의는 감사합니다만, 시내에서 할 일이 있어서요."

"일행이 있다고 들었소. 좋으실 대로."

시계를 내려다본 크링거가 자리에서 일어섰다. 밤 11시가 넘어 있었다.

"어디 다녀오는 길이야?"

강판술은 언제부터인지 대놓고 반말을 썼다.

"시내에."

짧게 대답한 전우석이 방 안을 둘러보았다.

"애들은 어디 있어?"

"아래층 바에서 술을 마신다고 내려갔는데."

강판술도 술을 마신 듯 얼굴이 붉어져 있었다. 풀어 헤친 셔츠 사이로 그의 붉고 단단한 가슴살이 들여다보였다.

"망할 자식들."

혀를 찬 전우석이 강판술을 쏘아보았다.

"이것 봐, 분명히 해둘 것이 있어. 넌 네 멋대로 애들을 풀어 놓고 있는데 지휘자는 나야."

"젠장."

강판술이 입술 끝을 비틀면서 머리를 들었다.

"야, 애들 술 한잔 먹으라고 내보내지도 못한단 말이냐? 호텔 방 안에서 TV나 보고 있으라고 해야 돼?"

"애들 불러와, 갈 데가 있어."

강판술이 눈을 끔벅이며 그를 바라보았다.

"왜? 12시가 넘었는데 어딜?"

“홍성희.”

전우석이 다부지게 말하자 강판술이 의자에서 슬그머니 엉덩이를 들어올렸다. 얼굴이 굳어져 있었다.

“오늘 밤에?”

“그래, 오늘 밤에.”

“그년 하나만?”

“할 수 없지.”

홍성희를 닷새가 넘도록 감시했으나 최대광이나 신용만은 보이지 않았다.

희 살롱 종업원한테서 얻어들은 정보로는 여행을 떠나 언제 돌아올지 모른다는 것이었다.

“어떻게 하겠다는 거야?”

강판술이 문 쪽으로 향하며 묻자 전우석이 입맛을 다셨다.

“죽여 없애고 떠나는 거다.”

“왜? 여기 일은 다 끝났어?”

“내일 아침이면 끝나.”

“알았어.”

술이 깬 듯한 얼굴로 강판술이 방을 나갔다.

10분도 되지 않아 강판술은 술기운에 달아올라 얼굴은 벌겠으나 긴장으로 눈을 번득거리는 세 명의 사내들을 끌고 돌아왔다.

“이 개새끼들, 똑바로 서!”

그들을 향해 전우석이 버럭 소리치며 다가섰다. 모두 그의 부하였다.

놈들에게 생색을 내듯 풀어 놓아주는 강판술에 대한 짜증까지 겹쳐 있었다.

전우석은 가까운 곳에 서 있는 한 사내의 귀뺨을 후려쳤다. 야무진 소리가 났고 사내의 얼굴이 휘청 옆으로 꺾여졌다.

"야, 이 개새끼들아, 누가 술 먹으라고 그랬어? 누가 너희들의 상관이야?"

이번에는 휘익 발을 뻗어 옆에 선 사내의 아랫배를 차올렸다. 사내가 아랫배를 움켜쥐고 허리를 꺾었다.

강판술이 육중한 몸을 틀어 전우석 앞으로 다가갔다.

"이봐, 내가 시켰어. 때리려면 나를 때려보라구."

가슴을 내민 그의 얼굴이 잔뜩 찌푸려져 있었는데 이를 악물고 있는 것이 한바탕 일을 벌일 기세였다. 전우석이 휘익 몸을 돌리면서 허리춤에 끼워 놓은 권총을 뽑아 그에게 겨누었다.

"씨팔놈아, 그 자리에 서."

흠칫 몸을 굳힌 강판술이 움직임을 멈추었다. 전우석이 권총을 겨눈 채 그에게로 다가갔다.

"당장에 쏴 죽여버리겠다. 널 죽이면 시체 치울 사람이 따로 있어. 하지만 너는 그럴 수가 없지. 무슨 말인지 알겠어?"

그를 노려본 채 강판술은 대답하지 않았다.

"왜냐하면 내가 보스이고, 이쪽에서도 그것을 알고 있기 때문이란 말이다. 네놈이 나한테 손을 대는 시간부터 너는 송장이 될 준비를 해야 돼."

"이봐."

"시끄러 이 새끼야!"

버럭 고함을 친 전우석이 다시 권총을 허리춤에 찔러 넣었다.

강판술은 어깨를 내리고는 기가 꺾인 듯 얼굴의 근육을 풀었다.

"모두들 준비해라. 계집을 없애러 가야 하니까."

머리를 돌린 전우석이 말했다.

"형님, 두 년 다 없앱니까?"

사내 한 명이 아직도 굳은 표정으로 물었다. 그러나 이제 얼굴의 술기운은 흔적도 보이지 않고 사라져 있었다.

전우석이 머리를 끄덕였다.

"그래, 두 년 다."

아파트의 창문이 앞쪽으로 바라보였는데 응접실의 불이 아직도 켜져 있었다. 뒤쪽으로는 요란한 타이어의 마찰음을 내면서 차량들이 달리고 있었다. 깊은 밤이라 길이 훤하게 뚫려 있기 때문일 것이다.

"1층이니까 베란다로 들어가도 되겠는데. 유리창이야 수건을 대고 때리면 될 것이고."

강판술이 옆에 앉은 전우석을 힐끗 바라보았다.

"계집 두 년 잡는데 네 명이나 몰려가는 것도 우습구만 그래. 살려서 데리고 나오는 것도 아니고."

"이봐 너, 가까이 가서 살펴보고 와."

강판술의 말을 못 들은 척 전우석이 앞자리에 앉은 부하에게 말했다.

"그것들이 무얼 하고 있는지 말이야."

앞자리의 부하 두 명 이 문을 열고 나갔다. 아파트는 4층 건물이었는데, 앞쪽은 넓은 잔디밭이 펼쳐진 단조로운 건물이었다. 창문이 나 있는 것으로 대충 헤아려 보면 각 층마다 7세대 정도가 거주하는 구조 같았다.

부하들이 검은 잔디밭을 가로질러 아파트로 다가가고 있는 것이 보였다. 아파트 입구는 두 개였는데, 홍성희는 좌측 입구의 바로 오른쪽 호실에 살고 있었다.

"최대광 그놈은 운이 좋은 놈이야. 마침 여행 중이라니."

강판술이 혼잣말처럼 말했다.

"연놈이 함께 있을 때 해치우는 건데."

새벽 2시경이었으므로 대부분의 창문에는 불이 꺼져 있었다.

뒤쪽에서 불이 비치더니 승용차 한 대가 다가와 주차장 끝 쪽에서 멈췄다.

차에서 내린 사내가 술에 취한 것 같은 여자를 부축하고 비틀거리며 우측 입구를 향해 다가가고 있었다.

입구 앞에 세워진 둥근 등 주위로 몇 마리의 나방이 빙글빙글 도는 것이 보였다. 아파트의 출구는 그들 뒤쪽에 있었고, 넓은 정문 옆의 관리실은 이미 불이 꺼진 지 오래였다.

"자, 나가자."

전우석이 차 문을 열면서 말했다.

밖으로 나서자 새벽의 싸늘한 냉기가 드러낸 피부에 닿았고 흙과 풀의 냄새가 맡아졌다.

아파트 경비 등에서 흘러나온 빛으로 잔디 위에 맺힌 습기가 희미하게 반짝이고 있었다.

차에 부하 한 명만을 남겨 두고 전우석과 강판술은 잔디밭을 지나 아파트 입구로 다가갔다. 잔디밭이 끝나는 지점에는 승용차 한 대가 겨우 지나갈 정도로 아파트와 평행하게 길이 닦여져 있었는데 사람만 통행할 수 있는 인도였다.

경비등과 떨어져 있는 나무 그늘에 몸을 숨기고 있던 부하 한 명이 다가왔다.

"형님, 안에서 인기척이 없습니다. 불을 켜 놓고 자는 것 같은데요."

"베란다로 들어갈 수 있겠냐?"

전우석이 낮은 목소리로 묻자 그는 머리를 끄덕였다.

"네, 형님. 소리 내지 않고 유리를 떼어낼 수 있습니다."

"좋아, 시작해."

부하는 몸을 돌려 바로 앞쪽의 아파트로 다가갔다.

강판술이 나무 그늘 아래 등을 대고 앉아 커다랗게 입을 벌리고 하품을 했다.

"술을 어설프게 먹어서 골치가 지끈거리는구만."

그는 조금도 긴장하고 있지 않았는데 상대가 여자들인 탓도 있겠지만 전우석에 대한 시위이기도 할 것이다.

베란다가 밖으로 불쑥 튀어나와 있었으므로 부하들이 쇠기둥을 잡고 지상에서 1미터쯤 떨어진 아파트 안으로 들어서는 것이 보였다. 홍성희가 LA로 도망쳤다고 해서 유장수의 추적을 피할 수는 없다. 그는 절대로 원한을 잊지 않는 사람이다. 게다가 홍성희는 최대광과 함께 그를 배신했을 뿐만 아니라 농락까지 한 여자다.

주위는 어두웠고 뒤쪽에서 차량의 소음만이 간간이 들려올 뿐 인적이 없다. 응접실에서 흘러나온 불빛이 베란다에서 어른거리는 부하들의 모습을 희미하게 비추고 있었다.

"됐다, 가자."

유리창에 붙어선 부하가 손을 드는 것을 본 전우석이 말했다. 베란다의 문을 연 모양이었다.

그들은 날렵하게 쇠기둥을 타고 베란다로 올라섰다. 체중이 100킬로가 넘는 강판술은 발자국 소리조차 내지 않았다. 응접실로 통하는 문이 반쯤 열려져 있었고 부하들이 벽에 붙어 서서 그를 바라보았다. 전우석은 망설이지 않고 응접실 안으로 들어섰다. 양탄자가 깔려 있는 응접실에서는 여자들의 화장품 냄새가 풍겨 왔고 탁자 위에는 마시다 만 음료수 잔이 놓여 있었다. 벽 쪽에 붙은 TV에서 오페라가 방영되고 있는 것이 보였다.

뒤를 따라 들어온 강판술이 긴장한 얼굴로 주방 쪽으로 다가갔을 때 전우석은 침실로 보이는 방문의 손잡이를 잡았다. 부하 한 명은 현관 쪽에 있는 방문을 맡았으므로 발끝으로 재빠르게 다가가고 있었다. 그들을 둘러본 전우석은 만족한 듯 머리를 끄덕이며 손잡이를 돌렸다. 안에서 잠그지 않은 방문이 스르르 열렸다. 침대가 보였다.

그 순간 전우석은 목덜미를 잡아채여 와락 안으로 끌려 들어갔고, 그것이 무엇인지 미처 알아차리기도 전에 양미간을 모질게 얻어맞고는 정신을 잃었다.

현관 옆에 있는 방으로 들어서던 부하 한 명도 마찬가지가 되었는데, 그는 야구 방망이로 옆머리를 두들겨 맞아 좀 심한 상태가 되었다.

"어? 넌 누구냐?"

주방에서 응접실로 다가오던 강판술이 버럭 소리치듯 물었다.

전우석이 들어섰던 침실에서 자신보다 한 뼘이나 큰 거인이 나온 것이다. 그러나 그는 묻는 순간 대뜸 이놈이 최대광이라는 것을 알아차렸다. 전우석이나 일행들로부터 신물이 나도록 최대광에 대해서 들어 왔던 것이다.

문을 등지고 선 최대광이 눈을 끔벅이며 그를 바라보았다. 응접실에 남아 있던 부하 한 명이 가슴속으로 손을 집어넣었다. 순간 퍽 하는 소리가 뒤쪽에서 났고 부하가 어깨를 움켜쥐며 비틀거렸다.

"움직이지 마, 이 새끼들아."

한국말이 들렸다. 손에 권총을 쥔 신용만이 현관 쪽에 서 있었다. 강판술은 함정 속으로 들어온 자신의 처지를 알았다. 그러나 기가 죽을 그는 아니었다.

"이런 비겁한 새끼들, 숨어 있었구만."

이를 악문 강판술이 최대광을 쏘아보았다.

"네가 최대광이냐?"

최대광이 팔짱을 풀었다. 그러나 멀뚱한 그의 표정은 변함이 없었고 입도 열지 않았다.

어깨를 움켜쥔 부하가 기어코 한쪽 무릎을 꿇고는 소파에 상반신을 기대며 신음 소리를 내었다.

최대광이 다가왔다. 그와의 거리는 세 걸음밖에 떨어져 있지 않았다. 강판술은 어깨를 세우고는 온몸을 굳혔다. 뒤에서 총을 겨누고 있는 신용만이 있지만 이대로 손을 들고 잡힐 수는 없다.

다행히 이놈은 손에 무기도 들고 있지 않다. 이놈을 잡아 뒤쪽의 총을 든 놈에게 방패로 삼으면 빠져 나갈 가능성도 있을 것이다. 그는 오른쪽 발에 힘을 옮기고는 다가온 최대광의 사타구니를 향해 힘껏 왼쪽 발을 차올렸다. 최대광이 몸을 트는 것을 봤고 자신의 발끝이 허공으로 치솟고 있다는 것도 알았다. 와락 상반신을 굽힌 강판술이 중심을 잡으면서 주먹으로 최대광의 배를 치려고 어깨를 옆쪽으로 젖혔다.

순간 강판술은 입을 쩍 벌렸다. 한 손을 활짝 편 최대광이 그의 목을 움켜쥐었기 때문이다.그리고 다음 순간 다른 한 손이 자신의 사타구니를 싸쥐고 있는 것을 느꼈다.

"으악!"

입 안에 남아 있던 숨으로 겨우 그렇게 짧은 신음 소리를 뱉은 강판술은 금방 사지를 늘어뜨렸다.

아랫배가 당겨 오고 사타구니가 금방 떨어져 나갈 것만 같았으므로 강판술은 얼굴에서 진땀을 흘렸다. 그리고 숨이 막히는지 두 눈이 튀어 나올 듯이 불거져 있다.

"이런 돼지 같은 놈이 어디를."

최대광이 으르렁거리듯 말했다.

"내가 누군 줄 알고 덤벼들어, 이 새끼야."

"야, 죽이지는 말어."

신용만이 다가왔다. 그는 머리를 기울여 강판술의 얼굴을 들여다보았다.

사지를 늘어뜨린 강판술은 목과 사타구니를 최대광에게 잡힌 채 매달려 있는 형편이었다. 얼굴은 새빨갛게 되어 있는데다가 두 눈이 불거져 나왔고, 쩍 벌어진 입 안에서 혀가 삐죽 나오고 있었다.

"이놈의 시키, 연장을 뽑아버려야지."

사타구니를 움켜쥔 손에 다시 힘을 주었는지 강판술이 부들부들 떨기 시작했다.

"야, 형님이 죽이지는 말랬어."

신용만이 입맛을 다시자 최대광은 두 손에 다시 한 번 힘을 주었다가 강판술을 내동댕이쳤다.

"학, 학, 학……"

강판술이 응접실 바닥에 웅크린 채 딸꾹질을 하듯 숨을 몰아 마셨다가 뱉어 내었다. 두 팔과 다리가 아무렇게나 내팽개쳐져 있었는데 움직일 기력도 없는 모양이었다.

"그저 모가지를 딱 분지르면 좋았는데, 이놈의 시키를."

발끝으로 강판술의 엉덩이를 걷어찬 최대광이 눈썹을 치켜 올렸다. 신용만이 방 안에 늘어져 있는 전우석을 끌어내 오고 있었다.

새벽 5시가 되어 있었으나 바다는 짙은 어둠에 덮여 있고 반대쪽의 지평선 끝에 희미하게 붉은 선이 보일 뿐이다. LA에서 100여 킬로 북쪽 해변가에 세워진 2층 양옥집은 마을에서 3킬로쯤 떨어져 있었으므로 외딴집이었는데, 오늘은 밤이 새도록 응접실의 불이 켜져 있다.

"우리들을 죽이라고 유장수가 보냈단 말이지?"

신용만이 마룻바닥에 앉아 있는 전우석을 향해 물었다.

코뼈가 부러져 콧잔등이 시뻘겋게 부풀어 오른데다가 아직도 코에서는 피가 흘러내리고 있었다. 그는 머리를 들어 의자에 앉아 있는 신용만을 바라보았다.

"그렇습니다, 형님."

전우석이 손등으로 코피를 훔쳤다. 그는 이제 완전히 주눅이 들어 있었는데, 그것은 주변의 분위기 때문일 것이다. 응접실은 넓고 최대광이 창틀에 걸터앉아 이쪽을 바라보고 있었다.

"형님도 잘 아시다시피 사장님은, 아니 유장수는 원한을 잊지 않는 사람입니다. 저는 단지……"

"우리가 없는 줄 알고 여자부터 죽이려고 했던 모양인데."

신용만이 의자에서 몸을 일으켜 그의 앞으로 한 걸음 다가갔다.

"강판술이 같은 놈까지 끌어들인 걸 보면 유장수가 단단히 마음먹은 모양이구만."

전우석이 눈을 끔벅이며 그를 올려다보았다. 그러자 뒤쪽 문이 열리며 강판술이 들어섰다. 비틀거리며 들어선 그는 브루노가 등을 밀자 전우석 옆에 주저앉았다. 그의 손은 밧줄로 묶여 있었다.

"너희들에게 보여줄 사람이 있다."

신용만이 말하자 최대광이 창틀에서 엉덩이를 떼고는 문을 열고 나갔다.

"신, 이놈들은 맷집이 대단해. 한국판 마피아 일당 아닌가?"

발을 들어 강판술의 등을 밀면서 브루노가 웃었다. 스페인어였으므로 강판술과 전우석은 서로 얼굴을 돌아보았다.

"재미있어. 자네들을 죽이려고 한국에서 왔다는 것이."

브루노는 아직 정확한 사연은 모른다. 새벽에 차에 싣고 데려온 다섯 명의 한국인들을 보고 놀랍고 흥미로워했을 뿐이다.

앞쪽의 문이 열렸으므로 전우석과 강판술은 머리를 들었다.

여자 한 명이 들어섰는데, 그들은 한동안 눈을 끔벅이며 그녀를 올려다보았다.

여자는 그들의 피투성이가 된 몰골을 보고 놀란 모양이었다. 주춤거리며 다가와서는 신용만의 옆자리에 앉았다.

"맞아요, 저 사람이에요."

손가락을 들어 강판술을 가리키며 이자영이 말했다.

"내 돈을 빼앗아 간 사람이에요."

그 자리에 전우석도 있었으나 지금은 얼굴이 부어올라 알아볼 수가 없었다. 전우석과 강판술은 다시 얼굴을 마주보았다. 이자영이 이 자리에 나타날 줄은 상상도 할 수 없는 일이었다.

"느그덜, 이 여자분 알지?"

이자영의 뒤를 따라 들어온 최대광이 버럭 소리치듯 물었다.

"빨리 대답 안 혀?"

"압니다."

전우석이 머리를 끄덕였고 강판술은 시선을 내리깔았다.

"그 돈은 어디다 두었어?"

최대광이 한 걸음 다가섰으므로 그들은 긴장하여 몸을 굳혔다.

"모두 유사장이 가져갔습니다."

전우석이 입을 여는 순간 최대광의 발길이 날아 강판술의 어깨를 찼다. 강판술이 빙글 돌면서 응접실 바닥에 머리를 부딪치며 넘어졌다.

"너는 왜 대답 안 혀?"

"네, 압니다, 형님."

누운 채 강판술이 대답했다.

"널 죽여서 모래밭에 묻어줄까?"

"아닙니다, 형님. 살려주십시오."

"너를 왜? 날 쥑이러 온 놈인디."

번쩍 한쪽 발을 치켜 올렸다가 그의 이마를 내려밟자 강판술의 입에서 비명이 터져 나왔다. 이자영이 머리를 돌렸다.

"돈도 가진 것이 없고 그저 우리만 죽이려고 왔다는디, 여그서 끝장을 내자."

최대광이 신용만을 돌아보았다.

"이놈들 데리고 시간 끌 필요가 없어."

"형님, 제가 여기 온 것은 그런 이유가 아닙니다. 솔직히 말씀드리겠습니다."

두 팔로 응접실 바닥을 짚고 앉은 전우석이 머리를 들었다. 머리칼이 흐트러진 그의 얼굴은 부어 오른 상처와 흘러내리는 피로 범벅이 되어 보기에도 끔찍했다. 그는 이제 절제를 잃고 있었다.

최대광이 그를 향해 몸을 돌렸고 신용만은 잠자코 그를 바라보았다.

브루노가 창가로 다가가 조금 전에 최대광이 앉아 있던 창틀에 엉덩이를 걸치는 것이 보였다.

전우석이 말을 이었다.

"저는 유사장의 심부름으로 누구를 만나려고 왔습니다."

"누군데?"

신용만이 가라앉은 목소리로 물었다.

"크링거라고 형님은 잘 모르실겁니다."

"크링거?"

최대광과 신용만이 서로 얼굴을 돌아보았다.

"네. 크링거라고 거물인데, 마약을 독점 공급하고 있는 사람이지요."

전우석이 피투성이가 된 손등으로 다시 흘러내리는 코피를 닦았다.

"그 사람하고 계약을 하는 것이 제 목적이었습니다. 형님이나 홍성희

씨를 해코지하는 것은……”

“그래서, 계약을 했단 말이냐?”

“네. 한 달에 50킬로씩 공급하기로. 형님, 살려주십시오. 살려주신다면 무슨 일이건 하겠습니다.”

이자영이 눈을 깜박이며 신용만과 최대광을 둘러보았다. 그들은 자신의 돈을 강탈해간 사내들이었는데, 알고 보니 최대광들과도 원한이 있었던 것이다. 그러다가 이제는 마약 이야기가 나오고 있다. 이자영은 어깨를 굳히고는 시선을 내렸다.

최대광과 신용만을 이곳에서 만난 것도 놀랄 만한 일이었다. 한때 용역회사에 부탁해서 그들에게 고영무를 혼내주라고 부탁한 적이 있었던 것이다.

방으로 돌아온 이자영은 침대 끝에 걸터앉아 밝아오는 창밖을 바라보았다. 파도의 끝이 반대쪽에서 겨우 얼굴을 내민 비스듬한 햇살을 받아 반짝이고 있었는데 아직도 바다색은 어두웠다. 옆방의 홍성희는 아직 잠에서 깨어나지 않은 듯 인기척이 나지 않았다.

이자영은 어깨를 늘어뜨리고 길게 한숨을 내쉬었다. 이곳은 고영무의 저택이다. 그가 최대광과 신용만의 형님이고 저택에서 어른거리는 사내들의 보스인 것이다. 고영무의 이야기를 홍성희로부터 듣게 된 이자영은 가슴이 두근거렸다.

그는 홍성희의 표현을 빌리면 무서운 사내였다. 직접 이야기를 나눠본 경험도 별로 없는 홍성희는 고영무가 무섭기만 했던 모양이었다.

이자영은 자리에서 일어나 창가로 다가갔다. 어둠이 걷혔으나 아직 바닷가에는 안개가 깔려 있었고 출렁이는 파도의 하얀 분말이 차갑게 보였다. 그녀는 창틀을 두 손으로 짚고 우두커니 안개에 묻힌 바다를 바라보았다.

모래사장은 습기에 젖어 갈색으로 보였는데, 그녀의 시선 끝에 한 사람이 들어 왔다. 오른쪽 끝에서 파도와 평행으로 모래사장을 달려가는 사내는 흰 셔츠에 반바지 차림이었다. 그는 어디서부터 달려왔는지 모르지만 물 끝을 따라 줄기차게 달려가고 있었다. 그리고 그의 옆모습이 낯에 익었다. 고영무였다.

마을 앞까지 뛰어갔다가 저택으로 돌아오던 고영무는 모래사장에 서 있는 여자를 보았다. 뛰는 속도가 빨랐으므로 여자의 모습이 점점 또렷하게 시야에 들어 왔다. 하늘색의 원피스 차림이었는데 머리칼을 쓸어 올리면서 이쪽을 향해 서 있었다. 원피스의 치맛자락이 가볍게 아침 바람에 흔들렸고 그녀의 늘씬한 다리와 팔이 드러났다. 이자영이었다. 그는 그녀에게로 곧장 달려갔다.

"오랜만이로군, 이자영 씨."

그녀 앞에서 발을 멈춘 고영무가 상기된 얼굴로 말했다. 가쁜 숨을 진정하려는 듯 어깨를 펴면서 두 팔을 뒤로 젖혔다가 오므리기를 반복했다. 제자리 뛰기를 하던 그의 발도 멈췄다.

"좁은 세상이야. 안 그래?"

그가 흰 이를 드러내며 웃었다.

"날 보고 싶어하지 않을 것 같아서 나타나지 않았는데 뛰는 것을 들켰군."

"꽤 유명한 사람이 되었더군요, 고영무 씨는."

굳어진 얼굴로 그녀가 말했다. 바닷바람에 눅눅한 습기가 묻어 있었으므로 드러난 피부가 끈적거리는 느낌이 들었다. 고영무가 다시 웃었다.

"그런가? 이자영 씨는 박주경이를 단단히 혼내주고 온 모양이던데. 소득은 없었지만 말이야."

  그는 턱으로 저택 앞쪽의 테라스를 가리켰다. 이곳은 경사가 완만한 지역이어서 모래사장을 걸어 올라가면 바로 저택으로 들어갈 수가 있었다. 모래사장이 끝나는 지점에 서너 그루의 굵은 파인애플나무가 서 있고 그 밑에 탁자와 의자가 놓여져 있었다.

  그들은 탁자를 사이에 두고 앉았다.

  "박주경이를 협박하려다가 저놈들에게 꼬리를 잡혔지?"

  수건으로 얼굴의 땀을 닦으며 고영무가 물었다.

  이자영이 그를 쏘아보았다.

  "난 당연히 받아낼 걸 받아내려고 한 거예요. 잘못 생각하지 말아요."

  "그런가? 그렇다면 대단한 몸값이야. 그만큼 가치가 있는 줄은 몰랐어."

  그녀의 가슴 언저리를 바라보면서 고영무가 말했다.

  "어쨌든 홍성희 씨한테 정보를 주어서 고마워. 하마터면 놈들한테 먼저 당할 뻔했어."

  고영무는 수건을 옆쪽 의자에 던지고는 그녀를 똑바로 바라보았다.

  "네가 나를 만나게 된 것은 네가 나와 비슷한 생활권으로 들어왔다는 증거가 돼. 놀랄 것도 신기해할 것도 없어."

  그의 얼굴을 바라본 이자영이 시선을 내렸다. 고영무의 얼굴이 딱딱해져 있었는데 예전의 인상이 아니었다. 전보다 10년쯤은 더 나이 먹어 보이는 얼굴이었다. 그는 이미 자신에 대해서 샅샅이 조사를 해놓은 것 같았다.

  "너같이 헛된 꿈을 꾸며 살아가는 여자는 쉽게 타락하지."

  "말 함부로 하지 말아요, 고영무 씨."

  이자영이 그를 쏘아보았다.

  "난 당신한테 그 따위 훈계를 받을 이유가 없어. 당신은 나에게 아무것도 아닌 사람이야."

“아무것도 아니라구?”

고영무가 눈을 커다랗게 뜨고 팔짱을 끼었다.

“네 얼굴에는 나에게 의지하고 싶다고 씌어 있는데? 예전에 박주경이를 유혹하던 모습과는 다소 틀리겠지만.”

이자영이 의자를 밀치고 일어섰다.

“역시 저질인 것은 변하지 않았어, 고영무는.”

고영무가 물끄러미 그녀를 바라보다가 턱으로 저택을 가리켰다.

“안에 들어가 내 보호를 받든지, 아니면 당장에 이곳을 떠나든지 선택해라. 그리고 이곳 일을 조금이라도 누설하였을 때는 넌 송장이 된다.”

이자영은 몸을 돌려 저택 안으로 향했다. 그녀는 안에서 머물 것인지, 아니면 떠날 것인지는 지금으로서는 스스로도 알 수 없었다.

크링거는 수화기를 내려놓고 앞쪽에 앉은 카를로스를 바라보았다.

“카를로스 씨, 사흘 후면 몬태나호가 LA 앞바다에 오게 됩니다.”

“콜롬비아에 남아 있는 마약을 거의 다 싣고 올 거요. 해안 경비정에 발각되지 말아야 할 텐데.”

카를로스의 말에 크링거가 흰 이를 드러내며 웃었다.

“걱정할 것 없습니다. 워렌이 공해상에서 인수해 가기로 했으니까.”

“워렌이 말이오?”

카를로스가 눈썹을 치켜세웠다.

“이곳의 앨버트에게는 비밀로 하는 일이오?”

“그렇소, 카를로스. 앨버트나 마약부의 엘리엇, 로스만, 아무도 이 일을 모릅니다.”

카를로스는 눈을 깜박이며 크링거를 바라보았다.

“몬태나 호는 지금 CIA 기동대의 호위를 받고 있어요, 카를로스.”

크링거는 카를로스 앞에 놓여 있는 잔에 위스키를 따랐다.

"이제 우리는 마약을 정책적으로 공급하고 판매하는 대행자가 된 거요. 당신은 콜롬비아 정국이 안정되면 다시 돌아가서 마약을 공급할 수 있게 됩니다."

"당신 덕분이오, 크링거."

카를로스가 잔을 들어 술을 입 안에 털어 넣었다. 그는 기운이 난 듯 위스키 병을 쥐고는 빈 잔에 술을 채웠다.

"앞으로는 일이 더 수월해지겠군. 카스틸로와 라파엘 양쪽에 손을 쓰지 않아도 될 테니까 말이오."

"라파엘도 당신을 어쩌지는 못할 거요, 카를로스. 그가 다시 복권한 것도 결국은 미국 때문이었으니까."

카를로스가 손가락 끝으로 콧수염을 가볍게 쓸면서 입술 끝을 올렸다.

"고영무는 지금 콜롬비아에 있습니까?"

"글쎄, 죽었다는 정보도 있고."

크링거가 한쪽으로 머리를 누였다.

"어쨌든 그놈은 콜롬비아와 우리에게 새로운 길을 열어준 역할을 한 놈이지. 자, 건배합시다."

그들은 잔을 들어 부딪쳤고 제각기 단번에 입 안으로 털어 넣었다.

"마약은 어디로 판매합니까? 미국이오?"

잔을 내려놓은 카를로스가 묻자 크링거가 슬쩍 웃었다.

"아니, 그것은 아직 모릅니다, 카를로스. 하지만 미국에 얼마만큼은 떼어줘야겠지. 마약공급이 중단되면 폭동이 일어날 테니까."

"……"

"우리는 워렌이 선택해준 상대에게 팔기만 하면 됩니다. 당신은 공급만 하면 되고."

"워렌이 얻는 것은 뭐요? 크링거 씨."

카를로스가 검은 눈을 반짝이며 물었다.

"글쎄, 아무래도 국가 이익이지. 우리는 판매대금의 50퍼센트를 CIA에 주어야 하니까."

"50퍼센트?"

놀란 듯 눈을 치켜뜬 카를로스가 크링거를 바라보았다.

"그렇소, 카를로스. 따라서 당신도 우리에게 공급가격을 50퍼센트 깎아주어야 합니다. 그렇지 않으면 우린 마진이 없으니까."

"……"

"어쨌든 안전한 사업 아닙니까? 카를로스. CIA가 우리의 후견인이란 말이오. 이젠 마약부에게 적발당할 걱정은 하지 않아도 됩니다."

한동안 크링거를 바라보던 카를로스가 조그맣게 머리를 끄덕였다. 마약의 운반에서 판매까지의 위험 부담률은 50퍼센트가 넘는다. 다르게 생각하면 보험에 든 것으로 쳐버리면 되는 것이다.

"워렌이 독자적으로 결정한 일은 아니겠지요? 크링거 씨."

붉은 위스키를 잔에 따르며 카를로스가 묻자 크링거가 의자에 등을 기대며 다시 웃었다.

"그럴 리가 있소? 이것은 최고 통치자와 워렌이 결정한 일이오. 워렌은 약은 사람입니다. 절대로 혼자 책임질 일은 하지 않아요."

만족한 듯 커다랗게 머리를 끄덕인 카를로스는 잔을 들고 자리에서 일어섰다. 창 밖은 짙은 어둠에 싸여 있어서 정원에 켜진 등불 하나가 잔디밭을 희미하게 비춰주고 있을 뿐이었다. 창가로 다가간 그는 문득 보고타의 별장이 눈앞에 떠올랐다. 이제 곧 돌아갈 곳이었다.

연거푸 위스키를 넉 잔이나 들이켜고 난 참이어서 지미 골드의 뱃속은 따끈따끈했다. 조금 있으면 열기가 머리 쪽으로 몰려올 것이다. 자리에서 일어선 그는 테이블 위에 지폐를 던져 놓고는 바를 나왔다. 밤바람이 얼굴에 부딪혔고 다소 끈적이기는 했으나 서늘했다.

거리에는 차량의 행렬이 뜸해져 있었다. 새벽 1시가 되어 가는 시간인 것이다. 길가에 주차시켜 놓은 자신의 차로 다가간 지미는 호주머니에서 열쇠를 끄집어내고는 열쇠구멍에 꽂았다.

그러나 그때 뒷머리에 거센 충격이 왔고 머릿속이 온통 밝아지는 느낌이 오면서 지미는 그 자리에 주저앉았다. 아니, 주저앉는다고 느끼는 순간 누군가가 자신의 겨드랑이를 끌어안는다는 것을 끝으로 그는 의식을 잃었다.

그가 정신을 차린 것은 어떤 방 안이었다. 자신의 몸이 의자 위에 앉혀져 있었는데, 의자의 끝부분에 머리가 젖혀진 채 기대어 있는 것이 느껴졌다.

그는 힘들게 머리를 세웠다. 아직도 뒷머리가 당겨 왔고 눈앞에 있는 사내들의 모습이 흐릿하게 보였다. 눈을 끔벅이며 시선을 조정한 지미는 정면에 앉아 있는 사내의 윤곽이 드러나자 가슴이 철렁 내려앉았다. 고영무가 그를 바라보고 있었다. 콜롬비아에서 행방불명되었던 고영무가 틀림없었다.

"이제 정신이 드는 모양이군, 지미."

고영무가 그를 똑바로 바라보며 입을 열었다. 그의 옆에는 날씬한 체격의 한국인이 서 있었고, 머리를 돌려 방 안을 둘러보자 창 쪽의 의자에 앉아 있는 거인이 보였다. 그리고 그의 앞에 앉아 있는 사람은 낯익은 콜롬비아인이었다.

"넌 내가 그곳에서 죽었기를 바랐겠지만 그렇게 안 되어서 유감이겠군."

고영무의 말은 낮았으나 방 안을 울렸다.

지미가 머리를 들었다.

"고, 난 어쩔 수 없었다. 내 힘으로는 불가항력이었어."

"비겁한 놈, 목숨을 건지려고 변명을 하지는 마라."

눈썹을 치켜 올린 고영무가 그를 쏘아보았다.

"네놈의 배신으로 우린 겨우 다섯 명이 살아 돌아왔다. 난 동료들의 목숨 값을 받아야겠다."

"좋다, 그렇다면 죽여라. 목숨을 구걸하지는 않는다."

말을 마친 지미가 어금니를 물었다.

"그 전에 물어 볼 말이 있다. 우릴 역습하라고 지시한 것이 누구냐? 네 부서의 상관인 엘리엇인가? 아니면 로스만이냐?"

"말할 수 없다."

지미가 머리를 저으며 입술 끝을 비틀어 웃었다.

"날 그 따위 방법으로 심문하지 마라, 미스터 고."

"그렇다면 다른 방법을 쓰지."

그렇게 말하며 뒤쪽에서 다가온 것은 브루노였다. 그는 어느 사이에 빼어 들었는지 손에 하얀 날이 번뜩이는 나이프를 쥐고 있었다.

"이왕 죽을 몸, 사지를 토막으로 잘라주마. 이 더러운 배신자 놈."

지미의 머리칼을 한 손으로 움켜쥔 브루노가 와락 그의 머리를 의자 뒤쪽으로 젖혔다. 튀어나온 목젖이 보였다.

브루노는 칼날을 지미의 목젖에 붙였다.

"보스의 말에 대답해라, 지미 골드."

"죽여라."

지미의 가라앉은 말소리가 흘러나오자 브루노가 힐끗 고영무를 바라보았다. 고영무가 가볍게 머리를 저었다.

"지미, 네가 독단으로 했을 리가 없다. 우리는 진실을 알고 싶은 거다.

도대체 왜 우리를 역습하였는가, 그리고 그 이유는 무엇이고 누가 그런 지시를 하였는가를 말이다.”

자리에서 일어선 고영무는 그에게로 다가가 아직도 천장을 올려다보고 있는 지미를 내려다보았다.

“지미, 28명이 떠나서 다섯 명이 돌아왔다. 우리는 목적도 달성했다. 네가 양심이 있다면 우리에게 그것을 말해 주는 것으로 보상해라.”

브루노가 머리칼을 움켜쥔 손을 풀자 지미는 머리를 바로 세웠다.

“정말 뜻밖이야, 네가 다시 LA에 나타날 줄은. CIA에서 단단히 수색을 하고 있던데……”

목이 아픈지 머리를 좌우로 저으며 지미가 입을 열었다.

“너를 습격한 부대는 내 소관이 아니야. 우리 마약부는 그만한 인원과 조직을 보고타까지 파견할 수가 없어. 너희들 28명을 보낸 것이 전부야.”

창가의 의자에 앉아 있던 최대광도 자리에서 일어나 이쪽으로 다가왔다.

그는 지미 옆에 서서 눈을 끔벅이며 그를 내려다보았다. 창 밖에서 파도 소리가 희미하게 들려 왔다.

“CIA의 워렌이야. 우리는 어쩔 수가 없었어. 그가 우리에게 통보했을 때는 이미 그들이 움직이고 있을 때였으니까.”

모두들 잠자코 그를 내려다보고 있었다.

“워렌은 너희들이 살아 돌아오면 걸리적거릴 뿐이라고 했어. 또 우리가 너희들에게 약속한 조항은 월권이라고도 했지.”

그는 입술 끝을 비틀며 웃었다.

“죽은 네 동료들에게 미안하게 생각하고 있다, 미스터 고. 애초에 우리가 계획한 작전이 무리였는지도 모른다.”

“성공했지 않은가? 이 자식아.”

브루노가 으르렁거리듯 말하며 그를 쏘아보았다.

"고원에서, 길거리에서 우리 동료들은 개처럼 죽었다. 그러고도 카스틸로를 폭사시켰단 말이다."

"……"

"워렌이 혼자 결정한 일이 아니겠지? 지미, 워렌에게 지시한 사람이 있을 텐데."

고영무가 묻자 지미가 퍼뜩 머리를 들었다.

"대통령은 그런 세부적인 일을 알 필요가 없다, 미스터 고. 작전의 마무리를 워렌이 위임받아 집행한 것이야."

한동안 그를 바라본 채 고영무는 입을 열지 않았다. CIA는 거대한 조직이며 국가기관이다. 그리고 세계 어느 곳에도 그들의 특수부대를 운용하여 공작을 벌일 수 있는 집단인 것이다.

"그럼 내가 받을 보상은 워렌이 가로채 갔겠군, 지미. 그렇지 않나?"

이윽고 고영무가 가라앉은 소리로 물었다.

"카를로스가 LA에 와 있다고 하구나. 라파엘이 정권을 잡게 되니까 몸을 피해 온 모양이야."

아침 커피를 마시면서 페르난도가 말하자 밀리카가 얼굴을 들었다.

"카를로스가 그럼 망명해온 것일까요?"

"그럴 리가 있나?"

머리를 저은 페르난도가 입맛을 다셨다.

"다운타운의 카페에까지 소문이 퍼져 있는데도 마약부가 끄떡하지도 않는 것을 보면 미국 정부 내에서도 카를로스를 감싸주는 세력이 있어. 그 사람은 다시 사업을 시작할 거야, 콜롬비아로 돌아가서."

커피잔에 스푼을 넣고 저으면서 밀리카는 대답하지 않았다.

"카스틸로를 제거한 것은 고영무가 틀림없어. 그의 일당이야."

페르난도가 말을 이었다. 커피잔을 손에 든 그는 턱을 치켜들고는 시선을 비스듬히 탁자 위로 내리고 있었다.

"그런데 소식이 끊긴 것을 보면 그때 죽은 모양이다."

"……"

"내가 알아보았더니 30명 정도의 콜롬비아인이 LA에서 자취를 감추었어. 모두 라파엘의 지지자들이고 고영무의 수족이었다."

밀리카가 머리를 올려 창 밖을 바라보았다. 흰색 커튼 자락 사이로 아침 햇살이 쏟아지는 도로가 보였다. 서너 명의 행인들이 바쁜 듯 인도를 지나고 있다.

"아마 그들은 라파엘 정권수립의 일등공신들일 게다. 보고타의 용사의 묘에 묻히게 되겠군."

밀리카는 자리에서 일어났다.

"커피 한 잔 더 드려요?"

잔을 내려다본 페르난도는 아직 자신의 잔에 반쯤 남아 있는 커피를 보았다.

"이젠 고영무에 대한 감정을 정리할 때가 되었다, 밀리카."

식탁 옆에 선 채로 밀리카는 잠자코 그를 내려다보았다.

"두 달이 지나도록 나타나지 않을 이유가 없는 놈이야. 개선장군처럼 LA에 나타나거나, 아니면 보고타에서 라파엘과 함께 있는 사진이라도 나왔어야 했다. 그놈들은 몰살했어."

"기다려 봐야 돼요."

"기다릴 필요가 없다, 이젠."

커피잔을 내려놓은 페르난도가 머리를 저었다.

"이젠 은원 관계가 모두 끝났다. 남은 것은 우리들의 장래다."

밀리카는 몸을 돌려 주방으로 다가갔다. 수도꼭지의 물을 틀어 놓고는 왈카닥거리며 그릇을 씻었다. 앞쪽의 창문으로 햇살이 쏟아져 들어와 상반신을 비추었으므로 그녀는 이맛살을 찌푸렸다.

"밀리카, 함께 스페인으로 가지 않겠니? 우리가 가진 돈으로 여생은 넉넉하게 살 수 있을 게다."

이쪽을 바라보며 페르난도가 말했으므로 밀리카는 움직임을 멈췄다. 그에게서 그런 말을 듣기는 처음이었다. 그는 이제 사업에 대한 의욕도, 조국에 대한 향수도 잊기로 한 모양이었다.

스페인은 모국어를 사용하는 나라일 뿐이지 아무런 인연도 지연도 없는 곳이다. 밀리카는 그의 좌절을 보는 것 같아 머리를 돌렸다.

"카스틸로가 무너지는 것을 봐라. 에르난데스가 알폰소에게 자리를 빼앗기는 것을 봐. 권세와 영화도 영원토록 유지되는 것이 아니다."

혼잣소리처럼 그가 다시 말했다.

일주일 전 에르난데스는 라파엘 대통령으로부터 전격 해임을 당했는데, 그의 후임으로는 라파엘의 참모장이었던 알폰소가 임명되었다. 알폰소라면 페르난도로부터 군자금을 받아 가던 인물이다. 그러나 라파엘 정권은 발족되자마자 대대적인 마약조직의 토벌에 들어갔고, 지금은 카를로스마저 LA로 도망쳐 들어와 기회를 엿보고 있는 형편이었다.

밀리카는 다시 그릇을 씻기 시작했다.

전화벨이 울렸으므로 고영무는 수화기를 쥐었다. 막 식사를 마치고 거실에 들어온 참이었다.

"여보세요."

"저예요."

고영무는 수화기를 고쳐 쥐고는 상체를 세웠다.

"영지, 아침부터 웬일이야?"

"아침에 전화하면 안 돼요?"

장난스레 묻는 그녀의 목소리에 고영무의 얼굴 근육이 조금씩 풀어져 내렸다.

"놀란단 말이다, 네 전화는."

"왜?"

"무슨 일이 있나 하구. 그쪽에서는 내가 도망자의 처지잖아."

"난 괜찮아요. 공장도 잘 되구."

"어머니는 어떠셔?"

"식사는 잘 하세요."

고영무는 의자에 등을 묻었다. 그녀와 헤어진 지도 한 달이 되어 가고 있었다. 시간이 지날수록 그녀의 목소리가 밝아지는 것이 기뻤다.

"그런데 언제 여기로 돌아와요?"

김영지의 말에 고영무가 머리를 들어 창 밖을 바라보았다. 햇살을 받아 반짝이는 물결의 끝이 보였다.

"곧 만나게 돼."

"언제?"

"여기 일을 곧 끝낼 테니까."

"그러니까 언제?"

고영무는 입맛을 다시고는 입술 끝을 비틀어 웃었다.

"빨리 끝낼 거야. 나도 영지가 보고 싶으니까."

노크 소리도 없이 응접실 문이 열리더니 브루노와 함께 최대광이 들어섰다.

"내가 다시 전화할게."

"10분 후에 다시 해요, 그럼."

"한 시간 후에."

수화기를 내려놓은 고영무는 앞자리에 앉은 그들에게 머리를 돌렸다.

브루노가 입을 열었다.

"보스, 카를로스가 와 있습니다. 지금 크링거의 집에 머무르고 있다고 합니다."

"……"

"지미도 알고 있더군요. 전화로 물어 보았더니 자신의 소관이 아니라고 말했습니다."

카를로스가 자신의 소관이 아니라고 말했다면 윗선에서 명령을 받았기 때문일 것이다.

"놈은 대놓고 시내를 돌아다닌다고 합니다. 며칠 전에는 힐튼 호텔의 식당에서 부하들과 식사를 했다는군요."

머리를 끄덕인 고영무는 최대광을 바라보았다.

"용만이는?"

"아직 연락 없어요."

신용만은 어제부터 다운타운에 들어가 있었다. 최대광이 머리를 들었다.

"그나저나 형님, 저 새끼들을 없애 버리든지 해야지 귀찮아 죽겠습니다."

"뭘 귀찮게 하는데?"

"감시하느라고 꼬박 한 사람이 붙어 있어야 하지 않습니까?"

전우석과 강판술 등을 말하는 것이었다. 다섯 명을 감금시켜 두고 있었는데, 그가 경비 책임자였다. 이제 이곳의 저택은 지난번에 남겨 두었던 부하들 중에서 가족이 없고 믿을 만한 사내 네 명을 더 충원하였으므로 포로가 된 사내들까지 포함해서 10여 명이 들끓고 있었다.

"기다려라. 그놈들도 쓸모가 있을 것이다."

고영무가 말하자 그는 입맛을 다셨다.

"형님, 풀어주어서 득이 될 것이 하나도 없습니다. 다리에 돌을 매달아서 바다 속에 넣읍시다."

"차라리 화장을 시키자고 해라."

고영무가 말하자 그는 머리를 끄덕였다.

"그렇군요. 재만 남으면 흔적도 없겠습니다. 그럼 그렇게 하십시다."

한국말이었으므로 둘의 입만 바라보고 있던 브루노가 고영무에게로 머리를 돌렸다.

"보스, 카를로스는 그냥 내버려 enq니까?"

"페드로를 불러라."

고영무의 말에 브루노와 최대광이 서로 얼굴을 마주 보았다.

"갈 데가 있다."

자리에서 일어선 고영무가 시계를 내려다보았다.

"보스, 어디로 가시렵니까?"

"이곳에서 멀지 않아."

브루노와 최대광이 자리에서 일어나 방을 나갔다. 그들은 제각기 시무룩한 표정들을 하고 있었는데 속 시원한 해결책을 듣지 못했기 때문이다. 카를로스가 LA에서 활보하고 있는 것은 미국정부가 마약왕을 보호하고 있다는 것이 되는데, 이제 자신들의 신세는 그와 반대가 되어 있는 것이었다.

"그동안 여위신 것 같아요. 얼굴도 검어지셨고."

신용만의 얼굴을 바라보며 이은영이 말했다.

중국 요리집의 붉은색 휘장이 천장 위에서 흔들거리고 있고 식탁 주위를 사람들이 쉴 새 없이 지나가고 있었다. 거기다가 떠들썩한 소음까지 겹쳐서 가만히 앉아 있어도 왠지 마음이 조급해지는 분위기였다. 신용만은 물컵을 내려놓았다.

"장규식이라는 사람, 어디에 묵고 있는지 모릅니까?"

"모르겠어요, 저는."

이은영이 머리를 저었다.

"가끔 잊어버릴 만하면 들르니까요. 그리고 술만 마시다가 혼자 나가곤 해서."

"LA에 있기는 합니까?"

"사흘쯤 전에 들렀다가 갔는데."

이은영이 한쪽으로 머리를 누였다.

소란스런 중국인들이 한 떼 몰려와 옆쪽 자리에 앉았으므로 그들은 잠시 말을 멈췄다. 이틀째 장규식을 찾아다녔으나 허사였다. 그는 어울리는 친구도 없었고 희 살롱에 나타나서도 혼자 앉아 위스키 한 병을 마시고는 말없이 나간다고 했다. 홍성희와도 이야기를 자주 하지 않는 편이었다.

"무슨, 급한 일이 있으세요?"

이마 위로 흐트러진 머리칼을 쓸어 올리면서 그녀가 묻자 신용만이 머리를 저었다.

"급한 건 없습니다."

급한지 어떤지 영문도 모르고 고영무가 장규식에 대한 말을 듣고는 찾아오라고 해서 나온 것뿐이었다. 장규식은 두 달이 넘게 LA에 머물고 있었는데, 한국에 돌아간다고 해도 유장수의 조직에 언제 잡힐지 알 수가 없는 몸이다. 그래서 그런지 그의 체류기간은 길었다.

"이거 시간이 꽤 되었는데, 가게에 들어가 봐야 되지 않아요?"

시계를 내려다본 신용만이 물었다. 저녁 8시가 되어 가고 있었다. 가게에 술손님이 들어설 시간인 것이다.

"아니, 괜찮아요. 오늘은 마침 한 달에 한 번 쉬는 날이니까요."

눈을 껌벅이는 신용만을 향해 이은영이 얼굴에 웃음을 띠었다.

"실은 신용만 씨가 물어볼 말이 있다고 하길래 언니한테 쉬겠다고 했어요. 두 달 동안 하루도 쉬지 않았거든요."

"이거 미안한데."

"덕분에 쉬는 거죠, 뭘. 그러니까 마음 놓으세요. 신용만 씨는 시간 있으시죠?"

"나야 시간이……"

신용만은 말을 멈추고 웃음을 띠었다. 문득 최대광의 얼굴이 떠오른 것이다. 그는 LA에 온 후 한 번인가 두 번밖에 홍성희를 만나지 못했다. 고영무가 특별한 일이 아니면 외출을 금지시켰기 때문이었다. 이번에 장규식을 찾아오라는 그의 지시를 받고 저택을 나올 적에 최대광은 못마땅한 얼굴을 하고 있었다. 같이 나가고 싶어하는 표정이었다.

"왜 웃으세요?"

이은영이 물었다.

"아니, 갑자기 다른 생각이 나서."

"무슨 생각요?"

"최대광이 생각. 그놈은 날 따라 나오고 싶어했는데 못 나왔지요."

"왜요?"

그들은 옆자리가 시끄러웠으므로 서로 소리치듯 말을 주고받았다.

"그놈, 여자 만나고 싶어서……"

이은영이 흰 이를 드러내며 웃었다.

"얼마나 좋아요? 언니도 최대광 씨를 만나고 싶어하거든요."

신용만이 눈을 껌벅이며 그녀를 바라보았다.

"신용만 씨가 저한테 만나자고 하실 줄은 몰랐어요."

식탁 위에 두 팔꿈을 올려놓고 상체를 기울이며 어깨를 세운 그녀가 말했다.

"어쨌든 이렇게 마주 앉아 있는 것도 기뻐요."

이은영은 한 손을 펴더니 턱을 고였다. 얼굴에는 웃음기가 떠올라 있었고 매끄러운 피부와 윤곽이 뚜렷한 얼굴이 바로 눈앞에 있었다.

"우리 나갑시다, 조용한 곳으로."

자리에서 일어서며 신용만이 말했다. 미국에서 자란 탓인지 이은영의 표현방식은 직선적이었으나 자연스러웠다. 장규식의 행방을 묻기 위해서 그녀를 밖으로 불러내었지만 그럴 바에는 호스테스로 일하는 미스 안이나 김이 더 나을 것이었다.

"조용하고 멋진 곳은 제가 더 잘 알걸요?"

따라 일어선 이은영이 맑은 목소리로 말했다.

5.
CIA의 음모

어둠에 덮여 있는 올림픽 스타디움은 희미하게 건물의 윤곽만 보일 뿐이다.

밤바람이 잔디 위를 스치고 지나가자 매캐한 땅 냄새가 났다. 건너편의 도로에는 라이트를 켠 차량들이 질주하고 있는 것이 아스라이 보였고, 그 저쪽에는 도시의 야경이 화려하게 빛나고 있었다. 주변에는 인적이 없었으나 넓은 잔디밭 저쪽에 주차되어 있는 서너 대의 차량의 주인들은 있을 것이다.

신용만은 잔디밭에 두 다리를 길게 뻗고 앉아 밤하늘을 올려다보았다. 도시의 매연 때문인지 하늘에는 별도 보이지 않았다.

"낮에는 황량해요. 하지만 밤의 이곳은 주변의 불빛 때문인지 아늑해 보여서 좋아요."

그의 옆에 앉은 이은영이 주위를 둘러보면서 말했다.

"그런 것 같군. 온통 도시의 불빛이 이곳에 중심으로 둘러싸고 있는 것 같은데.”

신용만이 머리를 그녀 쪽으로 돌렸다.

“밤에 이곳에 혼자 왔을 리는 없고, 안내해 준 사람이 있을 텐데.”

“대니얼이라고 대학 때 남자친구가 있었는데 그와 함께 왔었어요.”

신용만은 머리를 끄덕였다. 머릿속 가득히 도시의 자질구레한 소음이 들어오고 있어서 귀가 윙윙 울렸으나 옆에 앉은 이은영의 숨소리는 똑똑히 들렸다. 소음은 먼 곳에서 들려오기 때문에 이곳은 적막하다고 볼 수도 있다.

“좋은 곳이야, 잔디밭도 푹신하고.”

신용만은 두 팔을 베개 삼아 잔디 위에 누웠다. 땅과 풀 냄새가 코에 가득 스며들었는데, 바람결에 이은영의 몸에서 풍기는 냄새도 맡아졌다.

그는 팔을 뻗어 그녀의 허리에 손을 대었다.

“이리 와, 내 옆에 누워.”

이은영이 머리를 돌려 그를 바라보았으나 윤곽은 뚜렷하게 보이지 않았다.

한동안 흰 얼굴을 이쪽으로 향하고 있던 그녀가 상체를 슬그머니 그의 옆으로 뉘었다.

“절차를 생략해버리자구, 이은영 씨.”

그녀의 머리에 자신의 팔을 받쳐 주면서 신용만이 말했다. 그들은 서로의 얼굴을 마주 보고 누웠다. 신용만의 다른 쪽 팔이 그녀의 어깨 위로 넘어가 바짝 끌어당기자 이은영이 잠자코 그의 가슴에 안겼다.

“난 당신의 호기심의 대상은 될지 몰라도 당신이 찾는 사람은 아니야.”

그가 나지막이 말하자 그녀가 팔을 들어 그의 허리를 감았다.

“당신은 내가 무엇을 찾는지도 모르고 있어요.”

“뭐야? 뭘 찾는데?”

신용만은 천천히 그녀의 치마를 벗겨 내렸다. 이은영이 엉덩이를 들어 치마가 발밑으로 흘러내려가는 것을 도왔다.

"남자."

그의 바지 혁대를 풀고 지퍼를 내리면서 이은영이 말했다.

"남자 같은 남자."

그의 바지가 잔디 위에 팽개쳐지듯 던져지고 신용만은 벌떡 상체를 세우고는 상의를 벗었다.

"오랜만이라 내가 남자 구실을 제대로 할지 모르겠군."

이은영은 팬티 위에 두 손을 얹고는 그를 올려다보았다.

먼 쪽에서 경찰차의 사이렌 소리가 희미하게 들려 왔다. 허벅지 안쪽으로 잔디의 잎새가 비벼졌고, 그것에 전류가 흐르는 것처럼 짜릿하게 온몸으로 퍼져 나갔다.

신용만이 상체를 숙여 그녀의 입술을 빨았다. 그녀의 손이 그의 얼굴을 받쳐 들 듯하고 있었고, 한 쪽 무릎을 세우자 그의 딱딱한 기둥이 몸에 닿았다.

그들의 몸에 점점 열기가 퍼져 나갔다. 가쁜 호흡 소리가 넓은 잔디밭의 어둠 속으로 금방 빨려 나가 그들은 서로가 뱉는 뜨거운 열기만을 느낄 뿐이다. 신용만은 상체를 바로잡고 그녀의 팬티를 끌어내렸다. 발목으로 끌어내려진 팬티가 귀찮다는 듯 이은영은 발을 털어 팬티를 던지고는 두 다리를 벌렸다. 곧 그의 뜨거운 기둥과 그녀의 몸이 합쳐졌다. 바람이 살랑이며 불어와 도로의 고무 냄새가 맡아졌다.

그녀의 샘은 가득 차 있었는데, 그것은 말보다도 더 진한 반김이다. 이은영은 커다랗게 입을 벌리고는 그의 동작에 맞추어 신음 소리를 뱉어내기 시작했다. 두 팔은 그의 엉덩이를 움켜쥐고 두 다리는 기역자로 꺾은 채 그의 몸을 조금 아라도 더 받아들이려는 자세를 취하고 있었다.

"보기와는 다른 여자군, 당신은."

몸을 부딪히면서 신용만이 헐떡였다. 그러나 이은영은 듣지 못한 모양이었다. 신음 소리만 뱉어낼 뿐 대답이 없다.

"멋진 몸이야."

서울에서는 나이 든 여자들을 상대로 허리를 움직이는 사업을 했던 적도 있었다. 멋진 몸이라고 표현한 것은 그녀와의 섹스가 멋있다는 신용만 식의 표현이었는데, 이은영은 그것도 알아듣지 못한 모양이다. 그들의 몸은 땀으로 질퍽거리기 시작했고 뱃가죽이 부딪힐 때마다 철벅이는 소리가 났다. 이은영은 이제 신음 소리에 섞여 무언가를 울부짖듯 중얼거리기 시작했다.

그것은 한국어 같기도 했고 영어 같기도 했는데 신용만은 애써 들을 생각이 없다. 그는 이은영이 곧 절정에 도달할 것임을 알 수 있었다. 자신을 움켜쥐고 있는 그녀의 손가락 끝에 힘이 배가되었고, 땀으로 손이 미끄러지자 손바닥을 펴고는 그의 등을 여러 차례 쳤다. 이윽고 그녀는 머리를 잔뜩 뒤로 젖히고는 길게 비명 소리를 내었다.

온몸을 갑자기 굳혔으므로 신용만은 허리를 펴기가 어려울 정도였다. 그녀의 몸 위에 엎드리면서 신용만은 힘차게 그의 힘을 뿜어내었다. 그것을 느꼈는지 이은영이 다시 비명을 지르며 온몸을 떨었다.

"대단했어."

하늘을 바라보고 누운 신용만이 말했다.

"이제까지 난 한 번도 이런 느낌을 받은 적이 없어."

이은영은 반듯이 누운 채 대답하지 않았다.

상체를 세운 신용만은 그녀를 내려다보았다. 어둠 속이었으나 그녀의 하반신은 아직도 알몸이었고 짙은 숲도 모습을 보이고 있었다.

"이봐, 이제 가야지. 늦었어."

시계를 내려다본 신용만이 말하자 이은영은 몸을 일으켜 앉았다.

"당신은 항상 이래요?"

그녀의 말소리는 낮았으나 또렷했다.

"뭐가 말이야? 여자하고 섹스할 때 말인가?"

팬티를 찾아 입으면서 신용만이 웃었다.

"항상 이렇지는 않아. 상대에 따라 달라지지."

"……"

"당신은 멋진 여자야."

"여자를 만나면 몇 마디 말도 없이 섹스부터 하느냐고 물었어요."

"그것도 상황에 따라서지. 상대에 따라서 다르기도 하고."

바지를 꿰어 입은 신용만이 발밑에 던져진 그녀의 스커트를 찾아 건네주었다.

"난 당신이 마음에 들었어. 그래서 섹스를 원한 거야. 당신도 그것을 바라고 있는 것 같기도 했고."

그는 바지에 붙어 있는 풀잎을 털었다. 이은영이 그를 바라보았다.

"당신을 이해하려면 힘이 들 것 같아요."

"그건 당신의 일이야."

자르듯 말한 신용만이 주위를 둘러보았다. 인적이 없는 넓은 잔디밭 위에 쌓여 있는 것은 짙은 어둠밖에 없다.

"내가 싫으면 떠나. 잡지 않을 테니까."

그녀의 한쪽 팔을 낀 신용만이 걸음을 떼면서 말을 이었다.

"하지만 나는 당신을 좋아해. 지금 그대로."

사무실로 들어서던 앨버트는 의자에 앉아 두 다리를 책상 위에 올려놓고 있는 지미를 보고는 그에게로 다가갔다.

“지미, 내 방으로 와.”

“무슨 일이오, 앨버트?”

눈을 치켜뜬 그가 묻자 앨버트는 입맛을 다셨다.

“잔소리 말고 따라와.”

방으로 들어서 의자에 앉자 지미가 찌푸린 얼굴로 따라 들어왔다.

“지미, 카를로스의 부하 한 놈을 잡아넣다니. 너, 미쳤어?”

앨버트가 대뜸 소리쳤는데, 그의 얼굴은 잔뜩 찌푸려져 있었다.

“미치기는 딴 놈들이 미쳤지. 나야 정상이고.”

주머니에서 담배를 꺼내 입에 문 지미는 라이터를 켜 불을 붙였다.

“술에 취해서 행패를 부리는 놈을 그냥 놔두란 말이오?”

“행패 부린 놈이 그놈 하나가 아니지 않아? 왜 하필 그놈만을?”

“그놈은 그럴 입장이 못 되는데도 난리를 피웠단 말이오.”

지미는 길게 담배 연기를 내뿜었다.

담배 연기가 책상을 건너가 앨버트의 가슴에 부딪치며 멈췄다.

“왜 시키지 않는 일을 하느냔 말이야, 내 말은. 왜 그놈들을 따라다녀? 응?”

앨버트가 손바닥으로 책상을 두드리다가 상체를 이쪽으로 굽혔다.

“퇴직하고 연금 타먹으려고 그러는 거야?”

“연금은 워렌이 주겠구만, CIA에서 남아나는 돈을 풀어서.”

“이것 봐, 지미.”

앨버트의 표정이 갑자기 굳어졌다.

“너, 도대체 왜 그래? 이 일이 워렌한테 보고되지 않을 것 같아?”

“앨버트, 당신도 알고 있지 않소. 카를로스와 그 부하 놈들이 LA를 활보하고 있는 것을 모르는 척하고 있으란 말이오? 더구나 놈들은 우릴 비웃는 듯이 거리에서 행패까지 부리고 있어.”

"이봐, 그건 행패가 아니야. 두들겨 패서 경찰에 넘길 일도 아니었다구."

지미는 의자에 등을 기대고는 두 다리를 앨버트의 책상 위에 올려놓았다. 구두창이 비스듬하게 닳은 그의 구두 바닥이 앨버트의 얼굴을 향하게 되었다.

"더러운 놈들, 보고타에서 아직도 수색작업을 계속하고 있다고 하더구만."

혼잣소리처럼 지미가 중얼거렸다.

"아예 씨를 말려서 증거를 없애겠다는 생각인데, 뜻대로 될까 모르겠어."

"지미, 구두 내려놔."

앨버트가 나지막하게 말했다. 그의 시선은 지미의 구두 바닥을 노려보고 있었다.

"그 지저분하고 볼품없는 싸구려 구두를 내려놓으란 말이다."

"앨버트, 구두가 싫다고 하는데……"

그는 언제부터인가 앨버트를 보스라고 부르지 않고 있었다.

어젯밤 카를로스의 부하들을 미행하던 그는 다운타운의 한 술집 앞에서 손님들과 시비를 벌이고 있는 카를로스의 부하 한 명을 낚아채었다. 따지고 보면 10여 명의 사내들을 모두 연행하거나 그 자리에서 훈방시켜 주어야 하는 일이었다. 그러나 지미는 부득부득 사내를 끌어다 경찰에 인계시켰는데, 반항하는 놈을 두어 대 두들겨주기까지 했던 것이다.

앨버트의 얼굴이 달아오르기 시작했으므로 지미는 책상에서 발을 내렸다.

"나는 오늘 밤에도 놈들을 찾아 나설 거요. 그래서 한두 놈 더 경찰에 집어넣겠어."

"이미 알고 있겠지만 지미, 자네가 어젯밤에 잡아넣은 놈은 두 시간 후에 석방되었어. 헛일이야."

앨버트는 작전을 바꾼 것 같았다. 의자에 등을 기대고 앉아 팔짱을 끼었다. 불독 같은 양쪽 볼의 살이 더욱 늘어져 보였다.

"너는 네 무덤을 파고 있어, 지미. 그것도 깊게."

"잘 되었군. 개처럼 길바닥에서 죽는 것보다는 낫지. 언제 뒈질지도 모르는 채 불안하게 사는 병신들보다는 멋진 일이야."

앨버트가 눈을 끔벅이며 그를 바라보았다.

"지미, 고영무는 잊어. 이것은 국가에서 결정한 일이야. 나도 어쩔 수 없었다는 것을 너도 잘 알고 있잖아?"

"당신한테 하는 행동이 아냐, 앨버트. 그러니까 당신은 모르는 척하면서 그 의자에 엉덩이나 잘 맞춰요."

"이 암캐새끼가."

앨버트가 으르렁거리는 불독의 얼굴로 금방이라도 물어뜯을 듯이 이빨을 드러내었다.

"엿 먹으슈, 앨버트."

지미가 자리에서 일어서자 앨버트가 신음 소리처럼 말했다.

"지미, 한 번 더 그랬다가는 넌 업무 정지야. 각오해."

벨이 울렸으므로 밀리카와 페르난도는 서로 얼굴을 마주 보았다. 밤 9시가 지난 시간이었고 찾아올 사람도 없기 때문이다. 다시 벨소리가 나자 페르난도가 자리에서 일어섰다.

이웃집에 사는 흑인부부인지도 모른다. 남편이 택시 운전사였는데 여자는 알코올 중독이었다. 항상 술에 취해 있었고 가끔씩 무엇을 빌리러 오는데 돌려준 적이 없었다.

페르난도는 문 쪽으로 다가서다가 벽에 붙은 책장의 서랍을 열고는 권총을 꺼내어 허리춤에 끼워 넣었다. 밀리카가 머리를 들어 그의 뒷모습을 바라보았다.

"누구요?"

문 앞으로 다가간 페르난도가 물었다.

"페르난도 씨를 찾아온 사람입니다."

밖에서 들리는 말소리에 페르난도는 권총을 뽑아 쥐었다.

"당신은 누구요?"

"페드로라고 합니다. 미스터 고의 부하입니다."

문 앞에 선 페르난도가 머리를 돌려 밀리카를 바라보았다. 좁은 집이었으므로 안쪽의 응접실에 앉아 있는 밀리카의 귀에도 문 밖의 말소리가 들렸다.

페르난도는 문의 고리를 풀고 문을 열었다. 사내 한 명이 서 있었다.

단정한 곤색 양복 차림의 30대 초반으로 보이는 사내였다.

"페르난도 씨, 밤늦게 찾아와서 미안합니다."

페르난도가 손에 쥐고 있는 권총을 보았을 텐데도 그의 표정은 조금도 흔들리지 않았다.

"무슨 용건이오?"

그에게 들어오라고 할 이유가 없다는 듯이 페르난도가 차갑게 물었다. 그는 아직도 총구를 하늘로 향한 채 권총을 어깨 옆에 세워 들고 있었다.

"나는 보스의 심부름을 왔습니다. 한 시간만 시간을 내주실 수 있습니까? 우리 보스에게 말입니다."

"당신의 보스라면 고영무 말인가?"

눈을 치켜뜬 페르난도가 물었고 안쪽의 밀리카는 자리에서 일어섰다. 페르난도는 무의식중에 페드로 뒤쪽의 어두운 복도를 바라보았다. 복도는 비어 있었다.

"그렇습니다, 페르난도 씨. 고영무 씨가 당신을 만나고 싶어합니다."

눈을 끔벅이며 페드로를 바라보던 페르난도가 손에 쥐고 있는 권총을 바라보았다. 그는 권총을 허리춤에 다시 꽂았다.

그들이 묵고 있는 집을 고영무에게 알려준 것은 밀리카였다. 고영무의 저택에 들어가는 조건으로 이곳을 알려주었던 것이다.

“당신 보스는 어디에 있소?”

“아래에서 기다리고 계십니다. 허락하신다면 모셔오겠습니다.”

“좋소, 만납시다.”

뒤쪽에 서 있는 밀리카를 의식한 듯 페르난도가 문 앞으로 바짝 다가섰다.

“데리고 오시오.”

페드로가 가볍게 머리를 끄덕이고는 몸을 돌렸다.

문을 닫은 페르난도가 몸을 돌리자 밀리카의 시선과 부딪쳤다.

“놈이 살아 돌아온 모양이다, 밀리카.”

밀리카는 커다랗게 치켜뜬 눈으로 그를 바라볼 뿐 대답하지 않았다.

“명이 긴 놈이야. 아니, 강한 놈이다.”

페르난도는 손바닥으로 얼굴을 쓸고는 좁고 우중충한 집 안을 둘러보았다. 집 안은 30평쯤 되어서 둘이 살기에 비좁지는 않았으나 예전의 저택과 비교하면 움막이나 다름없었다. 페르난도는 그것에 마음을 쓰고 있는 모양이었다.

발자국 소리가 들리더니 문에서 가벼운 노크 소리가 났다. 페르난도가 몸을 돌려 문을 열었다. 고영무가 서 있었다. 회색의 양복에 흰색 셔츠 차림이었는데, 얼굴은 검게 타 있었고 전보다 야윈 모습이었다.

“페르난도, 밤늦게 찾아와서 미안합니다.”

그가 부드러운 목소리로 말했다. 그의 시선이 힐끗 페르난도 뒤쪽 응접실에 서 있는 밀리카를 스치고 지났다.

“들어오시오.”

한쪽으로 비켜서면서 페르난도가 말하자 고영무는 머리를 끄덕이며 집 안으로 들어섰다. 그의 뒤를 따라 페드로가 들어오자 페르난도는 문을 닫았다. 응접실의 소파 쪽으로 다가간 고영무는 자신을 바라보고 있는 밀리카를 향해 가볍게 머리를 끄덕여 보였다.

“밀리카, 오랜 만에 보게 되는군.”

밀리카가 시선을 내렸다.

페르난도와 마주 앉은 고영무는 의자에 등을 기대고 앉아 한동안 입을 열지 않았다. 둘 모두 겉치레의 인사를 할 필요를 느끼지 않았으므로 한동안 방 안에는 정적이 흘렀다. 페드로는 벽장 앞에 팔짱을 끼고 서 있었고 밀리카는 창문 쪽에 등을 대고 서서 그들을 바라보고 있다.

“페르난도, 내가 어디에서 무슨 일을 하고 왔는지 알고 있소?”

문득 고영무가 정적을 쨌다. 페르난도가 찬찬히 그를 바라보았다.

“보고타에 갔었고, 카스틸로의 제거에 한몫을 한 것 같은데. 틀렸소?”

페르난도의 말에 고영무가 입술 끝을 치켜 올리며 얼굴에 웃음을 띠었다.

“잘 아는군. 한몫을 거든 것이 아니라 나와 내 동료들이 카스틸로를 제거한 거요.”

“그렇다면 라파엘 정권 수립의 일등공신인데 왜 보고타에 있지 않고?”

그의 말에 대답하지 않고 고영무가 머리를 들어 밀리카를 바라보았다.

“밀리카, 커피 한잔 타주겠어?”

밀리카가 창틀에서 몸을 떼더니 주방으로 다가갔다. 주방이라고 했지만 응접실과 3미터밖에 떨어져 있지 않았다.

그녀의 뒷모습을 바라보던 고영무가 다시 이쪽으로 머리를 돌렸다.

“페르난도, 카를로스가 LA에 와 있는 것은 알고 있지요? 이번에는 숨어 지내지도 않아서 소문이 퍼졌을 텐데."

"알고 있어요. 그런데 용건이 뭐요?"

이맛살을 찌푸린 페르난도가 물었다.

"용건만 말하시오, 미스터 고."

"콜롬비아로 돌아갈 생각은 없소?"

주방에서 달그락거리며 커피잔을 내려놓던 밀리카가 몸을 돌려 이쪽을 바라보았다. 페르난도는 입을 굳게 다물고는 움직이지 않았다.

"카를로스는 CIA의 워렌과 손을 잡고 마약을 안전하게 공급시킬 모양이오, 페르난도. 크링거는 판매를 맡고. 그런데 그 일이 잘 안 될 것 같소."

고영무는 잠시 페르난도를 바라보았다.

"놈들은 나를 배신했는데, 그 주범이 워렌이오. 나는 내 동료들을 거의 잃었소. 죽은 동료들에게 나는 보상을 해줘야만 하고."

" 앨버트"

"당신이 카를로스 대신 콜롬비아에서 마약을 걸으시오, 페르난도. 나는 그것을 적당한 가격에 팔 테니까."

눈을 끔벅이며 페르난도가 고영무를 바라보았다. 밀리카가 다가와 그들 앞에 커피잔을 내려놓았다.

"본래 카스틸로의 제거가 끝나면 이번에 걸힐 마약은 모두 내 몫이었지."

커피잔을 든 고영무는 잔 끝에 코를 가져다 대고는 냄새를 맡았다.

"그들은 내가 임무를 마치자 곧장 제거하려고 들었소. 놈들은 아직도 내가 LA에 와 있는지를 모르지. 이제는 놈들이 당할 차례요, 페르난도."

페르난도는 꼼짝하지 않고 그를 바라보았다.

"페르난도, 우리 손을 잡읍시다. 나는 LA에서, 당신은 콜롬비아에서 판매와 공급을 맡도록 합시다."

소파 옆에 서 있던 밀리카가 페르난도 쪽으로 머리를 돌렸다.

희 살롱에 들어선 장규식은 카운터에서 일어서는 이은영을 보았다.
얼굴에 가득 웃음을 띤 그녀가 다가오자 장규식이 물었다.
"오늘 따라 미스 리가 나를 반기는 걸 보니까 일진이 좋을 모양이군."
"제가 언제는 장 선생님을 좋아하지 않았나요?"
홍성희는 안쪽의 룸에서 손님들과 함께 있었으므로 그는 이은영의 안
내를 받아 구석의 테이블에 앉았다.
"왜 이렇게 오랜 만에 오셨어요?"
앞쪽 자리에 앉은 이은영이 물었다.
"바빴어, 샌프란시스코에도 다녀왔고. 그런데 그 사람들은 안 왔나?
가슴 넓은 사람하고 그 일행들."
주위를 둘러보며 장규식이 묻자 이은영이 머리를 저었다.
"요즘 들어 보이지 않아요. 아마 귀국한 모양이에요."
그들이 호텔에서 체크아웃하고 나간 것을 알고 있었으므로 장규식이
희 살롱에 나타난 것이다. 강판술은 장규식에게 낯이 익었으나 홍성희
에게는 생소한 인물이다. 그들과 하마터면 살롱 안에서 마주칠 뻔 했던
장규식은 살롱 출입을 조심하고 있었다.
"맥주 드실 거죠? 준비해 올게요."
이은영이 자리에서 일어서며 말했다. 홀에 두어 팀의 손님들이 들어
서고 있었으므로 떠들썩해지기 시작했다. 모두 한국 사람들이었는데 교
민들인 모양이었다.
홍성희가 룸에서 나와 그들에게 다가가는 것이 보였다. 그들을 향해
활짝 웃는 그녀의 모습은 아름다웠다. 유장수가 최대광에 대해 증오심
을 씻지 못하는 이유를 알 수 있을 것 같았다. 사랑은 묘한 것이어서 끊

으려고 마음먹었다가도 그쪽에서 먼저 끊으면 아쉽고 미련이 남는다. 버림을 당하기 전에 버리는 것이 상처를 줄이는 방법이다.

장규식 앞에 웨이터가 술과 안주들을 내려놓았다. 유장수는 홍성희를 호주머니 안에 든 동전처럼 생각하였다가 막상 최대광이 나타나 그녀를 납치해 가고 나중에는 그녀가 최대광과 놀아나는 것을 알게 되자 지갑을 강탈당한 것처럼 길길이 뛰었다. 그런 일이 없었더라면 홍성희는 이번에 유장수에게 나타난 임희정한테 자연스럽게 자리 뺏김을 당했을 것이고, 이렇게 LA까지 오게 되지도 않았을 것이다.

맥주를 다섯 병째인가를 따르고 있는데, 앞자리에 한 사내가 앉고 있었다. 머리를 들자 낯익은 사내가 그를 향해 입술로만 웃었다.

"장형, 오랜만인데."

신용만이었다.

장규식은 무의식중에 주위를 둘러보았다. 떠들썩한 교민들 외에는 이쪽에 관심을 가진 사람은 없다.

"당신, 여긴 웬일이야?"

장규식이 눈을 치켜뜨고 물었으나 언젠가는 맞닥뜨릴 것이라고 예상하고는 있었다.

"당신 만나려고 왔어. 꽤 오랜만에 여길 나타나셨는데, 그동안 어디 박혀 있었지?"

"이봐, 말 삼가해."

장규식이 눈을 부릅떴으나 이미 오래 전부터 기선이 제압당해 왔다는 것을 스스로도 알고 있었다. 그와 최대광에게 농락당하다가 나중에는 인질로까지 잡혔던 것이다. 그만큼 원한이 쌓일 수도 있겠지만 그만큼 좌절에 의한 현실적인 적응도 되어 있었다.

나이가 10년 이상 차이 나는 신용만이 찍찍 말을 놓는 것에 크게 충격을 받지 않는 것도 그 때문일 것이다.

"날 만나러 왔다니, 조금 늦은 것 같지 않아? 난 온 지 두 달이 넘었어."

장규식이 홀에 앉아 손님들과 이야기를 하고 있는 홍성희를 힐끗 바라보며 말했다.

"여행을 다녀와서 말이야."

신용만은 빈 잔을 찾아 자신의 잔에 맥주를 따랐다.

"당신이 여기 나타났다는 이야기를 듣고 아무래도 우리를 만나고 싶어하는 줄은 짐작했었지."

술잔을 들어 올린 신용만은 갈증이 난 듯 벌컥이며 술을 삼켰다. 카운터에 앉은 이은영이 이쪽을 바라보고 있었다.

"자, 나갈까? 조용한 곳에서 이야기를 하자구."

소리나게 빈 잔을 탁자 위에 내려놓은 신용만이 자리에서 일어나며 말했다. 머리를 끄덕인 장규식도 잔을 내려놓았다.

저택 안으로 들어서자 장규식은 자신도 모르게 침을 삼켰다.

저택의 내부가 웅장했기 때문만은 아니다. 늦은 밤이었으나 이곳저곳에서 사내들이 보였고, 그들에게서 풍겨 오는 분위기가 남달랐기 때문이다. 신용만은 말없이 커다란 로비를 지나 2층으로 오르는 계단을 앞장서서 걸어가고 있다.

그들은 계단에서 정면으로 바라보이는 문을 열고 안으로 들어섰다.

"형님, 데리고 왔습니다."

신용만의 말에 그의 뒤쪽에 서 있던 장규식이 머리를 틀어 정면을 바라보았다. 창가에 서 있는 장신의 사내가 보였는데, 처음 보는 얼굴이었다. 그러나 말은 이곳저곳에서 들어왔으므로 그가 고영무라는 것은 쉽게 짐작할 수 있었다.

“그래?”

창가에서 몸을 뗀 고영무가 다가왔다.

“당신이 장규식인가?”

고영무의 시선이 부딪쳐 오자 장규식은 두어 번 눈을 깜박였다.

“그렇소, 내가 장규식이오.”

얼굴을 굳힌 그가 대답했다.

신용만이 자신을 데리고 교외로 달려 갈 때부터 누군가를 만나리라고 짐작은 하고 있었다.

“난 고영무요. 당신 이름은 동생들한테 들어서 압니다.”

손을 내밀어 그의 손을 잡으면서 고영무가 말했다.

“자, 밤이 늦었지만 저쪽으로 가서 술이나 한잔 합시다.”

그들은 응접실과 커다란 유리문을 지나 베란다로 나갔다. 바닷바람이 몰려와 머리카락을 날렸다. 넓은 베란다의 끝 쪽에는 등불을 밝힌 테이블이 하나 놓여져 있었고, 테이블 위에는 술병과 잔이 준비되어 있는 것이 보였다.

파도 소리가 들려 왔다. 어둠 속에서 희끗한 파도 끝의 흰 거품이 보이다가 사라졌다.

“LA에 꽤 오래 계시는 것 같던데.”

장규식의 잔에 위스키를 채우면서 고영무가 말했다.

“희 살롱에 자주 들르시는 것이 아무래도 우리 쪽을 만나고 싶어하시는 것 같아서.”

고영무는 술잔을 들어 한 모금을 마셨다.

“요즘, 거치적거리는 사람들이 보이지 않지요?”

무슨 말인지 알아듣지 못한 장규식이 그를 바라보았다.

“전우석, 강판술 등 말이오. 당신과 앙숙이 된 유장수의 부하들 말인데.”

“네, 하지만 그들을 만나도 상관없습니다.”

일단 그렇게 대답을 해놓고 장규식은 주의 깊게 고영무를 바라보았다. 우선 고영무는 젊었다. 아마 삼십 미만일 것이므로 자신하고 10년 가까운 나이 차이가 있었다. 그의 시선을 받고 마주 바라보는 눈빛은 도전적이지 않았다.

짙은 눈썹 밑에서 무심한 듯 이쪽으로 향한 시선을 보고 장규식은 마침내 시선을 떨어뜨렸다. 놈에게는 왠지 모르게 위압감이 느껴졌다. 놈을 둘러싸고 있는 알 수 없는 무거운 분위기는 살기처럼 느껴지기도 했다. 그것은 그에 대한 소문을 들어 선입관을 가지고 있는 때문인지도 모르나 어쨌든 그의 앞에 앉아 있는 자신이 조그맣게 되어 간다는 것을 인정해야 했다. 놈한테 기백으로 꿀려 있는 것이다.

“놈들은 두 가지의 목적을 가지고 LA에 왔어요, 장형.”

차분한 목소리로 고영무가 입을 열었다.

“하나는 홍성희 씨와 저기 있는 신용만이나 최대광을 없애는 일이고.”

그는 턱을 들어 응접실 쪽을 가리켰다. 응접실 소파에 앉아 있는 신용만과 최대광의 모습이 보였다.

“또 한 가지 목적은 크링거에게 마약공급 관계를 상담하려고 온 것인데.”

장규식의 잔이 비워진 것을 보고 고영무는 병을 들어 술을 채웠다.

“그들은 모두 이 집 안에 있습니다, 장형.”

술잔을 들어 올리던 장규식이 움직임을 멈추었다. 그리고는 무의식중에 응접실 쪽을 바라보았는데 신용만과 최대광만 보일 뿐이었다.

“장형이 원한다면 그들을 만나게 될 거요.”

고영무가 술잔을 들어 한 모금에 입 안으로 털어 넣었다. 원하고 자시고 할 것이 없는 일이었으므로 장규식이 잠자코 술잔을 들었다.

“그래, 우선 LA에 온 목적을 말해주시겠소? 터놓고 이야기를 하면 길이 생길지도 모릅니다."

고영무가 대답을 기다리는 듯 그를 찬찬히 바라보았다.

"한국으로 마약을 들여가고 싶었습니다. 저기 최대광이나 신용만도 알겠지만 공급만 되면 판매는 자신이 있습니다. 그래서……"

마음을 먹은 장규식은 상체를 반듯하게 세웠다.

"유장수가 장악하고 있는 조직은 내 손에 물건만 있으면 깨뜨릴 수가 있습니다. 모두 내가 이뤄 놓은 조직이니까요."

"그건 전우석이한테 들었소."

"서울에는 도와줄 사람들도 있습니다."

"이한기, 조한철이 말이오?"

퍼뜩 머리를 치켜든 장규식이 그를 바라보았다. 아마 신용만한테서 보고를 받았을 것이다.

"그렇습니다."

"마약사업을 해서 한밑천 잡으면 그 다음의 목표는 뭐요?"

습기를 띤 바람이 살갗을 스치고 지나갔다. 바람결에 비리고 짠 바다 냄새가 풍겨 왔다. 장규식은 자신과 고영무가 비록 술잔을 주고받고는 있지만 서로의 위상에 차이가 있다는 것을 의식하지 않을 수 없었다. 그러나 그것이 이상하게 느껴지지 않았다. 이제까지 보스로는 유 장수 하나만을 모셔 왔다. 고영무가 겉으로는 저렇게 평온한 얼굴 같아 보이지만 화를 낼 때의 유장수보다도 더욱 어렵다. 장규식은 어깨를 늘어뜨리며 길게 숨을 내쉬었다.

침대에서 일어난 이자영은 창가로 다가가 커튼을 젖혔다 햇살이 방안으로 쏟아지듯 들어왔고 다시 유리문을 열자 바깥의 신선한 공기가 가슴 가득히 들어찼다. 바람이 몸에 닿자 온몸이 상쾌해진 그녀는 한동안 바다를 바라보며 서 있었다. 얇은 잠옷이 펄럭이며 몸에 감겼고, 잠옷 사이로 그녀의 미끈한 몸매가 드러났다. 몸을 돌린 이자영은 창가에 놓인 의자에 앉았다.

LA에 온 것은 뚜렷한 목적이 있어서가 아니었다. 박주경의 추적을 피하기 위해 무작정 한국을 떠난 것이나 다름없다. 이자영은 의자에 등을 기대고 앉아 창밖으로 시선을 주었다. 앞으로 살아갈 일이 걱정이다. 1년쯤 지낼 만큼의 돈은 있다. 그리고 어려우면 박정환이 도와주기는 할 것이다.

그러나 이제까지와는 다른 생활을 해야 할 것이고 처음부터 시작해야 한다는 것을 생각하자 가슴이 답답해졌다.

노크 소리가 들렸다. 머리를 돌리자 문이 열리더니 고영무가 들어섰다. 흰색 바지에 하늘색 반팔 셔츠 차림이었는데 금방 샤워를 마친 듯 드러난 피부에는 윤기가 났다.

"아직 익숙하지 않아서 그런 모양인데, 아침식사는 7시 정각에 하도록 되어 있으니까 시간을 맞추도록 해."

방 안으로 들어선 그는 잠옷 차림의 이자영의 모습에 시선을 주었다.

"하루 종일 그러고 있을 수 없을 테니까 나가서 주방일을 거들든지 아니면 해변에서 수영을 하든지."

고영무는 그녀 쪽으로 다가와 창가에 서서 바다를 바라보았다.

짙은 하늘색 바다 위에는 10여 척의 배들이 떠 있었는데 길고 넓은 돛을 가진 요트도 보였다.

"우선 너한테 필요한 것은 보호자야. 너는 나 같은 사내가 필요해."

이자영이 힐끗 그에게 시선을 주었으나 입을 열지는 않았다.

"서울에 알아보았더니 너는 특수강도의 죄명으로 지명수배 되어 있더군. 미국으로 재빨리 도망쳐 와서 다행이지 하마터면 큰일 날 뻔했어."

"앨버트"

"나는 여기 일이 해결되면 한국으로 돌아갈 거야. 가서 해야 할 일이 하나씩 더 생기는데."

혼잣소리처럼 말하던 고영무가 몸을 돌려 그녀를 바라보았다.

"박주경이를 죽이고 싶은가?"

시선이 마주쳤고 한동안 꼼짝하지 않고 그를 바라보던 이자영이 머리를 저었다.

"그 사람한테는 이제 줄 것도 받을 것도 없어요."

"그렇다면 너에 대한 박주경이의 원한만 남아 있는 셈인데."

"돈이 아까워서 그렇겠죠. 치사한 자식."

이자영이 이맛살을 찌푸렸다.

"30억 이상의 가치가 있어요, 그 자료는. 그쯤 한 것을 다행으로 생각해야 돼요."

"30억이 아니더군. 너한테서 빼앗은 자료로 유장수라는 빅보스가 몇백 억을 뜯어 낸 모양인데, 박주경은 그것도 네가 유장수와 짜고 한 일인 줄 알고 있어."

저도 모르게 침을 끌어 모아 삼킨 이자영이 턱을 치켜들었다.

"유장수라면."

"전우석과 강판술의 보스야, 이곳에 잡혀 있는."

"앨버트"

"박주경이는 네가 주모자인 줄 믿고 있어."

이자영은 머리를 돌렸다. 한번 구렁텅이에 빠져들자 한없이 끌려 들어가는 느낌이 들었다.

"유장수라는 빅 보스를 네가 어떻게 할 수 있겠어? 수하에 둔 수백 명의 조직을 움직이는 거물이야. 5인위원회라는 조직세계를 움직이는 다섯 명 중의 한 명이고."

고영무가 손을 들어 이자영 어깨 위에 얹었다. 퍼뜩 시선을 든 이자영
이 그를 바라보았으나 손을 떨어내지는 않았다.

"네가 빼앗긴 돈을 찾고 싶다면, 그리고 은신처와 보호자가 필요하다
면 내 지시를 받아. 쓸데없는 자존심을 내 앞에서 보였다가는 당장에 없
애 버리든지 쫓아내든지 할 테니까."

그의 말소리는 부드러웠으나 이자영은 온몸을 굳힌 채 움직이지 않았다.

"내가 시키는 대로 할 수 있겠는가 대답해."

"하겠어요."

입술만을 달싹여 이자영이 대답했다. 그러나 시선은 그의 얼굴을 향
한 채 떨어뜨리지 않았다.

고영무가 말을 이었다.

"그렇다면 우선 너는 이곳에서 내가 무슨 일을 하는가를 알아 두어야
할 거다. 언젠가는 네 교활한 머리가 필요할지도 모른다."

"앨버트"

"너는 배신의 경험이 있는 여자야. 하지만 분명히 알아 둬라. 네가 배
신했을 때는 당장에 죽인다. 알아듣겠어?"

"알겠어요."

어깨에서 손을 땐 고영무는 한동안 그녀와 시선을 부딪치며 잠자코
서 있더니 몸을 돌렸다.

그가 나가고 방문이 닫히자 이자영은 어깨를 늘어뜨렸다. 그러고는
아랫입술을 깨물었다가 이내 풀었다. 두 눈에 눈물이 고여 왔으므로 머
리를 창 쪽으로 돌렸다.

바람이 꽤 센지 파도가 거칠어져 있었다. 흰 물결들이 철썩이며 튀어
오르는 것이 보였다.

피터슨이 리틀도쿄에 있는 조그만 스낵바에 들어서자 안쪽 테이블에 앉아 있던 김멜이 손을 들었다. 대낮이었는데 그의 앞에는 맥주병이 대여섯 개 놓여 있었다. 김멜은 머리가 벗겨진 비대한 체격의 사내였다. 그는 김멜의 앞에 앉았다.

"피트, 자네가 온다는 이야기를 듣고 놀랐어. 워렌이 이곳 일을 꽤 심각하게 생각하는 모양이야."

김멜이 잔에 맥주를 따르면서 말했다.

"어때? 지미 골드는 요즘도 말썽을 피우고 있나?"

피터슨이 앞에 놓인 잔을 한쪽으로 밀며 물었다. 그는 CIA의 집행부서인 제3국의 반장이다. 그의 휘하에는 언제나 10여 명의 특수요원이 따르고 있는데, 그가 나타나는 곳에는 항상 제거할 대상이 있다는 것이 CIA 요원들에게 정설처럼 되어 있었다.

"어젯밤에는 카를로스의 부하들이 외출하지 않았어. 하지만,"

"하지만 뭐야?"

피터슨이 다그치듯 묻자 김멜은 입맛을 다셨다. 40대 초반의 피터슨은 육군 특수부대 출신으로 CIA 경력은 10년밖에 되질 않는다. 그러나 김멜은 40대 후반의 지금까지 CIA의 경력이 20년은 넘는다. 그는 워렌이 신임하는 피터슨에 대해서 언제나 못마땅한 감정을 품고 있었다. 하지만 이번 작전은 그의 지휘를 받아야 했다.

"지미 그놈은 포기하지 않을 모양이야. 어젯밤에 크링거의 집 앞과 시내를 빙글빙글 돌아다녔어."

"미친놈, 그놈이 죽으려고 하는군."

피터슨이 입을 굳게 다물었으므로 모난 얼굴이 더욱 각져 보였다. 그는 굵은 손가락으로 테이블 위를 버릇처럼 찍고 있었는데 한꺼번에 여러 개의 손가락으로 찍자 두두둑거리는 소리가 났다. 소음기가 끼워진 기관총의 발사음 같았다.

"김멜, 오늘 밤에 지미 골드를 제거한다."

손가락의 움직임을 멈춘 피터슨이 회색빛 눈으로 김멜을 바라보았다.

"자네는 모르는 척해, 김멜. 작전은 우리 팀이 맡아서 할 테니까."

"이봐, 그렇게까지 할 필요 있어? 같은 공무원끼리. 그리고 이것은 위에서 결정된 일이야?"

맥주잔을 밀어 놓은 김멜이 테이블 위로 상체를 숙였다.

실내는 어두웠으나 그의 콧날 위에 맺혀 있는 땀방울이 보였다.

"나는 보스의 지시를 받았을 뿐이야, 김멜. 그리고 그것을 확인한다는 것은 어리석은 짓이고."

피터슨이 이맛살을 찌푸린 얼굴로 김멜을 바라보았다.

"작전에 혼선이 가지 않게 하기 위해 자네한테만 말해주게 되어 있네, 김멜. 그렇게 멍청이 같은 표정을 만들지 말아. 마시다 만 맥주나 마시란 말이야."

김멜은 옆쪽에 놓인 맥주잔으로 시선을 돌렸다. 그러나 마실 생각은 이미 달아나 버렸다. LA 마약부의 제2인자인 지미 골드를 제거한다는 것은 보통일이 아니다. 김멜은 맥주잔을 쥐었다.

이것은 어쩌면 마약부의 보스인 로스만이나 대통령 보좌관인 포크너의 합의를 얻어낸 일일지도 모른다.

"좋아, 나는 모르는 척하겠어."

"그래야지. 그럼, 지미 골드의 집 약도와 구조를 오늘 저녁 5시까지 알려주게. 그의 가족사항까지. 자네가 조사한 것 모두가 필요하네."

피터슨이 자리에서 일어섰는데 그는 물 한 모금 마시지 않았다.

"서류를 나에게 전해주고 나면 자네는 다시 이곳에서 질탕하게 맥주나 마시고 있게나. 그 안에 일이 처리될 테니까."

피터슨이 몸을 돌리자 그의 뒷모습을 바라보던 김멜은 맥주잔을 내려
놓았다.

스낵바에서 나온 피터슨은 길가에서 기다리고 있는 검정색 리무진에
올랐다.
"항구로 가자. 제5부두의 정문 쪽으로."
뒷자리에 등을 기대면서 그가 말하자 운전석 옆자리에 앉아 있던 프
롬스키가 몸을 돌렸다.
"보스, 엔디한테서 연락이 왔습니다. 계획에 차질은 없습니다."
피터슨이 머리를 끄덕였다.
"내일 밤 10시인가?"
"그렇습니다, 보스."
작년에 특수부대 대위로 제대한 프롬스키는 아직도 군인 티를 벗지
못하고 있었다. 다부진 턱을 세우고는 온몸을 긴장시키고 있었다.
"별일 없을 거다, 프롬스키. 방해하는 놈은 아무도 없다."
"그래야겠지요."
"오늘 밤에 일을 잘 끝내면 돼. LA에서는 그놈 하나가 문제야."
피터슨은 창으로 시선을 돌렸다.

흰색의 드레스가 몸에 잘 어울렸으므로 밀리카는 기분이 좋았다. 바
닷바람이 스커트 자락을 펄럭이며 날렸다. 그녀는 발걸음에 신경을 쓰
면서 저택 안으로 들어섰다.
잔디밭을 지나는데 현관문이 열리면서 콜롬비아인 하나가 이쪽으로
다가왔다. 잘생긴 메스티소였고 낯익은 얼굴이다.
"안녕하세요?"

곁을 지나면서 그에게 가볍게 인사를 하자 그가 놀란 듯 눈을 치켜뜨더니 그녀를 스쳐 지나갔다.

이제까지 한 번도 고영무의 주위 사람들에게 이런 식으로 인사를 해본 적이 없었다. 밀리카는 현관문을 열고 안으로 들어섰다. 한국인 한명이 응접실에 서 있다가 이쪽으로 몸을 돌렸다.

"위층으로 올라가시오, 기다리고 계시니까."

불쑥 스페인어를 내뱉었는데 그의 표정이 딱딱했으므로 밀리카는 잠자코 2층으로 오르는 계단으로 향했다.

고영무는 2층 베란다에 앉아 있었는데 그녀가 다가오자 머리를 끄덕이며 앞쪽 의자를 가리켰다.

"옷이 잘 어울리는군. 그러고 보니 표정도 밝고."

자신의 온몸을 훑어 내려오는 그의 시선을 받자 밀리카는 치맛자락을 움켜쥐고 자리에 앉았다.

"오빠는 일주일 후에 출발할 예정이에요. 준비는 거의 끝나가고 있어요."

"그건 전화로 들었어, 밀리카."

고영무가 그녀를 똑바로 바라보았다.

"카를로스 대신 콜롬비아의 조직을 장악해야 하는 거야. 그쪽에서 방해가 되는 놈들은 페르난도가 잘 알고 있겠지. 머리도 중요하지만 페르난도에게 필요한 것은 힘이야."

"옛날 부하 여섯 명을 모았는데 그들과 함께 떠날 예정이에요."

이제 그는 예전의 고영무가 아니다. 불과 1년 전의 고영무와는 전혀 다른 사내가 앞쪽 의자에 앉아 있었다. 머리보다는 힘과 끈질긴 생명력을 바탕으로 겨누어진 목표를 쟁취해 온 사내는 지금 두려운 남자가 되어 있었다. 그는 콜롬비아의 정권을 전복시키고 이제는 마약조직의 왕좌를 깨뜨리려고 하는 것이었다.

"페르난도가 콜롬비아에 들어갈 때쯤이면 그쪽은 상당히 정돈된 상태가 되어 있을 거야. 나도 도와줄 테니까."

고영무가 말을 이었다.

"밀리카, 당신은 어쩔 생각이지? 오빠를 따라 돌아갈 건가?"

밀리카가 머리를 저었다.

"여기 남겠어요. 당신과 함께 행동하라고 오빠가 그랬어요."

"여기선 농간을 부릴 여지도 없다, 이제는."

입술 끝을 올리며 웃는 얼굴을 만든 고영무가 그녀를 찬찬히 바라보았다.

"그리고 너는 잘 알고 있으면서 일부러 그러는 것 같은데, 페르난도는 내 지시를 받도록 되어 있어. 그래서 너에게 명령하는 것도 나야."

밀리카는 잠자코 시선을 내렸다. 부하들을 모으고 콜롬비아에서 활동하는 데는 막대한 자금이 든다. 자금뿐만이 아니었다. 페르난도는 고영무의 여러 가지 지원을 받지 못하면 죽으러 귀국하는 것과 다름없었다.

베란다의 유리문이 열리더니 이자영이 쟁반에 찻잔을 받쳐 들고 다가왔다.

"그래, 마침 잘 왔어. 아직 서로 인사들 안 했지?"

고영무가 그녀들을 번갈아 바라보았다.

"이쪽은 한국에서 온 이자영 씨고 이쪽은 보고타의 밀리카 씨. 모두 나하고 사연이 있는 사람들이니까 서로 내 이야기를 실컷 하라구."

이자영이 찻잔을 내려놓으며 옆쪽의 빈자리에 앉았다.

"당신하고는 어떤 관계예요?"

한국말이었으므로 고영무가 빙긋 웃었다.

"한때 좋은 관계였지, 잠자리도 같이할 만큼. 그러다가 서로 원수가 되었고 지금은 협력관계지. 너하고 비슷하지만 조금 심하다고 할까?"

고영무는 자리에서 일어섰다.

"페르난도에게 전해줄 물건이 있으니까 이야기를 끝내면 가지고 가도록 해. 아래층에서 브루노가 준비해 두고 있을 거야."

두 여자는 안쪽의 응접실로 사라지는 고영무의 뒷모습을 쫓다가 머리를 돌려 서로 마주 보았다.

"그와 원수진 일이 있었나요?"

먼저 물어본 것은 이자영이다. 이자영은 검은 눈에 매끄러운 피부를 가진 앞쪽 여자가 풍기는 분위기에 위축되는 듯한 기분이 들었다. 그녀에게서는 야생 짐승과 같은 느낌이 왔다.

"주고받았어요, 우리는."

밀리카가 하얀 이를 보이며 웃었으므로 이자영의 가슴이 답답해졌다. 여자인 자신이 보아도 껴안아주고 싶도록 동물적인 느낌이 전해져 왔다. 그녀와 고영무의 섹스 장면이 머릿속에 떠올랐으므로 이자영은 시선을 돌렸다.

"아름다운 분이세요."

밀리카의 말에 이자영이 눈을 치켜떴다. 그것은 수없이 들어온 말이었으나 이 여자가 하는 말은 그녀에게 묘한 느낌을 주었다.

"당신 같은 동양 미인은 처음이에요."

이제는 이자영이 흰 이를 드러내었다.

화장실에서 나오던 지미 골드는 탁자 위에 놓인 전화기를 들었다.

"여보세요."

아직 머리칼에서 물기가 떨어져 내리고 있었다. 그는 한 손으로 젖은 머리칼을 쓸어 올렸다.

"지미 골드 씨, 난 페드로라고 합니다."

수화기에서 스페인 계통의 영어가 흘러 나왔다. 지미는 수화기를 고쳐 쥐었다.

"페드로?"

"그렇소, 며칠 전에 보았던 페드로요."

"그래, 웬일이오?"

침실 문이 열리더니 아내가 나왔다. 분홍색 잠옷 차림이었는데, 그것은 오늘 밤 그녀가 섹스를 기다리고 있다는 것을 나타내는 신호다.

"지미 씨, 길게 이야기할 시간이 없어요. 어서 와이프와 아이를 데리고 뒷문으로 가시오. 그리고 그곳에서 기다려요."

수화기를 통해 들려오는 말소리는 다급했다. 페드로라면 고영무의 부하로 그날 밤 그를 고영무의 집에서 이곳까지 차를 태워 준 사내였다.

"이봐요, 무슨 일이요?"

힐끗 아내에게 시선을 준 지미가 몸을 돌렸다.

"무슨 일인지 말해야 할 것 아니오?"

"당신은 지금 위험합니다. 당신 집 주위를 다섯 명의 사내가 둘러싸고 있어요."

"도대체 누가?"

"뻔하지 않소? 이봐요, 서둘러요. 뒤쪽 문에서 노크 소리가 두 번, 세 번 들리면 문을 열어주시오. 우리가 들어갈 테니까."

그러고 나서 전화가 끊겼다.

"지미."

앞쪽 의자에 앉은 헬렌이 한쪽 다리를 무릎 위에 올려놓자 흰 허벅지가 드러났다.

"이봐, 일어나. 어서 행크를 데리고 와."

지미의 얼굴을 살핀 그녀가 자리에서 일어섰다. 부드러운 표정의 얼굴이 어느덧 딱딱하게 굳어져 있었다.

"무슨 일이에요?"

"길게 이야기할 것 없어. 어서."

지미가 다그치듯 말하고는 벽에 붙어 있는 서랍으로 다가가자 그녀가 서두르듯 침실 옆쪽에 있는 아이 방의 문을 열었다.

그는 서랍을 열고 권총을 꺼내어 탄창을 확인했다. 벽에 걸린 시계가 10시 반을 가리키고 있었다.

헬렌이 행크를 안고 응접실로 나왔다. 아이는 잠이 들어 있었으므로 그녀의 팔 안에서 사지를 늘어뜨리고 있었다.

"지미, 도대체."

"따라와, 어서."

응접실을 지나 주방 옆쪽으로 가면 바로 뒷문이 나온다. 그의 집은 침실 세 개에 응접실과 로비가 꽤 넓은 단층 양옥이었다. 다운타운에서 떨어진 한적한 주택가였으므로 밤에는 차량의 통행도 적었다.

세 식구는 뒷문 쪽으로 다가갔고, 지미는 헬렌의 어깨를 잡아 뒷문 옆에 세웠다.

"여기서 기다려, 헬렌."

이제 헬렌의 얼굴은 공포에 질린 듯 두 눈이 커다랗게 치켜떠져 있고 입은 반쯤 벌어져 있었다.

"지미, 무슨 일이에요?"

"여기 앉아 있어."

그는 권총을 손에 쥐고 뒷문 옆쪽에 섰다.

카를로스의 부하를 경찰에 넘긴 것이 화근일 것이다. 페드로의 말이 사실이라면 습격해 올 놈들은 카를로스의 부하들이 틀림없다. 놈들은 안하무인이 되어 가고 있었는데, 그것은 CIA의 배경이 뒤에 있기 때문이다.

문에서 노크 소리가 들렸다. 그것은 지미도 깜짝 놀랄 만큼 큰 소리였다. 헬렌이 치켜뜬 눈으로 그를 바라보았다. 두 번과 세 번 노크 소리가 들리자 권총을 고쳐 쥔 지미는 문고리를 풀었다. 그러자 쏟아지듯 사내들이 문을 밀어젖히며 들어섰다. 앞장 선 사내는 브루노와 페드로, 그리고 낯익은 동양 거인이다.

"부인과 아이를 저쪽으로. 아니, 이쪽이 좋겠군."

브루노가 집 안을 휘둘러보다가 주방 옆에 붙은 방을 가리켰다. 빈 방이었으나 입구는 주방 쪽 한 곳밖에 없는 방이다. 지미가 헬렌에게 눈짓을 하였으므로 그녀는 잠에 취해 늘어져 있는 네 살짜리 행크를 안고 방으로 들어갔다.

"이것 봐요, 놈들이 왜?"

지미가 그들을 향해 묻자 집 안을 둘러보던 브루노가 혀를 찼다.

"왜라니? 우린 예상하고 있었는데 당신은 신경이 둔한 모양이군?"

그러면서 그들은 집 안에 제각기 자리를 잡고 몸을 숨겼다. 페드로는 현관이 정면으로 바라보이는 응접실의 책장 뒤에 몸을 붙였고, 브루노는 주방의 냉장고 옆에, 지미는 응접실의 탁자 뒤에, 최대광은 아이 방의 문을 열어두고는 방 안으로 들어갔다.

응접실의 불은 아직 환하게 켜져 있었으나 브루노 등이 아무 말도 하지 않았으므로 지미도 내버려 두었다.

"지미, 뒤쪽 문에 있던 한 놈은 우리가 해치우고 들어왔소. 앞쪽에 있는 네 놈이 눈치 채지 못했다면 곧 들어올 거요."

브루노가 낮은 목소리로 말했으나 탁자 뒤에 웅크리고 앉은 지미의 귀에 선명하게 들려왔다.

"놈들은 CIA의 특수 집행반이야, 지미. 지금 우리의 적은 CIA라구."

지미는 침을 끌어 모아 삼켰다. 머리가죽이 당기고 눈알이 충혈되어

왔으므로 두어 번 눈을 깜박여 보았다. CIA라니. 카를로스의 배후에 CIA가 있다는 것은 알고 있었지만 워렌이 직접 집행반을 보내리라고는 생각도 못 했었다.

그러자 현관에서 벨소리가 울렸다. 벨소리는 로비와 응접실과 온 집 안을 뒤흔드는 것처럼 크게 울렸다. 페드로가 머리를 돌려 이쪽을 바라보았다. 아이 방에 있던 최대광이 상반신을 내밀고 이쪽을 두리번거렸다.

"지미, 나가서 문을 여시오."

브루노가 턱으로 문 쪽을 가리켰다.

"문을 열고 안쪽으로 비켜서시오."

지미는 끄덕이며 탁자 뒤에서 몸을 일으켰다. 이제는 부글거리며 열기가 끓어오르고 있었는데, 문을 향해 마구 총을 쏘아대고 싶은 충동이 일었다.

"누구요?"

그렇게 물으면서 지미는 페드로가 소음기가 끼워진 대형 권총으로 문쪽을 겨누고 있는 옆을 지나 문과 비스듬히 문 쪽으로 다가갔다.

"경찰에서 왔습니다, 지미 골드 씨."

밖에서 굵은 목소리가 들렸다.

"밤늦게 미안합니다만 잠깐 물어볼 말이 있어서."

"어디 경찰서요?"

몸을 벽에 기대고 문고리에 손을 뻗친 지미는 안쪽을 바라보는 자세가 되었다. 다른 한 손에는 권총을 치켜들고 있다.

"패사디나입니다, 지미 씨. 난 담당경위 로버트슨입니다."

덜거덕거리는 소리를 내며 문고리가 풀리자 문을 박차며 세 명의 사내가 쏟아지듯 들어왔다. 그들은 앞쪽에 지미가 보이지 않자 일제히 좌우로 갈라섰는데, 잘 훈련된 동작이었다. 마치 부챗살이 벌어지듯 벌려

서던 사내들은 한순간에 이쪽의 집중 사격을 받았다. 모두 소음기가 끼워진 권총이어서 방망이로 모래주머니를 두드리는 듯한 소리가 연속적으로 났다.

정면으로 뛰어 들어오던 사내는 페드로의 총격에 가슴과 배를 맞고는 두어 발짝 더 다가오다가 엎어지며 숨이 끊어졌다. 오른쪽으로 갈라졌던 사내는 브루노의 몫이었다. 이쪽에서 조준하고 기다리고 있었는데다 거리는 10미터도 되지 않았다. 옆머리에 총알로 관통당한 사내는 벽에 몸을 부딪치며 구겨지듯 넘어졌다. 다른 한 명은 지미 쪽으로 몸을 돌린 사내였는데, 그는 제일 먼저 목숨을 잃은 사내일 것이다. 30센티도 되지 않는 거리에서 지미의 권총에 배를 뚫린 사내는 입을 쩍 벌리며 치켜뜬 눈으로 그를 바라보았고, 다시 한 발을 가슴에 맞자 두 눈의 초점을 잃으면서 뒤로 넘어졌다.

"또 한 놈이 있을 거야, 페드로!"

브루노가 짧게 소리치자 페드로가 튀듯이 일어나 문 밖으로 뛰쳐나갔다.

최대광이 어슬렁거리며 응접실로 나왔다. 그는 대형 콜트를 허리춤에 끼워 넣고 있었으나 어딘가 마땅치 않은 기색이었다.

"브루노, 벌써 다 해치웠단 말이야?"

그의 목소리가 방 안을 울렸다.

"이거 싱겁구만 그래."

"시체를 치워야 돼, 최."

"네가 죽였으니까 네가 치워, 브루노."

눈을 부릅떠 브루노를 바라보며 최대광이 으르렁거렸다.

"나를 송장이나 치우려고 데려왔단 말이냐?"

브루노는 그 말에 대꾸하지 않고 지미 쪽으로 몸을 돌렸다.

"지미, 당신도 짐을 꾸려서 가족과 함께 이곳을 떠나야 돼."

"내가 왜?"

한 손에 권총을 쥔 채로 지미가 얼굴을 굳혔다.

"나는 도망칠 이유가 없어. 정식으로 CIA를 고발하겠어. 이놈들이 정말 CIA라면."

그는 무릎을 꿇고 시체 가슴의 호주머니에 손을 집어넣었다.

"이봐, 쓸데없는 짓 말아. 어차피 이젠 끝난 일이야. 당신은 이제 CIA 살해범으로 쫓기게 되었어."

"내 기어이 워렌 이놈을 죽일 테다."

지미가 악문 이 사이로 말을 뱉었다. 그는 사내의 지갑을 펴고는 신분증을 확인해 보았다. 특별한 증명서는 없고 운전 면허증과 카드가 있을 뿐이다.

"지미, 서둘러. 놈들이 다시 올지 모른다."

브루노가 다시 재촉했고 신용만이 뒤쪽 문으로 들어왔다.

"이런, 벌써 다 끝났나?"

프롬스키는 백 미터쯤 달리고 나서야 뛰는 것을 멈추고 뒤쪽을 돌아보았다. 서너 명의 행인들이 지나가고 있을 뿐 이쪽을 쫓아오는 기척은 없다.

그는 길가 커다란 가로수 그늘에 어깨를 기대며 멈춰 섰다. 가쁜 호흡 속에 쉿소리가 배어 나왔다. 호주머니에 든 휴대폰을 꺼낸 그는 버튼을 눌렀다.

헤드라이트를 켠 자동차 한 대가 그를 스치고 지나갔다. 안에 탄 사람은 중년의 부부였는데 입을 벌리며 웃고 있었다.

"여보세요."

피터슨의 목소리가 흘러나오자 프롬스키는 소리를 죽였다.

"보스, 접니다."

"그래, 어떻게 되었나?"

"실패했습니다."

그는 쥐어짜는 듯한 목소리로 말했다.

"안에서 기다리고 있었습니다. 정문으로 세 명이 진입했는데 모두"

"너만 남은 것이냐?"

뒷문을 경비하던 안토니의 생사를 알 수 없었으므로 프롬스키는 어금
니를 물었다.

"기다리고 있었다고?"

"네, 보스."

"그놈 혼자서 그랬단 말이냐?"

"그건 자세히……"

피터슨은 한동안 잠자코 있었다.

"넌 지금 어디에 있어?"

이윽고 그가 다시 물었다.

"그놈 집에서 100미터쯤 떨어진 곳입니다. 앞쪽에 우체통이 보입니다."

"알았다. 그곳에서 기다려."

전화가 끊기자 프롬스키는 길게 숨을 내쉬었다. 집 안에서 기다리고
있던 것이 지미 한 놈이 아닐지도 모른다.

세 명이 쏟아지듯 집 안으로 들어가는 것을 보고 프롬스키는 여유 있
게 안으로 들어서려던 참이었다. 그러던 그는 활짝 열린 집 안에서 요원
중의 하나인 네이산이 뒤로 벌렁 넘어지는 것을 보았다. 집 안은 밝았고
이쪽은 어두웠는데, 그 장면은 지금 생각해도 섬뜩했다.

그리고 더욱 소름끼치는 것은 집 안에서 아무 소리도 들려오지 않았
던 것이다. 고함 소리도, 비명 소리도 없이 조용했으므로 그는 저도 모

르게 몸을 돌려 집 밖으로 뛰쳐나간 것이었다.

어쨌든 피터슨이 이쪽으로 올 모양이었다. 그는 가로수에 기대었던 어깨에 떼고는 좌우를 두리번거렸다. 이쪽으로 다가오는 사내가 한 명 보였는데 바쁜 듯한 걸음이었다. 그와는 20미터 정도 떨어져 있다. 가로등이 저만큼 멀리 떨어져 있어서 사내의 윤곽만 보였다. 이 근처에 사는 사람일지도 모른다.

뒤쪽에서도 두 남녀가 이야기하면서 다가오고 있었다. 프롬스키는 두 손을 양복 주머니에 넣었다. 다소 부자연스런 자세지만 주머니 안에 있는 권총을 쥐고 총구를 앞쪽으로 겨누고 있는 것이 낫다. 양복에 구멍이 뚫리겠지만 그것은 어쩔 수 없는 일이었다.

앞쪽의 사내가 다가왔다. 망설이지도 않고 곧장 다가왔는데, 이제는 그와 시선이 마주쳤다. 사내가 하얀 이를 드러내며 이쪽을 향해 웃는 것이 보였다. 그는 점퍼 주머니에 두 손을 찌르고 있다.

그의 얼굴을 물끄러미 바라보던 프롬스키는 그의 점퍼 주머니에서 흰 불꽃이 뿜어져 나오는 것을 보았다. 그러자 그의 어깨에 해머로 두들기는 듯한 충격이 왔고, 프롬스키는 상체를 나무에 부딪치며 주저앉았다.

사내가 다가와 그의 앞에 섰다. 그의 얼굴이 똑똑히 보였다. 여전히 미소 띤 얼굴이다.

"자, 일어서라. 일어서지 않으면 아예 머리에 구멍을 내고 갈 테니까."

그가 낮고 부드러운 목소리로 말했다. 나무에 부딪친 충격으로 주머니에 넣었던 손이 빠져 나와 있었는데 사내는 허리를 굽히더니 그의 주머니에서 베레타를 꺼내 자신의 주머니에 넣었다.

"자, 어서. 이 새끼야."

옆쪽으로 젊은 남녀가 지껄이며 지나갔다. 어두운 밤이라 그들은 이쪽의 심각한 장면을 취객들의 행태로 보고 스쳐 지나가는 모양이었다.

프롬스키는 두 다리에 힘을 주고는 몸을 일으켜 세웠다.

　피터슨을 기다릴 여유가 없다. 도대체 몇 놈이 안에서 기다리고 있었는가를 모르고 공격한 것부터가 잘못된 것이다. 그리고 지미의 일당이 있다는 이야기는 피터슨한테서도 들은 일이 없었다.

　비틀거리는 프롬스키의 어깨를 밀면서 페드로는 지미의 집 쪽으로 향했다.

　"빨리 걸어, 꾸물거리면 죽이고 갈 테니까."

　"이봐, 난 CIA야. 넌 큰 실수를 하고 있어."

　프롬스키가 머리를 돌려 이쪽을 바라보자 페드로가 다시 이를 보이며 웃었다.

　"잘 말해주었다, 병신아. 실수는 너부터 하는구나."

6.
대학살

"카를로스, 문제가 생겼소."

거실로 들어선 크링거의 얼굴은 창백하게 굳어져 있었다. 그는 잠옷 차림이었는데 흰 머리칼을 한 손으로 긁어 올리며 소파에 털썩 주저앉았다.

카를로스가 술잔을 내려놓고 잠자코 그의 얼굴을 바라보았다.

"CIA 요원 다섯 명이 행방불명이 되었어요. 지미 골드의 집에서인데."

"지미 골드의 집에서 말이오?"

카를로스가 눈썹을 치켜 올리며 턱을 들었다.

"CIA가 왜?"

"지미를 제거하려고 했는데 오히려 당한 모양이오. 지미 그놈은 가족과 함께 행방을 감추었고, 집 안에는 핏자국이 흩어져 있었는데 사람들은 찾지 못했어요."

크링거는 말을 마치고는 목이 타는 듯 탁자 위를 둘러보다가 위스키병을 집어 들었다.

"그렇다면 지미가 혼자서 CIA 요원 다섯 명을 해치웠단 말이오?"

카를로스가 묻자 크링거는 머리를 한쪽으로 기울이고 말했다.

"피터슨의 이야기로는 지미 한 명이 아닌 것 같다고 합디다. 부하 한 명이 도망쳐 나와서 보고를 했는데, 세 명이 집 안으로 몰려 들어갔다가 순식간에 당했다고 했다니까. 그 부하도 집에서 도망쳐 나와 보고를 했는데 나중에는 행방불명이 되었소. 여러 놈이 지미를 도와 준거요."

"도대체 누가……"

카를로스가 이맛살을 찌푸리며 탁자 위로 시선을 내렸다.

"누가 그놈을 도와준단 말이오?"

"가능성을 추측할 수는 있는데."

잔에 채운 위스키를 한 모금에 삼킨 크링거가 입을 벌려 더운 김을 뱉고는 그를 바라보았다.

"고영무요. 놈이 살아서 LA로 돌아왔다면, 그리고 놈이 내막을 알게 되었다면 CIA와 우리를 노리고 있을 거요."

카를로스가 입 끝을 비틀어 올리며 웃는 얼굴을 만들었다.

"어떻게 감히."

그는 여유를 찾은 듯 술병을 쥐고는 잔에 술을 채웠다.

"말도 안 되는 소립니다. 그놈이 제 아무리 안하무인이라고 해도."

"그건 당신이 모르고 하는 소리요, 카를로스."

크링거가 입맛을 다셨다.

"놈은 혼자서 내 저택을 쑥대밭으로 만들고 나를 납치해 간 놈이오."

"앨버트"

"그는 열 명의 부하로 카스틸로를 폭사시킨 놈입니다. 워렌이 지금 잔뜩 긴장해 있어요. CIA에 비상이 걸렸습니다."

"앨버트"

"워렌이나 피터슨은 고영무가 LA에 돌아와 있다고 믿는 것 같습니다. 오늘 밤 지미의 습격사건도 그놈이 지미를 도와주었다고 확신하는 것 같아요."

카스틸로도 그 외의 다른 대상을 생각해 낼 수 없었으므로 잠자코 앉아 있었다.

감히 CIA의 특수집행반을 공격하여 없앨 사람은 미국 내에는 없다. 마피아나 중국계 조직, 또는 어떤 범죄집단이라도 이런 간 큰 짓은 하지 못할 것이다.

"카를로스, 부하들을 긴장시켜 두는 것이 나을 거요. 나도 애들에게 일러두고 온 길이니까."

크링거는 머리를 들어 벽에 걸린 시계를 바라보았다. 밤 12시가 지 나 있었다.

"놈이 LA에 있다면 공격할 목표는 우선 이곳이오, 카를로스. CIA의 지부도 있지만 아마 그놈은 워렌을 겨누리라고 봅니다. 그놈은 보고타에서 어떻게 배신당했다는 것을 알고 있는 것 같소."

"그놈은 골치 아픈 놈이군요, 크링거 씨."

"그놈은 지미가 당신 부하들을 괴롭히는 것을 보고 호의를 느낀 것 같소. 그래서 도와준 모양이오."

"그렇다면 우리들의 동향도 알고 있다는 이야긴데."

카를로스가 눈살을 좁히며 크링거를 바라보았다. 이제 그의 표정에서 고영무를 깔보는 듯한 기색은 사라져 있었다.

"크링거 씨, 나는 내일 밤에 도착할 물건들이 걱정되는데, 그건 괜찮겠지요?"

"그거야 CIA의 호위가 붙을 테니 걱정하지 않아도 됩니다. 이곳은 보고타가 아니니까."

단언하듯 말하는 크링거의 얼굴은 어딘지 어두워 보였다.

"보스, 몬태나 호라는 배에 마약이 실려 옵니다. 내일, 아니 이젠 오늘이군요. 오늘 밤에 이곳에 도착한답니다."

응접실로 들어선 고영무에게 브루노가 말했다.

"잡혀온 놈이 자백을 했는데 들어보시렵니까?"

"좋아, 브루노. 오늘 밤이라면 때맞추어 오는 셈이다."

고영무는 앞장서서 옆방으로 들어섰다.

옆방은 회의실로 쓰이는 방으로 기다란 테이블과 테이블 양쪽에 7, 8개씩의 의자가 놓여 있을 뿐 가구도 장식도 없다.

한쪽 의자에 사내 한 명이 앉아 있었는데, 어깨에 붕대를 감아 두르고 있다. 그는 떨구었던 머리를 들어 고영무를 올려다보았다.

다부지게 보이는 턱이 아래로 처져 있었으므로 이제는 싱거운 얼굴이 되었다.

"이봐, 프롬스키! 다시 한 번 말해 봐. 몬태나 호가 언제 들어온다구?"

보루노가 소리치듯 묻자 그가 입을 벌렸다.

"내일 밤에 LA의 근해에 도착합니다."

지친 목소리였다. 그의 앞쪽에 앉아 있던 페드로가 힐끗 고영무를 바라보더니 이어 물었다.

"몬태나 호는 무슨 배야, 프롬스키?"

"콜롬비아에서 마약을 싣고 오는 배지요. 우리 요원들이 내일 물건을 빼내어서 크링거에게 넘기기로 되어 있습니다."

"물량은 얼마나 되는데?"

"그건 자세히 모릅니다. 우리 보스인 피터슨이 알고 있을 겁니다."

"프롬스키라고 했나?"

고영무가 그를 향해 묻자 프롬스키는 머리를 끄덕였다.

"예, 새뮤얼 프롬스키, CIA의 집행반 소속입니다."

"자넨 꽤 줏대가 약하군. 이쪽에서 묻지도 않은 말을 털어놓는 걸 보면 말이야."

"난 쓸데없는 일에 목숨을 걸 만한 바보가 아닙니다."

그가 머리를 들어 고영무를 바라보았다.

"워렌은 마약을 이용해서 개인적인 치부와 세력 확장을 꾀하고 있습니다. 나는 이 일을 털어놓는 것이 국가를 배신하는 것이라고는 생각지 않습니다."

"호오, 그런가?"

고영무가 머리를 끄덕였다.

"그 마약을 어떻게 할 작정인가를 말해주지 않겠나?"

"우리는 마약이 항구에 도착하면 크링거의 저택으로 나르는 역할을 맡았습니다. 그 이상의 일은 모릅니다."

"이 일의 책임자는 누구인가?"

"피터슨입니다."

프롬스키의 대답은 성실했고 그의 말에는 거짓이 들어 있는 것 같지 않았다. 이것저것을 더 물어 보고 난 고영무는 자리에서 일어나 방을 나왔다. 브루노가 그의 뒤를 따랐다.

"보스, 뜻밖의 소득이군요. 그 마약은 우리들이 지난 일의 대가로 받아야 했던 것입니다."

고영무가 옆방의 소파에 앉자 브루노가 앞자리에 앉으며 말했다.

"크링거는 이번에 도착할 마약으로 이곳저곳에 흥정을 한 것입니다. 한국의 그놈들에게도 이번 마약을 배분해줄 예정이었겠지요."

“그럴 것 같군.”

고영무는 천천히 머리를 끄덕이며 생각에 잠긴 듯 브루노의 가슴 언저리를 바라보았다.

일은 이제 만들어지는 것이 아니라 물이 흘러내리듯 자연스럽게 진행되어 가고 있었다. 그것은 가로막고 있는 둑을 터뜨리고 낮은 곳을 채우면서 흘러간다.

고영무는 머리를 들었다.

“아침 10시에 모두 모이도록 해라, 브루노. 회의를 하겠다.”

“알았습니다, 보스.”

자리에서 일어서면서 브루노가 대답했다. 그는 이제 고영무의 심복 부하가 되어 있었다.

그가 방을 나가자 고영무는 시계를 내려다보았다. 새벽 2시였으나 이미 잠은 달아나버렸다. 지미 골드를 풀어주고 나서 그가 하는 행동을 유심히 살펴보게 한 것이 다행이었다.

그는 고영무에게 보이려는 행동은 아니었겠지만 카를로스의 부하들이 LA에서 활보하고 있는 것을 참지 못했다.

그들 중 한 명을 잡아 경찰에 넘기고 카를로스가 묵고 있는 크링거의 저택을 위협적으로 감시하는 것이 놈들을 자극하지 않을 리 없었다.

고영무는 부하를 보내어 지미를 감시하게 했고 결국은 일단의 사내들이 그의 집을 습격하려는 것을 사전에 알게 되었던 것이다.

그들이 CIA의 집행반이라는 것을 그도 나중에야 알게 되었는데 그것은 놀랄 만한 일이었다. 마약부와 CIA는 겉으로는 평온한 관계로 보였지만 내부로는 심한 갈등을 겪고 있다는 표시이기도 했기 때문이다.

그는 자리에서 일어섰다.

잠시 그 자리에 서 있던 고영무는 힐끗 2층을 바라보고는 계단 쪽으로 다가갔다.

누군가가 방 안으로 들어서는 기척에 이자영은 눈을 떴다. 그러나 흐린 눈에 아직 물체는 들어오지 않았다. 그리고 방 안은 어두웠으므로 방문이 열리고 닫히는 소리만 어렴풋이 들었을 뿐이다. 눈을 깜박이며 문쪽을 바라보던 그녀는 미처 물체를 구분하기 전에 가슴이 철렁 내려앉았다. 방 안으로 들어설 사람은 한 사람밖에 없다는 생각이 들었기 때문이다.

이 집의 주인인 고영무였다.

"자나?"

말소리가 들리면서 그의 육중한 체구가 시야에 가득 덮여 왔다.

"난 네 몸이 필요해서 왔는데, 이젠 전처럼 그런 섹스는 하고 싶지 않으니까 거부하면 돌아가겠어."

이자영은 두 팔을 짚고 상반신을 일으켜 세웠다. 눈이 차츰 어둠에 익숙해져서 자신을 내려다보고 있는 그의 눈동자가 보였다.

"사랑 없이도 섹스는 가능하니까요."

"이자영다운 대답이야. 너하고의 섹스는 좋은 아침운동이 될 것 같군."

그는 걸치고 있던 셔츠와 바지를 벗어 의자 위에 던져 놓고는 그녀의 옆에 누웠다. 침대가 출렁이며 그의 살이 몸에 닿자 이자영의 몸이 굳어졌다. 고영무는 팔을 뻗어 그녀의 어깨를 끌어안았다.

"아마 이렇게 되는 것이 네가 이 집에서 자연스럽게 행동하게 되는 계기가 될 거야."

"그건 나를 위해 이런다는 거예요?"

"서로를 위해서지. 네가 부자연스럽게 행동하면 나도 어색하니까."

그의 손이 팬티를 끌어내리고 있었다. 다른 한 손은 겨드랑이를 껴안고는 젖꼭지를 손끝으로 건드리고 있다.

"그때, 그날 밤의 섹스는 기억나기는 하지만 네 몸의 구조나 반응을 살필 겨를이 없었어."

그의 혀끝이 젖꼭지에 닿았으므로 이자영의 온몸이 뜨거워졌다.

그녀는 자신도 모르게 그의 등을 감싸 안았다.

"키스는 안 돼요."

가쁜 숨을 뱉으며 이자영이 말하자 유방을 입술로 애무하고 있던 고영무가 머리를 들었다.

"그것이 네가 지켜야 할 정조문이로군. 좋아, 나도 그럴 생각이 없다. 그 입으로 실컷 소리나 질러라."

그의 한쪽 손이 끈질기게 자신의 깊은 곳을 애무하고 있었는데 젖은 손가락이 가끔 허벅지에 닿았다. 이자영은 두 다리에 힘을 주면서 그의 손가락 끝을 다리로 움켜쥐었다.

고영무는 지구력 싸움을 하는 듯했다. 그의 혀는 끊임없이 그녀의 온몸을 훑으면서 오르내렸는데, 마침내 참다못한 이자영이 그의 목을 끌어당겼다. 입에서는 거친 호흡 소리와 함께 간간이 신음 소리가 터져 나왔다.

그의 손이 흠뻑 젖어 있는 것이 느껴졌고 자신의 다리 사이로도 액체가 흘러내리고 있었다. 그러나 이자영은 말을 뱉지는 않았다. 온몸을 떨면서 허리를 추켜세웠다가 떨어뜨리고 두 다리도 그의 상반신을 감았다가 다시 한쪽 다리에 엉겼다. 목을 감고 있던 한 손이 풀리는가 했는데 아래쪽으로 뻗어 나와 고영무의 중요한 부분을 잡고는 자신 쪽으로 끌어들이다가 닿지 않자 다시 어깨를 움켜쥐었다.

방 안은 가쁜 호흡 소리와 열기로 가득 차 있었다. 이자영의 온몸은 끈적한 땀으로 젖어 있었고, 고영무의 손끝이 다시 아래쪽을 건드리자 그녀는 온몸을 굳히면서 두 다리로 그의 한쪽 팔을 힘껏 감아쥐었다. 길고도 낮은 신음 소리가 그녀의 입에서 터져 나왔다.

두 팔로 고영무의 목을 잔뜩 끌어안은 그녀는 한동안 온몸을 떨면서 뜨거운 숨결을 그의 얼굴에 뱉어내었다.

"이거 재미있군. 서로의 몸들이 이렇게 절실하게 바라는데 마음은 다른 것이."

고영무가 가쁜 숨소리와 함께 말하면서 그녀의 다리 사이에서 한 팔을 겨우 빼내었다. 이자영은 두 다리를 내팽개치듯 침대 위로 벌려 놓았으나 아직도 두 팔로는 그의 목을 휘어감고 있다. 다시 고영무의 손끝이 젖가슴과 아랫배를 쓸어내리자 그녀는 이제 숨을 죽였다. 다시 새로운 감동이 즉각 일어나기 시작했는데, 이자영은 가슴이 벅차올랐고 자신도 모르게 목이 메었다. 그의 손이 다시 아래쪽을 어루만지자 이자영이 허리를 들었다. 고영무는 상반신을 바로 세우고는 그녀의 몸 위로 올라가 곧장 진입했다. 이자영이 격한 신음 소리와 함께 허리를 힘껏 들었다. 그의 움직임에 맞추어 그녀의 격렬한 반응이 일어났고 이제는 꺼릴 것 없는 신음 소리로 방 안을 메웠다.

이윽고 이자영은 흐느끼기 시작했다. 온몸에 땀을 흘리면서 그들은 방안 가득히 열기와 소리를 내뱉고 있었다.

천장에 매달린 전구의 윤곽이 희미하게 보였다. 베란다 쪽의 문이 조금 열린 모양으로 안쪽에 쳐진 흰색 커튼이 출렁거리듯 흔들리고 있었다.

방 안에는 아직도 열기가 가시지 않아 끈끈한 공기에 덮여 있었는데 정사 후의 특유한 비린내 비슷한 냄새도 맡아졌다.

"넌 좋은 몸을 가졌어, 반응도 예민하고. 멋진 여자야."

천장을 바라보며 고영무가 말하자 이자영의 숨소리가 갑자기 멈춰졌다.

"준비운동은 단단히 한 셈이군. 오늘 밤을 위해서."

그의 말투에는 웃음기가 섞여 있었다.

이자영이 머리를 돌렸다.

"오늘 밤, 무슨 일 있어요?"

그녀의 시선과 마주치자 고영무는 잠깐 망설이는 듯 눈을 깜박이다가 머리를 끄덕였다.

"이런 걸 누설할 이유는 없겠지. 오늘 밤에는 LA가 떠들썩한 사건이 일어날 거야. CIA에 비상이 걸리고, 아마 대통령이 진상조사를 위한 특별반을 내려 보낼 거야."

이자영은 잠자코 그의 옆모습을 바라보았다.

베란다를 통해 들어온 바람이 그녀의 알몸 위를 스치고 지나가 아직도 습기가 배어 있는 피부가 서늘해졌다.

"한동안 미국 언론은 특종으로 신바람이 날 것이고."

그는 이자영의 어깨를 한 손으로 끌어당겨 가슴에 안았다.

"나는 놈들이 우리한테 진 빚을 받을 작정이다. 이용해 먹고 제거시키려고 했던 놈들이 이제 당할 차례야."

"상대는 누구예요? 미국 정부?"

그의 가슴에 얼굴을 묻은 이자영이 입술을 달싹거리며 물었다. 그녀는 이제 자신의 몸이 자연스럽게 안겨져 있는 것에 대해서 아무런 느낌이 없었다.

"그렇지, 미국 정부라고 해도 되겠지."

고영무의 손바닥이 그녀의 등과 엉덩이를 부드럽게 쓸어내리자 이자영은 온몸을 그에게로 붙여 왔다.

"나는 마약조직을 장악하는 사내가 될 거야. 그것은 황금의 땅에서 생산되는 황금보다 더 귀한 물건이지."

혼잣소리처럼 고영무가 말하자 이자영이 한 손을 뻗어 그의 중요한 부분을 쓸었다.

"내가 할 일은 없어요? 가르쳐주세요."

"그건 생각중이야."

머리를 돌린 고영무가 그녀를 바라보았다. 그녀의 검은 눈이 바로 턱 밑에서 자신을 올려다보고 있었다.

"너도 곧 네가 바라는 것을 움켜쥐게 되겠지. 너의 쓸모가 인정되는 경우이겠지만."

"무슨 일이건 하겠어요. 나에겐 목표가 필요해요. 당신도 알지 않아요?"

고영무는 어둠 속에서 흰 이를 드러내며 웃었다.

"그건 알지, 네가 목표를 정하면 꽤 집요하다는 것도. 그리고 네 상대는 이제 내가 되어서는 안 된다는 것도."

워렌은 조그만 체구였으나 목이 굵고 손발이 컸다. 백발이 반쯤 섞인 희색 머리칼에 눈동자는 짙은 갈색이었다.

"이건 꽤 심각한 일이로군, 피터슨. 그렇지 않나?"

그의 얼굴은 평온하였으나 피터슨을 바라보는 시선은 차가웠다.

"다섯 명의 요원이 실종되었다는 것은 처음 있는 일인데, 이건 CIA의 역사에 수치로 남을 사건이군."

대놓고 자신을 모욕하는 것과 다름이 없었으므로 피터슨이 머리를 들었다.

"보스, 상대방은 미리 준비를 하고 있었던 것이 틀림없습니다. 저희 팀 다섯 명은 결코 만만한 사내들이 아닙니다."

"그것은 저쪽이 그보다 더 강하다는 이야기도 되네. 피터슨, 자네 팀은 몰살을 당했어."

워렌은 탁자 위에 놓인 담배를 힐끗 내려다보았다. 피터슨의 담배였다.

"상대는 고영무인 것이 틀림없어. 그놈 아니면 그렇게 대담한 일을 할 놈이 없단 말이야."

"보스, 그는 지금 콜롬비아에 있지 않습니까? 보고타에서 실종된 것으로 들었습니다만."

워렌은 입맛을 다시고는 소파에 등을 묻었다. 이제까지 잠자코 앉아 있던 김멜이 상체를 세웠다.

"보스, 지미 골드는 차도 가져가지 않았고 수표와 신용카드도 놓고 갔습니다."

"어지간히 급했던 모양이군, 그놈이."

"지미는 고영무와 상당히 가까운 사이였습니다. 고영무에게 시민권 신청을 해준 것도 지미입니다."

"그건 내가 더 잘 알고 있네, 김멜. 놈은 내가 배신했다고 펄펄 뛰었어. 내 앞에서 권총까지 뽑아든 놈이야."

워렌은 시계를 내려다보았다. 오후 4시 반이었다.

"피터슨, 오늘 밤 일은 실수가 있어서는 안 돼. 해안경비대나 마약부, 경찰들은 안심할 수가 있지만 나는 고영무 그놈이 마음에 걸려."

워렌이 피터슨을 바라보았다 이마 위에 굵은 주름살이 선명하게 드러났다.

"차츰 윤곽이 드러나기 시작하는데. 지미 골드는 아무래도 고영무의 도움을 받은 것 같고, 우리 특수집행반은 모두 바다 속에 앉아 있거나 사막 속에 들어가 있겠지."

그는 몸을 돌려 김멜을 향해 마주 앉았다.

"고영무에 대한 자료를 FBI나 경찰 측에게도 전해주게, 김멜. 테러분자라고 하는 게 낫겠지. 1급으로 분류해서."

1급이라면 보는 즉시 사살해도 좋다는 특수한 경우다. 김멜이 머리를 끄덕였다.

"알겠습니다, 보스. 저는 그럼……."

자리에서 일어선 김멜이 방을 나가자 한동안 입을 다물고 앉아 있던 워렌이 머리를 들었다.

"물론 김멜도 오늘 밤 LA로 들여올 물건이 무엇인지 알고 있겠지?"

"알고 있을 겁니다. 상황보고가 몬태나 호에서 김멜에게 전달되니까요."

워렌이 방안을 둘러보았다. 이곳은 LA에 있는 CIA 지국이고 그들은 김멜의 지부장실에 앉아 있었다.

"그리고 지미와 김멜은 LA에 오기 전에 워싱턴에서부터 알고 지낸 사이더군요. 기록을 살펴보았습니다."

설령 친한 친구일지라도 부의 업무를 위해서는 가차 없이 인연을 끊어야 한다는 것은 기본 중의 기본이다. 워렌은 생각할 필요도 없는 일이라는 듯 입맛을 다시며 머리를 돌렸다.

"보스. 저는 지미가 걱정이 됩니다만, 혹시 놈이 다른 곳에 손을 쓰지 않을까요? 워싱턴 쪽으로 말입니다."

피터슨이 조심스럽게 묻자 워렌이 눈을 껌벅이며 그를 바라보았다.

"놈이 로스만이나 포크너, 또는 FBI의 간부들에게 입을 벌린다면……."

"그런 일은 없어, 피터슨."

눈썹을 추켜 올린 워렌이 갈색 눈으로 피터슨을 쏘아보았다.

"증거도 없을 뿐더러 놈은 그런 일을 할 만큼 어리석지도 않아. 내가 놈이라면 다른 방법을 쓸 거야."

"그놈은."

"고영무가 그를 도왔다면 놈은 고영무와 지금 함께 있을 것이다. 그리고 우리의 계획을 부수려고 두 놈이 머리를 맞대고 있을 것이다."

피터슨이 탁자 위에 놓인 담뱃갑을 집었다가 다시 내려놓았다. 워렌은 금연중이었다.

"오늘 밤, 몬태나 호를 노리고 있을지도 모른다, 피터슨. 그리고 네 부하들은 몬태나 호의 물건이 어떻게 상륙된다는 것도 알고 있을 것이고."

워렌의 목소리가 방안을 울렸다.

"네 부하 중의 하나가 잡혀 고영무에게 자백했을지도 모른다."

"보스, 그럴 리가?"

"닥쳐, 피터슨. 넌 집행만 하면 된다. 머리 쓰는 일은 나한테 맡겨."

"그놈은."

"몬태나 호에 연락해서 항로를 샌프란시스코로 돌리라고 해라. 이것은 네가 직접 하도록 하고, 앞으로 이곳 지사와는 통신을 하지 말도록 주의를 줘. 샌프란시스코에는 내가 연락하겠다."

워렌이 자리에서 일어날 듯 상체를 세웠다.

"이곳 5번 부두는 내가 잘 압니다. 1년 동안 하역꾼 노릇을 했기 때문에 쓰레기통 위치도 훤합니다."

브루노가 굵은 손가락으로 지도를 짚으면서 말했다.

"입구는 이곳 한 곳밖에 없지만 출구는 세 군데가 되지요. 여기하고 여기, 여깁니다."

"세 군데를 모두 가로막고 일을 치를 수는 없어. 배에서 물건을 내려 차에 싣고 왔을 때 공격하는 것이 제일 나은 방법이야."

신용만이 영어로 말했는데 그것은 앞쪽에 앉아 있는 지미를 의식해서였다.

고영무가 지미를 돌아보았다.

"지미, 당신 생각은 어때?"

"나는 아무래도 워렌이 눈치 채고 있다는 생각이 들어서……"

지미가 테이블 주위에 앉은 사내들을 둘러보았다. 사내들도 모두 그에게 시선을 주었다.

고영무 저택의 넓은 응접실 안에 둥근 테이블을 중심으로 여섯 명의 사내가 둘러앉아 있었다. 오후 5시가 되어 있어서 바닷물이 밀려오는 시간이었다. 철썩거리는 파도 소리가 들려 왔다.

"놈들은 다섯 명의 요원들을 필사적으로 찾고 있을 거요. 그리고 그들의 계획이 누출되었을지도 모른다고 생각할 겁니다."

사내들을 둘러보며 지미가 말했다.

"그리고 설령 계획대로 5번 부두에 물건이 도착한다고 해도 그들의 경비는 간단히 넘길 일이 아니오."

"로켓포 몇 발이면 돼요, 지미 씨. 보고타에서 쓰고 남은 것이 꽤 있거든."

브루노가 그를 향해 턱을 들었다.

"그것이 임자를 찾아가는 것이지."

그는 지미에 대한 감정이 좋지 않았는데, CIA의 워렌이나 마약부나 모두 한통속이라고 지금도 믿고 있는 탓이었다.

"여긴 보고타하고는 달라, 브루노 씨."

지미가 이맛살을 찌푸리며 말했다.

"당신은 CIA의 특수부를 상대로 하고 있는 거요. 어젯밤의 다섯 명은 기습을 당했지만 이번에는 놈들이 우리를 기다리고 있을지도 모른단 말이오."

"상관없어. 그렇다면 전쟁을 치르는 거야."

이제까지 조는 듯 흐린 눈으로 앉아 있던 최대광이 턱을 들었다.

"아예 이곳 CIA 지부를 때려 부수고 항구로 나갑시다, 지금 당장."

모두들 입을 다물고 최대광을 바라보았으므로 그는 상체를 굽혔다.

"어렵게 생각할수록 일은 어려워지는 거요. 일은 쉽게 생각해야 쉽게 풀립니다."

그는 기를 쓰고 그 말을 영어로 웅변하듯 뱉었는데 모두들 알아들었다. 씨름할 때 그의 코치였던 김익수가 입버릇처럼 하던 말이었다.

고영무가 머리를 돌려 페드로를 바라보았다.

"문제는 몬태나 호가 제대로 들어오느냐 하는 것인데, 어젯밤에 요원들이 실종되어서 놈들이 어떤 반응을 보일는지 알아내어야 한다."

"엔리코와 마빈이 고기잡이 배를 얻어 타고 공해로 나갔습니다. 곧 연락이 올 겁니다."

페드로가 차분하게 말했다.

"5번 부두에 아직 별다른 이상은 없습니다, 보스."

"이상이 보일 만큼 CIA에 우둔한 놈들이 있을 것 같소?"

입맛을 다시며 지미가 말하자 브루노가 와락 이맛살을 찌푸렸다.

"그렇다면 말인데, 놈들의 수작을 못 보고 넘길 만큼 우리가 우둔해 보입디까?"

"그쪽은 전문가요, 브루노 씨. 나는 이쪽을 얕잡아보는 것이 아니라 미리 경계를 단단히 해야 한다는 말이오."

지미도 언짢은 듯 이맛살을 찌푸렸다.

"피터슨이 이곳에 왔다면 특수부 요원들을 데리고 온 겁니다. 그들은 테러와 요인 암살 전문가들로 구성되어 있어요."

잠자코 그들의 얼굴을 둘러보던 고영무가 머리를 들었다.

"그렇다면 몬태나 호를 기다리는 동안 다른 일을 처리해야겠군. 이미 계획은 세워두었으니까 말이야."

"크링거 말씀입니까?"

브루노가 대뜸 묻자 고영무는 머리를 끄덕였다.

"그래, 크링거와 카를로스다. 페르난도에게 일을 맡겼으니 이제는 카를로스가 죽어줘야겠어."

"고, 그건 무슨 말이오?"

아직 영문을 모르고 있는 지미가 눈썹을 치켜 올리며 고영무를 바라보았다. 고영무가 얼굴의 근육을 풀며 웃었다.

"이제 페르난도는 카를로스 대신 콜롬비아의 마약생산과 수출을 장악하게 될 거요. 그러기 위해서는 카를로스가 없어져 줘야겠지."

"준비는 다 되어 있습니다, 보스."

브루노가 자르듯 말했다.

"우리 다섯 명이면 그놈의 집을 흔적도 없이 없애 버릴 수가 있습니다."

저녁식사를 마친 크링거와 카를로스는 거실로 자리를 옮겨 술잔을 기울이고 있었다. 저녁 8시가 지나 밖은 짙은 어둠에 싸여 있었다. 베란다의 유리문을 열어 놓았으므로 커튼 자락이 바람에 조금씩 흔들렸다.

"카를로스, 이번에 귀국하면 물량을 늘려야 한다는 걸 잊지 마시오. 이젠 시장이 한없이 넓어질 테니까 말이오."

크링거가 잔에 위스키를 따르며 말했다.

"난 동구권과 아시아 지역의 시장을 넓힐 작정이오."

"그거야 염려할 것 없소, 크링거 씨. 나도 마진이 적어진 이상 물량을 늘릴 생각이니까."

카를로스는 서너 잔의 위스키에 벌써 얼굴이 달아올라 있었다. 그는 잔을 내려놓고 탁자 위에 놓인 시가 케이스를 열었다.

"워렌은 미국에 공급하는 양을 줄이는 대신 외국으로 돌릴 모양이군."

카를로스가 시가의 끝을 자르며 크링거를 바라보았다.

"CIA에서 컨트롤해준다면 우린 마음 놓고 장사를 할 수가 있지. 그건 잘된 일이오. 마약이 없어질 수는 없고, 차라리 CIA 같은 강력한 기관이 공급과 수요를 조절해주는 것이 낫지. 진작 이렇게 되었어야 했어."

"가격을 더 깎을 걸 그랬군."

"이것 봐요, 크링거. 가격을 더 깎는다면 차라리 나는 다른 구매자를 찾겠어."

"그렇다면 당신이 한 달이나 버틸까? 아마 LA의 어느 식당이나 콜롬비아의 밀림 속에서 시체가 되어 있을걸, 한 달 후에 말이오."

크링거가 농담하는 것처럼 흰 이를 드러내며 웃었으나 카를로스는 이맛살을 찌푸렸다.

"크링거, 날 호락호락하게 보지 말아요. 그 반대의 경우도 있을 수가 있으니까."

"농담이었소, 카를로스. 당신이나 나나 이젠 어쩔 수 없이 같은 배에 타게 되었어요, 워렌과 함께. 이젠 걸릴 것이 없소."

"하나 있지 않소, 크링거."

카를로스가 길게 연기를 내뿜었으므로 크링거는 이맛살을 찌푸렸다.

"고영무 말이오. 그놈 때문에 몬태나 호를 샌프란시스코로 돌린 것 아니오?"

"놈은 조만간에 잡히게 돼요, 카를로스. 놈이 미국에 있는 한은."

"LA에 있는 것 같은데 아직 그림자도 보지 못한 모양이던데."

"놈이 나타날 때가 되었어. 그리고 덫에 걸리는 거지."

크링거는 베란다 쪽을 바라보았다. 밖은 짙은 어둠에 싸여 있었는데 정원에 켜진 외등의 불빛이 주변을 희미하게 비추고 있다.

"그 빌어먹을 한국놈, 그놈이 나타나고 나서 일이 뒤틀리기 시작했소."

창 밖으로 시선을 준 채 크링거가 혼잣소리처럼 말했다. 카를로스가 빙긋 웃었다.

"크링거, 그놈 덕분에 목숨을 구했다고 들었는데. 배신자를 잡아내고 말이오."

"크라우스 그놈은 언제든 배신할 놈이었지. 내가 인질로 잡혀 있던 때였으니 그놈에겐 딱 좋은 기회였지."

카를로스가 자리에서 일어나 베란다 쪽으로 다가갔다.

"나도 페르난도라는 1급 참모를 잃었소, 크링거. 그것도 그 한국 놈 때문이오."

외등의 불빛은 둥글게 퍼져 잔디 위를 비추었고 불빛을 받아 모여든 서너 마리의 불나방이 등불 주위를 미친 듯이 날고 있었다. 어둠에 묻힌 앞쪽의 담장에 기대어 서 있는 경비원이 보였다. 옆쪽의 담장에 붙어서 있는 경비원도 있었다. 크링거는 지난날의 뼈아픈 일을 잊지 않고 있는 것이었다.

저택의 경비는 철저했다. 카를로스의 부하들도 여덟 명이나 집 안에 상주하고 있는데다가 크링거의 경호요원은 10여 명이 넘었다. 그리고 바깥쪽에는 CIA 특수요원이 탄 대형 왜건이 세워져 있다.

"그쪽의 집행자들이 페르난도를 치러 갔다가 오히려 당했다고 들었는데, 카를로스, 지미의 경우와 비슷하다는 생각이 안 듭니까?"

크링거의 말에 카를로스가 몸을 돌려 그를 바라보았다.

"글쎄, 나도 그놈들이 맥없이 그렇게 실종된 것이 지금도 믿어지지 않아요. 그렇다고 페르난도를 찾아서 물어 볼 수도 없고."

"고영무 한 놈만 잡게 되면 모든 일이 드러날지 모르지."

"그놈의 얼굴을 보고 싶구만. 콜롬비아의 정권을 바꿔 놓은 거물이 아니오. 비록 국민들은 내막을 모르지만."

카를로스는 시가를 베란다 너머로 집어 던졌다.

크링거의 저택은 벽돌로 지은 2층 양옥이었다. 지난번에 고영무가 난장판으로 만든 저택과는 달리 새 집은 보기에도 단단한 구조로 되어 있었다.

우선 담장의 높이가 4미터가 넘어 밖에서 안을 들여다볼 수조차 없다. 또 저택은 얕은 능선의 윗부분에 세워져 있었으므로 먼 곳에서 저택의 내부를 살필 수도 없다. 그러나 저택의 2층 베란다에서는 아래쪽의 잔나무 숲과 정문으로 향하는 4백 미터쯤 되는 구불구불한 도로가 내려다보였다.

고영무는 잔나무 숲에 서서 2층의 베란다에서 불똥 한 개가 포물선을 그으며 아래쪽으로 떨어지는 것을 보았다. 서 있는 사내가 누구인지는 분간할 수가 없었다.

"거리는 3백입니다, 보스. 조금 더 올라가야겠는데요, 백 미터쯤."

로켓포의 조준경에 눈을 붙인 채 페드로가 말했다. 그는 이제 로켓포의 전문가를 자처하고 있었는데, 카스틸로의 방탄차를 박살낸 관록이 있는 몸이다. 모두가 그의 솜씨를 인정하고 있었다.

"보스, 그럼 우리는 뒤쪽으로 돌아가겠습니다."

어깨에 비스듬히 로켓포를 걸친 브루노와 수류탄이 든 자루를 등에 멘 최대광이 숲을 헤치며 다가왔다.

"아마 40분쯤 걸릴 겁니다."

"이쪽에서 쏘기 전에는 움직이지 마라, 브루노."

"염려 마십시오, 보스."

브루노가 어둠 속에서 흰 이를 드러내며 웃었다.

"형님, 몸조심하십시오."

한국어로 최대광이 말하자 고영무는 손을 뻗어 그의 어깨 위에 올려놓았다.

"무조건 쳐들어가지 마라. 확인한 다음에 앞으로 나가야 된다."

그는 최대광이 입고 있는 방탄조끼의 매듭을 만져 보았다. 그들은 잔나무 숲을 헤치며 옆쪽으로 돌아가더니 금방 시야에서 사라졌다. 삐리릭거리며 휴대폰이 울렸다. 고영무는 풀숲에 주저앉아 휴대폰을 귀에 대었다.

"여보세요."

"고, 왜건한 대가 저택 쪽으로 올라가고 있어. 앞좌석에 두 명이 타고 있는데 뒤쪽은 보이지가 않아."

지미의 목소리가 또렷하게 흘러 나왔다. 그는 지금 능선 아래쪽의 국도상에 있을 것이다. 한사코 이번 작전에 참가하겠다는 그에게 고영무는 트럭의 운전을 맡겼다. 작전이 끝나면 그는 트럭을 몰고 달려오기로 되어 있다.

"왜건이라면 저택의 정문 근처에도 한 대가 세워져 있어."

고영무가 소곤거리며 말하자 휘익 이쪽을 비추는 헤드라이트의 불빛이 보였다. 페드로와 신용만이 잔나무 사이로 몸을 웅크렸다. 모퉁이를 돌아오는 왜건이 보였고 요란한 엔진 소리가 들려 왔다.

고영무는 가지 사이로 9인승 왜건이 그들이 앉아 있는 10여 미터 앞을 지나가는 것을 보았다. 지미가 말한 대로 앞좌석에 두 명의 사내가 앉아 있었으나 뒤쪽은 유리창이 없어 보이지가 않았다. 왜건은 다시 모퉁이를 돌아 모습을 감추었다.

"고, 나는 곧장 달려갔다가 다시 오겠어. 자네가 시작할 때쯤이면 아래쪽 길목에 있을 거야."

"알았다, 지미."

휴대폰을 허리춤 주머니에 쑤셔 넣은 고영무는 몸을 일으켰다.

"자, 가자."

그들은 길 옆의 잡목숲을 헤치며 저택을 향해 올라가기 시작했다. 아마 내일 아침 LA는 오늘 밤의 일로 떠들썩할 것이다. 아니, 전 미국이 시끄러울지도 모른다.

고영무는 앞을 가로막는 잔가지를 제치며 비탈길을 올라갔다. 등에 M-16을 비스듬히 걸치고 허리춤에는 열 개의 탄창을 꽂은데다가 한쪽 어깨에는 수류탄을 넣은 주머니를 매달고 있다.

저택에 있는 놈들을 몰살시킬 작정이었다. 한두 놈이 살아날지 모르지만 이번은 인질을 잡을 생각이 없다. 뒤쪽에서 부스럭거리는 소리와 함께 신용만이 한국어로 투덜거리는 소리가 들려 왔다.

크링거와 카를로스를 한꺼번에 제거하면 워렌은 당황할 것이다. 그가 크링거와 어떤 관계인지는 모르지만 크링거의 역할은 이제 고영무 자신이 맡고 카를로스의 대역은 페르난도이다. 콜롬비아의 알폰소는 에르난데스 대신 수도권 방위사령관 겸 참모총장이 되었다. 고영무는 이마에 흐르는 땀을 소매로 훔쳐 닦았다. 라파엘은 마약을 근절시키겠다고 공언했지만 이미 국가의 주요 수입원의 하나가 되어 있는 마약자금을 완전히 없애지는 못할 것이다.

고영무는 가쁜 숨을 몰아쉬며 능선을 기어올랐다. 바로 앞쪽에 크링거의 저택이 서 있었다. 왜건 한 대가 이쪽으로 머리를 돌리는 참이었으므로 그는 서둘러 풀숲에 몸을 숨겼다.

최대광은 가쁜 숨을 몰아쉬며 저택을 올려다보았다. 저택의 2층 부분만 보이고 있었는데 거리는 3백 미터쯤 되었다.

"이봐, 브루노, 지금 몇 시야?"

뒤쪽에서 헐떡이며 따라오는 브루노에게 최대광이 물었다.

“9시 20분.”

“제기랄, 서둘러야겠구만.”

한국말로 투덜거린 최대광은 다시 발걸음을 바쁘게 떼었다. 앞이 잘 보이지도 않는데다가 나무의 잔가지들이 빼곡이 들어 차 있어서 옷깃에 걸리거나 바짓가랑이가 나무 덩굴에 걸릴 때도 있다. 다행인 것은 바위가 없는 낮은 능선이고 허방이 없어서 발이 부딪치거나 빠질 염려가 없다는 것이다.

그들은 능선을 옆으로 돌아 저택 뒤쪽으로 다가갔다. 이제 저택은 2백 미터쯤 앞쪽에 있었는데, 은은한 불빛이 이쪽까지 번져 나오고 있어서 앞을 가리는 나뭇가지도 눈에 보였다.

“이봐, 최. 천천히 가자구.”

브루노는 아무래도 최대광보다는 체력이 모자랐다. 입에서 쇳소리를 내면서 그가 뒤쪽에서 말했다.

“너무 빨리 걷는단 말이야, 너는.”

“시간이 없어. 9시 반까지는 뒷문 가까이에 있어야 돼.”

“젠장.”

크게 말할 형편도 아니었으므로 브루노는 안간힘을 쓰면서 최대광의 뒤를 따랐다. 로켓포가 거치적거리는지 이젠 등에 메었던 것을 어깨 위에 걸쳐 메고 있다. 그들은 뒤쪽의 담장이 백 미터쯤 앞에 보이는 곳에 멈춰 섰다.

“이봐, 백 미터쯤 되지?”

최대광이 눈을 가늘게 뜨고 저택을 올려다보자 브루노가 헐떡이며 다가와 옆에 섰다.

“그렇군. 그렇다면 더 가야지, 30미터쯤 떨어진 곳으로.”

이제는 저택의 담장이 눈앞을 가로막고 있어서 2층 부분도 보이지 않았다. 그들은 잡초를 헤치며 앞으로 다가갔다. 능선의 윗부분이어서 바닥은 평탄했다.

"제기랄, 우라지게 덥구만."

혼잣소리로 투덜거리면서 최대광은 얼굴에 흐르는 땀을 손바닥으로 털었다. 담장이 점점 그들의 시야를 가로막듯 다가왔다. 아래쪽에서 희미하게 경찰차의 사이렌 소리가 들려왔고 자동차의 경적 소리도 들렸다.

"자, 이젠 됐다."

뒷문이 바로 30미터쯤 앞에 보였다. 평상시에는 사용하지 않는 문으로 담장의 한쪽 귀퉁이에 만들어진 철문이다.

브루노는 땅바닥에 앉더니 로켓포를 어깨 위에 바로 놓았다.

"좋았어. 한 방에 저 문짝이 날아간다."

그는 로켓포를 내려놓고 등에 지고 있던 포탄 꾸러미를 벗겨 옆에 놓았다.

"자아, 이제 앞쪽에서 시작하기만 하면 된다."

최대광은 그의 옆에 앉아 주위를 둘러보았다. 앞쪽은 저택의 담장으로 막혀 있었으나 옆쪽은 틔어져 있어 LA의 야경이 내려다보였다.

길게 뻗은 도로 위로 수천의 붉은 불똥들이 움직이고 있었다. 네온이 깜박였고 거대한 빌딩들은 휘황하게 불을 밝히고 있었다. 온몸이 나른해져 왔으므로 최대광은 입을 크게 벌리고 하품을 했다. 밤바람이 능선 위를 쓸고 지나가자 땀에 젖은 피부가 서늘해졌다.

브루노가 최대광을 힐끗 바라보더니 얼굴을 찌그리며 웃었다. 이런 상황에서 하품을 하는 최대광이 마음에 든 모양이었다.

"9시 반입니다, 보스."

페드로가 시계를 내려다보더니 머리를 들었다.

"저쪽의 최와 브루노도 아마 도착해 있을 겁니다."

고영무는 나뭇가지 사이로 보이는 저택의 정문을 바라보았다. 정문에서 20미터쯤 떨어진 곳에 아까 올라왔던 왜건이 멈춰 서 있었다. 먼저 와 있던 왜건은 임무를 교대한 듯 아래쪽으로 내려갔는데 그들도 저택을 경비하고 있는 것 같았다. 저택과의 거리는 이제 50미터 가량이고 왜건은 30미터 앞쪽에 있었다.

신용만이 총을 겨누어 든 채 고영무를 바라보았다.

"형님, 파티를 시작하지요."

"자식두, 참."

어디선가 비디오를 본 모양이었다. 고영무는 페드로의 어깨에 손을 얹었다.

"페드로, 저 왜건을 먼저 박살내라. 그 다음은 정문이고 그 다음이 안쪽의 초소다. 초소를 부수고 나면 그쪽으로 달려가서 건물에 대고 쏘아라. 먼저 2층의 베란다를, 그 다음엔 불빛이 보이는 곳을 모두 박살내어라."

"알았습니다, 보스."

어깨에 멘 로켓포를 추스르면서 페드로가 왜건을 겨누었다. 30미터의 거리였고 목표물은 정지되어 있다. 카스틸로의 경우보다도 쉽다.

"자, 쏘아라."

쉬잉 하고 증기가 뿜어져 나가는 듯한 소리가 로켓포의 뒷부분에서 들리더니 흰 줄기가 왜건으로 곧장 빨려 들어가는 것이 보였다. 왜건의 운전석이 있는 부분이었다. 순간 귀청을 때리는 듯한 폭음과 함께 왜건은 불덩이가 되면서 폭발했다. 차체가 들썩 올라가는 것 같더니 옆쪽으로 넘어졌고, 다시 한 번 폭음이 일더니 주변이 환해졌다. 왜건은 갈기갈기 찢어진 채 불타오르고 있었다.

페드로는 침착하게 다시 포탄을 장착하더니 정문을 겨누었다. 두꺼운 쇠기둥으로 엮어진 보기에도 튼튼한 철문이었다.

다시 로켓탄이 날아갔고 포탄은 정확하게 철문의 한가운데에 맞아 폭발했다. 양쪽에서 닫혀지는 가운데 부분이다. 철문은 날카로운 쇳소리를 내며 한쪽의 닫힘 부분이 안쪽으로 날아갔다. 이제 문은 뜯어져 열린 것이다.

신용만이 총을 겨눈 채 왜건 쪽으로 달려가고 있었다. 고영무는 옆구리에 찬 자루에서 수류탄을 끄집어내었다. 수류탄의 안전핀을 이빨로 잡아 뜯어낸 그는 정문 안쪽의 경비실을 향해 힘껏 던졌다. 그러자 저택의 뒤쪽에서 폭음이 들렸다. 최대광과 브루노가 시작한 모양이었다.

수류탄은 경비실 지붕 위에 떨어졌는데, 지붕이 폭발하면서 경비실 안쪽으로 허물어져 내리는 것이 똑똑히 보였다. 이제는 페드로의 로켓탄이 경비실의 유리창을 뚫고 들어갔다.

저택은 순식간에 수라장이 되었다. 어른거리는 불빛 속에 이쪽저쪽으로 뛰는 사내들이 보였고 총성도 울려 나왔다. 그러나 그들은 아직 상대방도 확인하지 못한 상태이다. 당황한 나머지 헛총질을 하는 것이다

고영무는 페드로와 나란히 불타오르는 왜건을 지나 정문으로 뛰어 갔다. 신용만이 정문의 기둥 그늘에 몸을 숨기고 저택을 향해 M-16을 쏘아 대고 있었다.

최대광은 뒷문 안으로 몸을 날려 들어섰다. 문짝이 송두리째 달아나 버렸으므로 거치적거릴 것도 없었다. 이제는 그의 시야에 저택이 가득 들어 왔다.

"브루노, 저기 위층에 한 방 날려!"

바로 앞이 서너 대의 차량이 세워진 주차장이어서 차체에 몸을 가린 최대광이 소리치며 주머니에서 수류탄을 꺼내 들었다. 브루노가 헐떡이며 다시 로켓포를 겨누었다. 그러자 앞쪽에서 총탄이 날아와 차체를 때

렸다. 불꽃이 번쩍이는 곳을 보자 아래층의 창문이었다.

이빨로 안전핀을 뽑아 뱉은 최대광이 그쪽을 향해 힘껏 던졌다. 거리는 50미터 정도 되었으나 수류탄은 일직선으로 날아가 창문 앞에서 폭발했다.

브루노가 발사한 로켓탄이 흰 꼬리를 만들면서 2층의 창문으로 뚫고 들어갔다.

"좋다!"

최대광이 다시 수류탄을 꺼내 들면서 소리쳤다.

정문 근처에서도 요란한 총성이 들리고 있었는데, 그쪽에서 발사된 로켓탄인 모양이었다. 이쪽의 포탄이 폭발하기도 전에 2층의 한쪽 지붕이 불길과 함께 하늘로 치솟아 올랐고, 이어서 그 옆쪽의 지붕이 폭발하면서 허물어져 내렸다.

요란한 발사음이 들리면서 이쪽으로 총알이 쏟아져 왔는데, 최대광은 가슴을 망치로 때리는 듯한 충격을 받고는 상체를 뒤로 젖혔다. 맞았구나 하는 생각이 들었다가 다시 상체를 굽히면서 머리를 숙여 가슴을 내려다보았다. 방탄조끼를 입고 있었던 것을 잊었던 것이다.

"이놈의 새끼들!"

주머니에서 수류탄 두 개를 한 주먹에 꺼낸 최대광은 안전핀을 뜯어내자마자 건물을 향해 힘껏 던졌다. 건물은 이제 불길에 싸여 있었으므로 자신의 수류탄 두 개가 빙글빙글 돌며 날아가는 것이 똑똑히 보였다.

건물의 2층이 다시 들썩이며 불길이 솟아올랐다. 앞쪽에서도 수류탄을 던져대는 모양이었다.

유리 파편이 이마를 때렸으므로 이마에서 흘러내린 피가 온 얼굴을 적시고 있었다. 카를로스는 소매로 이마의 피를 훔쳤다.

"이런 빌어먹을, 이대로 당할 수는 없어. 밖으로 나가자!"

그는 한 손에 대형 리볼버를 쥐고 있었는데, 깨어진 유리창 너머의 정문을 향해 두 발을 연거푸 쏘았다. 그러나 뚜렷한 목표를 향해 발사한 것이 아니어서 더욱 가슴이 탔다.

창문 옆의 벽에 몸을 붙인 부하들이 가끔씩 밖을 향해 총을 쏘아댔으나 그들도 마찬가지인 모양이었다. 벌써 방 안에는 서너 명의 시체가 쓰러져 있었는데, 한쪽 구석의 선반이 불에 타고 있어서 자욱한 연기가 방 안을 메웠다.

"이봐! 크링거 씨는 어떻게 되었어?"

2층에서 내려온 크링거의 부하 한 명에게 소리쳐 묻자 그는 머리를 저었다.

"중상입니다. 움직이지를 못합니다."

그것은 카를로스도 알고 있었다. 2층으로 날아온 로켓탄이 폭발하면서 크링거가 배에 파편을 맞은 것이다.

2층으로 집중되는 포탄을 피해 겨우 아래층으로 내려왔지만 이쪽도 신통한 곳이 아니었다. 도무지 밖으로 나갈 수가 없었다. 저택이 불바다가 되면서 환하게 주위를 비추었기 때문에 밖으로 나가는 부하들은 모조리 저 쪽의 겨누기 좋은 목표가 될 것이다.

로켓탄 한 발이 날아와 옆쪽 방을 때려 부쉈으므로 벽이 허물어지면서 벽에 기대고 있던 부하 한 명이 깔려 넘어졌다. 숨이 끊어졌는지. 몸이 구겨진 채 비명 소리도 없다. 연기에 섞여 자욱한 화약 냄새가 풍겨왔다.

"에이, 나가자."

권총을 움켜쥔 카를로스는 깨어진 창틀을 훌쩍 뛰어넘었다. 다시 2층에 수류탄이 떨어졌으므로 나뭇조각과 벽돌 파편이 머리 위로 쏟아져 내려왔다. 살아남은 부하들 중에서 움직일 수 있는 사내들은 모두 그의 뒤를 따라 창틀을 뛰어넘었다.

앞쪽은 잔디밭이었으나 현관 좌우로는 대리석 계단이 있고, 계단의 양 옆에는 높이가 50센티쯤 되는 대리석 받침이 세워져 있다. 카를로스는 받침 뒤에 몸을 숨겼다.

총알이 날아와 대리석 받침을 치고, 다시 2층에 수류탄이 떨어졌는지 폭음이 들렸다. 저택은 온통 불길에 싸여 있었고, 이제는 거의 형체를 알아볼 수 없을 정도로 부서져 가라앉아 있었다.

"이 새끼, 고영무 이놈."

카를로스는 이를 갈았다. 이렇게 습격해 올 놈은 고영무밖에 없는 것이다. 예전에 크링거의 저택을 이런 식으로 처참하게 부숴버리고 크링거를 납치했다고 들었다. 온몸에 소름이 돋아났으므로 그는 권총을 내밀고는 앞쪽을 향해 방아쇠를 당겼다.

꽤 오래 된 것 같았으나 공격을 시작한 지 10분이 조금 지났다.

고영무는 M-16을 겨눈 채 앞쪽을 바라보았다. 저택의 현관 부근에서 서너 명의 사내가 이쪽을 향해 무작정 총을 쏘아대고 있을 뿐이다. 저택은 처참하게 부서져 2층은 이제 흔적도 없이 날아갔고 불길이 치솟아 오르고 있다.

아래층도 마찬가지였다. 창문마다 불길이 밖으로 내뻗고 있었는데 안에 있는 사람은 총에 맞지 않았으면 아마 불에 타 죽게 될 것이다.

"페드로, 현관 옆의 계단에 한 방 쏘아라. 서너 놈이 있다."

고영무가 옆쪽을 향해 소리치자 청동으로 만든 조각품 뒤에 엎드려 있던 페드로가 로켓포를 겨누었다. 뒤쪽에서는 경비실이 불타오르고 있고, 정문 옆에서는 왜건이 검은 연기와 함께 불길을 내보이고 있었다.

그래서 이쪽의 움직임이 상대방에게 노출되고 있었으나 저쪽에 비하면 나은 편이었다. 불덩어리가 된 저택에서 움직이는 것이 대낮처럼 선명하게 보이고 있는 것이다.

페드로가 발사한 로켓탄이 계단의 중간에서 폭발하자 대리석에 맞은 포탄 소리가 밤하늘을 쩌렁쩌렁 울렸다. 고영무는 마지막 남은 수류탄을 들어 계단을 향해 힘껏 던졌다.

다시 수류탄이 폭발하고 어지럽게 튀어오르는 옷조각과 파편들이 보였다.

이제 움직이는 것은 없다. 고영무는 엎드려 있던 자리에서 일어나 계단 쪽으로 몸을 구부린 채 달려 나갔다. 거리는 40미터 정도였고, 이쪽을 향해 날아오는 총알은 없다. 순식간에 계단으로 다가간 고영무는 대리석 받침에 어깨를 기대고 앉아 있는 사내를 보았다. 얼굴이 피투성이였는데, 가슴에 파편이 박혔는지 입에서 피를 내뿜고 있었다.

서너 명의 사내들이 계단 위에 어지럽게 쓰러져 있었는데, 모두 숨이 끊어진 것 같아 보였다.

"네가 고영무인가?"

뜻밖에도 사내가 또렷하게 물어 왔으므로 고영무는 주춤 발을 멈췄다. 그러나 불타고 있더라도 저택의 어디에서 총알이 날아올지 모른다. 그는 받침의 반대쪽으로 몸을 숙였다. 받침을 가운데에 두고 둘은 서로 마주 보았다.

"그렇다, 너는 누구냐?"

고영무가 턱을 올리며 묻자 사내는 입 끝을 올려 얼굴에 웃음을 띠었다.

"나는 카를로스, 너도 잘 알겠지."

"그래, 카를로스, 너하고는 악연이다."

불길이 창문에서 치솟아 나오면서 무엇인가 폭발하는 소리가 들렸다.

안에 있던 가스가 폭발한 것 같았다.

고영무는 카를로스의 가슴을 향해 총구를 겨누었다. 집 안에서 다시 폭발음이 들렸는데, 이번에는 뒤쪽의 최대광 쪽에서 수류탄을 던져 넣은 것 같았다. 고영무와 카를로스의 시선이 마주쳤다.

"카를로스, 넌 죽어야겠다."

"좋아, 죽여라."

드르륵 하고 고영무의 총신이 번쩍 들렸고 카를로스는 계단에 뒷머리를 부딪치며 넘어졌다. 가슴에서 피가 튀어 고영무의 소매를 적셨다.

고영무는 힐끗 저택을 올려다보았다. 불덩이가 되어 있는 저택은 나무가 튀는 소리만 들릴 뿐 이제는 아무 소리도 들려오지 않았다. 그는 몸을 돌렸다.

페드로와 신용만이 그들 쪽으로 뛰어오는 고영무를 바라보고 있었다.

"철수한다, 서둘러라."

그들에게 소리치면서 고영무는 불타오르는 저택을 힐끗 바라보았다. 이제 살아남은 사람은 없을 것이다.

"뒤쪽에 연락을 해라."

그들은 맹렬하게 달려 저택의 정문을 빠져 나왔다. 아래쪽에 LA의 야경이 그림처럼 펼쳐져 있었는데, 아마 수십만의 군중들이 이쪽의 능선에서 일어나는 총격과 폭음에 넋을 잃고 있을 것이다. 그리고 불타오르는 저택도 그들에게는 멋진 구경거리가 될 것이 틀림없었다.

신용만이 휴대폰을 꺼내 들고 뒤쪽의 최대광을 부르면서 뒤를 따르고 있었다. 그들은 경사가 심한 비탈길을 미끄러지면서 뛰어내렸다. 아래쪽에서는 아직 이쪽을 향해 움직이는 기척이 없다.

능선을 절반쯤 뛰어내렸을 때 고영무는 바지 주머니에 넣어 둔 휴대폰이 울리는 것을 들었다. 길을 따라 달리지 않고 곧장 능선을 직선으로 뛰어내리고 있는 참이었다. 고영무는 달리면서 휴대폰을 꺼내어 귀에 대었다.

"여보세요."

"고, 난 저택으로 올라가는 길에서 우측길가에 차를 세워 두고 있어."

다급한 듯한 지미의 말소리가 흘러 나왔다.

"굉장하군, LA 시내가 들썩거리고 있어. 길가의 차들이 모두 멈추고는 그쪽을 바라보고 있어."

"알았어, 지미."

"고, 괜찮나? 다친 데는 없어?"

"우린 괜찮아."

나뭇가지에 발이 걸렸으므로 그는 앞쪽으로 미끄러져 넘어졌다. 머리부터 떨어져 내렸으나 다행히 잔가지에 옷가지가 걸려 몸이 멈췄다. 그는 헐떡이며 일어서서 뒤쪽을 바라보았다. 페드로와 신용만이 나란히 달려오다가 그의 옆에서 속도를 늦추었다.

"길 오른쪽에 지미가 기다리고 있다, 뛰어라."

소리치듯 말하자 신용만이 주춤 걸음을 멈추었다.

"형님, 어서 가십시다."

"난 대광이하고 브루노를 기다리겠다. 어서 서둘러!"

신용만이 몸을 틀더니 아래쪽으로 뛰어내렸다.

능선 위의 저택은 불길에 싸여 있었고 주변의 하늘은 붉게 달아올라 있었다.

저택을 바라보면서 워렌은 한동안 입을 열지 않았다. 전쟁을 여러 번 겪고 페허가 된 집들도 수십 번 보아 왔지만 이처럼 무참하게 되어 있는 것은 처음 겪는다. 저택이 형체를 알아볼 수 없을 정도로 파괴되고 불에 타버려 도대체 몇 명이나 희생되었는지 알아낼 수도 없었다. 감식반이 아직도 시체를 들어내고 있었으나 워렌의 추측으로는 30명도 넘는 인원이 몰살당한 것 같았다.

"보스, 크링거의 시체를 찾은 것 같습니다."

피터슨이 다가왔다.

새벽 2시가 지난 시간이다. 주위는 짙은 어둠에 싸여 있었으나 경찰차의 헤드라이트와 소방차의 서치라이트가 현장을 대낮같이 환하게 비추고 있었다.

이제 불은 진화되었고 흰 연기가 피어오를 뿐 저택의 형체는 찾아 볼 수가 없다. 수십 명의 경찰과 소방대원들이 불타 버린 가구나 나무 기둥을 치우면서 시체를 찾아내고 있었다.

"카를로스와 크링거, 모두 당했습니다."

옆에 선 피터슨이 혼잣소리처럼 말했다.

"지독한 놈이군요. 이런 식으로 공격을 할 줄은 저도……"

"이제 놈의 목표는 우리다, 피터슨."

워렌이 발끝으로 아직도 흰 연기를 내뿜는 나무토막을 밀어내면서 말했다.

"놈은 우리를 공격할 거다."

피터슨이 잠자코 그를 바라보았다.

"TV나 언론에 고영무의 사진과 인적사항을 배포해 주도록 해. 현상을 걸어라. 그렇지, 100만 달러쯤 상금을 걸도록 하고."

워렌의 시선이 잔디밭 한쪽에 나란히 눕혀 있는 시체들에게 머물렀다. 시체를 포장하는 비닐백이 부족했으므로 10여 구의 시체에는 옷가지와 헝겊조각들로 덮여져 있었다.

“이것은 1급 테러범이야, 피터슨. 군정보부에도 연락해서 협조를 받도록.”

FBI나 경찰에는 이미 통보를 해주었으므로 그들도 혈안이 되어 있을 것이다.

“보스, 로켓포와 수류탄을 주로 썼습니다. 소총 자국은 별로 눈에 띄지 않습니다.”

피터슨이 어깨를 늘어뜨리며 워렌을 바라보았다. 물론 테러에 관행이라는 것은 없다. 그러나 이제까지 망원렌즈가 달린 저격용 소총이나 기관총으로 일을 치르는 상대를 보아 왔던 피터슨이다. 이렇게 로켓포와 수류탄으로 웅장한 저택을 그야말로 폐허로 만들면서 일을 치르는 상대는 처음이었다.

피터슨은 손등으로 이마에서 흐르는 땀을 닦았다. 그는 규칙이 없는 놈이다. 그리고 도무지 종잡을 수가 없는 행동을 하고 있다. 오늘 밤만 해도 LA의 5번 부두에 30명 가까운 요원들을 배치시켜 놓고 놈이 걸려들기를 기다렸던 것이다. 마약을 운반하는 것처럼 부두에 소형 쾌속선을 접안시켜 놓고 인부들을 시켜 20여 개의 상자들을 나르게 했다. 크링거의 부하로 변장한 요원들에게 물건을 받는 시늉을 하게도 했으나 고영무는 그림자도 내보이지 않았다.

그러고는 이쪽으로 나타나 단숨에 크링거와 카를로스 일당을 몰살시켜버린 것이다. 피터슨은 머리를 들어 워렌의 얼굴을 들여다보았다.

이맛살을 찌푸린 워렌은 폐허를 노려본 채 입을 꾹 다물고 서 있었다. 백발이 섞인 머리칼이 이마 위로 흐트러져 덮여 있었고, 넥타이는 아래쪽으로 잡아 뽑은 듯 매듭이 느슨했다.

“좋아, 어디 해보자, 이놈.”

갑자기 워렌이 머리를 들었으므로 피터슨이 눈을 껌벅이며 그를 바라보았다.
　"네놈이 언제까지 버티나 보자, 이 빌어먹을 한국 놈."
　피터슨은 그가 이렇게 떠 있는 것 같은 행동을 하는 것을 처음 보았다.

7.
죽음을 뿌리는 사내

“지미, 아침 TV 뉴스를 보니까 대단하던데? 내 얼굴이 미국 전역에 알려져 버렸어.”

고영무가 지미를 바라보았다.

“그래서 말인데, 난 당분간 콜롬비아로 돌아갈까 하는데.”

“콜롬비아로?”

지미가 이맛살을 찌푸리며 머리를 한쪽으로 기울였다.

“콜롬비아는 왜?”

“페르난도와 함께 카를로스의 기반을 인수하려고.”

모래사장은 텅 비어 있었고 사람을 무서워하지 않는 서너 마리의 갈매기들만이 그들 앞에서 날개깃을 부리로 쓸고 있었다. 태양은 이제 중천으로 오르려 하고 있었으나 바람이 세었다.

짙은 선글라스를 낀 고영무가 두 손을 바지 주머니에 찌른 채 모래사장 위를 걷고 있고, 그의 옆에는 지미가 따르고 있다.

"워렌이 만사 제쳐놓고 당신을 찾고 있을 테니까 그것도 좋은 방법이
군. 하지만 페르난도의 일을 하다니."

지미가 걸음을 멈추더니 입맛을 다셨다.

"당신은 죽음을 부르는 사람이야. 당신이 가는 곳에는 언제나 살인이
일어나지."

몸을 돌린 고영무가 그를 향해 흰 이를 드러내며 웃었다.

"그런가? 하지만 자네는 그런 말을 할 입장이 못 되네. 자넨 내 덕분
에 목숨을 건졌거든."

"고, 자넨 너무 잔인해. 너무 냉혹하고."

고영무는 모래사장 위에 주저앉아 두 팔을 뒤쪽으로 돌려 상체를 받
쳤다.

"그것이 내가 이제까지 살아남은 비결이야, 지미. 인정을 베풀다가 오
히려 이쪽 목숨이 위험하게 될 때가 많아."

"프롬스키를 처치 안 해도 되었어. 그를 살려 두고 이용할 수도 있었
단 말이야."

고영무가 머리를 저었다.

"그건 두 배의 수고가 따라서 안 돼, 지미. 우리는 그를 감시할 만한
인원도 없고 그를 신뢰할 수도 없었어."

갈매기가 날아와 고영무의 발치에 앉더니 긴 부리를 내밀고는 검은
눈을 뒤룩거렸다.

"고, 그렇다면 자네가 포로로 잡고 있던 한국 놈들은 모두 어디로 갔
나? 엊그제까지 보이던데."

지미가 그의 옆에 서더니 발끝으로 갈매기에게 모래를 날렸다. 모래
를 뒤집어쓴 갈매기가 껑충 뛰어 저쪽으로 가더니 머리를 갸웃거렸다.

"한국으로 보냈어, 지미."

"그럴 리가."

지미가 입술 끝을 비틀며 고영무를 내려다보았다. 바람이 불어와 머리칼을 날렸으므로 그는 손가락으로 머리를 쓸어 올렸다.

"믿을 수가 없어. 한국으로 돌려보내다니, 그건 거짓말이야."

"내가 그들을 죽였단 말인가?"

고영무가 웃음 띤 얼굴로 그를 바라보았다.

"자네는 나를 살인광으로 보는 모양이군. 난 이유 없이 사람을 해치지 않아. 될 수 있으면 살려서 이용하려고 노력하네."

지미가 잠자코 있는 것은 아직도 믿어지지 않았기 때문일 것이다.

"난 그놈들을 한국으로 보내면서 약속을 받았네. 내가 귀국하면 나에게 충성하겠다고. 놈들이 모두 서약서를 쓰고 혈장을 찍었는데 보기 좋더군."

고영무가 손바닥을 펴고는 누르는 시늉을 해 보였다.

"그래, 그걸 믿는단 말이지? 혈장을 찍고 충성을 맹세했다고?"

지미는 고영무의 말에 끌려들어간 듯 이제는 혈장이 믿어지지 않는다고 물었다.

"상관없어, 지미. 놈들이 나에 대해서 이야기를 하건 안 하건, 충성을 하건 말건."

고영무가 던지듯 말했다.

"어쨌든 놈들은 나를 의식하기 시작했고, 내가 나타나게 되면 뱀 앞의 개구리처럼 될 테니까. 난 미리 그놈들을 선전요원으로 한국에 돌려보낸 거야."

"……"

"나는 한국의 마약조직을 장악할 작정이야. 그러려면 폭력조직의 기반이 필요할지도 모르지. 그때는 폭력조직도 내 손에 틀어쥐겠네. 놈들은 이번에 나에 대해서 단단한 선입견을 갖게 되었지.”

“……”

“본보기로 한 놈을 놈들의 눈앞에서 죽여주었네. 이건 꼭 필요한 일이었어, 지미. 그리고 놈은 세상에서 불필요한 존재였고.”

고영무는 자리에서 일어나 엉덩이에 묻은 모래를 털었다.

“내가 콜롬비아에 나가 있을 동안 이곳 일을 자네에게 부탁하겠네. 난 내 동생 한 명만 데려갈 예정이니까.”

“이봐, 고. 날 자네 부하로 생각하고 있나?”

지미가 이맛살을 찌푸리며 그를 바라보았다.

머리를 저은 고영무가 걸음을 떼었다.

“아니야, 나는 자네를 친구이자 동업자로 생각하고 있네. 그리고 자네는 갈 곳도 없지 않은가? 워렌이 눈에 불을 켜고 찾고 있는 사람 중의 하나야, 자네는. 자네가 이곳을 관리해주게.”

지미는 입맛을 다셨으나 입을 열지는 않았다. 그들은 저택이 바라다보이는 길목으로 나왔다. 고영무가 머리를 돌렸다.

“지미, 자네는 워렌의 일을 맡아주게. 워렌은 마약을 정치적인 목적에 이용하려고 하고 있어. 난 곧 그놈을 없애 버리겠네. 그러면 자네가 그 대역이 되는 거야.”

눈을 끔벅이며 지미가 잠자코 그를 바라보았다.

“자네의 적성과 경험을 충분히 발휘할 수 있는 일이야, 지미. 연구해 보게.”

지미는 가슴에 서늘한 바람이 스치고 지나가는 느낌이 들었다. 그는 워렌이 마약을 어떤 목적으로 사용하려는지 대충 짐작하고 있었다. 그 것은 국제적인 일이다. 마약은 의약품 중의 하나로 없어서는 안 될 품목이기도 하다. 그리고 콜롬비아 같은 나라에서는 주요 수출품이며 국가 재정에 막대한 도움을 주고 있고, 미국 같은 곳에서는 방탕과 쾌락의 근원제로 쓰이고 있다. 이것을 조절할 수 있다면 지구상에서 마약 분쟁이 줄어들 수도 있다.

그의 눈에 앞장서 가는 고영무의 뒷모습이 갑자기 커 보였다. 그는 마약을 통제하는 사람이 되려 하고 있었는데, 지미의 눈으로도 그 가능성은 점점 뚜렷해지고 있었다.

이자영은 전화기를 귀에 대고 있는 고영무의 옆모습을 물끄러미 바라보았다.

그는 심각한 이야기를 하는 듯 상체를 조금 숙이고 있었는데, 그녀의 시선을 의식했는지 힐끗 이쪽을 바라보았다. 이윽고 수화기를 내려놓은 고영무는 자리에서 일어나 창가에 앉은 그녀 쪽으로 다가갔다.

"난 내일 콜롬비아로 들어갈 예정이야. 수사요원들이 날 잡으려고 혈안이 되어 있어서."

그의 말투에는 긴장감이 조금도 섞여 있는 것 같지 않았다.

"당신은 이곳에 남아 있는 것보다 서울로 돌아가는 것이 낫겠어. 서울에서 할 일이 있어."

이자영이 자세를 고쳐 앉았다.

"서울에서 할 일이 뭔가요?"

"장규식을 보좌하는 역할이야. 조금 더 쉽게 말하면, 내 명령을 장규식에게 전달하고 장규식이 제대로 실행하고 있는지를 감시하는 역할이지."

이자영은 한동안 눈을 깜박이며 고영무를 바라보았다. 얼른 이해가 가지 않는 듯한 표정이다. 그것을 바라본 고영무가 그녀의 앞자리에 앉았다.

"장규식은 곧 조직을 정비하게 돼. 내가 그에게 자금을 지원해주었어.

그가 능력 있는 사람 같아 보이기는 하지만 아직 알 수가 없어. 넌 내가 파견한 보좌관의 역할로 그를 체크하는 거야. 어때? 할 수 있겠어?"

이것은 폭력조직에 관한 이야기였다. 저도 모르게 침을 끌어 모아 삼킨 이자영은 머리를 끄덕였다.

"해보겠어요, 아직은 아무것도 모르지만."

"너는 자금을 맡게 돼. 어느 조직이나 자금을 맡게 되면 운용의 열쇠를 쥐고 있는 것이나 같아. 내 명령에 따라 자금을 집행하면서 조직을 알아가도록 해."

"알았어요."

"그 전에 했던 일과는 엉뚱하게 다른 일이지만 아마 이쪽이 더 적성에 맞을지도 몰라. 성과가 눈에 금방 띄거든."

"하지만 폭력은……."

그러자 고영무가 아랫입술을 깨물며 얼굴에 웃음을 머금었다.

"너는 곧 부하들에게 둘러싸여 지내게 돼. 장규식이 알아서 해주겠지만 넌 주먹을 쓸 일이 없어. 명령만 하면 되는 거야."

"장규식 씨는 무슨 일을 해요?"

"우선 조직을 만든다. 한국에 있는 기존 조직들 중에서 깨부술 놈이 있지. 그 조직을 조금씩 흔들다가 결정적인 때 흡수해버리는 거야. 그때는 내가 한국에 들어가 도와야겠지."

이자영이 무의식중에 힐끗 TV를 바라보았다. TV에서는 한 시간에 한 번꼴로 확대된 고영무의 사진을 내보내고 있었다. 폐허가 된 크링거의 저택도 함께 방영되고 32구의 시체도 보여 주고 있다. 고영무가 잔혹한 살인마로 매스컴에서 불리어지고 있는 것이다.

이곳은 LA에서 북쪽으로 백 킬로나 떨어진 바닷가 별장이어서 우편배달부도 좀처럼 들르지 않는 곳이다. 남쪽으로 5킬로쯤 떨어진 곳에

10여 가구의 멕시코계 이민들이 살고 있는 어촌이 있었는데, 고기잡이보다도 고속도로를 지나는 차량들을 상대로 음식물을 파는 것이 생업이되어 있었다.

고영무는 흐린 하늘과 자갈이 흔하게 깔린 모래사장을 내려다보았다. 경치도 볼품이 없고 바다에 자갈과 바위가 많아 해수욕객도 오지 않는 곳이다.

"박정환이 나하고 함께 일하고 싶다는 것을 겨우 말렸어. 그놈은 회사에서 일해야 할 놈이야."

바다에 시선을 준 채로 고영무가 말했다.

"놈은 내가 어떤 일을 하고 있는지를 알아. 그래도 좋다는 거야. 망할 자식."

"……"

"난 놈이 자신의 일을 자랑스러워하기를 바랐는데 말이야."

그는 몸을 돌려 이자영을 정면에서 내려다보았다.

"박주경이 그 친구를 곧 만나게 될 거야, 우리는. 놈이 나를 공금횡령과 명예훼손으로 고발했더구만. 넌 너대로 가슴에 맺힌 일이 있는 것 같고."

"……"

"너와 난 길이 영 다른 것 같았는데 결국은 합치게 되었어. 이것은 너나 나나 평범하게 살지 않으려고 한 결과인 것 같아."

"난 지금이 좋아요."

시선을 탁자 위로 떨어뜨린 이자영이 말하자 고영무가 턱을 들었다.

"적응력이 강한 것도 나와 비슷하군."

"적응하려고 노력하지도 않았어요."

"나하고 잠자리를 같이하고 있는 것도 그런가?"

퍼뜩 머리를 든 이자영이 그의 시선을 잡고는 머리를 끄덕였다.

"그래요."

"대단해. 노력하면 몸과 마음이 함께 움직이는 법이지."

이자영이 입을 달싹여 무슨 말인가를 할 듯하다가 머리를 돌렸다.

"너도 모레쯤 출발하도록 해. 내가 장규식에게 연락해놓을 테니까."

이제는 혼자가 아니고 조직원이므로 서울도 두려울 것이 없다. 이자영은 잠자코 머리를 끄덕였다.

"넌 남아 있는 것이 낫다, 밀리카. 솔직히 말해서 이번에는 도움이 되지 않아."

페르난도가 이맛살을 찌푸리며 말했다.

그는 커피를 젓던 스푼을 내려놓고는 벽에 걸린 시계를 올려다보았다. 저녁 7시가 조금 넘어 있었다.

"방해가 되지 않을 거예요, 페르난도. 오빠가 데려가는 네 사람만으로는 힘이 벅찰지도 몰라요."

밀리카가 대답을 기다리는 듯 페르난도를 바라보았다.

"고영무가 한 사람을 데리고 오니까 그쪽도 두 사람이야. 비행기 좌석이 모자랄 것이다."

"모자라지 않을 거예요. 난 몸무게가 별로 안 나가니까."

페르난도가 입맛을 다셨다.

"글쎄, 안 된다면 안 되는 줄 알아. 이번은 마약 수송하는 것이 아니다. 다른 일로 가는 것을 알고 있지 않느냐?"

"알아요, 페르난도."

밀리카는 조금도 물러서지 않았다. 그녀는 찻잔을 들어 한 모금 커피를 삼켰다.

"난 보고타로 돌아가고 싶어요, 페르난도. 가서 어머니를 만나겠어요."

"라파엘 정권은 카스틸로 때하고 다르다. 네가 어머니 옆으로 가는 것
은 위험해."

"카를로스도 죽었어요. 오히려 감시가 약해졌을 거예요."

진저리가 난다는 듯이 페르난도는 얼굴을 젖히고 이맛살을 찌푸린 채
입술을 굳게 다물었다. 저녁식사를 시작할 때부터 식사가 끝나 차를 마
실 때까지 두 남매는 간다 못 간다로 다투고 있는 중이다.

"페르난도, 어머니 옆에만 있을게요. 집에 숨어만 있을게요."

밀리카가 조심스럽게 다시 말하자 페르난도는 소리 나게 찻잔을 내려
놓았다.

"계집애가 버릇없이 자라나서 언제나 고집으로 오빠를 누르고 있어.
안 돼, 넌 여기 이 집에 남아 있어야 돼."

이런 일에 익숙한 듯 밀리카는 시선을 내리깐 채 대답하지 않았는데
그것이 페르난도를 더욱 불안정하게 만들었다.

"내가 일을 마치고 나면 다녀와도 좋다. 그때는 지금보다 상황이 나아
져 있을 테니까."

페르난도는 더 이상 고집을 받아들이지 않겠다는 듯이 자르듯 말했다.

머리를 든 밀리카가 아랫입술을 깨물며 페르난도를 바라보았다.

"알겠어요, 페르난도."

자리에서 일어난 그녀는 찻잔을 들고 주방으로 들어갔다.

차를 보내고 양복 차림에 손가방 하나를 든 고영무와 커다란 트렁크
를 움켜쥔 최대광이 바닷가로 내려왔을 때는 밤 9시가 지나 있었다.

바람은 심하지 않았으나 철썩이는 물결 소리가 들렸고, 바람결에 비
린 듯한 바다 냄새가 풍겨 왔다. 주위가 어둠에 덮여 있어서 그들은 조
심스럽게 걸음을 떼었다. 이곳은 저택에서 10킬로쯤 북쪽에 있는 만으

로 둘러싸인 바다였다.

1킬로쯤 옆쪽으로 바닷가에서 불빛이 반짝이고 있었는데, 만으로 들어오는 어선을 수리하는 창고였다.

형님, 저기 있는데요."

최대광이 앞쪽을 향해 말했다.

고영무가 얼굴을 돌려 그쪽을 바라보았다. 바닷가 한쪽에 검은 덩어리처럼 보이는 것은 사람일 것이다. 그들 앞쪽에는 흰색의 모터보트가 한 척 떠 있었다.

고영무는 그쪽을 향해 다가갔다. 파도 소리가 크게 들려 왔고 드러난 피부에 눅눅한 습기가 닿았다.

"누구요?"

다가가자 그쪽에서 먼저 물어 왔다.

"콜롬비아로 떠날 사람이오."

고영무가 선뜻 대답하며 그들에게 다가가 섰다. 페르난도가 굳어진 얼굴로 그를 마주 보았다.

"고, 바람이 꽤 셉니다. 파도가 거칠어서 비행기가 뜨기 힘들겠다는군요."

고영무는 시선을 옆에 서 있는 작업복 차림을 한 30대 후반의 사내에게로 돌렸다.

"당신, 내 얼굴 알아보겠소?"

그는 사내에게 바짝 다가서서 얼굴을 들이댔다. 사내가 주춤 반걸음쯤 물러섰다. 크게 뜨여진 눈의 흰자위가 어둠 속에 보였다.

"나는 정상요금의 세 배를 선불로 지급했어. 그렇다면 그 값을 해야지. 그렇지 않소?"

"그렇습니다."

사내가 커다랗게 대답했다.

"나는 출발 못 한다고는 하지 않았습니다. 다만 어렵다고만 말했지."

"좋아, 떠납시다."

고영무는 페르난도의 뒤쪽에 서 있는 사내들을 훑어보았다. 모두 다섯 명이다. 그러자 그의 시선이 왼쪽 끝에 서 있는 사내에게 머물렀다. 호리호리한 몸매의 사내였다. 아니, 사내처럼 점퍼에 바지 차림을 한 밀리카였다.

"저애에게 정보통신 업무를 맡기려고 합니다. 전에도 했던 일이라서."

그의 시선을 따르던 페르난도가 낮은 목소리로 말했다.

머리를 끄덕인 고영무는 모터보트로 다가갔다.

"형님, 지난번에 LA에 도착할 때도 날씨가 꽤 사나웠는데."

보트에 오르자 최대광이 그의 옆에 서서 혼잣말처럼 말했다. 지난번의 수상비행기는 착륙하다가 파도에 튀어 곤두박질을 하는 바람에 승객들이 모두 바닥으로 굴러 떨어졌었다. 최대광은 그 이후로 수상비행기라면 진저리를 내고 있었다.

그들이 배에 오르자 보트는 시동을 걸었고 곧장 만의 중심부로 달려나갔다. 파도를 타고 달렸으므로 온몸이 하늘로 솟는 것 같다가 곧장 아래쪽으로 떨어져 내려온다. 최대광이 배의 난간을 두 손으로 단단히 움켜쥐고 있는 것이 보였다.

고영무는 머리를 옆쪽으로 돌렸다. 배의 기둥에 등을 기대고 서 있는 밀리카와 시선이 마주쳤다. 그녀가 페르난도를 따라가는 것은 뜻밖이었다. 이번은 카를로스의 조직을 장악하러 가는 것으로서 카를로스의 심복들과 치열한 전쟁을 치러야 할 것이다. 보고타에는 카를로스의 심복인 문도가 이미 조직 인수작업에 들어갔다는 소문도 있었다.

모터보트는 커다란 엔진 소리를 내며 바다를 달리더니 곧 바다 가운데 떠서 흔들리고 있는 10인승 수상비행기 앞에서 멈췄다.

최대광은 엔진이 두 개 달린 미끈한 동체를 바라보고는 어깨를 늘어뜨렸다. 지난번의 쓰레기차 같은 비행기보다는 겉보기에도 훨씬 나았다. 좁은 문으로 해서 비행기 안으로 들어선 최대광의 얼굴이 더욱 누그러졌다. 의자도 가죽으로 만든 고급제품이었고, 앞쪽에는 술병들이 진열된 선반도 있었다. 지난번의 콜롬비아 비행기보다는 백 배 나은 것이다.

그들이 모두 비행기에 오르자 조종사는 엔진에 시동을 걸었다.

앞쪽 자리에 앉아 있던 고영무가 머리를 돌려 옆쪽의 페르난도를 바라보았다.

"이번 일은 꽤 위험할 텐데 밀리카는 왜 데려가는 겁니까?"

비행기가 앞으로 나아가기 시작했으므로 좌석이 흔들렸다.

"어쩔 수 없었어요, 고. 그애의 고집은 꺾지 못합니다, 아무도."

페르난도가 머리를 젓더니 갑자기 입술 끝을 비틀어 올리며 웃었다.

"나는 안 된다고 했지요, 물론. 그랬더니 나중에 그애는 당신을 따라가겠다는 거였소."

저도 모르게 머리를 돌린 고영무는 두 칸 건너 뒷자리에 앉아 있는 밀리카를 바라보았다. 시선이 마주치자 그녀는 아무것도 보이지 않는 어두운 창 밖으로 머리를 돌렸다.

비행기는 파도 위를 맹렬하게 미끄러져 가기 시작했다. 폭발하는 듯한 엔진 소리와 함께 기체가 경련하듯 떨었고, 앞쪽 찬장의 술병들은 서로 부딪치며 딸각거리는 소리를 내었다. 파도를 가르며 달리다가 나중에는 파도 끝을 스치면서 바다와 떨어지려고 안간힘을 쓰던 비행기 는 마침내 검은 하늘로 치솟아 올랐다. 비행기의 진동도 멈추었고 귀가 멍멍한 엔진의 폭음만이 울리고 있다.

최대광이 부술 듯 움켜쥐고 있던 의자의 손잡이를 놓고는 힐끗 고영무의 뒷모습을 바라보았다. 그러더니 안전벨트를 풀고 일어나 비틀거리면서 앞쪽의 찬장으로 다가갔다. 술병을 움켜쥔 그는 바로 앞에 고영무가 있는데도 한 번도 시선을 주지 않고 제자리로 돌아왔다.

책상에서 머리를 든 앨버트는 앞으로 다가오는 두 명의 사내를 바라보았다.

"앨버트 씨, 나는 마이클이고 이쪽은 크린트입니다."

장신의 사내가 손을 내밀며 말했다.

앨버트는 자리에서 일어서며 그의 손을 잡았다.

"기다리고 있었어요, 마이클 씨. 앉으시지요."

그들이 자리에 앉자 앨버트는 의자에 상체를 기대면서 물었다.

"FBI에도 지미 골드의 자료가 모두 넘어갔을 텐데요, 마이클 씨."

금발에 장신인 사내가 가지런한 치아를 내보이며 웃었다.

"물론 우리 FBI도 지미 골드에 대한 자료는 모두 가지고 있습니다. 하지만 그와 고영무와의 관계에 대해서 몇 가지 물어볼 것이 있어서요."

앨버트는 눈을 가늘게 뜨고는 인상이 좋아 보이는 FBI 요원을 바라보았다.

"좋습니다. 말해 보시오, 마이클 씨."

사내는 들고 온 가죽가방을 열고 서류를 꺼냈다.

"고영무를 마약부에 처음 데려온 것이 지미 골드이더군요. 그렇지 않습니까?"

"맞습니다."

앨버트가 딱딱하게 대답했다. 불독처럼 늘어진 입가의 양쪽 살이 더욱 처져 있었다.

"이쪽 서류에 보면 지미가 고영무를 수시로 접촉한 것으로 나타나 있습니다. 마약부에서 고영무에게 자금이 빠져 나갔군요, 자그마치 170만 달러나."

마이클이 머리를 들었다.

"석 달 동안 170만 달러를 고영무에게 투자하셨는데, 우리는 이해가 안 갑니다. 정보료로는 너무 비싸다는 생각도 들고."

앨버트는 그가 들고 있는 서류를 노려보았다. FBI 놈들이 어떤 수단을 썼는지 마약부 LA 지부의 자금집행내역까지 가지고 있는 것이다. CIA의 워렌이 도와줬을지도 모른다. 170만 달러는 고영무와 40여 명의 그의 부하들이 네바다 사막에서 받았던 훈련비용과 장비 구입비 등으로 사용된 것이었다.

"글쎄, 그건 나도 생각이 잘 안 나는데 지미한테 물어봐야겠구만."

책상 위에 두 팔꿈을 내려놓은 앨버트가 사내들을 번갈아 바라보았다.

"정보 수집비용일지도 모르지요. 고영무는 고급정보를 가지고 있었으니까, 콜롬비아 마약관계로 말이오."

"그건 말도 안 됩니다, 앨버트 씨."

마이클의 얼굴에 웃음기가 사라졌다.

"지부장이 자금집행 내역을 모르다니, 그리고 아무리 고급정보라고 해도 170만 달러나 들었을 리가 없습니다. 그것에 대한 자료도 없고, 그저 지급했다고만 기록되어 있는데."

"그걸 알고 싶으면 워싱턴에 있는 우리 로스만 부장한테 허락을 받아와, 마이클 씨. 건방지게 따지지 말고."

으르렁거리듯 말하며 상체를 앞쪽으로 숙인 앨버트의 모습은 꼭 늙은 불독이었다. 그러나 마이클이나 크린트 쪽도 이런 대접은 각오하고 있었던 모양이었다. 그들은 잠자코 앨버트의 얼굴을 바라보고 있었는데 놀란 것 같지도 않다.

"우리는 지미 골드가 주동이 되어 고영무와 어떤 계획이 이루어지지 않았나 생각하고 있습니다. 예를 들면 마약조직의 분쇄라든가. 그렇지요, 며칠 전 크링거 씨 저택의 참사가 그런 경우가 되겠는데……"

마이클이 차분한 음성으로 말을 이었다. 그러나 그의 시선은 경계하듯 앨버트의 얼굴에서 떠나지 않았다.

"CIA에서 넘어온 정보로는 지미 골드가 자신의 집에서 CIA 요원 다섯 명을 살해하는 데 협조를 했다는 겁니다. 그들은 그 사건과 이번의 크링거 저택 사건이 같은 사람, 즉 고영무와 그의 일당에 의해서 일어났다고 믿고 있습니다."

앨버트는 마이클의 말이 끝나자 한쪽 볼을 씰룩거리더니 입술을 벌리고는 웃었다. 그에게는 웃는 표정일지 몰라도 이가 드러나자 그것은 막 물어뜯으려는 얼굴로 보였다.

"그렇군. 우리 마약부가 답답하니까 아예 크링거의 저택에 로켓포를 쏘아댔다고 CIA나 FBI가 단정짓고 싶은 모양이군."

앨버트가 낮은 소리로 말했다.

"하지만 마이클 씨, 당신 보스에게 가서 내 말을 분명하게 전해요. 지금 이상으로 문제를 파고들었다가는 며칠 못 가서 은퇴해야 될 것이라고. 그렇지, 해임될 것이라고 하시오. 이것은 내가 내 어머니 이름을 걸고 보장할 수가 있어."

그들은 서로 얼굴을 마주 보았는데 무엇인가 심상치 않은 분위기를 눈치 챈 모양이었다.

"이렇게도 전해요, 마이클. 워렌에게 물어보고 수사하는 것이 낫지 않느냐고. 괜히 마약부를 건드렸다가는 어느 누구도 무사하지 못할 테니까."

신용만이 다운타운에 있는 크로카 센터 근처의 컨트리 나이트클럽에 들어섰을 때는 밤 10시가 넘어 있었다. 식당은 떠들썩한 소음에 뒤덮여 있었는데, 안쪽의 홀에서는 밴드가 연주를 하고 있고 플로어에는 춤 추는 사람들이 가득했다.

그는 두리번거리면서 차츰 안쪽으로 들어갔다. 조명은 천장에서 어지럽게 흔들리는 몇 개의 조명등뿐이어서 사람의 얼굴을 분간하기도 힘이 들었다. 서너 명씩 몰려 서 있는 각양각색의 인종들이 제각기 독특한 차림새를 하고 있었으므로 신용만은 자신의 몸을 내려다보았다. 양복 차림에 넥타이를 매고 있는 남자는 드물었던 것이다.

그가 벽을 따라 앞쪽으로 가자 누군가가 그의 소매 끝을 잡아당겼다.

"이쪽으로 오세요."

그녀의 입모습으로 말을 짐작할 수 있을 정도로 주위는 소음에 가득 차 있었다. 이은영에게 팔을 잡힌 그는 사람들을 헤치고 뒤쪽의 테이블로 다가갔다.

"왜 이쪽은 한 번도 보지 않았어요? 내가 그렇게 소리를 쳤는데."

이은영이 그의 옆에 다가앉으며 소리치듯 말했다.

"제일 시끄러운 곳에서 만나자는 사람이 어디 있어. 난 정신이 하나도 없어요."

이은영이 시켜 놓은 맥주가 있었으므로 신용만은 잔에 맥주를 채웠다.

"오늘도 수사기관에서 찾아왔나?"

주위를 둘러보며 신용만이 묻자 그녀가 머리를 끄덕였다.

"이제는 아예 홀 안에서 살아요. 맥주 두어 병 시켜놓고는 몇 시간이고 앉아 있어서 언니가 혈압이 오른대요."

최대광이 들으면 당장에 난리가 날 소리였다.

"FBI라고 그랬어?"

"오늘 앉아 있는 사람들은 FBI예요. 어제는 경찰에서 다녀갔고, 손님들이 눈치를 챘는지 발길이 뜸해졌어요.”

그들은 고영무와 함께 최대광의 주변에 대해서도 파악해두고 있는 것이다. 신용만은 수사망 속에 갇혀 있다는 것을 실감할 수 있었다. 그는 상체를 숙였다.

“은영이 너한테도 뭘 물어보지 않아? 수사관들이 말이야.”

“아니, 나한테는 그런 것 없어요.”

이은영이 머리를 저었다. 불빛이 그녀의 얼굴을 스치고 지나갔는데 빛을 받은 눈동자가 잠깐 동안 반짝였다.

“난 미국 시민이에요. 귀찮게 하면 고발할 테야. 내가 무슨 죄가 있다고.”

그녀는 맥주잔을 들어 두어 모금 삼켰다. 무대 쪽에서 환성이 일어났다. 밴드 앞으로 꽤 알려진 가수가 나타났기 때문이었다.

“나가서 춤추지 않을래요?”

눈을 반짝이며 이은영이 물었다.

“서로 껴안고 있기만 하면 돼요, 사람이 많으니까. 당신한테 안기고 싶어.”

분위기 탓인지는 몰라도 그녀가 커다랗게 말했다. 신용만이 머리를 저었다.

최대광은 콜롬비아로 떠나기 전에 홍성희를 돌봐주라고 신신당부를 했다. 커다란 몸을 늘어뜨린 그의 표정이 어떻게나 심각한지 신용만이 당황할 정도였다.

“춤 추러 온 것이 아냐. 이것저것 걱정도 되고, 알아볼 것이 있어서 은영이를 나오라고 한 거야.”

“그렇게 말할 줄 알고 있었어요. 하지만 날 안아줄 시간은 있겠죠?”

맥주잔을 든 그녀가 신용만을 똑바로 바라보았다.

“오랜 만에 만났으면 다른 이야기 좀 해요. 이를테면 당신과 내 이야기 같은 것."

"그럴 시간이 없어."

"왜요? 또 어떤 집을 폭파하고 사람들을 죽이려고?"

신용만이 물끄러미 그녀를 바라보다가 이윽고 입술 끝을 치켜 올리며 피식 웃었다.

"은영이는 내가 하나도 무섭지 않은 모양이군."

"하나도 안 무서워요. 왜냐하면 당신은 나한테 빠져 있으니까. 내가 당신을 좋아하는 것을 바라고 있으면서도 그것을 받아들이기를 겁내고 있거든요. 당신은 겁쟁이니까."

그녀가 얼굴을 가까이 댄 채로 또박또박 말했다.

"나한테 가까이 와요, 신용만 씨. 내가 당신이 아파하는 곳을 쓰다듬 어 줄게요."

"이런 제기랄, 영화 속의 한 장면이로군."

눈을 부릅떠 그녀를 바라보며 말하였으나 신용만은 이내 시선을 내리 고는 입맛을 다셨다.

"이것 봐, 농담할 때가 아니란 말이야. 우리는 전국에 수배되어 있어. 잡히면 사형이란 말이다."

"나두 심각해요, 용만 씨."

"앞으로는 이렇게도 만나지 못해. 나도 당분간 피해 있을 생각이니까."

"어디로 말예요?"

"그건 나도 몰라. 어쨌든 집으로 연락은 할 테니까……"

신용만이 자리에서 일어나자 이은영이 따라 일어섰다.

"지금은 안 돼요. 이렇게 보낼 수는 없어요."

그를 향해 이은영이 소리치듯 말했는데, 어느덧 얼굴에는 웃음기가 사라지고 시선이 맹렬했다.

"오늘은 우리 집에서 자고 가요. 집에는 나 혼자밖에 없으니까."

신용만이 찌푸린 얼굴로 물끄러미 그녀를 바라보았다.

지금까지 섹스를 하고 나서 이런 뒷맛을 느껴본 적이 없었다. 신용만은 이은영의 어깨를 끌어안은 채 천장을 바라보고 누워 있었다. 천장에 매달린 형광등 불빛이 처음에는 눈이 부셨으나 시간이 지나자 빛에 익숙해진 눈이 자연스럽게 빛을 빨아들이고 있다. 이은영이 다리 하나를 들어 그의 하반신 위에 걸쳤다. 두 사람 모두 알몸이었으므로 그녀의 땀에 밴 다리가 걸쳐지자 신용만은 아래쪽이 선뜻했다.

"무슨 생각을 해요?"

그녀의 입에서는 감이 발효된 것 같은 냄새가 났다. 침대에 눕기 전에 위스키를 두어 잔씩 주고받았기 때문이다.

"우리 섹스가 말이야, 한 10년 같은 침대에서 뒹군 사람 같다는 생각을 했어."

신용만이 그녀의 허벅지를 손바닥으로 쓸면서 말했다.

"우리는 호흡이 맞아. 처음부터 맞았어."

"좋았어요?"

"확인할 필요 없어. 네가 느낀 만큼이라고만 생각하면 돼."

"그럼 최고였네, 내가."

그것은 또한 신용만이 최고라는 말도 되었다. 전에 돈을 받고 여자들에게 봉사할 때는 밑에서 아우성을 치는 아줌마들의 목을 조르고 싶은 충동이 일 때도 있었다. 분비물이 나오지 않아 특별히 준비한 물약을 그곳에 넣고 시작하는 여자도 있었다. 그들은 한결같이 강하고 크고 오래 끄는 것을 좋아했으므로 허리운동을 하던 신용만은 애국가를 4절까지 속으로 외워본 적도 있었다.

그러나 이은영은 다르다. 그녀에게는 어떤 특별한 것이 있었는데 그 것을 한마디로 표현할 수는 없다. 우선 그녀를 안으면 가슴이 막히도록 두근거리고 조급해진다. 그녀를 한 입에 삼켜버리고 싶은 충동이 일다 가도 조그만 잔털까지 부드럽게 쓸어보고 싶다. 그녀의 호흡 한 토막과 신음 한마디에 격렬한 동요를 일으키는 자신을 느끼게 되고, 그것이 또 한 감동으로 상승작용을 하는 것이다. 자신이 이 계집을 좋아하고 있다 고 신용만은 생각했다.

이런 느낌은 처음이다. 그리고 가슴이 울렁거리곤 했는데, 결코 여자 를 사랑할 수 없을 것 같았던 자신이 이렇게 된 것이다.

"그런데 왜 그 집을 그렇게 만들었어요?"

문득 이은영이 그의 가슴에서 얼굴을 들었다. 아직도 두 눈 주위가 붉 게 상기되어 있다.

"없어져야 할 놈들이어서."

신용만은 그녀의 보드라운 젖가슴을 손바닥으로 쓸었다.

"청소를 한 거야."

"소문으로는 크링거가 마약중개업자라던데, 맞는 모양이군요. 콜롬비 아의 마약 생산업자인 카를로스도 같이."

차마 입 밖으로 죽였냐는 말은 묻지 못하고 있다.

"앞으로 어떻게 하실 작정이세요?"

그녀의 목소리가 가라앉아 있었으므로 신용만은 머리를 돌려 그녀를 바라보았다. 턱을 그의 가슴에 댄 이은영의 시선은 차분했다.

"그건 나도 몰라, 어떻게 될 것인가는."

신용만이 그녀를 안은 채 천장을 바라보았다.

"아무도 몰라, 그것은."

이은영이 턱을 들고 마악 입을 벌렸을 때였다. 요란한 소리가 들리더니 문이 안쪽으로 활짝 열렸다. 그러고는 총을 겨눈 사내들이 방 안으로 쏟아져 들어왔다.

이은영이 와락 상체를 세우자 한 사내의 입에서 고함 소리가 터져 나왔다.

"움직이지 마라! 우린 FBI다."

사내들은 모두 대여섯 명이 넘어 보였는데, 바깥쪽에도 있는 모양인지 무언가가 넘어지는 소리가 났다.

"신용만, 너를 체포한다."

신용만은 벌거벗은 몸으로 반듯이 누워 자신을 겨누고 있는 총구를 노려본 채 움직이지 않았다. 두 손으로 젖가슴을 가린 이은영이 그의 옆에 상체를 세우고 앉아 그들을 바라보고 있다.

"헤이, 쏘아라. 지금."

앞에 서 있는 사내를 향해 신용만이 불쑥 입을 열었다.

"네가 쏘지 않으면 내가 일어나서 쏠 테니까."

사내가 권총을 겨눈 채 빙긋 웃었다.

"그렇게는 안 돼, 신용만."

그가 한쪽 팔을 흔들자 사내들이 달려들었다.

몸을 세워 일어나려던 신용만은 그의 팔과 다리를 움켜쥐는 사내들의 힘에 눌려 다시 침대 위로 누여졌다.

"그를 죽이지 말아요!"

이제는 젖가슴을 가리는 것도 잊은 채 이은영이 벌거벗은 몸으로 소리쳤다. 한 사내가 그녀를 벽 쪽으로 밀었으므로 이은영은 벽에 등을 부딪치며 주저앉았다.

신용만에게는 이제 네 사람이 달려들어 누르고 있다. 사지에 각각 한 사내가 매달려 있었으나, 신용만은 온몸을 들썩이며 몸부림을 쳤다. 누군가의 주먹이 날아와 그의 턱을 치자 입 안에 비린 액체가 고였다.

갑자기 방구석에서 울음소리가 터져 나왔다. 두 무릎 사이에 얼굴을 묻은 이은영이 커다랗게 소리 내어 우는 것이다. 그러자 신용만은 움직임을 멈추고 사지를 늘어뜨렸다. 두 손에 수갑이 채워지고 상체가 일으켜 세워졌으나 그는 이제 입을 열지도 않았다.

"어쩔 수 없어, 지금 당장은."

지미가 머리를 저었다. 그는 아직도 잠옷 차림이었다.

"잡혔다고 금방 처형하지는 않아. 시간 여유는 있어."

"이봐, 지미. 보스에게 연락해줘야 하지 않겠어?"

앞쪽에 앉은 브루노가 퉁명스럽게 물었는데 그도 바지에 셔츠 차림이었다. 새벽 5시에 황급히 침대에서 몸만 빠져 나온 것이다.

"보스에게 연락이 안 돼. 지금도 태평양 위를 날아가고 있을 테니까."

"제기랄."

얼굴을 와락 찌푸린 브루노가 페드로를 돌아보았다. 그는 신사복 차림이었는데 조금 전에 LA에서 돌아온 참이었다. 신용만이 FBI에 잡혔다는 정보를 가져온 것이다.

"페드로, 다치지는 않았다더냐?"

브루노가 묻자 그는 머리를 저었다.

"그것도 아직. 나도 오는 길에 연락을 받아서."

페드로는 입맛을 다시더니 말을 이었다.

"신용만이 여자친구 집에 있다가 잡혔다는 것밖에 정보가 없어."

"빌어먹을 놈. 여자 배 위에 있을 때가 제일 위험한 때인데."

브루노가 팔짱을 끼고는 눈을 감았다가 이내 떴다.

"이건 우리 선에서 해결하는 수밖에 도리가 없겠구만. 지미, 자네가 책임자니까 방법을 만들어 봐.”

말은 그렇게 하면서도 명령하는 듯한 말투였다.

지미가 입맛을 다셨다.

“우리는 이곳을 떠나야 돼. 그것이 첫 번째 일이야. 신용만은 고문은 버텨낼 수 있을지 몰라도 주사를 맞게 되면 이곳 위치를 털어놓게 돼.”

지미가 브루노와 페드로를 둘러보았다.

“그건 CIA에서 즐겨 사용하는 방법이지. FBI에 잡혔다지만 CIA가 신용만을 함께 취조할 것이거든.”

“……”

“샌프란시스코 북쪽에 이곳과 비슷한 바닷가가 있어. 예전에 마약 밀수꾼들이 드나들던 곳이었는데, 지금은 비어 있는 마을이야. 우리는 오늘 아침에 그쪽으로 이동해야 돼.”

“그렇다면 신용만은 그대로 내버려두잔 말이오?”

이번에는 페드로가 물었다.

“당분간.”

지미가 짧게 대답하고는 찌푸린 얼굴을 손바닥으로 쓸었다.

“그동안 정보원들을 모두 움직여서 신용만이 어디에 있나, 잡고 있는 것은 누구인가 등을 조사할 작정 이야.”

지미는 자리에서 일어섰다.

“자, 브루노, 페드로, 출발준비를 해. 중요한 물건만 싣고 나머지는 그대로 이곳에 둔다. 앞으로 두 시간 후에 출발이다.”

“그럼 차로 갑니까?”

“아니, 배로 간다. 그것이 안전해. 난 해안경비대의 순찰 일정을 외우고 있어.”

페드로가 머리를 끄덕이며 일어서자 마지못한 듯 브루노가 뒤를 따랐다.

지미는 안쪽의 거실로 들어와 침대 위에 누워 있는 헬렌을 바라보았다. 이제는 이곳 생활에 적응이 된 그녀는 예전의 명랑함을 되찾아가고 있었다. 지미가 현재 정부기관으로부터 쫓기는 신세가 되어 있는 것을 알고 있지만 바닷가 저택에서 함께 있는 것이 좋은 모양이었다.

그는 침대 끝 부분에 엉덩이를 걸치고는 그녀를 바라본 채 한동안 움직이지 않았다. 이윽고 그는 탁자 위에 놓인 전화기를 집어 들었다.

저쪽은 다섯 번이나 벨이 울려도 전화기를 드는 기척이 없다. 지미가 마악 수화기를 내려 놓으려는데 신호음이 끊겼다.

"여보세요."

"앨버트, 생각했던 대로 사무실에 나오셨구만."

지미의 얼굴에 웃음기가 번져 나갔다.

"지금 한창 분주하겠소. 그렇지 않습니까?"

"이봐, 지미."

앨버트가 바짝 긴장한 모양이었다. 그의 목소리가 팽팽해졌다.

"지금 도대체 어디에 있는 거야?"

"이런, 여전히 바보 같기는. 이 전화가 도청되고 있다는 걸 알고 있는데 내가 그걸 말할 것 같소?"

"지미, 농담할 때가 아니야. 이 멍청아, CIA 요원 다섯 명이 실종되었단 말이다, 네 집에서. 너에게 혐의가 걸려 있어."

"놈들이 나를 제거하려고 했어, 앨버트. 당신이 더 잘 알겠지, 놈들이 왜 나를 제거하려고 했는가를."

지미가 자르듯 말했다.

"CIA의 워렌 짓이야. 내가 크링거와 카를로스를 견제한다고 생각한 거지. 앨버트, 하지만 난 그들을 해치지 않았어."

"지미, 그럼 그들은 어떻게 되었단 말이냐? 그리고 크링거 저택의 공격은 누가."

"그건 나도 몰라, 앨버트. 하지만 한 가지 분명히 말해둘 게 있어. 앞으로 사흘 후에 미국의 주요 일간지에 워렌의 일대기를 광고로 실을 작정이야. 그가 콜롬비아의 정변에 어떻게 개입했는가, 그리고 마약을 가지고 어떤 공작을 했는가, 또 그것을 막으려는 나에게 어떤 짓을 했는가를 말이야."

"이봐, 지미, 넌."

"앨버트. 이 전화통화가 10분 후에 워렌에게 보고되겠지만 당신도 조심해. 워렌이 당신도 제거하려고 할지 몰라."

앨버트는 이제 대답하지 않았다. 지미는 전화기를 고쳐 쥐었다. 통화가 3분 이상 길어지면 장소가 드러나게 된다.

"앨버트, 내일 내가 요구조건을 내놓겠어. 워렌에게 귀를 씻고 기다리라고 해줘."

전화기를 내려놓은 지미는 몸을 돌렸다. 헬렌이 몸을 뒤척이더니 이쪽으로 돌아누웠다. 잠옷의 앞쪽이 벌어져 풍만한 젖가슴이 반쯤 드러나 있었다. 그는 시계를 내려다보았다. 출발시간이 한 시간 반쯤 남아 있었다. 20분쯤 그녀를 더 자게 해야겠다고 생각했다.

비행기의 트랩에서 내리자 바로 앞쪽에 검정색 대형 리무진이 세워져 있는 것이 보였다. 햇살에 눈이 부신 듯 워렌은 가늘게 눈을 뜨고는 다가선 피터슨을 향해 머리를 끄덕여 보였다.

"잘했다, 피터슨. 이젠 감자줄기를 캐내듯 줄줄이 잡아내면 된다."

그는 두 팔을 흔들며 리무진으로 다가갔다. 경호원이 뒤쪽 문을 열어놓고 기다리고 서 있었다.

“그래, 그놈이 입을 열었나?”

승용차가 출발하자 워렌이 앞자리에 앉은 피터슨에게 물었다.

“아닙니다, 아직.”

피터슨이 상체를 돌려 그를 바라보았다.

“그것보다도 보스, 지미 골드한테서 전화가 왔습니다.”

“지미 골드?”

워렌이 턱을 치켜들고 이맛살을 찌푸렸다.

“언제?”

“오전 6시경에 앨버트에게 전화를 했는데, 저희가 알게 된 건 한 시간 전입니다.”

“뭐라고 했는데?”

워렌의 얼굴이 굳어져 있었는데 신용만의 일은 잊어버린 것 같았다.

“녹음해둔 것이 있습니다. 들어보시지요.”

피터슨이 가방에서 소형 녹음기를 꺼내어 그에게 건네주었다. 워렌은 녹음기의 스위치를 눌렀다. 지미와 앨버트의 말소리가 흘러 나왔다. 볼륨을 조그맣게 해놓았으므로 워렌은 녹음기를 귀에 가져다 대었다. 피터슨의 시선이 이쪽을 힐끗거리고 있다.

리무진은 공항을 빠져 나와 고속도로를 달리는 중이다. 네 명씩 경호원이 탄 경호차가 앞뒤에 바짝 붙어 달리고 있다.

“이놈도 고영무와 한패다. 내가 잘 본 거야, 피터슨.”

녹음기의 스위치를 끈 워렌이 말했다. 그의 얼굴은 잔뜩 찌푸려져 있었으나 입술의 한쪽 귀퉁이가 치켜 올라가 있다.

“나에게 협박을 하는군, 건방진 놈이. 놈은 교환조건으로 우리가 잡은 한국 놈의 석방을 요구할 거다.”

“발신처를 추적하다가 끊겼는데 LA 북쪽 지역입니다.”

"앨버트는 어떻게 하고 있나?"

워렌이 의자에 등을 기대며 물었다. 잠깐 동안 워렌의 얼굴을 바라보던 피터슨이 이내 말뜻을 알아차렸다.

"별다른 움직임은 없습니다, 보스."

"그걸 네가 어떻게 알아?"

워렌의 갈색 눈이 똑바로 그를 바라보고 있었으므로 피터슨은 시선을 돌렸다.

"감시를 붙여라, 24시간."

"알았습니다, 보스."

"통화는 모두 녹음을 해서 즉각 보고하도록 하고."

"네, 보스."

"지미와 호흡을 맞춘다든가 이상한 행동을 하는 경우에는 제거해라."

피터슨이 퍼뜩 시선을 들어 그를 바라보다가 머리를 끄덕였다.

"알았습니다, 보스."

"이 일은 국가적인 문제야. 최고 통수권자와 나, 그리고 보좌관이 결정한 정책적인 일이다. 조무래기들이 덤벙대다가 일이 어긋나게 될 수도 있어."

"……"

"대의를 위해선 소의가 죽어야 하고 국가를 위해서는 몇 사람의 희생을 주저하면 안 된다."

워렌은 앞쪽에 만들어진 가죽 선반의 서랍을 열고는 위스키병을 꺼내었다. 그가 즐기는 발렌타인 30년이다.

"그놈의 입을 열도록 해라, 피터슨. 무슨 수단을 써서라도 고영무와 지미의 일당이 있는 곳을 털어놓게 만들어야 한다."

그는 잔에 든 위스키를 입 안에 털어 넣었다.

"보스, 만일 무슨 일이 있다면 지미가."

피터슨이 머리를 들자 워렌이 입술 끝을 올리면서 웃었다.

"그놈은 못한다. 나는 그를 잘 알고 있어. 공무원 생활을 오래 한 놈이야. 나에게 도전하는 것은 곧 국가에 도전하는 것이라고 스스로도 잘 알고 있어."

"연락이 올 텐데요, 보스."

"조건을 들어보기는 한다. 그렇지만 들어줄 수는 없어. 어떤 조건이든지."

"알겠습니다, 보스. 시간을 끌어보겠습니다."

워렌이 머리를 끄덕였다.

"이번 일에는 타협이 없다, 피터슨. 잡아서 죽이는 것이야. 잡기 전에 죽이는 것이 더욱 좋다, 입을 벌리기 전에. 고영무건 그의 일당이건 지미 골드도 마찬가지다."

워렌의 눈은 술기운 때문인지 눈가가 충혈되어 있었다. 앨버트 존슨도 마찬가지가 될 것이다. 피터슨은 그의 얼굴에서 시선을 돌렸다. 갑자기 가슴이 답답해져 왔으므로 그는 어깨를 치켜 올리면서 깊게 숨을 들이마셨다. 폐 안으로 자동차 안의 탁한 공기가 들어찼고 알코올의 냄새가 맡아졌다. 그러나 차창을 열 수는 없다.

"개자식들, 면회도 시켜주지 않다니. 정말 개자식들이야."

이은영이 붉게 달아오른 얼굴로 쏘아대듯 말했는데 화가 가라앉지 않은 듯 주먹을 움켜쥐고 있었다.

"언니, 변호사를 미국에서 제일 유명한 사람으로 써요. 나도 돈이 있어, 7만 달러쯤."

잠자코 창 밖을 바라보던 홍성희가 머리를 이쪽으로 돌렸다.

236

"나도 변호사에게 물어보았어."

"그런데요? 뭐라고 그래요?"

"가망이 없대."

홍성희가 시선을 마주치기 괴롭다는 듯이 다시 머리를 돌렸다. 그들은 신용만이 체포되어 갔던 패사디나 경찰서에 다녀오는 길이었다.

신용만과 함께 경찰서에 연행되었던 이은영은 다음날 아침에 풀려나 신용만을 위해서 백방으로 뛰고 있는 중이었다. 그러나 사흘이 지나도록 신용만에게는 변호사의 면담도 이루어지지 않았다.

"언니, 혹시 경찰서에 없는 것이 아닐까? 리처드 씨도 만나보지 못했다는데."

이은영이 조바심을 쳤다.

"곧 만나게 해준다고는 했대, 서장이."

"언제?"

그렇게 묻는 이은영의 눈에 눈물이 고여 있었으므로 홍성희의 가슴이 찡하게 울렸다.

"곧 보게 될 거야, 은영아. 차분하게 기다려. 네가 안정을 찾아야 돼. 그래야……"

"내가 어떻게?"

기어이 그녀의 두 눈에서 눈물이 흘러내렸다.

"모두 내 잘못이야, 언니. 그 사람이 돌아간다는 걸 내가 우리 집으로 끌어들였어."

이은영은 가방에서 수건을 꺼내어 눈물을 닦고는 세차게 코를 풀었다. 택시 운전사가 힐끗 뒤쪽의 두 여인을 돌아보았다.

"내가 정신을 못 차린 거야, 내가."

"그만해둬, 은영아."

홍성희가 손을 뻗어 그녀의 어깨를 쓸었다. 그날 이후로 이은영은 자책감에 사로잡혀 침식을 잃다시피 하고 있었다. 전 미국이 떠들썩한 사건이었다. 서른 명이 넘는 사람이 한꺼번에 몰살을 당했는데, 그것도 전쟁 때나 쓰는 로켓포와 수류탄으로 처참하게 살해된 사건이다. 신문과 방송은 지금도 연일 고영무와 그의 일당들에 대한 기사를 대서특필 하고 있었는데 한결같이 고영무 등이 잔인하고 냉혹한 범죄자 집단이라는 것이었다. 고영무 일당은 마약의 이권 다툼으로 크링거를 습격한 것으로 시민들에게 알려져 있다.

택시가 다운타운으로 들어서자 신호에 걸려 멈췄다. 운전사가 백미러를 올려다보았다.

"젠장, 뒤에서 차가 따라오는데, 아까부터."

혼잣말처럼 중얼거리는 그의 말소리를 이은영이 알아들었다. 머리를 돌려 뒤쪽을 바라보았으나 뒤에 멈춰 선 차에는 중년부인이 핸들을 잡고 있었다.

"뒤에서 세 번째 검정색 캐딜락이오, 부인."

흑인 운전사가 투덜거렸다.

"당신들을 따라오는 것이겠지만 기분이 좋지 않아, 이런 때면."

"개자식들."

이은영이 튀듯이 말했다.

"상관없어요, 아저씨. 신경 쓰지 말고 그냥 가요."

홍성희는 그의 말대로 뒤쪽에서 세 번째에 서 있는 검정색 캐딜락을 바라보았다. 앞에 선 차에 가려 자세히 보이지는 않았으나 운전석과 그 옆자리에 앉아 있는 사내들의 윤곽이 보였다.

신호가 풀리자 택시는 불끈 속력을 내었다. 운전사가 짜증이 난 모양이었다. 택시는 요란한 엔진 소리를 내며 다운타운으로 깊숙이 들어섰다.

“그놈들이 나한테 물었어. 용만 씨가 무슨 이야기를 했느냐고. 사실대로 말해 주면 용만 씨의 형이 가벼워질 거라고.”

이은영의 말에 홍성희가 잠자코 그녀를 바라보았다.

“내가 어린앤 줄 아는 모양이야. 달래다가 협박도 했는데, 내가 마구 악을 쓰자 그만두었어. 그런데……”

이은영이 다시 뒤쪽을 바라보았다.

“우리 뒤를 따라오면 나머지 사람들을 잡을 줄 아나 봐. 한 번 재미를 붙이더니.”

그녀는 손수건을 말아 쥐고는 얼굴을 눌렀다.

“최대광 씨 이야기는 들었니? 신용만 씨한테서 말야.”

홍성희가 묻자 이은영이 머리를 저었다.

“못 들었어. 그이는 그런 이야기는 안 해.”

택시는 그들의 가게 앞으로 다가가면서 속력을 줄이는 중이었다.

가게가 있는 빌딩 앞에서 내린 그들은 서두르듯 가게 쪽으로 발을 옮겼다. 오후 5시가 조금 넘은 시간이었다. 거리는 언제나처럼 행인들로 가득 찼고 늦은 오후의 비스듬한 햇살이 건물의 그림자를 길게 드리우고 있었다.

빌딩 안으로 들어선 그들이 계단을 내려가 가게 앞으로 다가갔을 때였다.

“잠깐만.”

뒤쪽에서 사내의 목소리가 들렸다. 긴장하고 있었던 참이라 그들은 거의 동시에 머리를 돌렸다. 계단을 내려오는 세 명의 사내가 보였다. 앞장을 선 사내는 40대의 백인이었다.

“부인, 잠깐만 기다려주십시오.”

그가 다가오며 말했다. 창백한 얼굴에 엷은 갈색의 눈동자가 마치 죽은 생선의 눈과 비슷했다.

"부인, 나는 FBI의 매튜이고 이쪽은 내 동료들인데."

그는 좌우를 둘러보았다. 가게에 들어서던 서너 명의 손님들이 그들을 힐끗거렸다.

"잠깐이면 됩니다. 저희들이 몇 가지 확인할 것이 있어서요. 함께 가주셔야겠습니다만."

사내의 흐린 눈이 이쪽을 꼼짝 않고 내려다보고 있다.

"영장 있어요?"

이은영이 한 걸음 앞으로 나서며 홍성희를 가로막아 섰다.

"영장을 보여줘요."

사내가 얼굴에 가득 주름살을 만들며 웃었다.

"영장은 없습니다. 꼭 필요하다면 만들어 오겠지만 당신들에게 보여줄 것이 있어서 그럽니다. 한국인들의 시체가 있는데 신원을 확인하고 싶어서요."

홍성희가 이은영을 제치고 앞으로 나섰다.

"한국인의 시체라니요?"

"네, 어젯밤에 발견된 시체들인데 확인만 해주시면 됩니다."

홍성희의 얼굴이 하얗게 되더니 초점 없는 시선으로 사내를 바라보았다.

"잠깐이면 됩니다, 부인."

사내가 재촉하듯 다시 말했다.

신용만은 눈을 떴다. 천장에 매달린 형광등의 불빛이 희미하게 보이다가 이내 시야에 가득 덮여 왔다. 환한 느낌 외에는 아무것도 보이지 않았다.

그는 자신의 몸이 침대에 묶여 있어 꼼짝할 수 없다는 것이 생각났다.

의식을 잃기 전에 묶여 있었던 것이다.

"이제 깨어난 모양이군, 신용만 씨."

한국말이 바로 옆쪽에서 들려 왔다. 아직 얼굴은 보이지 않았으나 그는 자신을 제이슨 김이라고 소개한 CIA의 한국계 요원이다. 탁한 말소리와는 달리 계집애처럼 생긴 놈이다.

신용만은 입을 벌렸으나 말을 하려고 한 것은 아니다. 가슴이 답답했기 때문이었다. 며칠의 시간이 지났는지 생각할 수도 없었고 지금이 밤인지 낮인지도 구분이 안 간다. 그리고 두려운 것은 자신이 어떤 행동을 했는지도 기억이 나지 않는다는 것이다.

"조금 있으면 제대로 정신이 돌아올 거야. 그때는 묶인 것을 풀어주도록 하지."

그가 귀 옆에서 말을 하는지 소리는 똑똑하게 들렸는데 아직 아무것도 보이지 않는다. 그저 세상이 환할 뿐이다.

신용만은 눈을 감았다. 그들의 갖은 협박과 회유를 아예 처음부터 웃어넘겼다. 그러자 그들은 잠을 재우지 않고 끊임없이 자극을 주는 고문을 했는데 그것도 견디어내었다.

신용만은 폐에 남아 있던 공기를 털어내듯이 뱉었다. 놈들은 결국 자신을 묶어놓고는 주사를 놓았던 것이다. 주사를 놓는 순간까지는 기억이 났다. 그러고는 의식을 잃었으므로 어떻게 되었는지 알 수가 없다.

"고영무가 콜롬비아로 떠났어?"

제이슨 김의 탁한 목소리가 다시 들려왔다. 신용만은 퍼뜩 눈을 떴으나 아직도 불빛밖에 보이지 않았다. 가슴이 뛰었으므로 그는 깊게 숨을 들이마셨다.

"최대광이와 함께 떠났다고 했는데, 이봐, 불안해 할 것 없어. 자넨 이미 모든 것을 털어놓았으니까."

그의 말소리에는 웃음기가 섞여 있었다.

"지미가 숨어 있는 곳을 찾아갔더니 놈은 벌써 도망쳐버렸더구만. 우리는 자네의 협조에 감사하고 있네, 어쨌든 간에."

"이봐."

신용만은 자신의 목소리가 갈라져 있는 것을 들었다. 목이 탔다. 이곳에서 물을 마셔 본 기억도 없다.

"이봐, 물 한 컵 가져와."

"이런, 아직도 말버릇을 고치지 못했군 그래."

제이슨 김이 웃음 띤 목소리로 말했다. 그러자 차츰 눈에 덮여 있던 막이 걷혀지듯 사물이 희미하게 드러났다. 우선 천장의 형광등이 보였다. 둥근 원처럼 생긴 형광등이었다. 그러자 제이슨 김의 얼굴이 드러났다.

"그래, 원하는 대로 해주지."

그가 몸을 돌리자 신용만은 방 안을 둘러보았다. 아무런 장식도 가구도 없는 흰 벽이 보였고 옆쪽에 문이 달려 있을 뿐이다. 머리의 옆부분이 날카로운 꼬챙이로 쑤시는 듯 아팠으므로 그는 이맛살을 찌푸리며 이를 물었다.

"이봐, 여기 물이 있네."

손에 종이컵을 든 제이슨 김이 머리 위쪽에서 다가왔다.

"이젠 마시고 싶은 것, 먹고 싶은 것을 뭐든지 이야기해, 가져다 줄 테니까."

신용만은 그가 먹여 주는 물을 달게 삼켰다. 주사를 맞고 마취상태에서 모든 것을 털어놓은 모양이었다. 이젠 알 것을 다 알았으니 자신은 쓸모없는 존재가 될 것이다.

신용만은 물컵에서 입을 떼고는 머리 위에 떠 있는 제이슨 김의 얼굴을 물끄러미 바라보았다. 놈들이 죽이건 살리건 그것에 대해서는 큰 관심이 없다. 그러나 콜롬비아로 들어간 고영무와 최대광이 걱정이었다.
얼굴을 돌린 신용만이 길게 숨을 내쉬었다.

8.
두 여인

어제 입고된 타이어를 세어 보던 김영지는 이맛살을 찌푸리며 장부를 내려다보았다. 12개가 부족했던 것이다.

어제 저녁에 3백 개를 들여왔고 아침에 빌란테가 50개를 내갔으니 2백 50개가 남아 있어야 하는데, 2백 38개밖에 없었다.

창고 열쇠는 김영지 혼자만 가지고 있었으므로 물건을 내가고 들여오는 것을 일일이 체크해 왔던 것이다. 그러나 오늘 아침에는 바쁜 일이 있어서 빌란테에게 열쇠를 맡겼던 것이다. 빌란테가 62개를 내간 모양이었다.

창고는 예전에 일성상사의 자재 창고로 빌려주었던 곳이다. 아직도 전자제품의 박스와 부서진 선풍기들이 구석에 쌓여 있는 것이 보였다. 김영지는 손등으로 이마 위에 흐트러진 머리칼을 쓸어 올리면서 몸을 돌렸다. 그러자 통로의 끝을 가로막고 서 있는 사내가 보였다. 소스라치게 놀란 그녀는 턱을 들면서 입을 벌렸다.

고영무가 그녀를 바라보며 서 있었다. 시선이 마주치자 그가 온 얼굴에 웃음을 띠었다. 눈이 가늘게 젖혀지고 흰 이가 드러났다.

"놀래줄 생각은 아니었는데, 영지 씨가 일하는걸 보고 싶어서……"

주춤거리며 김영지가 그에게로 다가갔다. 눈을 서너 차례 깜박였고 아랫입술을 깨물었다가는 이내 풀었다. 아직도 눈을 커다랗게 치켜뜬 채였다.

"언제 오셨어요?"

자신의 말소리가 떨려 나왔는데 김영지는 그것이 싫었다. 답답하고 짜증이 났다. 가슴이 거칠게 두근거렸다.

그러자 고영무가 두 팔을 자신의 어깨 위에 올려놓았다.

"보고 싶었어."

그가 김영지를 끌어당겨 가슴에 안았다. 그의 가슴은 따뜻하고 포근했다. 김영지는 손에 든 장부를 떨어뜨리고 그의 허리를 안았다.

"걱정했어요. LA에서 일어났던 일을 이곳 사람들도 알고 있어요."

"그래, 나도 꽤 유명한 사람이 되었지."

그들은 타이어 위에 나란히 걸터앉았다. 기름과 고무냄새가 뒤섞여 났고 공기가 다소 눅눅할 뿐 넓은 창고 안은 조용하여 방해받을 일도 없다.

"이젠 돌아오신 거죠? 미국에는 안 가시는 거죠?"

고영무가 한 팔로 그녀의 어깨를 안자 그녀가 상체를 비스듬히 그에게로 기대 왔다. 그녀에게서 과일향 냄새가 났다.

"미국 일은 걱정하지 마, 곧 해결될 테니까."

"그럼 당분간 이곳에서 지낼 수 있겠군요, 일이 해결될 때까지."

"그렇지. 하지만 이곳은 안 돼. 숙소를 따로 정해놓았어."

"왜요? 지난번도 봤잖아요? 이곳은 아무도 찾아오지 않아요. 경찰들은 걱정할 것 없어요. 저나 민 아저씨하고도 친하니까."

고영무는 한 팔을 그녀의 무릎 밑에 넣고는 번쩍 안아 들었다.

"상대는 미국 기관이야, 콜롬비아 경찰하고는 달라."

그는 김영지의 몸을 자신의 무릎 위에 올려놓았다. 그의 목을 두 팔로 감은 김영지의 얼굴이 금방 붉게 달아올랐다. 바깥쪽에서 엔진 소음이 희미하게 들려왔다. 엔진의 회전을 점검하는 모양이었다.

그녀의 입술에서는 신맛이 났다. 레몬 맛 같기도 하고 귤 같기도 한 맛이었다. 그녀의 입이 벌어지자 이젠 혀와 혀가 부딪쳤는데, 따뜻한 액체는 달았다. 가끔씩 이가 마주쳤으나 그들은 빈틈을 만들지 않으려는 듯 한동안 입술을 떼지 않고 상대방의 것을 빨아들였다.

"이제 그만요. 누가 와요."

잠시 입술을 땐 김영지가 허덕이며 말했다. 그러나 그의 목을 껴안은 두 팔은 떼지 않았다. 고영무의 한 손이 그녀의 스커트 밑으로 들어 왔으므로 그녀는 무의식중에 두 다리를 오므렸다.

그녀의 맨살이 손에 닿자 고영무는 폭발할 것 같은 욕정을 느꼈다. 그는 그녀의 팬티를 손으로 움켜쥐고는 거칠게 아래쪽으로 끌어내렸다.

"아이, 누가 온다니까요."

"아무도 못 와."

그녀의 팬티가 아래쪽으로 끌어내려졌다. 고영무의 손이 그녀의 깊은 곳을 덮었다. 입술을 그의 볼에 대고 있었으므로 그녀의 뜨거운 숨결이 볼에 닿았고, 입에서 흘러내린 타액이 볼을 적셨다. 고영무는 그녀의 입술과 젖혀진 목을 입술로 애무하면서 스커트를 젖혀 올렸다.

"아무도 우리를 방해할 수 없어."

고영무는 그녀의 몸을 창고의 바닥 위에 눕혔다. 종이 박스의 조각 들이 어지럽게 흩어진 바닥은 찼으나, 김영지에게는 타이어 더미가 좌우로 쌓여 있었으므로 우선은 아늑했다.

　바지를 풀어 내린 고영무가 그녀의 몸 위에 엎드리자 김영지는 두 팔을 들어 그를 안고 두 다리를 벌려 그를 받아들였다.

　창고 안은 곧 둘의 숨소리와 억누른 신음 소리로 가득 차기 시작했고, 이내 모든 것을 잊은 김영지는 그에게 이끌려 가기 시작했다. 가슴이 터질 듯한 흥분과 온몸이 녹아날 듯한 쾌락으로 김영지는 금방 절정에 이르렀다. 고영무는 거칠었으나 다른 한편으로는 부드러웠다. 이윽고 그들은 함께 폭발하는 것처럼 서로를 빈틈없이 껴안고 온몸을 떨었다.

　김영지는 오랫동안 그를 안고 놓지 않았다. 아득하고 아늑한 느낌이었다. 온몸의 열기가 아직도 가시지 않았고 폐에는 고무 냄새가 가득 들어차 있는 것 같았지만 그를 안고 있는 이 순간보다 행복한 때는 없었다고 김영지는 믿었다.

　"널 사랑한다."

　그녀의 귀에 입술을 가져다 댄 고영무가 한숨과 함께 말했다.

　"한 번도 널 잊어본 적이 없어."

　그는 그녀의 올려진 스커트 자락을 끌어내려 덮어주었다. 김영지가 몸을 돌려 그를 바라보았다.

　"너는 내가 모든 것을 바칠 수 있는 유일한 여자야."

　김영지는 그의 헤쳐진 옷깃 속의 맨살을 손바닥으로 쓸었다.

　"당신의 아이를 갖고 싶어요."

　"나도 우리의 아이를 갖고 싶어. 영지를 꼭 닮은 딸을."

　"나는 당신을 닮은 아들을 바라는데."

　웃음 띤 그녀의 눈가에 입술을 가져다 댄 고영무는 상체를 일으켜 세웠다.

　"난 가봐야 돼, 영지."

"어디로 말예요?"

발치에 떨어져 있는 팬티를 주어 다리에 꿰면서 그녀가 초조하게 물었다.

"당분간은 보고타에 있을 거야. 시간 나면 전화할게."

"글쎄, 어디냐니깐."

그녀의 이맛살이 찌푸려졌고 목소리 끝이 떨렸다.

"그건 말할 수 없어, 영지."

그가 두 팔로 그녀의 어깨를 안았으나 김영지는 어깨를 흔들어 그의 팔을 털어 내었다.

고영무가 얼굴에 웃음을 띠었다.

"그건 영지를 위해서야. CIA에서 꼬리를 잡으면 영지를 고문하게 돼. 그들은 갖은 수단을 다 써서 결국은 털어놓게 만들 거야. 차라리 모르고 있는 것이 편해."

그는 그녀의 어깨를 다시 잡고는 가슴에 끌어당겨 안았다.

"걱정하지 마, 영지. 우리는 곧 안정을 찾게 돼."

김영지는 그의 가슴에 얼굴을 묻은 채 입을 열지 않았다.

페르난도는 방으로 들어서는 고영무를 보자 자리에서 일어섰다. 그가 일어섰으므로 소파에 둘러앉아 있던 대여섯 명의 사내들도 따라 일어서서 고영무를 맞았다.

"고, 문도는 카를로스가 피살되었다는 정보를 받자마자 쿠쿠타로 근거지를 옮겼습니다. 이곳 카를로스의 저택은 비어 있습니다."

자리에 앉으며 페르난도가 말했다.

"쿠쿠타가 어딥니까?"

좌우를 둘러보며 고영무가 묻자 페르난도가 탁자 위에 펼쳐놓은 지도의 한 부분을 손가락으로 짚었다.

"베네수엘라의 국경에서 가까운 곳입니다. 이곳에는 마약공장이 있고 카를로스의 사병이 3백 명쯤 있지요. 문도는 우선 그들을 심복시키려 한 것 같습니다."

지도를 내려다보던 고영무가 시선을 들었다.

"페르난도, 3백 명을 상대로 다시 전쟁을 치를 수는 없어요. 본래 계획했던 대로 문도와 그의 심복 몇 사람을 제거하고 조직을 흡수하는 방법을 써야 합니다."

페르난도가 머리를 끄덕였다.

"그러려고 보고타로 직행해 왔는데 한 발 늦었습니다. 고, 하지만 방법이 있지요."

앞쪽 문이 열리더니 밀리카가 쟁반 위에 커피잔을 담아 들고 들어섰다. 흰색 바탕에 검붉은 꽃무늬가 그려진 원피스를 입고 있어서 두 팔과 종아리가 드러났다. 윤기가 흐르는 피부였다.

그녀가 커피잔을 모두 내려놓을 때까지 그들은 입을 열지 않았다.

"쿠쿠타까지는 고속도로가 뚫려 있습니다, 고. 문도가 있는 곳은 쿠쿠타 북쪽의 페리히 산맥 기슭입니다."

페르난도가 다시 입을 열었다. 그의 목소리는 팽팽하게 퉁기듯이 들렸는데 LA에 있을 때와는 전혀 딴사람같이 보였다.

밀리카가 한쪽 구석의 의자에 앉는 것이 보였다.

"이곳은 카스틸로 정권 시절에도 1개 사단이 공격했다가 한 달 동안 밀림을 헤매고는, 쌍방이 전사자 5백여 명을 내고 철수한 곳이지요. 군대처럼 정공법을 쓰면 안 됩니다."

페르난도가 손가락으로 지도를 짚으며 말하자 주위에 앉아 있던 사내들도 머리를 끄덕였다.

"우리는 기지로 들어가는 통로를 압니다. 숨어 들어가서 문도와 그의 심복들을 제거하고 나면 나머지 조직원들은 페르난도에게 투항할 겁니다."

구레나룻수염이 짙은 사내가 고영무와 페르난도를 번갈아 바라보며 말했다.

고영무는 뜨겁고 진한 커피를 한 모금 삼켰다. 진한 냄새와 맛이 입안에 배었고 침과 섞여지자 점점 고소한 맛이 났다.

"문도가 보고타로 돌아올 가능성은 없습니까?"

고영무가 묻자 페르난도가 머리를 저었다.

"문도에게는 지금 주도권을 장악하는 일이 우선입니다. 보고타에서 정치를 한다든가 상담 준비를 할 겨를이 없어요."

페르난도는 고영무를 똑바로 바라보았다.

"우리는 쿠쿠타로 출발할 작정입니다. 놈이 주도권을 완전히 장악하기 전에 제거해야 합니다."

주변에 앉아 있던 사내들이 머리를 끄덕였다. 그들을 둘러보던 고영무의 시선이 밀리카와 마주쳤다.

"하지만 이 인원으로 공격한다는 것은 무리라고 생각해요, 페르난도. 그리고 마땅한 무기도 없지 않습니까?"

페르난도는 잠자코 그를 바라볼 뿐 입을 열지 않았다. 사내들도 서로의 얼굴을 들여다보았다.

"일단 2, 3일만 더 기다려 보시오. 나도 계획이 있습니다."

자리에서 일어선 고영무는 그들을 남겨 두고 방을 나왔다.

그들이 묵고 있는 저택은 보고타 변두리의 중산층이 거주하는 지역에 있었다. 방이 다섯 개에 욕실과 화장실이 위아래 층에 있는 스페인 식 건물이었다. 집은 튼튼하였으나 오래 되어 습기에 차 있고 퀴퀴한 냄새가 났다.

두 달 예정으로 임대한 집이어서 내부장식이나 벽지를 새로 바를 생각은 아무도 하지 않았다.

"잠깐, 저 좀 보세요."

2층 계단을 오르는데 뒤에서 밀리카의 목소리가 들렸다. 고영무는 걸음을 멈추고 아래를 내려다보았다. 밀리카가 빠른 걸음으로 다가와 그의 바로 아래 계단에서 멈춰 섰다. 두 눈을 치켜뜨고 있었는데, 입술을 굳게 다물고 있다.

"오전에 어디 다녀오셨어요?"

그녀의 속눈썹이 가늘게 떨렸다.

"그건 왜?"

턱을 쳐든 고영무가 불쑥 묻자 그녀는 아랫입술을 입 안으로 조금 빨아들였다가 내놓았다.

"김영지 씨한테 다녀왔지요?"

고영무가 퍼뜩 눈썹을 치켜세웠다.

"그랬어. 그런데 그건 왜 묻지?"

시선을 내린 밀리카가 계단 손잡이를 바라보았다. 그녀의 콧날 끝부분과 물기에 젖은 아랫입술이 보였다.

"그런 데에 신경 쓰지 마, 밀리카. 페르난도와 너는 해야 할 일이 있어. 나는 도우러 온 사람이고."

몸을 돌린 고영무는 계단을 올라갔다. 기역자로 꺾어진 부분으로 오르자 그녀가 그 자리에 서 있는 것이 보였다.

육군대장 정복을 입은 알폰소의 풍채는 늠름했다. 금몰이 어깨에서부터 내려와 겨드랑이로 흘러들어갔고 벨트에는 금장식이 붙어 있었다. 흰 상의에 매달린 10여 개의 훈장과 수십 개의 기장은 그의 경력과 관록을 보여 주는 것이다. 대리석 바닥을 울리며 다가오는 알폰소의 얼굴에는 웃음기가 떠올라 있었다.

"고, 이거 얼마 만이오?"

그는 고영무 앞에 서자 두 팔을 벌렸다.

"이렇게 만나게 되다니, 꿈만 같소."

그를 포옹하고 난 알폰소의 표정은 조금 상기되어 있었다. 뒤쪽에 서 있던 장교 한 명이 고영무와 시선이 마주치자 얼른 눈길을 돌렸다.

"참모총장 각하, 반갑게 맞아주셔서 고맙습니다."

고영무가 그에게 팔을 이끌려 응접실로 들어가면서 말했다.

그의 뒤를 따르던 최대광이 눈을 치켜뜬 채 주위를 둘러보았다. 알폰소는 육군 참모총장 겸 수도권 방위사령관으로 제2군 사령관을 겸하고 있는 제2인자였다. 그의 저택은 에르난데스의 저택을 인수받은 것이니만치 사치스러웠다.

로비의 대리석 바닥은 이탈리아에서 수입한 것이고 가구는 영국에서 특별 주문해 온 것이었다. 에르난데스는 한때 파리의 음식점에서 요리를 공수시켜서 파티를 한 적도 있는 호사가였다. 그들은 응접실의 소파에 마주앉았다. 아침 9시가 되어 있었다.

"각하, 출근 시간에 늦으시는 것 아닙니까?"

고영무가 묻자 그는 머리를 저으며 웃었다.

"오전에 진급자 신고식이 있지만 부사령관에게 위임시켜 놓았소. 마음 놓으시고 천천히 이야기나 합시다."

"먼저 정권 회복을 축하드립니다, 각하."

"모두 당신의 공이오. 당신이 없었더라면 나는 지금도 오르쿠에의 밀림에서 달팽이를 삶아 먹고 있었을 거요."

그들은 서로 마주 보고 웃었다. 정복 차림의 장교 한 명이 쟁반 위에 커피잔 세 개를 올려놓고 방으로 들어섰다.

그는 절도 있는 동작으로 잔을 내려놓고 돌아서서 방을 나갔다. 응접실은 30평쯤 되어 보였는데, 가구가 호화스러웠을 뿐만 아니라 한쪽에는 대형 컴퓨터가 놓여져 있어서 꽉 찬 듯한 느낌이 들었다.

"모두 에르난데스가 장식한 겁니다. 저택을 인수받고 그냥 그대로 두었지요. 새로 간소하게 꾸밀까도 생각해 보았는데 그것도 낭비더군요. 저 가구들을 처분할 길도 없고."

그의 시선을 의식했는지 알폰소가 미소 띤 얼굴로 말했다.

"그런데 고, 미국에서 그들의 눈이 튀어나올 일을 했지요? 대통령과 나는 그 뉴스를 듣고 위스키를 두 병이나 마셨습니다."

이제 그의 얼굴은 환하게 웃는 표정이 되었다.

"콜롬비아에 잘 오셨습니다, 고. 우리가 보호해드리지요."

"고맙습니다, 각하. 폐를 끼치러 온 것은 아니었습니다만."

"천만에."

알폰소는 커피잔을 내려놓고 손을 저었다.

"당신이 마지막 순간에 그들에게 배신당한 것은 압니다. 그쪽 초소에 우리는 병력을 보내지 않았어요. 총격이 일어나자 니콜라스는 부대를 이끌고 그쪽으로 달려가려고 했답니다. 카스틸로의 병력과 당신의 특공대가 교전하는 줄 알았던 것이지요. 그건 CIA였습니까, 아니면 마약부입니까?"

"CIA였습니다. 마약부는 모르고 있었습니다."

"워렌의 짓이군요. 우리도 그럴 줄 알았습니다."

알폰소가 머리를 끄덕였다.

"결과야 우리에게 유리하게 끝났지만 그들은 비정한 놈들입니다."

"워렌이 카를로스와 크링거를 보호하고 있었습니다. 카를로스와 크링거는 그의 정보를 받고 우리의 공작을 끈질기게 방해했지요."

알폰소가 잠자코 그를 바라보았다. 최대광이 참다못한 듯 헛기침을 하고는 민망한지 얼른 커피잔을 집어 들었다.

"워렌은 누가 집권하든 상관하지 않았겠지요. 고, 그건 우리들도 압니다. 차라리 약점이 많고 미국에 고분고분한 카스틸로가 지금의 라파엘 대통령보다 조종하기가 쉬웠겠지요."

머리를 치켜든 알폰소가 천천히 입을 열었다.

"카를로스와 크링거를 한꺼번에 제거하셨는데, 그러고 나서 곧장 나를 찾아오신 것은 무슨 생각이 있어서입니까?"

"페르난도를 데리고 왔습니다, 각하."

알폰소가 눈을 깜박이며 그를 바라보았다.

"페르난도 하고 화해했습니까?"

"화해하고 말 것도 없지요. 서로 주고받았으니까요. 나는 그를 카를로스 대역으로 밀어주려고 합니다."

"……"

"어차피 콜롬비아에서 마약수입을 근절시킬 수도 없는 일, 페르난도를 밀어주시면 이곳 재정에 상당한 도움이 될 겁니다."

알폰소는 입을 다물고 고영무를 바라보고만 있었다. 커피잔을 들어 한 모금 삼킨 고영무가 말을 이었다.

"크링거 역할은 내가 합니다. 워렌은 CIA 조직을 통해 세계 각 지역에 마약을 분배하고 그것을 정치적으로 이용하려고 했습니다. 크링거와 카를로스를 통해서 말이지요. 워렌의 역할은 마약부에 있던 지미 골드가 맡을 겁니다."

"지미 골드."

알폰소가 그의 말을 따라 하듯 지미의 이름을 불렀다.

"그가 당신 측에 가담했습니까?"

고영무가 입 끝을 올려 웃었다.

"가담한 것이 아닙니다. 쫓겨 들어왔지요. 카를로스가 LA를 활보하는 것에 분통이 터져서 부하를 잡아넣었더니 CIA가 경계했어요. 그러다가 나중에는 그를 제거하려고 했던 겁니다. 지미는 우리가 구해냈지요."

"이제 차츰 윤곽이 드러나는군."

혼잣소리처럼 알폰소가 말하다가 그와 시선이 마주치자 흰 이를 드러내며 웃었다.

"당신에 대해서 말입니다. 나는 당신이 처음에는 단순한 킬러인 줄로 생각했소."

"……"

"시간이 지나자 당신은 눈에 띄게 변해 갔소. 놀랍고 빠른 적응력이오. 부딪치는 것을 엎고 그 위에 올라서는 순발력이 경이롭소."

"각하, 우리는 각하의 도움이 필요합니다. 카를로스의 부하인 문도가 쿠쿠타에서 조직을 정비하고 있습니다."

"좋소, 고. 병력을 보내 쿠쿠타를 포위하겠소. 신세를 갚을 기회를 줘서 고맙소."

"그렇게만 해주시면 페르난도와 제가 문도와 그의 심복들을 제거하지요."

"제거되었다고 신호만 주면 병력을 철수시키겠소."

"우리에겐 무기가 필요합니다."

"오늘 당장 내 부관에게 지시해놓겠소. 미사일만 빼놓고 다 가져가시오."

"마약 판매대금의 50퍼센트를 국고에 납부하도록 하겠습니다."

알폰소가 턱을 치켜들더니 온 얼굴에 주름살을 지으며 웃었다.

"그것이 당신의 강점이오. 당신은 절대로 남에게 신세를 지지 않는 성

격, 꼭 줄 것이 있어야 받으러 오는 사람이오. 대통령께서도 기뻐하실
겁니다."

"고맙습니다, 각하."

고영무가 자리에서 일어서자 알폰소가 그의 손을 잡았다.

"그런데 고, 한 가지 물어봐도 되겠소?"

"네, 무엇이든지."

"당신의 이익은 얼마나 됩니까?"

"50퍼센트입니다."

"아니, 그럼?"

알폰소가 머리를 갸우뚱하다가 이내 커다랗게 머리를 끄덕였다.

"판매까지 장악할 계획이시군, 고."

"그렇지요. 1백으로 사온 물건을 1백 50으로 판매할 생각이니까요.
사는 것도 파는 것도 내가 관리할겁니다."

알폰소는 고영무의 어깨에 한 팔을 두르고는 응접실을 나왔다.

최대광이 잠에서 깨어난 얼굴로 뒤를 따랐고, 문 앞에서 대기하고 있
던 장교가 그들을 보더니 두 발을 부딪쳐 소리를 내었다.

밀리카가 사무실 안으로 들어서자 안쪽 책상에 앉아 있던 김영지가
머리를 들었다. 둘의 시선이 마주쳤고 이윽고 김영지가 자리에서 일어
섰다.

"여긴 웬일이세요?"

"말씀드릴 것이 있어서요."

둘의 말투는 비슷하게 딱딱하였는데, 마침 사무실에 그들 둘밖에 없
는 것이 다행이었다. 밀리카는 김영지가 권하는 소파의 앞쪽 자리에 앉
았다.

공장 사무실이어서 책상 대여섯 개와 소파가 놓여 있을 뿐이었다. 벽쪽 선반에 기계의 부속들이 품목별로 질서 있게 정리되어 있는 것 온 김영지의 솜씨일 것이다.

김영지는 하늘색 투피스를 산뜻하게 차려입은 밀리카를 바라보았다. 긴 머리를 뒤쪽에서 틀어 모아 핀으로 고정시켜 놓아서 매끄러운 목이 드러났다.

"저한테 무슨……"

무릎 위에 두 손을 깍지 끼고 앉은 김영지가 묻자 밀리카가 흰 이를 드러내며 웃었다.

"어제 고영무 씨가 여기 다녀갔지요?"

"네? 그게 무슨 말이에요?"

김영지는 두 손에 힘주어 주먹을 쥐었다. 그녀가 고영무에게 원한을 품고 있다는 것은 알고 있었다. LA의 저택에서도 그녀는 오빠를 살해한 것은 고영무라고 당당하게 말했었다. 그녀의 약혼자가 고영무의 손에 살해되었음은 나중에 알게 되었다.

김영지는 LA에 있던 밀리카가 보고타에 나타난 것에 불안해졌다. 그리고 어제 고영무가 나타난 것을 어떻게 알고 묻는지도 궁금해졌다. 게다가 고영무는 몸을 피해 다녀야 하는 입장이었던 것이다.

"갑자기 찾아오셔서, 난 도무지 영문을 모르겠어요."

김영지는 시치미를 떼기로 마음먹었다. 눈썹을 치켜 올린 채 밀리카를 쏘아보았다. 그녀의 얼굴에는 웃음기가 가셔 있었다.

"고영무 씨와 저는 함께 LA에서 왔어요. 예전의 우리 사이로 돌아온 것이죠."

밀리카가 차분해진 얼굴로 말했다.

"우린 김영지 씨가 LA로 돌아간 후에 LA에서 같이 살았어요."

김영지는 자신의 손가락을 내려다보았다. 손가락은 하얗게 핏기가 가
셔져 있었다.

"같은 여자로서 이런 말씀 드리는 것은 너무 가슴이 아파요. 하지만 서로
더 깊은 상처를 주기 전에 이야기해 드리는 것이 낫다고 생각해서……"

김영지가 퍼뜩 머리를 들어 밀리카를 바라보았다. 두 눈가가 빨갛게
달아올라 있었는데, 마악 울음을 터뜨릴 것 같기도 했고 소리를 지를 것
처럼도 보였다. 밀리카가 소리 죽여 긴 숨을 내쉬었다.

"전 임신했어요. 3개월째인데, 이번 여행도 같이 오지 못할 뻔했어요."

"밀리카 씨, 요점을 말해주세요. 전 시간이 없어요."

김영지는 자신의 목소리가 갈라져 있는 것을 듣자 짜증이 났다. 그리
고 말끝이 떨리기까지 했다.

"당신은 거짓말을 잘하는 사람으로 알고 있어요. 밀리카 씨, 그 말을
믿을 수가 없어요."

김영지의 얼굴이 붉게 달아올랐다. 믿을 수가 없다고 했지만 이쪽은
이미 가슴이 울렁거리고 있었다.

그리고 그것을 확인할 방법을 생각하자 또다시 얼굴이 달아올랐다.

"내가 왜 거짓말을 하겠습니까? 이대로 내버려두어도 나는 그의 자식
을 낳을 것이고 콜롬비아에서 같이 살기로 약속을 했는데."

밀리카는 머리를 들어 김영지의 얼굴을 바라보았다. 이맛살을 찌푸리
고 아랫입술을 조금 문 모습이다.

"그이는 당신에게 미안한 감정을 가지고 있어요, 김영지 씨. 언제나
죄책감을 느끼고 있었습니다. 그이는 나에게 당신에 대한 감정을 이야
기해주었어요."

"그래, 동정한다던가요?"

눈썹을 치켜 올려 그녀를 바라보았으나 김영지의 두 눈은 글썽한 눈

258

물에 덮여 앞쪽이 잘 보이지 않았다.

"괴롭다고만 했어요, 어쩔 수 없이 당신을 찾아가야만 하는 입장이. 그리고 안됐다고도 했구요. 당신을 돕고 싶다고도 했어요."

기어코 김영지의 눈에서 눈물이 흘러내렸다. 이를 악문 그녀는 밀리카에게서 머리를 돌렸으나 이미 그녀에게 눈물을 보이고 만 것이다. 그러자 억누르고 있던 감정이 한꺼번에 풀려 버린 듯 눈물이 끊임없이 쏟아져 내렸다.

"미안해요, 김영지 씨. 난 그이에게 이야기를 전해주겠다고 말하고 나왔어요. 그이는 아무 말도 않더군요."

귀를 가리고 싶었으나 밀리카의 말소리는 파고들듯 김영지의 머릿속에 박혔다. 언제 밀리카가 사무실을 나갔는지 김영지는 알지 못했다. 그녀는 오랫동안 그 자리에 앉아 있었다.

"이런, 빌어먹을. 개 같은……"

최대광이 눈을 부릅뜬 모습은 금방이라도 사람을 요절낼 형상이었으므로 주변의 사내들은 멀찌감치 물러나 있었다. 고영무가 방 안으로 들어서자 방 한쪽에 앉아 있던 페르난도가 다가왔다.

"보스, 미스터 최를 진정시켜야겠습니다."

그의 얼굴은 찌푸려져 있었는데, 최대광이 뚜벅거리며 다가오자 한 발짝 옆으로 물러섰다. 그는 가르시아의 목을 꺾어 죽이는 최대광을 눈앞에서 보았었다.

"형님, 저는 LA로 돌아가겠습니다."

최대광은 눈을 부릅뜨고 고영무를 바라보았다. 얇은 입술 끝이 부들부들 떨리고 있었다. 사내들이 모두 이쪽에 신경을 쓰고 있는 것이 느껴졌다.

“쓸데없는 소리 마라.”

고영무가 자르듯 말하고는 소파 쪽으로 다가가자 최대광이 그의 소매를 잡았다.

“형님, 용만이가.”

“이런 바보 같은 놈.”

눈을 치켜뜬 고영무의 얼굴이 험하게 찌푸려졌다.

“지금 LA로 가서 무얼 한단 말이냐? 미국 정부를 상대로 선전포고를 할 테냐?”

한국말이었으나 페르난도를 비롯한 방 안에 있는 사내들은 대강의 뜻은 이해할 것이다. 신용만이 LA에서 체포되었다는 소식은 한 시간 전에 지미와의 통화에서 확인되었다. 지미는 거처를 샌프란시스코 북쪽으로 옮긴 모양이었다.

고영무는 최대광이 잠자코 서 있자 입맛을 다시더니 몸을 돌렸다. 소파의 상석에 앉자 페르난도와 그의 부하들이 다가와 그의 주위에 앉았다. 모두가 어두운 표정이었다. 신용만이 체포되었다는 것은 LA에 근거지를 두고 있는 고영무의 본부가 위험하다는 것을 의미한다. 그리고 그것은 곧 고영무의 도움을 받고 있는 페르난도의 힘이 약해지는 것이라고 볼 수도 있다.

사내들의 표정을 둘러보던 고영무는 자연스럽게 형성된 상하관계를 실감할 수 있었다.

“대광이 너도 여기 앉아라.”

창가에 서서 어깨를 세우고는 불뚝거리고 있는 최대광을 향해 고영무가 말했다.

늦은 오후였으므로 창문을 비스듬히 스치며 들어온 햇살이 최대광에게 막혀 흩어지고 있었다. 힐끗 그에게 시선을 주던 최대광이 방을 울리며 다가와 소파의 한쪽 구석에 앉았다.

"오늘 알폰소 대장을 만난 이야기를 해야겠소."

그들을 둘러보며 고영무가 입을 열었다. 페르난도를 비롯한 사내들이 긴장한 듯 몸을 굳혔다. 그들 아무에게도 알폰소를 만난다는 이야기를 하지 않았던 탓이다.

"알폰소 대장은 사흘 후에 쿠쿠타 지역에 1개 사단 병력을 보내 문도의 기지를 포위하기로 약속했소."

사내들이 서로의 얼굴을 돌아보았다.

페르난도가 머리를 끄덕였다.

"그러실 줄 짐작했습니다. 카스틸로를 제거한 보답을 받으시는 것 아닙니까?"

"그것 때문만은 아닙니다, 페르난도."

고영무가 그들 쪽으로 상체를 굽혔다.

"우리는 이제 콜롬비아 정부 측과 공식적인 계약을 맺었다고 생각하면 됩니다. 페르난도, 당신은 이제부터 대통령과 알폰소 대장의 공인을 받은 마약 수출상입니다. 물론 외국에는 비밀로 해야겠지만."

페르난도가 눈을 치켜뜨고는 고영무를 바라보았다. 사내들이 숨소리마저 죽인 채 앉아 움직이지 않았다. 고영무가 말을 이었다.

"마약은 페르난도가 집합하여 LA에 있는 나에게 수출합니다."

고영무가 페르난도를 찬찬히 바라보았다.

"페르난도, 마약 대금의 반은 국고에 넣어야 합니다. 물론 비밀구좌로. 이것은 라파엘 대통령과 알폰소 대장만이 알고 있는 것이오."

"예상하고 있었습니다, 고. 나쁘지 않습니다. 아니, 우리를 떳떳하게 만들어주어서 고맙습니다."

사내들이 떠들썩하게 지껄여대기 시작했다. 이제는 예전처럼 음지에서 숨어 다니지 않게 되었다고 믿는 것 같았다.

밀리카가 쟁반 위에 커피잔을 받쳐 들고 들어왔다. 그녀는 방 안의 분위기가 밝은 것에 놀란 듯 눈을 치켜떴다가 이내 얼굴에 웃음을 띠고는 찻잔을 내려놓았다.

"예전과 다른 것은 별로 없어요. 당신들은 전과 같이 경찰과 군대에 쫓기는 몸입니다."

찻잔을 들며 고영무가 말하자 누군가가 소리 내어 웃었다.

"그거야 문제없습니다. 쫓고 쫓기다가 막다른 골목에서 만나면 서로 웃고 갈라서지요. 잘 해낼 수 있습니다."

물론 카스틸로 시절에도 돈을 먹여서 잡고 풀리는 게임을 했었다. 그러나 지금처럼 분명하게 계약을 하지는 않았던 것이다. 고영무가 다시 페르난도 쪽으로 몸을 돌렸다.

"페르난도, 오늘 밤에 알폰소의 부관 도밍고 대령이 우리에게 무기를 건네주기로 했습니다. 장소는 독립공원 안의 분수대 옆이오. 시간은 11시."

"분수대 옆 11시."

페르난도가 말을 받으며 머리를 끄덕였다.

"이젠 됐습니다. 고. 길이 보입니다. 우리는 걷기만 하면 되는군요."

소파 뒤쪽에서 빈 쟁반을 들고 서 있던 밀리카가 이쪽을 바라보았다. 그녀와 시선이 마주친 고영무는 이내 얼굴을 돌렸으나 그녀의 시선이 이쪽으로 향해져 있다는 것을 느낄 수 있었다. 재정과 정보를 맡고 있는 밀리카는 활기차게 행동하고 있었는데, 전과 다른 모습으로 보였다. 서울의 이자영과 같이 강한 성격이고 집념이 있는 여자였다.

사무실은 60평형이었는데 영동의 테헤란로 입구에 세워진 20층 빌딩의 14층에 자리잡고 있었다. 이자영이 사무실의 문을 열고 들어서자 창가에서 부하와 이야기를 하고 있던 장규식이 다가왔다.

"이부장, 아까부터 대기실에서 누가 기다리고 있는데."

이자영이 머리를 끄덕였다.

"조한철 씨죠? 내가 조금 늦었어요."

"어떻게 그 친구를 알지?"

이자영이 입 끝을 올리면서 웃었다.

"우연이죠, 인연이고. 아니 어쩌면 나는 이 일이 숙명인지도 몰라요."

"거창하군."

이자영은 몸을 돌려 대기실로 다가가 문을 열었다.

신문을 들여다보고 앉아 있던 조한철이 자리에서 서둘러 일어섰다.

"이자영 씨, 아니, 이부장님이시더군."

그의 얼굴에 떠오르던 웃음기가 조금씩 엷어지더니 이자영이 그의 앞자리에 앉았을 때는 굳어진 얼굴이 되었다.

"본론만 이야기하지요, 조한철 씨. 장사장님한테서 먼저 들으셨겠지만."

이자영이 그를 똑바로 바라보았다.

"장사장님이 조한철 씨 이야기를 꺼냈을 때 난 조금 놀랐어요. 예전에도 조금 의심쩍은 부분이 있기는 했지만 당신이 마약 판매책이라는 것은 사실 몰랐지요."

조한철이 입끝을 치켜 올리며 상체를 세웠다.

"마찬가지요, 이부장. 당신이 이런 모습으로 내 앞에 나타날 줄은 나도 몰랐으니까."

그의 미끈한 얼굴은 전과 조금도 달라지지 않았다. 이자영은 그를 향해 웃음을 띠어 보였다.

"장사장님과 합의하셨겠지요?"

"물론이오. 그것은 우리가 바라던 일이었으니까."

“이한기 씨도 승낙하시리라고 믿어요.”

“반대할 이유가 없습니다. 다만,”

“유장수가 문제인가요?”

조한철의 시선이 퍼뜩 그녀를 스치고 지났다. 유장수는 이제 5인위원회에서도 가장 강력한 힘을 가진 위원이 되어 있었다. 모두 마약의 힘이었다.

각 지역의 보스들에게 마약을 선심 쓰듯 나누어 주고 돈을 받았는데, 보스들은 그것으로 막대한 이익을 챙기게 된 것이다. 따라서 보스들이 그의 밑으로 모이게 된 것은 당연한 일이었다.

이자영은 그가 대답을 하지 않자 다시 이를 드러내며 웃었다.

“그 문제는 곧 해결이 돼요. 조한철 씨, 당신은 이제 이한기 씨와 함께 유장수의 판매망을 빼앗을 준비나 하면 됩니다.”

“마약은 언제 옵니까?”

“곧.”

이자영은 자리에서 일어섰다.

“당신이 조직을 정비할 자금은 나한테서 나옵니다. 필요하신 자금은 청구하세요. 그리고,”

말을 멈춘 이자영이 시선을 들어 그를 바라보았다.

“앞으로 한국의 마약공급과 판매는 우리가 합니다. 다른 조직들은 곧 없어질 거예요.”

조한철이 입맛을 다시면서 머리를 돌렸다. 도무지 믿기지가 않다는 표정이었다.

“그럼 안녕히 가세요, 조한철 씨.”

이자영이 방문을 열고 나간 후에도 한참 동안 조한철은 대기실에 앉아 있었다. 왠지 밖으로 나가기가 어색했기 때문인데, 자신이 이제 이자

영으로부터 지시를 받는 입장이 되었다는 것도 어색한 이유 중의 하나
였다.

그러나 고영무라는 사내는 거물인 것이 틀림없는 모양이었다. 장규식
은 입에 침이 다 말라 물을 들이켜면서까지 고영무에 대한 존경심을 표
현했다. 그는 악마같이 잔인한 사람이지만 통이 크다는 이야기를 끝도
없이 했는데, 장규식은 이미 그에게 심복하고 있는 것 같았다.

담배를 침과 함께 뱉어낸 김덕팔은 주차장을 나와 대명빌딩의 현관으
로 들어섰다. 짧게 깎은 머리에 얼굴 색깔은 흙빛이었다. 가느다란 눈으
로 상대방을 쏘아보면 으스스한 느낌이 들어서 그의 별명은 체격에 어
울리지 않게 독사였다. 그는 체격이 컸다. 1미터 80의 신장에 1백 20킬
로의 몸무게였다.

그가 빌딩 로비를 지나자 경비원이 그를 알아보고는 허리를 굽혔다.
하루에 한번씩 빌딩의 15층에 있는 회장실에 들르는 몸이었다. 김덕팔
은 어깨를 펴고 엘리베이터에 올랐다.

"대전의 임채석이 2백 그램을 더 보내달라고 합니다, 회장님."

김덕팔은 이제 어깨를 늘어뜨린 자세로 서 있었다. 고급 양탄자가 깔
려 있는 널찍한 방 안에서는 은은한 향기가 풍겨 나오고 있었다.

"임채석이가 이젠 아예 마약장사를 하려고 드는구만."

유장수가 내쏘듯 말했으나 얼굴의 표정은 밝았다. 눈가에 깊은 주름
살이 여러 개 패어 있었다.

"얼마 남아 있는지는 모르지만 내주지. 그리고 임채석이한테 분명히 말
해, 이번 달에는 그것으로 끝이라고. 그리고 수금은 제대로 되고 있지?"

"염려하실 것 없습니다, 회장님."

유장수는 책상 위에 놓인 단추를 눌렀다. 그러자 옆쪽의 문이 열리더니 전우석이 들어섰다.

"부르셨습니까? 회장님."

"응, 덕팔이한테 2백 그램을 주어라."

전우석이 머리를 끄덕였다.

"어디로 보내는 겁니까?"

"대전의 임채석이다."

"이번 달에 4백 그램이 나가는 겁니다. 너무 많은데요."

"대전은 유동인구가 많은 도시여서 별 걱정이 없습니다, 우석 형님."

김덕팔이 얼굴에 웃음을 띠었다.

"그리고 임채석 씨도 기반이 단단합니다. 걱정하실 건 없습니다."

"일이 생기면 책임은 우리가 지는 거야, 네가 아니다."

유장수 앞이었으나 전우석이 잘라내듯 말했다.

"무조건 양을 늘린다고 해서 좋은 것이 아니다. 네 구전만 생각하지 마라."

김덕팔의 얼굴이 검붉은 색깔로 변했다. 힐끗 유장수를 돌아본 그는 잠자코 시선을 내리깔았다.

"전부장, 이번 한번만이다. 임채석이가 거래선을 늘리는 모양이야. 예외로 치고 나눠줘라."

유장수가 부드럽게 말하자 전우석이 다시 머리를 끄덕였다.

"알겠습니다, 회장님."

"그리고 덕팔이 너는 대금을 오늘 중으로 현금으로 바꿔 와야겠다. 내가 쓸 데가 좀 있어."

김덕팔이 머리를 들었다.

"대금을 모두 바꿔 올까요?"

"그래, 모두. 학교의 공사대금으로 지불해줘야 돼."

전우석과 김덕팔이 옆 쪽문으로 나가자 유장수는 시계를 올려다보았다. 오후 1시가 조금 넘어 있었다.

이성철과의 약속은 오후 2시였으므로 지금 나가 봐야 할 것이다.

유장수가 로열호텔의 커피숍에 들어섰을 때는 정확히 2시 2분 전이었다. 이성철이 안쪽의 테이블에 앉아 있다가 그를 향해 머리를 끄덕이며 웃어 보였다.

"이거 바쁘실 텐데 만나자고 해서 미안합니다."

자리에 앉으며 유장수가 말하자 이성철이 손을 저었다.

"무슨 말씀을. 그렇게 말씀하시면 거북합니다. 언제라도 불러주세요."

예전과 비교하면 이성철의 태도는 달라져 있었다. 그것은 그가 예전의 이성철이 아니라는 말도 되었다. 그는 이제 유장수에게 의존하는 것이 조금 남아 있는 자신의 세력을 유지하는 방법이라고 깨닫고 있었다. 그가 장악했던 경기 지역의 보스들은 대부분 유장수와 끈을 맺고 있었는데 그 이유는 마약공급 때문이다. 강일준을 살해한 뒤에 이한기와 조한철이 떠돌아다니는 동안 유장수는 끊임없이 마약 공급처를 확보하여 늘려갔다. 마약은 주로 동남아 지역에서 들여왔고 때로는 일본을 통할 때도 있었다.

위험 부담이 많고 어떤 때에는 공급해 주기로 한 동남아인이 공항에서 체포당하는 곡절도 겪었지만, 판매망을 닦아 놓은 입장이어서 들여오기만 하면 즉시 소진되었던 것이다.

"이사장, 요즘 경기가 좋지 않으시다고 들었는데, 어떠시오?"

담배를 꺼내 입에 물면서 유장수는 의자에 등을 기대었다. 자주 오는 호텔이어서 종업원이 물잔을 내려놓고는 재빠르게 물러갔다.

"말도 마십시오, 자금이 조여서 죽을 지경입니다."

검은 얼굴을 잔뜩 찌푸린 이성철이 머리를 저었다. 마치 기다리기나 한 것 같은 반응이었다.

"이번에 연립주택에 손을 대었는데, 분양이 10퍼센트도 안 되었습니다. 마무리 공사까지 한 상황인데 이대로 갔다가는 곧 부도가 나겠어요."

알고 있던 일이었으므로 유장수는 머리를 끄덕였다. 이성철이 상체를 세우고는 바짝 다가앉았다.

"유회장님께서는 학교 건물을 증축하신다던데, 잘 되고 있겠지요?"

"그거야 학교에서 알아서 하고 있으니까요. 내가 알 바 아니지."

이전에 초급대학 인가를 받아 인성학원재단으로 이름을 바꾸고는 내년부터 신입생을 모집할 계획으로 대대적인 학교 건립공사를 하고 있는 것이다. 유장수는 재단 이사장이었으니 알 바 아니라는 말은 말도 되지 않았다.

"한영호 씨가 며칠 전에 전화를 해왔습니다. 술이나 같이 한잔 하자고 그러는데."

유장수가 눈가에 주름을 잡으며 웃었다.

"나하고 이사장하고 셋이서 마시자는 겁니다. 우리 둘이 손발을 맞추고 있다는 걸 은근히 나타내고는 자신도 끼워 달라는 표현이죠. 그렇지 않습니까?"

"그렇군요. 그럴 겁니다. 그 사람 눈치가 보통이 아니거든요."

머리를 커다랗게 끄덕인 이성철이 말했다. 유장수는 이제 각 지역에서 뽑아 올린 막강한 힘을 바탕으로 국내의 어느 실세 보스보다도 큰 힘을 휘두르고 있었다. 그리고 그의 장기는 무엇보다도 정치력이었다. 기관은 물론 언론에까지 손을 뻗치고 있어서 이제는 그와 대항하느니 보다 그의 그늘에 들어가 있는 것이 차라리 안전한 것이었다.

경상도 지역의 위원인 한영호도 아마 그런 분위기를 느낀 모양이었다.

"참, 내가 이사장을 보자고 한 것은,"

유장수는 윗도리 안쪽 주머니에서 흰 봉투 한 개를 꺼내어 탁자 위에 올려놓았다.

"이거 10억이오. 요즘 자금이 달리실 것 같아서 내가 조금 끌어 모았습니다."

이성철이 눈을 치켜뜨고 봉투를 내려다보았다.

"잘 아시다시피 나도 자금이 달랑달랑해서."

"이 신세를 어떻게 갚아야 할지 모르겠습니다, 유회장님."

이성철이 손바닥으로 얼굴을 쓸었다.

"정말 신세는 잊지 않겠습니다, 회장님."

부하가 보스에게 하는 말투였다.

"그럼 조심해서 가."

전우석이 말하자 김덕팔은 머리를 끄덕였다.

"염려 마십시오, 형님."

"형님 말씀대로 현금을 찾아서 이쪽으로 가져와야 돼. 오후 4시까지."

"네, 그것도."

김덕팔은 전우석의 방을 나오자 와락 이맛살을 찌푸렸다.

"제기랄 자식. 제까짓 게 뭐라고."

전우석은 지방인 전주 출신으로 김덕팔과 비교하면 조직 세계의 5년쯤 선배가 되었다. 그러나 지금 형편으로는 전우석이 관리를 맡고 있다면 이쪽은 영업이다. 대등한 위치인데도 전우석은 칼날 같은 성격으로 선배 행세를 하려 들고 있다. 대명빌딩을 나온 김덕팔은 주차장에서 기다리고 있는 승용차에 올랐다.

앞좌석에는 두 명의 부하가 나란히 앉아 있었다.

"국제은행으로 가자."

던지듯이 말한 김덕팔은 뒷자리에 등을 기대고 앉았다. 우선 입금된 돈부터 찾아 세탁을 해야 할 것이다.

그가 국제은행 종로 지점의 지점장실에 들어섰을 때는 차가 막혔기 때문에 1시간쯤 후였다. 지점장인 안영모가 활짝 웃는 얼굴로 자리에서 일어섰다.

"뭘 그렇게 서두르십니까? 오늘 급한 일 있어요?"

그의 손을 잡으며 안영모가 물었다. 현금과 10만 원권 헌 수표로만 35억을 찾는 것이다.

"경비실 앞 창고에 넣어 두었어요. 용달차나 봉고를 가져오셔야 할 텐데."

"밴을 가지고 왔어요."

벌써 준비가 되었다고 하므로 김덕팔은 기분이 좋았다. 물론 세탁하는 비용으로 그들에겐 5퍼센트를 준다. 그것은 아마 지점장과 차장, 담당 대리가 나눠 먹을 것이다.

날씬한 다리를 가진 여직원이 인삼차를 가져와 그의 앞에 내려놓았다.

"회장님이 요즘 학교 건물공사 때문에 바쁘시지요?"

40대 중반인데도 대머리가 되어 버린 안영모가 묻자 김덕팔은 눈을 깜박이며 그를 바라보았다. 은행원의 정보력도 무시할 수 없다. 그들은 매일 입금되는 출처 불명의 돈에 대해 나름대로 자금원을 조사했을 것이다.

부하들과 가족의 명의로 3백여 개의 통장을 만들어 담당대리에게 도장과 함께 맡겨 놓았다. 필요할 때마다 현금으로 인출해 오고 있었는데, 그들은 대충 짐작하고 있는지도 모른다.

“이것저것 바쁩니다. 우리 회장님이야 원체 발이 넓으시니까.”

“이번에 청소년 선도위원장이 되셨더군요.”

김덕팔은 머리를 끄덕였다.

그들은 수십 억의 예금능력이 있고, 출금 때마다 5퍼센트의 수수료를 떼는 이쪽을 최고의 고객으로 여기고 있는 것이 분명했다. 그들은 비밀을 지켜줄 것이다.

“언제 술 한잔 같이 하십시다. 오늘은 바빠서.”

자리에서 일어서는 김덕팔을 향해 안영모가 다시 환하게 웃었다.

“언제든지 연락만 하세요. 달려가겠습니다.”

은행을 나온 김덕팔은 밴을 뒤쪽으로 따르게 하고 은행 옆 골목을 천천히 빠져 나갔다. 언제나처럼 이곳은 사람과 차가 뒤섞여서 차도를 헤매고 있었다. 2차선 도로였고 바로 옆쪽이 시장이었기 때문이다. T자형 도로 끝에서 멈춘 승용차는 좌회전 신호가 켜지기를 기다렸다. 밴도 뒤를 따라 멈춰 섰다.

시장 바구니를 든 아낙네와 생산 상자를 어깨 위에 올려놓은 사내가 차에 부딪치며 지나갔고 창 밖은 오가는 사람들로 혼잡했다.

김덕팔은 커다랗게 입을 벌리면서 하품을 했다. 그러자 운전석 옆쪽의 문이 벌컥 열렸다. 미처 김덕팔이 입을 다물기도 전에 불쑥 두꺼운 총구가 이쪽으로 겨눠졌고 자욱한 가스가 뿜어져 나왔다. 운전석 옆자리도 마찬가지였다. 직통으로 가스를 들이켠 앞좌석의 부하들이 외마디 소리를 지르면서 몸을 뒤트는 것이 보였다. 김덕팔은 가스를 눈에 쏘였고 벌린 입과 콧구멍으로 사정없이 들이차는 것을 느꼈다.

“아, 이 새끼들.”

몸을 뒤틀면서 더듬거리며 문고리를 찾았다. 이윽고 고리를 찾아 손가락을 끼고는 힘껏 잡아당기며 어깨로 문을 밀었다. 문은 열리지 않았다. 가슴에 찌르는 듯한 통증이 왔고 머리가 갑자기 무거워졌다. 코에는 이미 감각이 없다. 눈에서는 비 오듯이 눈물이 쏟아지고 있었는데 아무 것도 보이지 않았다.

이윽고 김덕팔은 앞좌석에 이마를 찧으며 의식을 잃었다. 그러자 운전석의 문을 열고 사내 한 명이 들어섰고 뒷자리의 김덕팔 옆에도 재빠르게 사내 한 명이 들어와 앉았다. 그들은 모두 코를 플라스틱 덮개로 덮고 짧은 호스에 매달린 고무주머니를 입에 물고 있었다.

뒷좌석의 사내가 운전석에 쓰러진 운전사의 목덜미를 잡아 뒤쪽으로 끌어들였다. 그러자 운전석에 앉은 사내가 기어를 변속시켰다. 신호가 좌회전으로 바뀌었기 때문이다.

뒤쪽에 멈춰 섰던 밴은 그보다 먼저 상황이 일어나 종결되어 있었다. 양쪽으로 닥쳐온 사내들이 무지막지하게도 가스 분사기를 그들의 얼굴에 바짝 대고 쏘아 가스가 밖으로 새지 않고 몽땅 그들에게 흡입되었던 것이다.

밴은 좌석이 넓었으므로 서슴없이 양쪽에서 올라탄 사내들은 쓰러진 김덕팔의 부하들을 뒤쪽으로 던져 놓았다. 그러고는 앞차의 상황이 끝나 가는 것을 지켜볼 수 있었던 것이다. 밴은 승용차를 따라 T자형 도로의 좌측으로 회전해 들어갔다. 이제는 직진 도로였다. 물론 시장의 수많은 남녀들이 그것을 보았을 것이다. 그러나 이제는 90프로 이상 성공한 것이나 다름없었다.

밀림 안은 짙고 비린 냄새가 나고 있어서 처음에는 코가 막히고 머리가 쑤셨으나 이제는 견딜 만했다.

보이는 것은 나무 등걸과 이름 모를 풀 뿐이다. 빼곡하게 들어찬 아름드리 나무들이 제각기 수십 년을 자라온 연륜을 내보이듯 이끼와 흉한

껍질로 치장되어 있다.

도마뱀은 눈에 흔히 띄었는데, 나무 등걸과 비슷한 검붉은 놈도 있고 풀잎과 비슷한 파란 등을 가진 놈도 있다. 사람을 두려워하지 않는 도마뱀은 발이 그쪽으로 뻗어 나가면 귀찮은 듯 두어 걸음 비켜났다.

밀림은 수백만 년 동안의 원시림 상태 그대로였다. 자연사한 고목이 기다랗게 누워 있고, 그 위로 발을 디디면 진흙 덩어리를 밟는 것처럼 발이 빠져 들어갔다.

하늘이 숲에 가려 보이지 않았으므로 숲속은 어두웠다. 그저 수십 갈래의 빛 가닥이 나뭇가지 사이로 뚫고 들어와 사물의 윤곽을 드러내 보일 뿐이다.

땀이 흘러내려 옷이 피부에 달라붙었고, 그 끈적이는 촉감이 기분을 언짢게 한다.

"앞으로 네 시간쯤 가면 됩니다."

뒤쪽에서 페르난도의 목소리가 들렸다. 말소리에 섞여 거친 숨을 뱉어 내고 있었는데, 그에게도 이런 행군은 고될 것이다. 지리에 익숙한 부하 한 명이 앞장서서 나뭇가지를 헤치며 나아갔고, 그의 뒤를 일곱 명의 사내들이 따르고 있다.

숲 안은 정적에 싸인 것 같지만 실제는 그렇지 않다. 이쪽에서 내는 소리를 빼고도 귀를 가득 채우는 조그맣고 끊임없는 소리들이 있다. 새소리 같기도 하고 짐승이 지르는 소리 같기도 하지만 실체는 보이지 않는다.

"이쯤에서 쉬어 갑시다."

몸을 돌린 고영무가 페르난도를 향해 말했다.

그가 머리를 끄덕이며 소리쳤다.

"알도, 여기서 쉰다. 멈춰라."

고영무는 비스듬히 쓰러져 있는 고목에 엉덩이를 걸쳤다. 옆쪽에서 푸른색의 조그만 뱀 한 마리가 고목의 잔가지로 미끌어지듯 내려가더니 풀숲 속으로 자취를 감췄다.

사내들은 고목 둘레에 모여 앉았다. 그들이 내뱉는 거친 숨소리가 차츰 가라앉자 이제는 숲의 소리가 들리기 시작했다. 소리의 실체가 보이지 않았으므로 나무와 풀과 땅이 내는 소리처럼 생각되었다.

이마의 땀을 소매로 닦고 난 고영무는 시계를 내려다보았다. 오후 4시 반이었으므로 일곱 시간 넘게 행군해 온 것이다.

최대광이 부스럭거리며 다가왔다.

M-16을 어깨 위에 걸치듯이 메고 있는데다가 커다란 배낭을 짊어지고 있었다. 작업복이 온통 물에 젖어 있는 것처럼 보였다. 숲의 습기와 땀이 흘러내린 탓이다. 그는 나무등걸 밑에 털썩 주저앉고는 손바닥으로 얼굴의 땀을 털어 내듯이 닦았다.

"형님, 용만이는 이은영이라는 여자하고 친해졌어요."

가쁜 숨을 가라앉히며 그가 고영무를 올려다보았다.

난데없는 이야기였으므로 고영무가 그에게로 물끄러미 시선을 주었다.

"희 살롱에서 카운터를 보는 여자인데, 그 여자를 좋아하는 것 같았습니다."

몇 시간 후면 문도의 기지를 습격해 들어가 이쪽의 목숨이 어떻게 될지 알 수 없는 상황이다. 그러나 최대광은 LA에서 체포된 신용만이 머리에서 지워지지 않는 모양이었다.

"그랬어? 그것 다행이구나, 좋아하는 사람이 생겼다니."

군화의 끈이 느슨하게 풀려 있었다. 나뭇가지에 걸려 늘어진 것이다. 고영무는 끈을 고쳐 매었다.

"지금은 용만이 생각할 때가 아니다."

"재판을 받을 때까지 시간이 조금 남아 있겠지요?"

"그렇겠지. 쉽게 처형하지는 않을 거다. 초조하게 생각하지 마라."

"이 일이 끝나면 곧장 LA로 돌아가실 거죠?"

최대광이 눈을 치켜뜨고 그의 대답을 기다렸다.

"금방 돌아갈 수는 없어. 페르난도가 기반을 잡는 것을 보고……"

"젠장, 그것은 저놈이 알아서 해야지, 우리가 그런 뒤치다꺼리까지 해야 한단 말입니까?"

서너 칸 떨어진 곳의 나무에 기대앉아 무전기를 귀에 대고 있는 페르난도를 향해 최대광의 시선이 향했다가 지나갔다.

"형님이 보내주시지 않아도 저는 이 일 끝내고 돌아갈랍니다."

"인마, 죽을지 살지도 모르는 판이다. 네 일 걱정이나 해."

"내가 죽기는 왜 죽습니까? 점쟁이가 일흔 살까지 산다고 했는데."

최대광은 뺨에 달라붙은 벌레 한 마리를 스스로 귀싸대기를 갈겨 떼어내었다.

"형님, 용만이는 불쌍헌 놈입니다. 그놈은 가족도 없고 우리들뿐입니다."

페르난도가 일어나 이쪽으로 다가왔다. 그는 군복 차림이었는데, 얼룩덜룩한 무늬가 있는 위장복의 가슴에 수류탄 세 개를 나란히 매달고 있다.

"고, 아직 문도 측에서 연락이 온 것은 없습니다. 금방 크리스텔의 연락을 받았습니다."

그는 나무등걸에 상체를 기대고 섰다.

통첩의 내용은 문도와 간부진 대여섯 명만 항복해 오면 나머지 부하들에게는 죄상을 묻지 않겠다는 것이다. 쿠쿠타에 본부를 두고 이쪽 밀림을 포위하고 있는 제118사단의 병력은 지원부대까지 합해서 2만 명이 넘었다.

사단장인 크리스텔 소장이 이쪽으로 연락을 해온 것이다. 미리 계획했던 일이었으므로 고영무는 머리를 끄덕였다.

문도의 일당들이 조직 내에서 내분을 일으키게 하려는 크리스텔 소장의 작전이었다. 부하들이 반란을 일으켜 문도와 간부들을 잡아 오지는 못한다 치더라도, 그들만 없어지면 자신들은 안전할 것이라고 판단할 가능성을 계산에 넣은 것이다. 또한 정부군의 목표는 문도와 주변의 간부진 몇 명이라는 생각에 적개심도 엷어질 것이다.

"긴장하고 있겠군요, 문도가."

나무등걸에서 엉덩이를 땐 고영무는 시계를 내려다보았다.

"당연하지요. 포위되어 있다는 걸 알고 불안해 하다가 그런 통고를 받았으니까 말입니다."

페르난도가 커다랗게 머리를 끄덕였다.

"아마 밀림을 둘러싸고 있는 정부군과 내부의 부하들 양쪽 다 경계하느라고 정신을 못 차릴 겁니다."

이틀간 크리스텔은 끊임없이 문도와 몇 명의 추종자들만을 목표로 무전과 방송을 해왔다. 밀림을 뚫고 기지를 도망쳐 나온 문도의 부하 두 명을 크리스텔 측이 생포했는데, 조직은 동요를 일으키고 있었다. 3백 명 가까운 조직원이 밀림 속의 기지에 있었지만, 문도는 정부군의 침입에 대비하는 한편 자신의 신변 경비를 강화시키고 있었다.

문도의 울퉁불퉁한 얼굴은 화가 치밀어 오르자 흙빛으로 변해갔다. 찌그러진 눈시울 밑으로 잿빛 눈이 이쪽을 쏘아보고 있었는데, 그것은 죽은 생선의 눈과 비슷했다.

"그걸 보고드릴 배짱이 없었을 겁니다, 문도. 결코 그들은 당신을 배신한 것이 아닙니다."

카미르가 턱을 들고는 문도의 시선을 맞받았다.

"놈들의 교란작전입니다. 무전병들은 그것을 보고할 가치가 없다고 믿었을 겁니다."

"언제부터 무전병들이 가치가 있고 없고를 판단해서 가치 있는 무전만 보고하게 되었지?"

문도의 목소리는 잔뜩 억눌려 있었으나 방안을 울렸다. 시멘트로 지은 단단한 단층집이었는데, 지붕과 주위를 무성한 수목으로 위장해 놓아 옆쪽에서도 잘 보이지 않았다.

방 안에는 대여섯 명의 부하들이 이쪽저쪽에 서 있었으나 기침 소리 하나도 들리지 않았다.

"이것은 그냥 넘어갈 수 없는 일이다, 카미르. 내가 무전내용을 직접 듣지 않았더라면 나만 모르고 지낼 뻔했다."

그가 입술 끝을 올려 웃음을 띠자 누렇게 변한 치아가 드러났다. 이빨 사이는 검었다.

"아마 죽는 순간에도 모르고 있었을 것이다."

"그럴 리가 없습니다, 문도."

문도의 성격을 잘 알고 있는 카미르가 긴장한 듯 몸을 굳혔다.

"문도, 그것은 오해입니다."

문도가 다시 이를 드러내며 웃었다.

오후에 그는 무전실로 가서 리시버를 귀에 꽂고 정부군 측의 방송을 들었다. 여느 때와 다름없는 교신과, 몇 명의 추종자만을 제거하면 나머지는 풀어주겠다는 내용이 들려왔다. 밀림을 빠져 나와 항복하라는 권문도 있었다.

그러다가 문도는 긴장으로 어깨를 세웠다. 문도를 사살하거나 어떤 방법으로든 죽인 자에게는 2백만 페세타를 줄 것이며 비밀을 보장해주겠다는 말이 흘러나온 것이다.

이것은 보고받지 못한 내용이었다. 문도만 모르고 있었을 뿐이 내용은 전기지에 알려져 있을 것이었다. 지금 무전병 세 명은 아래쪽 막사의 유치장에 갇혀 있다.

"이런 때일수록 기강이 서야 한다, 카미르."

문도는 목제 의자에서 일어섰다. 땅딸막한 키였으나 어깨가 넓고 상체가 발달한 몸매였다.

"무전병 세 명을 한 시간 후에 총살한다. 준비하도록! 그리고 부대를 이탈하는 자는 그의 가족도 함께 처벌할 것이다. 그것도 알려주도록 해라."

방 안을 둘러보며 문도가 내려치듯 말했다.

"1개 사단이 이곳을 포위하고 있다고는 하지만 이런 일을 겪은 것이 한두 번이 아니다. 놈들은 곧 지쳐서 물러갈 것이야, 걱정할 것 없다."

모두들 잠자코 그를 바라본 채 입을 열지 않았다. 두어 명의 부하가 문을 열고 밖으로 나갔는데, 무전병 총살집행 준비를 하려는 모양이었다.

"그럼 모두에게 이번 명령을 전달하겠습니다."

그렇게 말하고 나선 것은 코르바였다.

그는 문도의 사촌동생으로 문도와 비슷한 체격에 냉혹한 것도 꼭 닮았다. 그렇지만 모자란 것이 한 가지 있었는데, 그것은 그에게는 머리가 없다는 것이다. 짐승과 같은 본능이 있을 뿐 생각보다 행동이 앞서는 성격이었다.

문도가 머리를 끄덕이자 어깨를 치켜 올린 코르바는 활기 있게 문을 열고 나갔다.

카미르는 그를 바라본 채 잠자코 서 있었다. 정부군은 이번엔 그냥 물러서지 않을 것이다. 전에는 한쪽에서는 싸우고 다른 쪽에서는 협상을 벌였으므로 싸움은 시늉이었다. 미국 측의 눈을 속이기 위한 연극에 불과했던 것이다.

　그러나 지금은 달랐다. 아무도 협상에 나서지 않았고 저쪽도 그런 제의를 해오지 않았다. 카미르가 머리를 들자 자신을 바라보고 선 문도와 시선이 마주쳤다.

　문도도 그것을 알고 있을 것이다. 그는 자신이 막다른 길에 몰려 있다는 것을 알고 있다. 알폰소가 사단 병력을 쿠쿠타로 진격시킨다는 정보를 듣고는 몇 번이고 알폰소와 협상하려고 해보았지만 허사였다. 그는 제의를 해 오는 문도의 대리인인 패드릭 변호사를 구금시켜버리기까지 했던 것이다.

　카미르는 시선을 내렸으나 문도의 시선이 자신을 훑고 있는 것을 느낄 수 있었다.

9.
쿠쿠타 공격

총소리가 들렸다. 여운이 전혀 없는 삭막하고 막힌 발사음이었다. 한꺼번에 10여 정의 총이 발사된 것 같은데 긴장해서 멈춰 선 그들의 귀에 총소리는 더 이상 들려오지 않았다.

"앞쪽입니다. 기지 쪽인데……"

앞장서서 가던 마리오가 돌아오더니 주머니에서 땀에 젖고 구겨진 지도를 펼쳐 보였다.

"앞으로 30분쯤 후면 기지의 외곽초소가 나옵니다."

그가 손가락으로 짚은 곳은 산 중턱의 제법 평평한 분지였다. 평평하다는 것은 지형상으로 그렇다는 말이지, 그곳 역시 짙은 밀림으로 덮인 곳이다. 지도에 표시된 외곽초소 주변으로 지뢰와 갖가지 함정이 놓여 있어서 그들은 초소로 곧장 쳐들어갈 작정이었다.

"총소리가 들린 걸 보면 방향은 맞게 온 것 같습니다."

마리오는 손등으로 이마의 땀을 훔쳤다. 그는 다른 피가 섞이지 않은 순수한 인디오다.

고등교육까지 받고 나서 마약조직에 발을 들여 놓은 그는 자신의 일에 만족하고 있었다. 아직도 그의 종족은 동남쪽의 밀림지대에서 원숭이를 사냥해 잡아먹고 산다. 그의 종족 중에서 자가용을 가진 사람은 자신밖에 없다고 자랑하던 그는 페르난도의 심복이었다. 밀림에 익숙하고 기지에 몇 번 와본 마리오가 안내를 맡은 것은 당연했다.

"페르난도, 초소 앞쪽으로 다가가서 시간을 기다립시다."

총소리가 들렸다고 주저할 수는 없다. 발각되었다고 물러날 수도 없는 일이다. 이젠 끝장을 볼 때까지 부딪쳐야만 한다. 그들은 다시 밀림을 헤치고 앞쪽으로 나아가기 시작했다.

앞을 가린 숲 때문에 도무지 방향을 분간할 수 없었던 차에 기지에서 들려온 총소리는 그들의 위치를 확인해 준 셈이 되었다. 대원들의 몸은 오히려 활기를 띠고 있었다.

최대광은 앞을 가린 굵은 풀줄기를 쥐고 있던 만도로 휘둘러 자르고는 앞으로 나아갔다.

만도는 폭 5센티에 길이는 손잡이까지 60센티 정도 되었는데, 비스듬히 휘어진 밀림용 칼이다. 앞을 막는 나뭇가지나 풀을 베기에도 좋고 짐승을 잡기에도 편리했다. 또 요리에도 사용하는 다목적 칼이어서 모두들 한 자루씩 쥐고 있었다.

어깨에 메고 있는 배낭이 몸뚱이를 아래쪽으로 잡아끄는 느낌이 들었다. 로켓포탄이 15발이나 들어 있는 배낭의 무게는 50킬로가 넘었다.

머리를 돌린 최대광은 나무둥치 사이에 버려져 있는 빨간색 깡통을 보았다. 코카콜라 깡통이었다. 이제는 사람이 스쳐 간 흔적이 나타나고 있는 것이다.

숲에는 부러진 나뭇가지들과 사람들의 발길에 의해 바닥에 깔린 풀숲이 보였다.

앞장서 가던 마리오가 멈춰 섰으므로 그들은 모두 멈춰 서서 앞쪽을 바라보았다. 최대광의 눈에는 똑같은 나무, 똑같은 풀숲으로 보였다. 햇살이 건너편 산맥 위를 비스듬히 비추고 있어서 한쪽은 밝았으나 산 그림자에 덮인 밀림은 어두웠다. 그쪽은 이미 밤이 되어 있을 것이다.

옆에 쪼그리고 앉은 사십대의 텁석부리 사내가 최대광의 옷깃을 끌어당겼다. 최대광이 그의 옆에 앉자 사내는 손가락으로 앞쪽을 가리켰다.

그의 손가락이 가리키는 곳은 아름드리나무가 서 있는 위쪽이었다. 두 그루의 나무가 무성한 잔가지로 하늘을 덮고 있었는데, 가지 한 부분이 유난히 짙었다.

그곳을 찬찬히 바라보자 어른거리는 물체가 보였다. 사람이었다. 나뭇가지 사이에 나뭇잎으로 위장한 초소였다. 굵고 빽빽하게 나뭇가지가 우거진 곳이어서 이곳을 알고 있는 사람이 아니면 결코 발견하지 못할 것이다.

초소는 직선거리로 50미터쯤 떨어져 있었는데, 중간 부분이 무성한 나무와 풀로 가려 있어서 그쪽은 아직 이쪽을 발견하지 못한 것 같았다.

"고, 지시를 하시지요."

그들이 땅바닥에 모여 앉자 페르난도가 고영무를 바라보았다. 그는 이제 서슴없이 고영무에게 의지해 왔는데, 부하들에게 위계 관계를 보이기 위한 의도적인 부분도 있었다.

고영무는 머리를 끄덕이며 메고 있던 배낭을 벗었다.

"마리오, 초소 밑으로 다가가 계획대로 놈들을 처치한다. 누구, 같이 갈 사람은?"

"제가 가겠습니다."

40대의 갈릴레아가 그를 바라보았다.

“마리오와 저는 손발이 맞습니다.”

페르난도가 머리를 끄덕이며 고영무를 바라보았다.

“그럼 마리오와 갈릴레아 두 사람이 간다.”

고영무는 시계를 내려다보았다.

산 그림자가 어느새 다가와 시계의 야광침이 빛을 내고 있었다.

“20분 후면 어두워지겠군. 어두워지기 전에 저놈들을 잡고 안쪽으로 들어간다. 자, 마리오, 가라.”

배낭을 벗고 소음기가 끼워진 M-16을 쥔 마리오와 갈릴레아는 풀숲을 헤치고 앞으로 나아가기 시작했다.

나머지 사내들은 모두 필요 없는 도구들을 버리고 전투용 장비로만 몸차림을 갖추기 시작했다.

“고, 문도가 경비를 강화시켰을 겁니다.”

고영무의 옆으로 다가온 페르난도가 낮게 말했다.

“크리스텔이 놈들을 계속 선동하고 있으니 제 주변을 심복들이 철저히 경호하게 하겠지요.”

“문도는 철저한 성격이라고 했지요?”

앞쪽을 바라보며 풀숲에 몸을 숨긴 고영무가 물었다.

“그렇습니다, 카를로스의 작전참모이자 행동대장이었습니다. 난 재정과 대외관계를 맡았지요. 문도는 카를로스의 부하였지만 심복들이 꽤 있었습니다.”

마리오는 이제 초소에서 20미터쯤 떨어진 나무등걸에서 이쪽으로 등을 보인 채 숨어 있었다. 갈릴레아가 그의 뒤쪽으로 다가가고 있었다.

“카미르와 코르바가 핵심 심복인데, 카미르는 계산이 빠르고 요령이 좋은 놈입니다. 코르바는 우직하고 잔인한 놈이지요. 문도의 사촌동생입니다. 이놈들이 손발을 맞추면 무서운 팀워크가 되지요.”

"지금도 그렇게 될까요?"

페르난도가 머리를 갸우뚱거렸다.

"글쎄요, 그건 잘 모르겠습니다. 문도의 역량이 어떻게 나타날지."

마리오는 대여섯 걸음 더 풀숲을 기어 앞쪽으로 나아갔다. 이제는 머리 위쪽에서 두런거리는 말소리가 들렸다.

초소는 그들의 비스듬한 위쪽에 떠 있듯이 세워져 있었는데, 가까운 곳이어서 나무 기둥과 초소 바닥의 판자도 분명하게 보였다. 초소로 올라가는 나무 사다리가 앞쪽에 있었다. 그러나 더 이상 앞쪽으로 나 갈 수도 없는데다가 초소 위에 몇 명이 있는지 알 수도 없었다.

"마리오, 저기에 창문이 있어."

갈릴레아가 옆으로 다가와 속삭였다.

그의 얼굴에는 물을 뒤집어쓴 듯 땀이 흘러내리고 있다. 그가 손가락으로 가리킨 곳에 검은 구멍이 보였다. 나뭇잎으로 둘러싸인 구멍이다.

이제 주위는 어두워지기 시작했다. 해가 능선 너머로 사라진 것이다. 밤이 금방 닥쳐오면 아무것도 보이지 않게 된다.

마리오는 맨땅을 기어 사다리 쪽으로 다가가기 시작했다. 몸이 노출되더라도 할 수 없었다. 이쪽에서는 놈들의 소리만 들릴 뿐 아무것도 보이지 않았다.

마리오는 사다리 밑까지 다가가 누운 채로 위쪽을 올려다보았다.

초소의 바닥이 눈앞 10미터쯤 위쪽에 떠 있었다. 초소에서는 사방의 밀림 속을 내려다볼 수 있을 것이다. 이쪽이 다가오는 것을 그들이 눈치채지 못한 것은 길도 없는 밀림 속으로만 해서 왔기 때문이다.

초소 안에서 사람들의 말소리와 구두 발자국 소리들이 들려왔다. 웃음소리도 들렸다. 바닥은 사방이 2미터 정도로 정사각형이었는데 나무 판자로 되어 있었다.

마리오가 머리를 쳐들자 갈릴레아가 부스럭거리면서 다가왔다.

"여기서는 보이지 않아, 놈들이 우리를 볼 수 있을지는 몰라도."

마리오가 상체를 세우며 말했다.

"그렇다고 바닥에 대고 무조건 쏘아댈 수도 없고……, 내가 사다리를 올라가겠어."

"이봐, 그건 위험해."

갈릴레아가 그의 어깨를 잡았다.

"놈들이 머리만 아래쪽으로 돌리면 자네는 끝장이야."

"갈릴레아, 자네가 머리를 내리는 녀석들을 맡아주게."

마리오는 턱으로 앞쪽을 가리켰다. 초소의 사다리와 입구가 보일 수 있는 위치였다.

"어두워졌으니까 저쪽으로 나가도 괜찮을 거야. 그쪽에서 입구를 겨눠줘, 내가 사다리를 올라갈 때까지."

"좋아, 자네가 정 그런다면."

갈릴레아가 위쪽을 힐끗 바라보더니 엎드려서 초소의 바닥 밑을 떠났다.

주위는 이제 어두워져서 사물의 희미한 윤곽만이 보일 뿐이다. 이곳 초소에서 다음 초소까지는 한 사람이 겨우 다닐 수 있는 길이 뚫려 있다. 그 길만이 유일한 통로이고 옆쪽의 숲은 지뢰와 함정투성이여서 밤에 그곳에 발을 내딛는 것은 자살하려는 것과 마찬가지였다.

갈릴레아가 무사히 앞쪽의 나무둥치 옆으로 다가간 것이 확인되자 마리오는 M-16을 내려놓고는 허리춤에 찬 권총을 꺼내 들었다. 15발의 탄창이 채워진 베레타인데, 끝에는 뭉툭한 소음기가 끼워져 있다. 그는 사다리 밑으로 해서 머리를 들어 위쪽을 올려다보았다. 아직 아무것도 보이지 않았다. 이젠 위쪽도 짙은 어둠에 싸여 있었다.

사다리는 나무로 만들어진 것이었는데 특별한 장치가 붙어 있는 것 같지는 않았다. 그러나 갑자기 사다리가 흔들거렸으므로 마리오는 황급히 머리를 초소 밑으로 움츠렸다. 흔들거리는 것이 심해지더니 사내 한 명이 사다리를 내려오는 것이 보였다.

마리오는 손에 든 권총을 고쳐 쥐고는 몸을 굴려 옆쪽의 고목으로 다가가 붙어 앉았다. 사내는 사다리를 내려와 발을 땅에 믿자 거침없이 이쪽으로 다가왔다. 마리오는 권총을 겨누고 숨을 죽였다. 그러자 사내가 그와 3미터쯤 떨어진 곳에서 멈춰 섰는데, 곧 풀잎에 물이 떨어지는 소리가 들렸다. 놈이 소변을 보는 것이었다.

어깨를 내려뜨린 마리오는 사내의 가슴을 향해 겨눈 베레타의 방아쇠를 당겼다.

픽 하는 메마른 소리와 함께 사내의 그림자가 찌그러들었다. 그 찌그러든 부분을 향해 마리오의 총구에서 다시 흰 불꽃이 튀었다. 더 망설일 것 없이 마리오는 성큼 일어나 사다리로 다가갔다. 베레타를 입에 물고는 사다리를 두 손으로 움켜쥐었다.

사다리가 흔들거렸다. 위쪽에서도 누가 올라오는지 알 수 있도록 만든 것이다.

휘청거리는 허리에 중심을 잡으며 사다리를 반쯤 올라갔을 때 초소 안에서 말소리가 났다.

"피에로?"

입에 문 권총을 재빨리 한 손에 쥔 마리오가 대답했다.

"응."

그러고는 사다리를 두 계단 더 올라갔다. 이제는 입구가 2미터쯤 앞에 있다.

"피에로, 내 주머니 못 봤어? 어두워서 잘 보이지 않는단 말이야."

다시 서너 개의 계단을 올라 이제는 입구가 1미터쯤 위쪽에 있다. 한 손은 권총을 쥐고 있어서 엄지와 둘째손가락으로 겨우 사다리의 기둥을 짚고 있을 뿐이다.

이쪽에서 대답이 없자 그쪽에서 머리를 내밀어 사다리를 내려다보았다. 마리오에게는 검은 덩어리가 머리 위로 불쑥 튀어나온 모습 같아 보였다.

그러자 마리오의 귀에 퍽 하는 소리가 뒤쪽에서 들렸다. 그러고는 뜨거운 물이 그의 얼굴에 쏟아졌다. 피였다. 갈릴레아가 겨누어 쏜 총알이 머리를 내민 사내의 어딘가에 맞아 피가 흘러내린 것이다.

사내는 머리를 바깥으로 내민 채 바닥에 엎어졌다. 안쪽에서 다시 말소리가 났다. 아직도 안에는 사람들이 있고, 다행히도 그들은 입구에 엎어져 있는 사내의 상태를 모르고 있다.

이제 마리오는 계단 끝 쪽을 잡고 상체를 입구 안으로 번쩍 들이밀었다. 초소 안은 어두웠으나 사람의 기척은 선명했다. 두 명이 안쪽에 앉아 옆모습을 보이고 있었다. 그들이 동시에 이쪽으로 머리를 돌렸으므로 흰 얼굴의 윤곽이 드러났다.

마리오는 한 손으로 사다리를 움켜쥔 채 먼저 오른쪽 사내를 쏘았다. 그러고는 총구를 돌려 왼쪽의 사내를 쏘았다. 오른쪽 사내는 그 모습 그대로 주저앉았지만 왼쪽의 사내는 일어서다가 뒤로 넘어졌다. 그를 향해 다시 방아쇠를 당기고는 오른쪽 사내에게도 다시 한 발을 쏘았다.

이제 초소 안에서 움직이는 것은 없다. 사다리의 마지막 계단을 딛고 초소 안으로 들어간 마리오는 방 안을 휘둘러보았다. 바닥에 하얀 장판을 깔아 놓아 그것이 빛을 내고 있었는데, 마리오는 그곳에 떨어져 있는 커다란 망원경을 알아볼 수 있었다. 초소는 불을 켜지 않는 대신 장판의 빛으로 밤을 지내는 모양이었다. 망원경은 야간에도 볼 수 있는 적외선의 최신형이었다.

앞쪽에서 부스럭거리는 소리가 들리더니 갈릴레아의 목소리가 들렸다.

"페르난도, 페르난도."

소리가 제법 컸으므로 이쪽은 모두 몸을 굳혔다.

"초소를 점령했습니다. 마리오가 초소 안에 있습니다."

갈릴레아의 모습이 보였다.

"좋다, 가자."

고영무가 선뜻 말하고는 몸을 일으켰다.

다시 마리오가 앞장을 서서 그들은 샛길을 직진해 나아가기 시작했다. 이제는 페르난도도 익숙한 길이었다. 오른쪽 어딘가에 헬리콥터 착륙장이 있고 그곳에서 내려 이 길로 들어와 기지를 향해 걸었던 경험이 있다. 그의 기억으로는 2백 미터쯤 앞에 기지의 정문이 있다. 그곳에는 기관총과 로켓포로 무장한 병력이 있을 것이다. 또한 정문 양쪽에 세워진 벙커는 콘크리트로 만들어져 어지간한 포탄에도 끄떡하지 않게 되어 있었다.

그들은 샛길을 조심스레 걸어 밀림 안쪽으로 다가갔다. 뒤쪽의 초소에서 환히 바라보이는 길이었으나 이미 그쪽은 제압되어 있다. 이제 정문 쪽의 경비만 조심하면 된다.

숲의 모퉁이를 돌자 정문 쪽은 초소와는 달리 희미한 불빛이 보였다. 벙커 안에서 흘러나오는 불빛이었는데 양쪽에서 비추고 있어 멀리서 보니 두 눈과 같은 형상이었다.

거리는 50미터쯤 떨어져 있었다.

그것을 본 고영무는 으스스한 한기가 등을 흘러내리는 것을 느꼈다. 사방은 짙은 어둠에 싸여 있었다. 앞장서 가는 사람의 등도 흔들리는 윤곽으로만 알아볼 수 있을 뿐이다. 그들은 벙커가 30미터쯤 앞에 보이는 곳에서 발을 멈췄다. 풀숲에 모여 앉은 그들의 귀에 이제는 사람들의 말소리가 들려왔다.

기지는 쿠쿠타에서도 산맥 쪽으로 1백여 킬로나 떨어져 있는 곳이다. 정부군은 베네수엘라의 국경 쪽인 북쪽의 길과 밀림의 샛길 요소요소에 병력들을 배치시켜 포위하고 있는 상태였고 공격할 태세는 보이지 않았다.

문도는 그것을 알고 있었으므로 방심하고 있는지도 모른다.

고영무는 벙커를 바라보며 얼굴의 땀을 소매 끝으로 닦았다. 밤이 되어서인지 모기들이 달려들고 있었다. 이런 지형에서는 정부군이 대규모로 이동할 수도 없을 뿐더러 대규모 병력을 이용한 효율적인 공격도 할 수 없을 것이다.

페르난도가 밀림 속에서는 병력이 아무리 많아도 쓸모가 없다고 하였는데, 이제 와서 그 말을 실감할 수 있었다.

"자, 그럼 우리는 뒤쪽으로 갑시다."

고영무가 페르난도에게 말하자 그가 머리를 끄덕이며 시계를 내려다보았다.

"지금이 8시 반이오. 9시 정각에 정문을 공격하도록 하겠습니다."

페르난도가 부하들을 둘러보았다. 모두들 흰자위를 번득거리며 페르난도와 고영무를 바라보고 있다.

"다시 말하지만, 정문이 함락되어도 기지 안으로 들어오지는 마라. 공연히 희생만 커질 뿐이다."

"페르난도, 그럼 기지 안으로도 포를 쏘지 말아야겠군요. 회의 때에는 그 이야기를 하지 못했습니다."

사내 한 명이 말했는데, 누구의 말소리인지 고영무에게는 보이지 않았다.

"포를 쏘지 마라. 우리의 목표는 문도와 그의 심복들 몇 명이야. 나머지 부하들은 우리가 거느리게 될 테니까."

페르난도가 빠르게 대답했다.

"필요한 때 외에는 조심하도록!"

고영무는 페르난도에게 정문을 맡겨 두고 최대광과 마리오와 함께 오른쪽의 담장을 향해 다가갔다. 주변이 굵은 나무들로 가려 있었으나 발에 걸리는 잔가지와 풀들은 보이지 않았다. 기지에서 다듬어 놓은 모양이었다.

두 벙커 사이에 정문이 있었는데, 말이 정문이지 넓이가 2미터도 되지 않는 철판으로 세워진 문이었다. 기지 내의 사람들을 확인하고 공격군을 막는 용도로만 쓰인다고 했다. 애초부터 계획한 대로 마리오와 최대광과 고영무는 담을 넘어 기지 내로 먼저 잠입할 작정이었다.

그들이 나뭇가지 사이로 빈틈없이 쳐져 있는 철조망에 다다랐을 때였다. 앞쪽에서 사람의 인기척이 들렸다. 철조망 안에서 나는 소리였으나 어둠에 묻혀 사람은 보이지 않았다.

벙커의 총안은 정문의 바깥쪽으로 나 있었으나, 입구는 정문 안쪽이어서 벙커로 들어가는 경비병들의 인기척이었다. 잠시 움직임을 멈추었던 그들은 철조망 앞에 모여 앉았다. 정문에서 멀수록 경비병에게 들킬 염려는 적지만 수많은 지뢰와 함정에 다칠 염려가 있다.

마리오가 허리에 차고 있던 철망 자르는 가위를 꺼내 들었다. 철망의 높이는 3미터 정도 되었는데, 촘촘하게 쳐져 있어서 토끼가 빠져 들어갈 수도 없을 정도였다.

철망이 갈라지는 소리가 조그맣게 들려 왔다. 벙커의 총안은 그들 옆쪽으로 10미터쯤 떨어져 있지만, 앞쪽을 향해 있어 이곳은 사각 지역인 셈이다. 그래도 낮에는 어림없을 일인데 밤에 하는 일이라 좀 나았다.

고영무는 초조하게 철망이 잘리는 것을 기다렸다. 기지 안쪽은 인기척으로 가득 차 있었다. 거리낌 없이 누군가를 부르는 소리도 들렸다.

고기 굽는 냄새가 코에 스며들었는데, 저녁식사 시간인 모양이었다.

고영무는 마리오가 철망을 잡아떼는 것을 바라보았다. 다행히 철망에는 전류가 흐르지도 않았고 다른 장치를 부착해 놓지도 않았다. 이제까지 한 번도 기지를 습격당해 본 적이 없기 때문이다.

카를로스는 정부군을 대치상태로 묶어 놓고 카스틸로와 협상을 해서 정부군을 복귀시켰다. 따라서 그의 조직원들은 카스틸로가 돈이 필요하면 병력을 밀림으로 보낸다고 믿었고, 정부군 측도 마찬가지로 그렇게 생각해 왔다. 그러나 이번은 다르다는 것을 놈들은 곧 알게 될 것이다.

"고, 됐습니다."

마리오가 속삭이듯 말했으므로 고영무는 몸을 굳혔다.

"나는 더 이상 기다릴 수가 없어, 앨버트. 워렌 그놈이 지연 전술을 쓰고 있는 모양인데." 지미 골드는 이맛살을 찌푸리며 전화기를 고쳐 쥐었다.

"워렌에게 협상은 끝났다고 전해줘, 앨버트. 이젠 놈의 더러운 정체를 폭로시키는 일만 남았다고."

"이봐, 지미. 오늘 밤만 기다려 봐. 워렌이 약속대로 신용만을 풀어줄지도 몰라."

앨버트가 다급하게 말했는데, 연극처럼 느껴지지 않았다. 그리고 앨버트는 연극에 서툰 사람이다.

"내가 어제 워렌을 만났는데, 네 요구를 들어줄 수밖에 없다고 그랬어."

"놈은 당신까지 속이는 거야, 앨버트. 아마 당신도 24시간 감시를 받고 있을걸? 어디, 창 밖을 내다봐. 워렌의 똘마니들이 어딘가에 있을 거야."

지미는 그가 창 밖으로 가는 시간을 주려는 듯이 잠시 말을 멈췄다.

"앨버트, 나는 대통령에게 공개질의를 할 거야. 언론이나 다른 무슨 수단을 써서라도 워렌 그놈에게 실제로 그런 권한을 주었는지를 물을 거야."

지미가 낮고 카랑카랑한 음성으로 말을 이었다.

"대통령이 그놈에게 그런 지시를 했을 리가 없어, 앨버트. 마약으로 장사를 하다니, 미합중국이 말이야. 모든 것이 워렌 그놈의 농간이야. 그놈은 협잡꾼이라구. 난 내일 아침부터 시작하겠어."

"이봐, 지미. 오늘 밤에 다시 한 번만 전화를 해 주게나. 내가 그때까지는……"

앨버트가 다급하게 말했으나 그의 말이 끝나기도 전에 지미는 전화를 끊었다.

"자, 가자."

앞쪽에 대고 말하자 페드로가 기다렸다는 듯이 와락 차에 속력을 내었다. 무선전화기였지만 CIA와 FBI의 전화추적 기술은 어느 지점에서 송신하고 있는지를 알아낼 수 있다. 그러나 이쪽은 차량이 꽉 차 있는 도로를 달리면서 통화를 한 것이다.

"지미, 보스가 뭐라고 했습니까?"

문득 페드로가 백미러를 올려다보면서 물었다. 조그만 백미러를 통해 그들의 시선이 마주쳤다.

"알았다고만 했어. 내가 수단방법을 가리지 않고 구해내겠다고 하니까."

"언제 돌아오신다고는 안 했습니까?"

"그런 말은 없었어, 그쪽도 심각한 모양이야. 최대광의 이야기로는 밀림 속으로 전쟁하러 들어간다는 거야."

지미는 입맛을 다시며 창 밖으로 시선을 돌렸다. 차는 LA 경찰서 앞을 지나고 있는 중이다.

"보스가 돌아오면 워렌은 죽은 목숨입니다."

앞쪽을 바라본 채 페드로가 말했다. 단언하듯 말했으므로 지미는 그의 뒷모습을 바라보았다.

"놈은 죽는 순간에 우리를 건드렸던 것을 후회하게 될 겁니다."

입을 열었던 지미가 열린 입으로 숨만 들이켜고는 다시 입술을 닫았다.

페드로뿐만이 아니라 브루노도 마찬가지였다. 그들은 고영무가 돌아오면 결판이 난다고 철석같이 믿고 있었는데, 그것이 그들에게 사기를 유지시키는 작용도 하였다.

워렌을 크링거나 카를로스처럼 폭사시켰다가는 엄청난 파문이 일어날 것이다. 미국 정부는 모든 경찰과 FBI, CIA, 법무성 수사국, 재무성 수사국, 마약부는 물론 군대까지 동원하여 고영무 한 사람을 쫓게 될 것이고, 그것을 배겨낼 사람은 없다.

"그건 생각하는 것처럼 간단한 일이 아니야, 페드로. 정치적인 일이라구."

지미가 혼잣소리처럼 말하자 페드로가 앞쪽을 바라본 채 머리를 저었다.

"보스를 건드려서 살아남은 사람이 없습니다, 지미. 그는 죽음의 사자입니다."

"그것이 자랑스러운 모양이군, 페드로."

"죽음의 사자는 불사(不死)지요, 그는 죽지 않습니다."

페드로의 말에 점점 생기가 차오르고 있었다.

"나는 그와 함께 보고타에서 카스틸로를 없앴어요, 지미. 카스틸로의 방탄차에 로켓포탄을 쑤셔 넣은 사람이 바로 나예요."

그는 와락 차에 속력을 내었다.

"보스가 나한테 소리쳤지요. 페드로, 쏴! 내가 쏜 포탄으로 카스틸로는 산산조각이 났습니다."

"……"

"보스는 가슴에 총을 네 발이나 맞았습니다. 그놈, 워렌의 배신으로."

페드로가 힐끗 백미러로 지미를 올려다보았다. 그때는 지미도 함께 배신한 것으로 믿었다.

"우리는 모두 보스가 죽은 줄로 알았지요. 곧 죽을 것 같았습니다. 그런데 보스는 살아났지요. 의사도 기적이라고 했습니다."

"……"

"보스가 돌아오면 나는 워렌의 차에 로켓포를 한 발 집어넣을 겁니다. 시체 조각을 찾으려면 며칠 걸릴 겁니다."

전화기를 들었던 앨버트는 한동안 우두커니 서 있다가 그것을 내려놓았다. 머리를 들어 시계를 올려다보았다. 저녁 7시 반이었고 주방에서는 맛있는 냄새가 흘러나오고 있다.

"아니, 어딜 가세요?"

주방에 서 있던 아내가 눈을 둥그렇게 떴다.

"저녁준비가 다 되었는데."

"잠깐 일이 있어서."

그는 턱으로 문 밖을 가리켰다.

"30분이면 돼, 잠깐 나갔다 올 테니까."

현관문을 열고 밖으로 나온 그는 길 건너편에 회색빛 밴이 세워져 있는 것을 보았다. 어제는 검정색 왜건이었다. 저놈은 나흘 전에 왔던 놈이다.

앨버트는 차고의 문을 열고 안에 세워 두었던 BMW에 올랐다. 열린 차고의문으로 밴의 몸통이 정면으로 보였는데 곧장 달려가 옆구리를 들이받고 싶은 충동에 가슴이 뛰었다.

그는 액셀러레이터를 밟아 차고를 빠져 나왔다. 힐끗 백미러를 올려다보자 밴이 황급히 머리를 이쪽으로 돌리고 있다.

앨버트는 다시 액셀러레이터를 힘주어 밟았다. 사거리만 지나면 교통이 혼잡한 9번가가 나온다. 한 손으로 핸들을 쥐고 달리면서 그는 주머니에서 휴대폰을 꺼내어 옆좌석에 내려놓았다.

저만치 보이는 사거리에는 마침 푸른 등이 켜져 있었다. 백미러에는 아직 밴의 모습이 잡히지 않았다. 푸른 등이 깜박이기 시작했다. 그것이 노란등으로 바뀌는 순간 앨버트의 BMW는 사거리를 통과해 나아갔다. 이제 BMW는 혼잡한 차량의 대열 속에 끼어들면서 속력을 떨어뜨렸다.

앨버트는 손을 뻗어 휴대폰의 뚜껑을 열었다. 조심스럽게 버튼을 누르자 곧 신호음이 갔다. 워싱턴은 지금 깊은 밤이다.

"여보세요."

잠에 취한 듯 흐린 목소리가 송화기를 통해 흘러 나왔다.

"부장님, 접니다. 앨버트입니다."

"오, 앨버트. 웬일이야?"

로스만의 목소리가 팽팽해졌다.

"부장님께 보고 드릴 일이 있습니다. 긴급한 상황입니다."

힐끗 백미러를 보았으나 이제는 수십 대의 차량들이 뒤쪽을 따르고 있어서 한눈에 밴을 찾을 수가 없었다.

"무슨 일이야?"

"지미 골드에 관한 보곱니다. 그가 LA 워렌 국장의 지시를 받은 LA 특수집행반에게 살해당할 뻔했다고 합니다."

"그게 무슨 말이야? 지미가 어쨌다고?"

로스만은 지미 골드가 회사에 사표를 내고 종적을 감춘 것으로만 안다. 그것은 워렌의 부하 패트릭이 앨버트에게 충고했기 때문이다.

충고라기보다도 반은 위협이었다. 마약부의 명예에 관련된 일이므로 그렇게 보고하는 것이 낫다는 것이어서 우선 앨버트는 그렇게 보고를 했었다.

"보스, 지미 골드는 카를로스의 부하들이 LA에서 활보하는 것을 보아 넘기지 못했습니다. 그래서 그들 중 한 명을 체포했고 계속 따라다녔지요."

앨버트가 소리치듯 말했다. 앞쪽의 신호가 붉은색이었으므로 그는 핸들을 우측 길로 꺾었다.

"그것이 크링거와 카를로스, 그리고 워렌의 신경을 건드렸습니다. 보스, 지미는 다섯 명의 LA 요원에게 습격을 당했는데, 고영무가 지미를 구조해주었습니다."

"그건 누구한테서 들은 소린가?"

"지미한테서 직접 들었습니다, 보스."

"특수"

"보스, 저도 지금 감시받고 있습니다. 집에서 뛰쳐나와 차에서 휴대폰으로 보고 드리는 겁니다."

"지미는 지금 어디 있나?"

로스만의 목소리가 조금 가라앉은 것처럼 들렸다. 그는 흥분할수록 냉정한 말투를 쓴다.

"고영무의 일당과 같이 있습니다. 체포된 신용만을 풀어주지 않으면 워렌의 음모를 폭로하겠다고 나에게 연락을 해왔습니다만."

"고영무의 일당과 함께 있는 것이 사실인 모양이군, 앨버트. 자넨 왜 이제야 그것을 보고하나?"

"감시받고 있었습니다. 24시간 놈들이 제 옆에서 떠나지 않습니다."

"……"

"지미는 워렌이 마약을 제 마음대로 사용하려고 한다고 말했습니다.

크링거와 카를로스를 이용해서 정치적으로 사용하고 그의 사복을 채우려 한다고도."

"그들은 고영무한테 죽었지 않나? 고영무는 지금 콜롬비아에 있고."

"보스, LA에 마약이 넘치고 있습니다. 크링거의 판매상들이 출처가 불분명한 마약을 대량으로 구입했다는 정보가 있습니다."

"특수"

"보스, 이러다가 우리 마약부는 해체되고 맙니다. 저는 그들의 감시를 받고 있기 때문에……"

"알았어. 그런데 앨버트, 자네 지금 집으로 돌아가지는 말게."

로스만의 말소리가 차가웠으므로 앨버트는 침을 삼켰다.

앞쪽의 신호등이 좌회전 표시를 비추고 있었다. 그는 핸들을 좌측으로 꺾었다. 타이어가 비명을 지르듯이 마찰음을 내었다.

"한 시간, 아니, 두 시간 후에 집으로 돌아가게, 앨버트. 알아들었나?"

"알았습니다, 보스."

"지금 우리가 나누고 있는 대화는 전부 녹음되어 자동적으로 어느 곳으로 옮겨지게 되어 있어. 통화가 끝나면 10분 후에는 백악관의 기록실로 들어가네."

"……"

"우리의 대화중에 어떤 혐의자가 자신의 범죄 사실을 은폐하려 행동을 취한다고 해도 이미 늦은 거야. 오히려 그의 죄상이 추가될 뿐이지."

앨버트는 얼굴을 굳힌 채 다시 핸들을 우측으로 꺾었다. 지금 자신이 어느 지역을 달리고 있는지 알 수가 없다.

로스만은 워렌의 행동을 경계하라고 말했다. 이젠 터뜨려버려 그의 가슴은 한결 후련했으나 다른 한편으로는 불안해졌다.

"앨버트, 그럼 두 시간 후에 연락하겠네."

로스만이 전화를 끊었으므로 앨버트는 주위를 둘러보았다. 처음 보는 거리였다.

"이건 로스만의 트릭입니다. 10분 후에 백악관 기록실에 전화내용이 전달된다는 이야기는 들어본 적이 없습니다."

패트릭이 얼굴에 쓴웃음을 지으며 말했다.

"인공위성으로 전화내용을 중계하여 녹음한다면 몰라도. 그렇다고 백악관의 기록실에 그런 기능이 있지도 않을 겁니다."

워렌은 불을 붙이지 않은 담배 끝으로 책상 위를 두드리며 물끄러미 패트릭을 바라보았다. 앨버트의 통화내용은 그의 BMW 안에 부착된 녹음기를 통해 통화와 동시에 이쪽으로 전달되어 왔다. 앨버트는 이쪽의 추적을 피하려고 차를 몰아 시내로 나오면서 휴대폰을 사용했지만 차 안에 부착된 녹음기는 생각하지 못했던 것이다.

"두 시간 후에 집으로 돌아가라는 것은 아무래도 그 사이에 어떤 조처를 하겠다는 말 같은데요."

패트릭이 조심스럽게 머리를 들어 워렌을 바라보았다.

"글쎄, 그럴 수도 있겠지."

다 탄 담배를 재떨이에 던져 넣은 워렌이 입술의 한쪽 끝을 올리며 웃었다.

"이젠 마약부와의 밀월이 끝나는군."

"앨버트와 로스만 둘밖에 없습니다. 다른 사람들은 내용도 알지 못합니다."

"앨버트는 지금 어디에 있나?"

"사무실에 들어가 있습니다."

그는 사무실이 가장 안전한 곳이라고 믿는 모양이었다. 그곳에는 밤에도 10여 명의 직원들이 근무하고 있는데다가 출입을 통제시킬 수도 있었다.

"로스만은?"

"집 안에 있습니다만……"

패트릭이 말끝을 흐렸다.

"그런데?"

다그치듯 워렌이 묻자 그가 입맛을 다셨다.

"어느 곳 두 군데에 각각 10분과 7분씩 통화를 했습니다. 저희들이 가지고 있는 기능으로는 통화한 곳과 내용을 잡을 수가 없었습니다."

"……"

"보스, 로스만을 감시 하도록 요원들을 보낼까요?"

"안 돼."

워렌이 머리를 저었다.

"그럴 필요는 없다."

"하지만 보스, 만약 그가 이번 일을 캐고 든다면."

"그럴 수가 없어, 패트릭. 그나 나나 정부의 요직에 있는 사람이야. 나라를 혼란에 빠뜨릴 일을 경솔하게 처리할 사람이 아니다, 로스만은."

"……"

"아마 포크너와 상의를 하겠지. 사태가 심각하다고 생각되면 같이 대통령에게 갈 것이고."

패트릭이 눈을 깜박이며 그의 얼굴을 바라보았다. 보스는 곧 법의 집행자이고 보스 외의 결정권자를 생각해본 적은 없다. 패트릭의 머리가 혼란해지고 있다는 것을 알아차린 워렌이 그를 향해 부드럽게 웃었다.

"패트릭, 이것은 국익을 위한 일이다. 나하고 대통령이 직접 결정한 일이고. 포크너나 로스만이 대통령을 만나고 나서는 이해하게 될 것이다. 다소 기분이 언짢기는 하겠지만."

패트릭이 그의 얼굴을 바라본 채 천천히 머리를 끄덕였다.

"물론 각하는 나에 대해 조금 실망하실 거야. 일이 이렇게 시끄럽게 되는 것을 원하지 않으실 테니까."

앨버트가 지미의 전화를 받고 뛰쳐나갈 줄은 이쪽에서도 미처 생각하지 못했었다. 그는 지금까지 CIA에 협조적이었던 것이다.

"고영무가 콜롬비아로 들어간 것은 페르난도를 도와주기 위해서야. 신용만이 실토한 대로라면."

워렌이 말을 바꾸었다.

"놈은 내가 구상한 계획을 완전히 뒤집어버리려고 한다. 그리고 이미 놈은 반쯤 성공한 셈이지."

그의 갈색 눈동자가 패트릭을 찬찬히 바라보았다. 돌덩이 같은 얼굴이었다.

"우리는 이미 콜롬비아의 공급선을 잃었다. LA의 판매선도."

"LA는 걱정하실 것이 없습니다. 물품만 공급된다면 크링거를 대신할 사람은 얼마든지 있습니다. 라스베이거스의 그란체 같은."

그란체는 마피아의 거물로 3대 패밀리의 우두머리였다.

그에게 일을 맡기면 펄쩍 뛸 듯이 좋아할 것이다. 그는 LA와 친밀한 관계에 있는 크링거로부터 마지못해 마약을 받아왔는데, 그것이 그의 자존심에 깊은 상처를 주고 있었다. 그는 이번에 몬태나 호에 실린 마약의 30퍼센트를 구입해 갔는데, 이쪽의 환심을 사기 위한 것이었다.

"라파엘 그놈이 이번에 쿠쿠타에 사단 병력을 보낸 것이 수상하다."

"알폰소는 기대를 걸고 있지 않다고 말했지 않습니까? 그냥 포위만 하고 있는 모양인데요."

워렌이 한쪽 손으로 이마를 짚었다.

"고영무 그놈은 페르난도를 도와 문도를 제거하려고 할 거야."
"……"
"문제는 그놈이야. 그 다음이 지미 골드, 그리고……"
워렌이 머리를 들었다.
"그 다음이 앨버트다. 우선 손에 닿는 놈부터 제거한다. 될 수 있는 한 빨리 이 일을 수습해서 각하를 불편하게 만들지 말아야 돼."
그의 시선을 받으며 패트릭이 천천히 머리를 끄덕였다.

철조망 안으로 기어들어갔는데 바닥이 맨땅이었다. 질퍽한 풀숲에 비하면 촉감도 나았다. 고영무는 몸을 굴려 뒤따라 들어서는 최대광에게 자리를 비켜주었다. 부욱 하고 옷이 찢어지는 소리가 뒤쪽에서 났고 최대광이 구시렁거리는 소리가 뒤를 이었다.
어둠에 익숙해졌으므로 고영무는 앞쪽을 찬찬히 바라보았다. 위장용으로 세워놓은 듯한 나무둥치 사이로 검은 벽같이 보이는 것은 병사들의 막사일 것이다. 바닥이 평탄했으므로 고영무는 마리오의 뒤를 따라 엎드린 채 앞쪽으로 기어갔다.
"고, 이쪽은 병사들의 막사입니다. 저기 왼쪽은 창고이고, 뒤에도 막사들이 있습니다."
마리오가 소곤거리며 말했다.
이제 그들의 귀에 사람들의 말소리가 들려왔다. 막사 안에서 들려오는 소리였다. 그릇이 부딪치는 소리도 들렸고 웃음소리도 났다. 그러나 등화관제를 철저히 하고 있어서 불빛이 밖으로 새어 나오지는 않았다.
뒤쪽에서 맨땅을 울리는 발자국 소리가 들렸으므로 그들은 몸을 굳혔다. 벙커의 입구 쪽에서 이쪽으로 걸어오는 소리였다. 발자국 소리로 보아 두 사람은 넘는다. 사내들은 앞쪽의 막사로 가는 것 같아 보였다. 고영무 등이 엎드린 지점을 통과할지도 모르는 일이다.

고영무는 허리춤에 끼고 있던 베레타를 뽑아 들었다. 그러고는 하늘을 바라보고 누운 자세로 발자국 소리를 향해 총을 겨누었다. 그의 옆쪽에는 마리오가 엎드려 있었고, 최대광은 아래쪽이어서 사내들과의 거리가 제일 가까웠다.

최대광은 가볍게 입맛을 다시고는 바지 주머니에 넣어 둔 권총을 꺼내 들었다. 엉거주춤 엎드린 자세였는데, 그의 엉덩이 쪽에서 놈들이 다가오고 있다. 머리를 돌려 그쪽을 바라보자 사내들의 어른거리는 모습이 눈에 들어왔다. 윤곽으로 보아 세 사람 정도였다. 그들이 곧장 이쪽으로 오고 있다.

최대광은 숨을 죽이고 그 자리에 엎드려 있었다. 바닥은 맨땅이었고 바로 3미터쯤 옆에 아름드리나무 두 그루가 서 있다. 이미 그쪽으로 몸을 굴려 나무에 붙어 서기에는 때가 늦었다. 고영무와 마리오가 바로 앞쪽에 있을 텐데 어두워서 보이지 않는다. 사내들이 이젠 발치까지 다가왔다. 이쪽에서 그들의 윤곽을 볼 수 있을 정도면 그쪽도 마찬가지인 것이다.

앞장 선 사내가 말을 멈추더니 주춤 그의 걸음걸이가 흔들렸다. 하지만 걸어오던 탄력으로 두 걸음쯤 더 다가왔는데 최대광의 웅크린 모습이 의심쩍었는지 비스듬히 발을 떼었다. 그러나 몸은 이미 최대광과 2미터쯤의 거리에 와 있었다. 최대광은 망설일 것이 없었다.

와락 몸을 일으킨 그의 손에는 만도가 들려져 있었다. 바로 발치에서 이제 걸음을 멈춘 사내를 향해 만도의 끝이 곧장 찔러졌다. 만도는 사내의 가슴 부근을 찔렀는데, 어찌나 세차게 찔렀는지 최대광의 손이 사내의 옷에 닿았다.

허억 하고 사내가 숨을 들이마시는 소리가 들렸고, 뒤에서 따라오던 두 명이 주춤 벌려 섰다. 입을 벌려 소리 지를 겨를도 없이 최대광의 뒤쪽에서 모래주머니를 두드리는 듯한 소리가 두어 번 들렸다. 그리고 왼쪽에 서 있던 사내의 윤곽이 땅바닥으로 쭈그러들었다.

이제는 오른쪽에 선 사내였다. 어! 하는 외마디 소리가 났다. 그러자 뒤쪽에서 픽, 픽 하는 소리가 들렸는데 총알이 사내를 스친 모양이었다.

최대광은 칼날에 꿰어진 채 서 있는 사내를 한 발 들어 앞쪽으로 힘껏 밀면서 칼을 뽑았다. 뜨거운 액체가 이쪽으로 뿜어져 나오는 것을 느꼈다. 그는 칼을 휘둘러 사내의 머리를 내려쳤다. 칼날이 사내의 머릿속에 깊숙이 박히는 것이 느껴졌다. 내려치는 힘에 짓눌려 사내는 땅바닥에 구겨지듯 넘어진 채 움직이지 않았다. 10초도 안 되는 사이에 일어난 일이었으나 최대광은 온몸에 땀이 흘러내렸다.

"자, 가자."

고영무가 다가와 그의 어깨를 쳤으므로 최대광은 정신을 차렸다.

그들은 나뭇가지에 싸여 어두운 그림자로만 보이는 막사를 지나 안쪽으로 들어갔다. 서너 채의 막사가 좌우에 벌려 세워져 있는데, 이제는 간간이 오가는 사내들도 있었다.

그들은 마리오의 뒤를 따라 안쪽으로 깊숙이 들어섰다. 마리오는 1년 전에 이곳에서 근무한 경험이 있다. 제일 안쪽에 위치한 카를로스의 막사를 찾아가는 중이다.

이제는 문도의 막사가 되어 있는 그곳은 또 하나의 요새였다. 콘크리트와 철근을 섞어 만든 그곳은 막사 앞에 벙커가 있었고, 카를로스의 경호병에 의해 통제되고 있었다. 문도도 마찬가지일 것이다.

"저기 희뜩하게 보이는 곳이 막사 앞의 벙커입니다. 기관총이 두 대 있고, 벙커 앞에 경비병이 있을 겁니다."

창고로. 보이는 건물의 벽에 붙어 선 그들은 마리오가 가리키는 곳으로 시선을 주었다. 희뜩한 것이 보이기는 했다. 그러나 어디에 경비병이 몇 명이나 있는지는 알 수가 없다.

"수류탄 몇 발 던지고 뛰어 들어갑시다."

최대광이 주춤거리며 당장에라도 그쪽으로 뛰어갈 듯한 몸짓을 했다.

"저거, 크링거네 집 부수던 것과 비교하면 아무것도 아닙니다."

마리오는 한국어를 몰랐으므로 잠자코 서 있었다.

"대광이 네가 저쪽 벙커를 맡아라. 가깝게 가서 안으로 던져 넣어야 할 거야. 그러고는 바깥을 경계해라. 우리는 놈의 막사로 들어갈 테니까."

고영무가 낮게 말했다.

"그거야 문제없습니다, 형님."

"총으로 해결해. 달려들어서 칼질하지 말고. 그것이 빠르다."

"직성이 풀리지 않아요, 형님."

고영무가 잠자코 그를 바라보자 최대광이 말을 이었다.

"그렇게 합니다. 총을 쏘지요. 대가리만 쏘겠습니다."

그들은 양쪽으로 갈라서서 문도의 막사 쪽으로 다가갔다. 최대광은 희끗한 벙커 쪽으로, 고영무와 마리오는 막사 옆의 나무 둥치 쪽으로 한 걸음씩 움직이기 시작했다.

비행기가 수십 번 이쪽 지형 위를 정찰해보았지만 이곳은 나무에 덮여 발견되지 않았다. 대낮에도 거대한 나무들이 하늘을 가리고 있어서 태양빛이 겨우 비집고 들어오는 곳이다.

이제는 밤이 깊어 가고 있다. 고영무는 시계를 내려다보았다. 페르난도와 헤어진 지 26분이 지나고 있었다. 9시 4분 전이었다.

시계를 내려다보던 페르난도가 머리를 들었다.

"자, 시간이다. 쏘아라."

304

그의 낮지만 힘이 들어간 목소리가 들리자 로켓포를 쥐고 엎드린 부하 한 명이 온몸을 굳혔다.

정문 양쪽의 벙커 중 오른쪽을 향해 있던 로켓포가 쐐액 하는 분사음을 내면서 희미하게 불빛을 내보이는 벙커의 총안을 향해 날아 들어갔다. 포탄의 화력은 대단했다. 꽝 하는 소리가 들리는가 했는데 바로 다음 순간 귀청이 확 뚫리는 것 같은 폭음이 울리면서 벙커의 천장이 10여 미터 공중으로 터져 올라갔다.

화산이 폭발하는 것처럼 불덩이와 함께 온갖 물체가 밤하늘로 치솟아 오르고 있었다. 주위가 밝아졌다.

"자, 이젠 왼쪽이다."

로켓포 사수의 어깨를 두드리며 페르난도가 활기차게 소리쳤다. 이미 이쪽의 사수들은 왼쪽의 벙커를 향해 총격을 가하기 시작했다. 아직 벙커에서는 응사해오지 않는다. 로켓포는 비스듬한 위치에 있는 왼쪽의 벙커를 겨누었다.

정문 안쪽에서 사내들의 그림자가 어른거리더니 여러 군데에서 불꽃이 튀었다. 총성이 요란하게 울리기 시작했다. 다시 분사음을 뿜으며 포탄이 날아갔다. 포탄은 총 안의 왼쪽 구멍에 맞아 다시 귀청을 울리면서 폭발했는데, 벙커는 시멘트 조각을 하늘로 뿝으며 앞쪽이 무너져 내렸다.

이제 벙커는 무용지물이 되었다. 총알이 날아와 주변의 나무둥치에 맞아 튀었다. 벙커들이 화염에 싸여 있어 쌍방의 윤곽이 드러난 상태였다.

이쪽은 미리 은폐물을 잡고 요령 있게 응사하고 있었지만 저쪽은 당황하고 있는 것이 눈에 환히 보였다. 어지럽게 고함을 지르고 이리 뛰고 저리 뛴다.

페르난도는 땅바닥에 내려놓은 휴대용 마이크를 집어 들었다.

"들어라! 난 페르난도다. 알겠는가? 난 페르난도란 말이다!"

확성기 소리가 밤하늘로 울려 퍼지자 저쪽의 총격이 조금 뜸해졌다. 그는 마이크를 고쳐 쥐었다.

"동지들, 나는 여러분과 싸우러 온 것이 아니다. 나는 여러분을 구하러 온 것이다. 이곳을 포위하고 있는 병력도 내가 여러분과 함께 있다면 철수하기로 약속이 되어 있다. 무슨 말인지 알겠는가?"

이제 저쪽에서는 두어 발의 총성이 울리더니 그것마저 그쳤다.

페르난도는 말을 이었다.

"우리의 위대한 카를로스는 이런 식의 전쟁을 하지 않았다. 항상 정치권과 손잡고 여러분을 구해왔던 것이다. 하지만 문도는 지금 여러분을 사지로 내몰고 있다. 나는 이미 라파엘 대통령과 협상을 하고 왔다. 내가 여러분을 장악하면 다시 옛날처럼 우리는 정부와 손잡고 나아갈 수 있다. 여러분, 무슨 말인지 알겠는가?"

총성은 이제 완전히 그쳤다. 저쪽은 잠자코 이쪽을 바라보고 있다. 중간 부분에서 두 개의 벙커가 맹렬하게 타오르고 있었으므로 휙 번지는 불길에 양쪽 사내들의 얼굴이 언뜻 보였다가 지워졌다.

그러자 폭음이 울렸다. 뒤쪽에서 연달아 터지는 폭음에 저쪽의 사내들이 당황한 모양이었다. 두어 명이 이쪽을 향해 총격을 가해 왔다.

페르난도는 다시 마이크를 들었다.

"여러분, 동요하지 말기 바란다. 문도는 제거되어야 마땅한 인물이다. 문도만을 제거하면 된다. 여러분이 목표가 아니다. 여러분들은 그 자리에서 움직이지 말고 기다려라."

다시 두어 발의 총알이 이쪽으로 흐르더니 어둠 속에서 누군가가 고함을 쳤다. 이쪽에 대고 총을 쏜 사내를 향해 같은 편이 나무라는 모양이었다.

세 개의 수류탄을 연거푸 던진 최대광이 나무 그늘에 몸을 숨기자마자 벙커 옆쪽에서 흰 불꽃들이 튀었다. 불꽃의 숫자로 보아 대여섯 명은 되어 보였는데 벙커는 수류탄으로 손상을 입었는지 총격을 가해오지 않았다.

고영무와 마리오는 이미 막사 쪽으로 다가가 있었으므로 경호원들의 윤곽을 옆쪽에서 분명히 잡을 수 있었다. 더욱이 수류탄이 폭발하면서 벙커 뒤쪽의 나무상자를 태우는 불길이 경호원들의 어른거리는 모습들을 비춰 주었다.

고영무와 마리오는 M-16의 자동 버튼을 누르고 나서 경호원들을 향해 쏘아 갈겼다. 요란한 연속 사격음이 한참 동안 계속되고 나서 문득 끊겼다. 벙커에서 나온 사내들과 막사 주변의 경호원들이 모두 쓰러져 있었다.

정문 쪽에서 페르난도의 방송 소리가 다시 들려 왔다.

"막사에 있는 동지들, 움직이지 마라. 목표는 여러분이 아니다. 문도만 제거하면 여러분과 나는 다시 옛날처럼 지낼 수가 있다. 만일 여러분이 우리를 공격한다면 여러분은 자살하려고 하는 것과 같다. 크리스텔 소장의 사단 병력이 밀어닥쳐 올 것이다. 여러분, 움직이지 마라."

그러자 문도의 막사에서 두 사람의 사내가 뛰쳐나왔다. 그들은 방향을 잡지 않고 어지럽게 소총을 난사하였는데, 벙커와 막사의 중간 부분에서 고영무와 마리오의 사격을 받고 쓰러졌다.

나무둥치에 기대고 섰던 최대광의 모습이 언뜻 나타나는가 했는데 그가 팔을 크게 휘두르는 것이 보였다. 그가 서 있는 곳에서 문도의 막사까지의 거리는 50미터쯤 되었다. 밤하늘을 나는 수류탄은 보이지 않았는데, 두 발이 연거푸 막사의 문짝과 창가에 떨어져 폭발했다.

이때 밀림 속에서 들리는 소리는 수류탄 두 발의 폭음뿐이었다. 정문

쪽에서도 총성 한 발 울리지 않았고 페르난도도 마이크를 들지 않았다. 중간 부분에 있는 대여섯 채의 막사는 사람이 없는 것처럼 숨을 죽인 채 있었고 문도가 있는 쪽의 막사도 마찬가지였다.

최대광은 호주머니에서 다시 수류탄 한 개를 꺼내 쥐었다. 아까 던진 수류탄이 문짝에 제대로 맞았는데도 부서지지 않았으므로 와락 짜증이 났다.

"문도! 이 빌어먹을 놈아!"

밤하늘을 향해 최대광이 벽력같은 고함을 질렀다. 물론 한국말이었다.

그는 팔을 휘둘러 희미하게 불빛이 새어 나오는 막사의 창문을 향해 수류탄을 던졌다. 화가 난 김에 대여섯 걸음을 뛰어나가 던진 것이다. 수류탄은 직선으로 날아가 창문 옆의 벽에 맞고 퉁겨 나오더니 마당에서 폭발해버렸다.

막사를 비스듬히 바라보며 엎드려 있던 마리오가 힐끗 최대광을 바라보았다.

고영무가 허리를 숙인 채 막사를 향해 다가가기 시작했다. 거리는 20미터 정도밖에 되지 않는다. 그는 자신의 몸이 옆쪽 벙커에서 타오르는 불빛에 의해 완전히 노출되어 있다는 것을 알고 있다.

문도의 막사에서 이쪽을 겨눈다면 그것을 볼 수는 있다. 그러나 뒤쪽의 막사는 짙은 어둠에 싸여 있었다. 그쪽에서는 불빛 속에 노출되어 있는 고영무는 좋은 표적이 될 것이다.

마리오가 눈을 커다랗게 치켜뜨고 고영무의 뒷모습을 바라보았다.

그도 병사들이 있는 막사 쪽이 불안한 모양이었다. 이쪽으로 머리를 돌리고 있었다.

최대광은 그것을 보자 성큼성큼 막사 쪽으로 다가갔다. 어깨에 메었던 M-16이 늘어져 옆구리에서 덜렁거렸고, 혁대에는 피 묻은 만도가 비스듬히 꽂혀 있다. 그는 안전핀을 뺀 수류탄 두 개를 양 손에 들고는 거침없이 불빛 속으로 다가갔다.

그러자 힐끗 이쪽을 바라본 고영무가 눈살을 찌푸리더니 입맛을 다셨다. 그러고는 입을 벌려 무슨 말인가 할 듯하다가 다시 머리를 돌리더니 막사의 문 쪽으로 다가갔다.

"문도, 밖으로 나와라."

고영무의 고함 소리가 밤하늘을 울렸다. 아마 병사들의 막사에서는 수백 개의 눈동자가 이쪽을 바라보고 있을 것이다.

"문도, 너는 이제 끝났다. 네 부하들을 위해서라도 나와서 항복해라."

밀림 속에서 들리는 소리는 이제 고영무의 고함 소리밖에 없다. 그러자 벌컥 문이 열리더니 땅딸막한 키에 몸매가 다부진 사내 한 명이 뛰쳐 나왔다. 그는 손에 기관총을 들고 있었다.

타타타타.

그의 기관총이 불을 뿜었다. 그러나 그가 뛰쳐 나오자마자 고영무는 땅바닥에 뒹굴었으므로 그의 총격을 피할 수 있었다. 그러자 다가오던 최대광이 오른손에 쥐었던 수류탄을 그 사내에게 스트라이크를 던지듯이 직선으로 던졌다. 거리는 20미터가 조금 넘었다.

검은 볼은 직선으로 날아가 사내의 얼굴을 치고는 위쪽으로 튀어 올랐다. 머리를 뒤쪽으로 꺾은 사내가 두 손으로 얼굴을 감싸 쥐었다.

그러나 하늘로 튀어 올랐던 수류탄이 사내의 발 아래로 떨어져 내렸다. 다시 무시무시한 폭발음이 일어났다. 산산조각이 난 사내의 몸체가 폭발과 함께 밤하늘로 떠올랐다.

"문도! 나오지 않을 테냐!"

다시 일어난 고영무가 소리치자 막사 안에서 총성이 두 발 울렸다. 그러고는 한 손에 권총을 쥔 사내 한 명이 두 손을 머리 위에 올린 채 열린 문으로 모습을 드러내었다.

"내가 문도를 죽였습니다. 난 카미르요! 우리는 항복합니다, 페르난도! 우리는 항복합니다."

그러자 막사 쪽에서 웅성거리는 소리가 들렸다. 그것은 차츰 외침소리로, 나중에는 입을 모아 부르는 외침으로 바뀌었다.

"페르난도! 페르난도!"

어둠 속에서 병사들의 모습이 드러났다. 그들은 차츰 고함을 지르며 이쪽으로 다가왔다.

"페르난도! 페르난도!"

"엠병들 하고 있네, 병신들."

최대광이 으르렁거리면서 손에 쥐고 있던 수류탄을 내려다보았다. 안전핀을 뽑은 채였으므로 어딘가로 던져야 한다.

정문 근처에 엎드려 있던 페르난도는 자신의 이름이 외쳐지는 소리를 들었다.

샤워를 마치고 욕실을 나오던 고영무가 주춤 걸음을 멈추었다. 허리에 커다란 타월을 걸쳤을 뿐 알몸이다.

"갈아입으실 내의 가져왔어요."

밀리카가 손에 들고 있던 내의를 그에게 내밀었다. 말없이 그녀의 손에서 내의를 받아 쥔 고영무는 응접실을 건너 침실로 들어갔다. 옷을 갈아입고 응접실로 나오자 소파에 앉아 있던 그녀가 머리를 돌렸다.

"저녁식사는 어떻게 하실래요?"

"나가서 먹겠어."

머리에 묻은 물기를 수건으로 털어내면서 고영무가 던지듯이 대답했다.

이제 페르난도는 쿠쿠타의 기지에서 부하들과 함께 머물고 있다. 그와 함께 사흘 동안 밀림 속의 기지에 머물던 고영무는 최대광과 함께 보고타로 돌아온 지 한 시간밖에 되지 않았다.

"어디로 가실 건데요?"

눈을 깜박이며 이쪽을 바라보는 밀리카의 얼굴에서 시선을 돌린 고영무는 시계를 내려다보았다. 오후 5시가 되어 가고 있었다.

"제가 예약을 해드리겠어요."

고영무는 힐끗 그녀를 바라보고는 대답하지 않았다.

밀리카는 보고타에 남아 있었으나 나름대로 제 할 일은 완벽하게 해놓았다. 문도의 제거가 성공했다는 소식을 듣자 사흘 동안에 예전의 정보망과 연락망을 모조리 회복시켜 놓았던 것이다.

그녀는 고영무와 최대광이 보고타로 돌아온다는 소식을 페르난도에게서 듣고는 호텔 방을 잡아 두고 공항에까지 마중을 나왔었다.

"예약하는 곳이 아냐, 밀리카."

옷장을 열고 윗도리를 꺼내면서 고영무가 얼굴에 웃음을 띠었다.

"만날 사람이 있어서 그래."

밀리카가 잠자코 그를 바라보았다. 입술을 꼭 다문 그녀의 표정은 낯선 사람을 바라보는 듯했다.

"미스터 최한테 이야기를 해놓았으니까 저녁을 함께 먹든지."

고영무는 응접실을 가로질러 방문의 손잡이를 잡았다. 둘이 같이 식사를 할 리는 없다. 최대광은 그녀를 개가 닭 보듯 했고, 밀리카는 밀리카대로 그에게서 멀리 떨어지려고만 했기 때문이다.

"날 기다리지 마라, 밀리카."

그렇게 소리만 던져 놓고 고영무는 방문을 열었다.

그는 자신을 향한 그녀의 시선과 다가서는 행동을 알고 있었다. 그러나 그에게는 이미 자리잡은 여자가 있는 것이다.

고영무가 보고타 변두리에 있는 자동차 정비공장에 도착했을 때는 오후 5시가 조금 넘어 있었다.

먼저 정문에서 가까운 사무실로 들어서자 책상에 기계 부속을 늘어놓고 있던 민기철이 머리를 들었다.

"아니, 이 사람."

그의 두 눈이 커다랗게 치켜 뜨여졌다.

"어딜 갔다가 이제 오는가?"

고영무가 그의 시선을 받으며 다가섰다.

"왜, 무슨 일이 있습니까?"

그의 얼굴이 긴장으로 굳어졌다.

"영지가 어머닐 모시고 한국으로 떠났어. 난 도무지 영문을 알 수가 없어서……"

그는 기름 묻은 손을 작업복에 문질러 닦았다.

"갑자기 한국에 가겠다는데 어떻게 하나? 무슨 일이 있느냐고 물어도 대답도 않고."

고영무는 그를 바라본 채 소파에 앉았다.

민기철은 이제 고영무에 대해서 차츰 호의를 내비치고 있었다. 그는 고영무가 미국에서 엄청난 일을 저지른 사내라는 것도 알고 있다. 보고타에서도 미국방송과 신문을 볼 수 있기 때문이다. 보고타의 한국인들은 거의 모두가 고영무의 팬이 되어 있었는데, 어떤 사람은 신문 조각을 오려 스크랩해 놓고 있다고도 했다.

"민 선생님, 한국으로 영지 씨가 떠날 때 무슨 말이 없었습니까? 저한테 말입니다."

그렇게 묻는 고영무의 말은 더듬거렸고, 도중에 숨을 들이마시고 뱉고 했으므로 속도는 두 배나 느렸다. 고영무는 주머니에서 수건을 꺼내어 이마의 땀을 닦았다. 건기가 시작되고 있는 탓인지 땀이 났다.

"글쎄, 내가 그랬어. 자네가 곧 올지도 모르는데 기다렸다 가라구. 그랬더니……"

고영무가 머리를 들고 그를 바라보았다.

"그랬더니 아무 말도 않더란 말이야. 그래서 내가 오히려 자네한테 묻고 싶은데, 영지하고 무슨 일이 있었나?"

고영무가 머리를 저었다.

"없었습니다. 전혀."

"그것, 이상하구만. 영지의 얼굴이 안 좋았어. 언제 돌아올 거냐고 물어도 대답도 하지 않고, 공장을 잘 부탁한다고만 하니……"

"서울의 외삼촌한테 갔을까요?"

"아마 그렇겠지. 다른 데 갈 데가 있나?"

"돈은 충분히……"

"조금 있을 거야. 그리고 내가 2만 달러쯤 만들어주었어."

고영무는 소파에서 몸을 일으켰다.

"어머니 병세 때문이 아닐까요?"

"아니야. 걔 어머니는 요즘 차도가 있어. 한두 마디씩 말을 시작했다네."

머리를 끄덕인 고영무는 사무실을 둘러보았다. 썰렁하고 이곳저곳에 부속품들이 널려 있어서 분위기가 산만했다.

"제가 도와드릴 일이 있을까요?"

"없어. 다만 영지가 걱정이 될 뿐이야. 자네도 모르는 일이라면 이건 더 불안한데."

민기철이 입맛을 다시며 그를 따라 사무실을 나왔다.

"제가 연락을 드리지요. 별일 없을 겁니다."

오히려 그를 위로한 고영무는 정비소를 나왔다. 호텔 택시의 뒷자리에 앉은 고영무는 택시가 시내로 들어설 때까지 입을 열지 않았다.

창 밖으로 시선을 준 그는 석양이 도시의 숲에 가라앉는 것만을 내 내 바라보았다. 서쪽 하늘이 붉고 둥근 햇무리에 덮여 있었다.

윗도리를 벗자 밀리카가 다가와 옷을 받아 들었다.

"식사는 하셨어요?"

"생각 없어."

고영무는 지친 듯이 소파에 털썩 주저앉았다. 밤 9시가 되어 가고 있었다.

"미스터 최는 아래층 바에 있겠다고 했어요."

고영무는 힐끗 그녀를 바라보고는 조그맣게 머리를 끄덕였다.

"오빠한테서 연락이 왔어요, 잘 도착하셨느냐고. 오빠도 일주일쯤 후에 보고타로 돌아오시겠다고 했어요."

"……"

"무슨 일 있으세요?"

밀리카가 다가와 그의 앞자리에 앉았다. 두 손을 무릎 위에 얹고는 그를 빤히 바라보았다.

"밀리카, 네 숙소는 어디야?"

불쑥 고영무가 묻자 밀리카가 눈을 두어 번 깜박였다.

"호텔 예약하면서 저도 옆쪽 방을 잡아놓았어요. 그게 편할 것 같아서."

"그럼 방으로 돌아가, 피곤할 텐데."

"제가 필요하지 않으세요?"

고영무가 눈썹을 치켜세웠으나 밀리카는 시선을 피하지 않았다.

"아무것도 바라지 않을게요, 날 예전처럼 안아만 준다면."

"그럴 리가."

고영무가 입술 끝을 비틀어 올리며 웃었다.

"넌 계산을 하고 달려들어야 매력이 있어."

"그저 당신이 정욕을 발산할 상대가 필요해서라도 상관없어요."

"밀리카, 난 생각 없어."

밀리카는 시선을 내리고는 아랫입술을 깨물었다.

"페르난도를 도와준 것은 나에게도 계산이 있기 때문이야. 그 같은 사람이 필요했기 때문이지. 네가 몸으로 사례하지 않아도 돼, 밀리카."

고영무는 손을 뻗어 뒤쪽 선반에 놓인 위스키병을 쥐었다. 컵이 냉장고 위에 놓여져 있는 것이 보였으나 일어서기가 귀찮아진 그는 뚜껑을 연 위스키를 병째로 두어 모금 삼켰다.

밀리카가 그를 찬찬히 바라보았다.

"고, 당신을 사랑해요."

"억지 부리지 마, 밀리카."

고영무가 말을 받자마자 던졌다.

"나에게 올가미를 씌우지 말란 말이다."

그의 얼굴이 험상궂게 일그러졌다.

"조금 전에는 조건 없이 몸을 던진다고 해놓고 지금은 사랑한다고?"

"당신한테는 여자가 필요해요, 고."

"하지만 네가 아냐, 밀리카."

"당신에게 바라지 않겠다는 말, 진심이에요. 같이 있는 동안만 날 옆에 있게 해줘요. 내 모든 걸 드릴게요. 당신 시중을 들겠어요."

고영무가 머리를 돌렸다.

"난 네가 사랑하는 약혼자를 쏘아 죽였어, 밀리카. 그놈은 겁쟁이였지. 죽기 전에 부들부들 떨더구나."

"저도 봤어요, 고. 그리고 우리는 당신에게 살인누명을 뒤집어씌웠지요. 김강남은 우리 조직이 죽였어요."

퍼뜩 고영무의 시선이 밀리카에게 옮겨졌다. 그는 눈을 치켜뜨고 그녀를 쏘아보았다. 밀리카가 그의 시선을 받고는 얼굴에 웃음을 띠었다.

"당신의 아이를 낳고 싶어요. 당신처럼 강하고 믿음직한 사내아이를요."

다시 술병을 쥔 고영무가 병을 기울여 위스키를 삼켰다. 온몸이 따르르 울렸고 온몸으로 열기가 퍼져 나갔다. 입에서 더운 기운이 뿜어졌다.

밀리카가 소리 없이 자리에서 일어섰다. 그녀는 소매 없는 헐렁한 원피스 차림이었는데, 두 손을 등 뒤로 돌렸다. 천천히 지퍼가 내려지고 그녀의 가슴께가 그의 눈앞에서 벌어지고 있다.

고영무는 눈을 치켜뜬 채 꼼짝 않고 그것을 바라보았다. 지퍼를 끌어 내린 그녀는 어깨를 흔들어 원피스를 바닥으로 떨어뜨렸다. 눈앞에 팬티 차림인 밀리카의 알몸이 드러났다. 두 개의 유방이 단단하게 솟아올랐는데, 젖꼭지 부분이 붉게 물들어 있고 콩알만 한 젖꼭지는 팽팽하게 긴장한 것처럼 보인다. 피부는 갈색으로 기름을 바른 것처럼 불빛을 받아 반짝였다.

"날 마음대로 해 주세요, 고."

속삭이는 것처럼 낮게 말했으나 그녀의 목소리는 고영무의 귓속을 파고들었다.

"당신을 잡지는 않겠어요. 떠나갈 때까지 만날 옆에 있게 해줘요."

고영무는 눈을 감았다. 온몸에 뜨거운 열기가 퍼져 올랐고, 눈을 감았으나 밀리카의 나체는 바로 눈 안에도 있었다.

10.
사랑의 확인

"고영무는 이쪽 정부의 보호를 받고 있습니다. 호텔에 사복형사 서너 명이 배치되어 있더군요."

도널드가 힐끗 피터슨을 올려다보았다.

"군 정보기관원도 수시로 들락거리고 있었는데, 그들이 고영무를 보호하려는 것인지 어쩐지는 확인이 안 되었습니다."

"그쯤은 짐작하고 있었어, 도널드."

몸을 돌린 피터슨은 창 밖을 바라보았다. 햇볕이 쨍쨍하게 내리쬐는 한낮이어서 거리에는 통행하는 인파도 줄어들었다.

보고타는 처음 와 보는 곳이지만 어쩐지 마음에 들지 않는 도시였다. 고영무가 이곳에 머무르고 있기 때문에 선입견이 작용해서 그런지도 모른다.

"이봐, 도널드. 그렇다면 그놈이 이틀 동안 호텔 밖을 나가지도 않았단 말이지?"

피터슨이 묻자 도널드는 머리를 커다랗게 끄덕였다.

"틀림없습니다, 피터슨. 놈은 대부분을 방에서 보냅니다."

그는 CIA의 보고타 지역 요원이다. 미국 대사관 소속의 문정관이었으나 실제 소속은 CIA의 콜롬비아 책임자였다.

"피터슨, 그 옆방에 최대광이라는 괴물 같은 놈이 있는 건 아시죠? 그리고 엘리베이터 바로 앞방에는 밀리카라고 페르난도의 동생이 묵고 있습니다."

피터슨이 머리를 끄덕였다.

"할 수 없어. 놈이 밖으로 나오지 않는다면 호텔 안에서 일을 하는 수밖에."

"여기서 일을 끝낼 겁니까?"

도널드가 걱정스런 얼굴로 그를 바라보았다. 피터슨이야 일을 마치고 귀국하면 그만이지만 이쪽은 상주하고 있는 몸이다. 국가 간의 관계를 생각해야만 한다.

"피터슨, 그렇다면 이쪽 정부에서는 당장에 우리들 짓인 줄 알 텐데, 지금 상황으로 보면 이쪽 정부와의 관계가 악화될 가능성이 높습니다."

"쓸데없는 소리."

피터슨이 그의 말을 잘랐다. 그들은 거의 동년배였고 서열도 비슷했으나, 워렌의 측근으로 본부에서 근무하고 있는 피터슨이 상급자로서 지시하는 입장이었다.

"라파엘은 우리에게 정식으로 항의해 올 수도 없어. 우리가 그를 대통령으로 복귀하게 만든 거야. 그리고 고영무에 대해서는 공식적으로 이쪽 정부에 체포협조를 해놓았고."

도널드가 머리를 들고 그를 바라보다가 이내 시선을 돌렸다.

그 말은 사실이기는 했다. 공식적으로 CIA는 고영무의 활동을 도왔고, 그가 카스틸로를 제거하지 않았다면 오늘의 라파엘은 없었을 것이다. 그러나 문제는 라파엘과 알폰소가 CIA보다 고영무가 자신들을 도왔다고 믿는 데에 있었다.

엄밀하게 따진다면 그 말도 사실이다. 본래 고영무는 마약부가 고용한 킬러였었고, CIA는 나중에 가담했다가 사사건건 고영무의 활동을 방해했던 것이다.

이제 고영무는 콜롬비아로 돌아와 페르난도와 함께 마약조직을 재정비시켜놓았다. 그는 이미 페르난도를 심복시키고 있었는데, 그의 발 빠른 행적을 보면 도널드도 눈이 돌 지경이었다.

카스틸로, 크링거, 카를로스, 그리고 카를로스의 뒤를 이은 문도까지 제거했다. 페르난도가 그의 도움으로 마약조직의 보스가 된데다 라파엘 또한 그의 덕으로 대통령이 되었다.

"상황이 급해. 놈을 체포해서 끌고 갈 형편이 못 되면 시체라도 확인시켜야 나라의 체면이 선단 말이야. 난 더 이상 시간을 소모시킬 수 없어."

피터슨은 대사관 밖으로 보이는 거리를 내려다보았다. 햇살 아래로 중절모와 판초 차림의 사내들이 거리를 걷고 있는 것이 보였다. 우스꽝스러운 차림이었다. 그가 보기에는 중절모는 도무지 그들에게 어울리지 않는 장식품이었다.

"놈은 이제 돌아갈 곳이 없어. 우리는 한국 정부에게 놈의 신병 인도를 부탁해놓았고, 그들은 우리에게 약속해주었어. 이곳이 놈에게는 그래도 형편이 나은 곳이어서 숨으려고 했겠지만……"

피터슨이 창에서 몸을 돌려 도널드를 바라보았다.

"이제 놈은 한국으로 돌아가지 못해. 아마 이곳에서 시체가 될 거야."

시선이 마주치자 피터슨은 빙그레 웃었다.

유장수는 손에 들고 있던 담배를 재떨이에 비벼 껐다. 얼굴이 잔뜩 찌푸려져 있었다.

"그놈들은 우리 조직의 내부 사정을 잘 알고 있는 놈들이야. 덕팔이가 국제은행에서 매일 입출금하고 있다는 것을 알 정도면 말이야."

"그렇지요. 하지만 덕팔이도 입이 가벼운 놈입니다. 그의 부하들은 그 사실을 모두 알고 있었어요. 어떤 때는 지역 보스들에게 국제은행으로 직접 입금하라고 한 때도 있었다니까요."

"저쪽 청량리에 있다는 치기배들은 어떠냐?"

"잡아서 족쳐 봤지만 신통한 것이 없습니다."

유장수는 어금니를 물면서 머리를 돌렸다. 순식간에 30억을 강탈당한 것이다. 그것도 백주에 사람이 들끓는 시장 입구에서.

"걱정하지 마십시오, 회장님. 제가 꼭 잡아내겠습니다."

전우석이 상체를 굽혀 보이면서 말했다.

"놈들은 꼬리를 잡히게 됩니다. 돈을 쓸 때나 분배할 때 말입니다."

"또 다른 문제가 있어. 덕팔이 그놈이 가지고 있던 마약까지 빼앗겼는데, 그것이 다른 곳으로 나돌면 내가 골치 아파진단 말이다."

그는 전우석을 날카롭게 쏘아보았다.

"마약은 돈보다 꼬리를 잡기 쉽다. 그놈들이 중간 판매상들에게 마약 거래를 제의해 올지도 모른다. 그것도 알아봐라."

"염려 마십시오, 회장님."

시계를 올려다본 유장수가 자리에서 일어섰다. 오후 6시가 넘어 있었다.

그를 빌딩 현관까지 따라 나간 전우석은 흰색의 벤츠가 굴러오자 뒷자리의 문을 열었다.

머리를 숙이고 차 안으로 들어가려던 유장수가 멈춰 섰다.

"크링거가 죽고 나서 미국의 판매상이 마피아 쪽이 될 가능성이 있다던데, 너도 그 소식 알고 있어?"

"그건 아직 모릅니다, 회장님."

유장수가 입맛을 다시며 그를 바라보았다.

"동남아 제품은 단속도 그렇지만 품질이 나빠서 불평이 대단해. 미국 일이 잘 되어 가나 했는데, 그놈의……"

경호원들이 물끄러미 그들을 바라보고 서 있었다. 유장수는 항상 다섯 명의 경호원을 데리고 다녔는데, 모두 20대 후반에서 30대 초반의 뛰어난 사내들이었다. 그들 옆쪽에 서 있는 박만종은 경호실장으로 청와대 경호실 출신이다.

"네가 바쁘니 누군가를 LA로 보내서 사정을 알아봐야겠다."

"아직 시간이 있습니다, 회장님. 곧 그쪽도 분위기가 잡힐 테니까요."

유장수가 차 안으로 들어가자 전우석은 문을 닫았다. 박만종이 앞자리에 올라타자 벤츠는 소리 없이 빌딩을 떠났다. 벤츠에 바짝 붙어서 검정색의 대형 승용차가 따르고 있다.

유장수는 의자에 등을 기대고 앉아 앞자리의 뒤에 꽂힌 휴대폰을 집어 들었다. 차는 강남대로를 달리고 있었는데, 방음장치가 완벽해서 엔진소리도 들리지 않는다. 버튼을 누르고 휴대폰을 귀에 대자 곧 저쪽의 응답 소리가 들렸다.

"여보세요."

이성철의 목소리였다.

"난데요, 이사장, 오늘 저녁에 술이나 한잔 합시다. 이야기할 것도 있고."

"좋지요. 그럼 어디로 갈까요?"

이성철이 대뜸 말했다. 이제 그는 유장수의 부하처럼 행동하고 있었다.

"8시에 청산에서 봅시다."

휴대폰의 스위치를 끈 유장수가 머리를 들었다.

"박부장, 조사 결과는 어때?"

박만종이 유장수 쪽으로 머리를 돌렸다.

"전실장은 30평 아파트를 전세 내어 살고 있었습니다. 특별히 만나는 사람은 없습니다. 아직 조사중이기는 합니다만."

"전세금이 얼만데?"

"5천 5백입니다. 부인하고 초등학교 5학년짜리 딸이 하나 있습니다."

"아직 돈을 덜 모았군."

혼잣소리처럼 유장수가 말했으므로 박만종이 잠자코 그를 바라보았다.

"강판술은 아직 연락 없나?"

"없습니다. 전화도 없고, 편지도…… 그것은 확실합니다. 그의 아내가 미국으로 그를 찾으러 가겠다고 야단입니다만."

"그놈, 미친놈이야. 미국이 뭐가 좋다고 처자식 버리고 안 돌아와."

"돈을 별로 가지고 가지도 않았습니다."

유장수는 입맛을 다시고는 창 밖으로 시선을 주었다. 강판술은 전우석과 함께 떠났다가 미국에서 행방불명이 되었다. 전우석의 이야기로는 여자 한 명이 강판술을 따라왔다는 것이다. 그는 여자와 함께 미국 생활을 할 모양이었다.

"어쨌든 전우석이를 잘 살펴봐."

머리를 돌린 유장수가 말하자 박만종은 눈을 치켜뜨고 그를 바라보았다. 유장수는 자신의 심복이라 할지라도 뒷조사를 시키고 있다. 배반당할 것을 두려워하는 것이다. 이번의 30억 강탈 사건도 내부의 소행이라고 믿고 있으니만치 측근들의 뒷조사가 더욱 심해지고 있었다.

"회장님, 그것보다도 장규식이가 일을 벌인다고 들었습니다만. 영동에 사무실을 내었답니다."

"그건 나도 들었어, 박실장."

"요즘 분주하게 사람들을 만나고 다니는 모양입니다."
유장수는 잠자코 입술 끝을 올려 웃었다.
"애들을 벌써 3, 40명 모았다면서?"
"네, 회장님. 회장님도 들으셨군요?"
"그래. 그렇지만 그놈은 오래 못 가."
"당연하지요."
"날 배신한 놈이야."
"압니다."
유장수가 더 이상 말을 꺼내지 않았으므로 박만종도 머리를 돌렸다.

주차장으로 다가가던 이자영이 문득 걸음을 멈추었다. 자신의 차 앞
에 조한철이 서 있었던 것이다.
"여긴 웬일이에요?"
이자영이 다가서며 묻자 그가 얼굴에 웃음을 띠었다.
"말씀드릴 것이 있어서요."
"그러시다면 사무실에서."
"아니, 개인적인 이야깁니다."
이자영은 키를 꽂아 차의 문을 열었다.
"우린 개인적인 이야기를 나눌 형편이 못 되는데, 그렇지 않아요?"
문고리를 잡고 선 이자영의 얼굴에도 웃음이 흘렀다.
"설마 전에 내 몸을 가졌던 것에 미련을 품고 계시는 건 아니죠?"
"이자영 씨, 나는……"
"난 당신의 몸에 대해서 기억조차 없어요. 내 생리적인 현상이고 즐기
기 위해서는 지금도 가끔 그러고 있으니까."
"……"

"난 조금 바쁜데."

이맛살을 찌푸린 이자영이 차에 등을 기대고 서서 그를 바라보았다.

"자, 말해보세요, 무슨 이야긴지."

"당신이 지금 무슨 일을 하고 있는지 아오?"

조한철이 그녀에게로 한 걸음 다가섰다.

맑은 눈이 자신을 뚫어질 듯 바라보고 있었으므로 이자영은 웬일인지 가슴이 답답했다.

"당신은 폭력조직에 끼어들고 있어요. 더구나 이제 곧 마약사업에 관계하게 됩니다."

"그래서요? 그건 내가 못할 일인가요?"

오후 6시가 지나 있어서 주차장에는 사람들의 왕래가 잦았다. 조한철은 옆쪽으로 다가와 차 안으로 들어서는 사람을 의식하고는 잠시 말을 멈추었다.

"그건 위험한 일이라고 말해 주고 싶었소. 당신 같은 여자가 할 일이 아닙니다."

낮은 목소리로 조한철이 말하자 이자영은 머리를 끄덕였다.

"충고, 고맙게 듣겠어요. 그럼 이젠 끝났지요?"

몸을 돌려 차의 문고리를 잡은 이자영이 그를 향해 흰 이를 드러내며 웃었다.

"난 목적 없이 사는 생활보다는 차라리 이 일이 나아요."

"무슨 목적이 있단 말이오, 이 일에? 돈벌이는 얼마든지 있어요, 이자영 씨."

이자영이 머리를 저었다.

"당신은 몰라요. 이 일은 수단에 불과할 뿐이니까."

이자영은 차 안으로 들어가더니 곧장 시동을 걸었다. 그녀는 뒤로 후진하고 우측으로 꺾어서 주차장을 빠져 나갔는데, 한 번도 머리를 이쪽으로 돌리지 않았다.

"그래, 무슨 이야기를 했어? 분위기를 보면 여자한테 차인 남자 모습인데?"

장규식이 옆쪽에서 다가오며 물었다. 그의 옆에는 이한기가 무표정한 얼굴로 걸어오고 있다.

"아무 일도 아뇨. 신경 쓰지 마시오."

입맛을 다신 조한철이 몸을 돌리자 장규식이 그의 어깨를 쳤다.

"조용한 데 가서 술 한잔 같이 해. 마침 이형도 함께 있으니까. 할 이야기도 있고."

힐끗 이한기 쪽으로 시선을 돌리더니 그가 잠자코 머리를 끄덕였다.

한 시간쯤 후에 그들은 일식집의 조용한 방에 앉아 있었다. 식탁 위에는 생선회와 깔끔한 안주가 놓여 있고 각자의 잔에 정종이 채워졌다.

"유장수는 우리가 사무실을 열고 활동한다는 것을 알고 있어요."

장규식이 정종잔을 비우고는 그들을 둘러보았다.

"난 그 사람을 잘 압니다. 그는 이쪽을 내버려둘 사람이 아닙니다."

"부딪치는 수밖에 다른 방법이 있겠소? 법을 어겨 죄진 것도 없는 이상 숨어 다닐 수만은 없는 일이지요."

이한기가 덥석 말을 받았다.

"언젠가는 부딪칠 운명이오. 다만 우리 세력이 아직 정비가 덜 된 것이 문제인데……"

"우리가 놈들의 마약자금을 턴 것을 의심하고 있는지도 모릅니다."

장규식이 소리를 낮춰 말했다.

"회사 근처와 내 주변에 어른거리는 놈들이 있어요. 유장수의 부하들이 틀림없습니다."

조한철이 퍼뜩 머리를 들었다.

"도대체 아직 기반도 덜 잡힌 상태에서 놈을 자극하는 이유가 뭡니까? 이렇게 사무실을 열지 않아도 되었고 그 돈을 털 필요도 없었지 않습니까?"

장규식과 이한기가 서로 얼굴을 마주 보았다.

"그리고, 그 이자영 씨……"

조한철이 잠시 망설이다가 다시 입을 열었다.

"그 여자가 우리 일에 꼭 필요한 사람입니까?"

이한기는 입맛을 다셨고 장규식은 상체를 세우면서 자리를 고쳐 앉았다.

"사무실을 차리고 유장수의 조직을 하나씩 혼란시키는 것이 우리의 계획이야, 조한철 씨. 공개적으로 그에게 도전하는 거지."

장규식이 말을 이었다.

"그래야 놈의 조직이 붕괴되어도 빠른 시일 내에 흡수할 수 있고, 주변의 세력들로부터 인정을 받게 될 테니까."

"……"

"이자영 씨는 우리의 보스가 될 고영무 씨의 측근이야. 그 여자는 보스가 내려 보낸 여자란 말이야."

"나는 고영무 씨를 보스로 모시겠다고 아직 말하지 않았어요."

이한기가 입맛을 다시더니 머리를 들었다.

"한철이 너답지 않게 무슨 소리냐? 나도 그 양반을 한 번도 보지 않았지만 따르기로 했는데?"

"나는 그 점이 바로 형님답지 않다고 생각하고 있었어요."

조한철의 얼굴이 붉게 달아올랐다.

"나이도 서른이 안 된 사람을 그래, 미국에서 소란 한번 피웠다고 형님 대접해주자는 겁니까?"

"이거 정말 우습구만."

갑자기 장규식이 턱을 들고 소리 없는 웃음을 얼굴에 띠었다.

"난 강요할 생각이 없어, 조한철 씨. 나는 당신이 갑자기 보스의 이야기로 시비를 걸어올 줄은 몰랐어. 뜻밖이야. 그리고 그런 이야기는 나하고 여기 있는 당신의 직속 형님에 대한 모욕이고."

장규식은 들고 있던 잔을 소리 나게 식탁 위에 내려놓았다.

"아직 어린 사람이군, 제법 단련되었나 싶었는데. 나하고 당신 형님의 생각에 따르기 싫다면 이 방에서 나가."

조한철이 힐끗이 이한기를 바라보았다.

얼굴을 찌푸린 이한기가 눈을 치켜뜨고 이쪽을 바라보고 있다. 조한철은 엉거주춤 엉덩이를 들었다.

"너, 그 여자, 이자영 씨 때문이냐?"

이한기의 말소리가 방을 울렸고 엉덩이를 든 채로 조한철의 몸이 굳어졌다.

"그 여자가 보스의 여자라고 생각되어서, 그래서 머리가 헤까닥 된 거 아니냐?"

하얗게 되었던 조한철의 얼굴빛이 금방 붉게 변해가기 시작했다.

"병신 같은 놈, 얼굴값을 하는구나."

조한철은 이를 악물고는 몸을 세웠다. 그가 방을 나갈 때까지 방 안의 두 사람은 입을 열지 않았다.

이성철이 청산 클럽의 밀실에 들어서자 안쪽에 앉아 있던 유장수가 얼굴에 웃음을 띠었다.

"어서 오시오. 오늘은 우리 한번 멋지게 놀아봅시다."

그 옆에는 긴 머리에 화장기가 없는 앳된 아가씨가 앉아 있었는데 기가 막힌 미인이었다. 그리고 옆쪽에 앉아 있는 다른 아가씨도 마찬 가지였다.

이성철이 자리에 앉으면서 앞쪽 자리를 바라보았다. 그곳에도 한 아가씨가 앉아 있었다.

"아, 곧 손님 한 분이 오시기로 해서요. 나도 오늘 처음 뵙는 사람인데, 이사장한테도 도움이 될 거요. 일성그룹의 박주경 회장인데."

이성철이 눈을 끔벅이며 유장수를 바라보았다. 그가 재벌그룹 회장을 부르리라고는 생각하지도 못했기 때문이다.

"그 양반이 곧 올 때가 되었는데."

그러면서 유장수가 시계를 보는 시늉을 하는데 문이 열리더니 종업원의 안내를 받은 박주경이 들어섰다. 그리 밝은 표정은 아니다. 방 안을 둘러보며 주춤거리는데 이쪽에서 유장수가 떠들썩하게 반겼다.

"어서 오십시오, 박회장님. 이곳이 처음이시겠지만, 어떻습니까? 아무래도 제가 운영하는 가게가 나을 것 같아서 이곳으로 되셨는데, 앉으시지요."

박주경이 빈자리에 앉았으나 옆에 앉은 아가씨는 거들떠보지도 않았다.

"제가 전화드렸던 유장수올시다. 그리고 이쪽은 중앙건설의 이성철 사장이시고."

이성철이 명함을 뽑아 건네주었고 박주경도 주머니에서 명함을 꺼내었다. 둘의 악수가 끝나자 아가씨가 박주경의 잔에 술을 채웠다.

박주경은 아직도 안정이 되지 않은 것 같았다. 주위를 두리번거리다 술잔을 들었다가 놓는다. 그러다 보니 이성철도 어색해졌는데, 도무지 이런 숙맥 같은 그룹 사장을 난데없이 동석시킨 유장수에 대해서 은근히 부아가 치밀었다.

"궁금하실 테니까 요점만 말씀드리지요."

유장수가 박주경에게 잔을 권하며 말했으므로 이성철이 귀를 세웠다.

"이자영이가 지금 서울에 와 있습니다. 테헤란로의 한영빌딩에 신아통상이라는 회사가 있는데, 그곳에 근무하고 있지요."

박주경이 손에 든 술잔을 내려놓았다. 그러나 유장수의 얼굴만 바라볼 뿐 선뜻 입을 열지 않는다.

"박회장께서는 여기에 오시기 전에 저에 대해서 알아보셨겠지요. 확실하신 분이니까요. 저도 박회장님만큼은 못하지만 기업체를 여럿 가지고 있는 사람입니다. 여기 있는 이사장도 마찬가지고."

방안은 조용했다. 아가씨들은 상대가 상대인지라 숨소리조차 죽이고 앉아 있었다. 유장수가 말을 이었다.

"제 부하 직원 한 녀석이 있었는데, 장규식이라고, 제가 총애하던 놈이었습니다. 그놈이 제 신임을 배신하고는 엄청난 공금을 횡령해 도주했지요. 그래서 그놈을 찾았는데, 그놈 회사에 이자영 씨가 있었습니다. 같은 회사에서 일하고 있더구만요."

박주경은 물끄러미 유장수를 바라보았다.

"이자영에 대해서는 처음에는 몰랐습니다. 직원을 시켜서 그 회사에 근무하는 사람들의 인적사항을 뽑았지요. 그런데 그 여자가 일성그룹의 직원이었고, 경찰의 수배를 받는 기소중지자라는 것을 알고 우선 회장님께 말씀드리는 겁니다."

"이런, 폐를 끼쳤습니다. 고맙다고 말씀드려야겠군요."

박주경이 무표정한 얼굴로 가볍게 머리를 끄덕였다.

이성철은 장규식이 회사를 차렸다는 소리에 긴장하고 있었다. 자신과는 상관없는 일이지만 유장수가 구태여 이 자리에 자신을 참석시킨 이유를 찾아내려고 애썼다.

"어떻습니까? 저는 장규식이라는 놈을 경찰에 넘기지 않을 작정입니다. 제가 잡아서 제 나름대로 심문을 하려고 하는데, 박회장께서는 이자영이를 경찰에 넘기시겠습니까?"

유장수가 얼굴을 들고 박주경을 똑바로 바라보았다.

"돈으로 해결하려면 시간도 잡아먹는데다가 숨겨둔 돈을 찾아내기도 불가능합니다. 그래서 저는 그런 방법을 쓰려고 하는데, 회장님, 혹시 이자영이도 회사 공금을 유용하지 않았습니까? 제가 얼핏 수사기록에 대해 듣기로는 그런 것 같던데."

"그래요, 꽤 큰돈을 빼돌렸습니다. 날 협박했는데……"

박주경은 앞에 놓인 잔을 들어 위스키를 한 모금 삼켰다.

"모두 1백 억이 훨씬 넘는 돈입니다."

"허어."

유장수가 입을 벌렸고, 이성철은 그보다 조금 더 크게 벌렸다.

"그럼 제 방법으로 해서 이자영이를 같이 심문해볼까요?" 박주경의 시선이 힐끗 이성철을 스쳤다. 그제야 이성철은 유장수가 이 자리에 자신을 참석시킨 이유를 알 수 있었다. 장규식은 그렇다손 치더라도 이자영에 대한 부탁을 박주경이 했다는 것을 들을 증인으로 이곳에 부른 것이다.

이성철은 술잔을 집어 들었다. 이제 유장수는 봉을 잡은 것이고 이 쪽은 증인이다. 그러다 보면 떡고물이 상당히 이쪽으로도 떨어질 것이다.

시계를 올려다본 앨버트는 자리에서 몸을 일으켰다. 테이블 앞쪽의 소파에 앉아 있던 올리버가 신문을 덮고는 따라 일어섰다.

"퇴근하시렵니까?"

"응, 벌써 7시가 지났어."

올리버가 주머니에서 무전기를 꺼내 드는 것을 보면서 앨버트는 사무실을 나섰다. 올리버는 본부에서 파견된 특별경호원이다. 그는 다섯 명의 경호팀을 이끌고 앨버트를 24시간 경호하고 있었다. 사무실의 현관을 나서자 넓고 큰 캐딜락이 그의 앞으로 다가와 멈췄다.

안쪽에서 문이 열렸다. 주위 사람들에게 부끄러웠으므로 앨버트는 재빨리 차 안으로 들어가 앉았다. 로스만이 일주일만 참으라고 그랬으니 기다려 보는 수밖에 할 일이 없다.

CIA는 지금 지미의 폭로성 제보로 난장판이 되고 있었다. 지미 골드는 수십 개의 언론매체와 TV 방송국 등에 인쇄된 폭로물을 보냈는데, CIA는 그것을 결사적으로 활자화시키지 않으려고 했다.

지미가 보낸 프린트를 읽어본 앨버트도 등에 식은땀이 흘러내렸다. 거기에는 CIA와 정치권과의 결탁, 남미제국, 특히 콜롬비아의 정권 전복에 대한 CIA의 활동과 마약조직과의 관계, 이것에 반대하는 사람들의 암살기도 등이 적나라하게 씌어 있어서 이것이 언론에 보도될 경우 미국은 폭동이 일어날지도 모르는 일이었다.

아마 의회는 CIA를 없애자고 의결할 것이고, 워렌은 물론 해리슨 대통령도 탄핵당하여 물러나 징역을 살지도 모른다.

앨버트는 차창을 스치고 지나가는 길가의 건물들을 무심한 표정으로 바라보았다. 아직 언론에서 그것을 보도한 적은 없었으나 이제 대부분의 언론인들은 그것을 읽어보았다. 정부기관에서 그것은 허위이며, 만일 사실 확인 없이 보도한다면 강력한 처벌을 내리겠다고 경고를 한 탓으로 손에 쥐고만 있었다.

지미는 끈질기게 두 번, 세 번씩 언론기관에 프린트물을 송부하였다. 그리고 어제부터는 몇 만 달러씩의 광고비를 부담하면서 그 내용을 광고 면에 실으려고 했다.

캐딜락의 앞좌석에 걸려 있던 휴대폰이 삐리릭거리며 울렸다.

앨버트는 서둘러 휴대폰을 쥐었다. 그것은 전파방해 시스템이 작동하여 도청할 수 없게 만든 전화기다.

"여보세요."

"앨버트, 나야."

로스만의 목소리가 들려왔다. 몹시 피곤한 듯 목소리가 늘어져 있었으므로 앨버트는 가슴이 답답했다.

"지금 집으로 가고 있나?"

"네, 보스."

"대통령하고 회의를 끝내고 나도 집으로 가고 있네, 앨버트."

그의 우중충한 회색빛 머리칼과 지친 표정이 눈에 보이는 것 같았다. 로스만이 말을 이었다.

"앨버트, 조금 전에 LA타임스와 데일리뉴스, 워싱턴포스트지의 편집장에게 전화를 했네. 오늘 밤에 지미의 기사가 일면 톱으로 실리게 될 거네."

앨버트는 저도 모르게 침을 커다랗게 삼키다가 재채기를 했다. 로스만의 목소리가 다시 들렸다.

"내일 아침에는 미국 전역이 떠들썩하겠지, 앨버트? 그런데 워렌이 위험해."

앨버트가 눈을 치켜뜨고 수화기를 고쳐 쥐었다.

"워렌이 회의 도중에 자리를 박차고 나갔다네. 자신만 책임을 질 수 없다는 거야. 대통령에게 맞불을 놓겠다고 폭언을 하고 나갔어."

"보스, 그러면 그놈을 체포해야 합니다."

앨버트가 서둘러 말했는데 목이 갈라져 있었으므로 다시 재채기를 했다.

"보스, 그렇게 되면 정말로 나라가……"

"놈을 어떻게 할 수가 없어. 놈은 지미 골드보다 더 충격적이고 더 더럽고 잔인한 폭로물을 가지고 있어. 그걸 터뜨리면 우리나라는 끝장이야."

"보스, 지금 놈은 어디에 있습니까?"

"아마 그쪽으로 갔을 거야. FBI의 젠슨이 놈의 비행기가 워싱턴을 떠나 LA로 날아갔다고 알려주었어."

무의식중에 앨버트는 거리 쪽으로 시선을 주었다. 아직도 워렌은 CIA의 국장이다. 그를 공식적으로 체포할 권한은 아무에게도 없는 것이다. FBI나 법무성, 또는 재무성의 수사관들도 속수무책으로 바라보기만 해야 한다.

"놈은 특수부 요원들을 몽땅 LA에 투입시켜놓았어. 대통령은 아직 그의 권한을 정지시킬 명분도 없고 시간도 없어. 설령 신문에 보도된다고 해도 그의 직권이 정지되는 것은 아니야. 심리를 거쳐서 대통령이 결재해야 돼."

로스만의 목소리는 낮고 음울했다.

"앨버트, 놈이 폭로성 기사를 터뜨리면 안 돼. 그쪽에서 놈을 찾아, 그리고 막아."

"보스, 하지만."

"CIA는 안 돼. FBI의 젠슨이 요원들에게 지시를 내려놓았네. 자네도 대원들을 동원해서 놈을 찾아, 어떤 것을 동원해서라도."

이제 완전히 입장이 뒤바뀌게 되었으므로 앨버트는 아직도 정신이 얼떨떨했다.

"보스, 그렇다면 지미는."

"놈은 원대복귀가 돼, 앨버트. 서둘러."

전화가 끊겼으나 그는 한참 동안 휴대폰을 움켜쥐고 있었다. 그러다가 잠에서 깨어난 듯 벌떡 상체를 세웠다.

"차를 돌려라, 올리버. 그리고 지금 당장 대원들에게 비상을 걸어!"
"예, 앨버트."
올리버가 앞자리에서 휴대폰을 움켜쥐었다.
"지금 당장 전 대원을 본부에 집결시킨다. 비상이다."
올리버는 로스만이 앨버트에게 전화했다는 것을 안다.
캐딜락은 무거운 몸체를 기울이며 급회전을 했다.

두 다리를 번쩍 치켜든 밀리카는 땀으로 범벅이 된 얼굴을 그의 볼에 붙였다. 그녀의 거친 숨소리와 함께 목 안에서 가래가 끓는 듯한 신음소리가 났다.

허리를 활처럼 휘면서 그의 몸을 받아들이던 밀리카는 이윽고 두 다리로 그의 허리를 감았다. 입을 딱 벌린 그녀의 두 눈이 커다랗게 치켜떠져 있었는데 이쪽을 보는 것 같지는 않다. 그녀의 목에서 길고 굵은 신음소리가 터져 나왔다.

고영무는 그녀의 몸 안으로 다시 한 번 힘있게 부딪치면서 그녀의 허리를 부둥켜안았다. 온몸에서 무엇인가 폭발하는 것처럼 느껴졌고 머리가 풍선처럼 팽창된다고 생각되었다.

이윽고 그들은 한 덩어리가 된 채 한참 동안 움직이지 않았다. 방안에 가득 찼던 열기가 조금씩 식어 가면서 열린 창문으로 들어온 바람이 그들의 땀투성이가 된 피부에 닿았다.

"당신을 사랑해요, 고."

손가락 끝부분으로 고영무의 양쪽 옆구리를 가볍게 쓸어내리면서 그녀가 말했다. 속삭이는 듯한 말이었으나 고영무에게는 똑똑하게 들렸다.

고영무는 그녀의 귀에 더운 김을 쏟아 내면서 움직이지 않았다. 다시 밀리카의 손가락이 옆구리를 쓸어내리자 온몸에 찌릿한 경련이 왔다.

몸을 떨면서 그녀를 부둥켜안자 그쪽에서도 힘을 주어 사지로 그를 감았다.

"당신을 죽여버리고 싶어요, 고. 지금."

퍼뜩 눈을 뜬 고영무는 알맞게 도톰한 그녀의 귀를 보았다. 자신의 타액으로 젖어 있는 귓바퀴가 빨갛게 달아올라 있었다.

"당신만큼 사랑한 사람이 없었어요. 나는 나는 당신을……"

그녀의 말은 더운 김과 함께 뱉어지고 있었는데, 그것은 한숨처럼 느껴졌다.

고영무는 그녀에게서 상체를 떼었다. 두 팔로 침대를 짚고 하체를 떼려 하자 그녀가 두 다리로 그의 허리를 다시 감았다. 그녀의 두 눈이 반달처럼 누여졌다.

흰 이를 드러내며 그녀가 웃었다.

"사랑한다고 말해주면 놓을게요."

고영무와 시선이 마주치자 그녀는 두 다리를 풀었다.

"미안해요, 고."

머리를 돌린 밀리카가 조그맣게 말했다. 그녀의 옆얼굴을 내려다보던 고영무는 그녀의 두 눈이 크게 치켜떠지는 것을 보았다. 이젠 와락 두 눈썹을 치켜 올리고 있다.

그가 머리를 그녀의 시선이 향해져 있는 쪽으로 돌리기도 전에 밀리카는 두 팔을 올려 고영무를 옆쪽으로 밀어젖혔다. 세차고 억센 힘이었다.

고영무가 침대 옆으로 굴러 떨어지는 순간 퍼억, 퍼억하는 귀에 익숙한 소리가 났다.

고영무는 반사적으로 눈앞에 있는 탁자의 받침을 잡고는 번쩍 치켜들었다. 총알이 날아와 탁자의 옆면을 쳤다. 그때서야 고영무는 문 쪽에서 다가오는 두 명의 사내를 보았다. 바로 5미터쯤 앞이다.

탁자를 그들 쪽으로 던지는 순간 고영무는 어깨에 거센 충격을 받았
고 뒤로 넘어지면서 한 손으로 의자를 쥐었다.

갑자기 타앙! 하는 요란한 총성이 울렸다. 침대 위에 엎어져 있던 밀
리카의 손에 조그만 권총이 쥐어져 있는 것이 얼핏 눈에 띄었다.

마악 이쪽으로 총을 겨누던 사내가 머리를 숙여 가슴을 내려다보더니
그 자세 그대로 무릎을 꿇었다.

고영무가 던진 탁자에 부딪쳐 넘어졌던 사내가 일어섰다. 그 순간 고
영무가 쥐었던 의자가 날아가 그의 어깨를 쳤다.

비틀거리면서 사내는 문 쪽으로 몸을 돌렸다. 손에 들었던 권총은 어
딘가에 떨어뜨린 모양이었다. 고영무가 마악 몸을 날려 침대 위로 뛰어
올랐을 때 반쯤 열린 문을 박차고 최대광이 뛰어들어 왔다. 그는 팬티
차림이었는데, 두 팔을 활짝 벌리고 미친 듯이 사내에게 달려들었다.

대뜸 덮친 참이라 최대광은 한 손은 사내의 목을, 다른 한 손은 사내
의 사타구니를 쥐었다. 당장에 목이 부러지고 고환이 으깨어질 순간이
었다.

"죽이지는 마라! 잡아둬!"

날카롭게 외친 고영무가 침대 위에서 몸을 돌렸다. 자신도 알몸이었
지만, 알몸의 밀리카가 한 손에 권총을 쥔 채로 그를 올려다보며 비스듬
히 누워 있었다. 가슴에 두 발의 총탄이 관통해 피가 온몸을 적시며 흘
러내리고 있다.

그녀는 아직도 반짝이는 눈으로 그를 바라보았다. 고영무가 천천히
그의 옆으로 몸을 눕히자 그녀의 시선도 따라 내려왔다. 입술의 한쪽 끝
에서 가느다란 핏줄기가 흘러내리고 있었는데, 입술을 꾹 다물고 있는
것으로 보아 입에 피가 가득 고인 모양이었다.

"대광아! 의사를!"

쥐어짜는 듯한 목청으로 고영무가 소리치자 최대광이 들고 있던 사내를 잠깐 내려다보았다. 그는 사타구니를 잡고 있던 손을 빼내고는 금방 주먹으로 고쳐 쥐었다. 사내의 양 미간을 향해 도끼로 나무를 찍듯이 후려친 최대광은 뒤로 반듯이 넘어지는 사내를 돌아보지도 않고 방 밖으로 뛰쳐나갔다.

"의사! 의사!"

한국말로 고함치는 소리가 나더니 이내 닥터! 닥터! 하고 다시 영어로 고함치는 소리가 점점 멀어져 갔다.

"밀리카, 정신차려."

그녀의 어깨를 안아 상반신을 세운 고영무는 한 손으로 그녀의 상처를 눌렀다.

"고, 나를 사랑해줘요."

그녀의 말과 함께 입에서 한 움큼의 피가 쏟아져 나왔다. 그러나 아직도 그녀의 표정은 맑고 눈빛은 반짝였다.

고영무는 그녀를 두 팔로 안았다.

"누워서, 섹스를 해줘요."

속삭이듯이 그녀가 말했으므로 고영무는 그녀를 조심스럽게 눕혔다.

"어서요."

고영무는 자신의 상반신을 그녀의 몸 위에 올려놓았다.

밀리카의 두 다리가 들리고 자신의 허리 위에 감겨지는 것이 느껴졌다. 이제 그녀의 두 팔이 그의 목을 감았다.

"아아, 행복해요."

피가 흐르는 입으로 그녀가 한숨처럼 말을 뱉었다.

"고, 사랑한다고 말해줘요."

"사랑해, 밀리카. 사랑한다."

“그럼 어서 사랑해줘요.”

고영무는 그녀를 힘껏 부둥켜안고는 입술로 그녀의 입을 빨았다.

“고, 사랑해요.”

입술을 잠깐 떼자 그녀가 허덕이며 말했다.

팬티 차림의 최대광이 의사와 종업원들을 끌고 들이닥쳤을 때, 그들은 피투성이가 된 두 남녀가 침대에서 끌어안고 있는 것을 보았다. 여자가 두 다리로 남자를 감아 안고 있었는데, 두 팔은 사내의 등 위에 놓여 있었다.

다가간 그들은 여자의 얼굴이 웃고 있는 것을 보았다. 두 눈은 감았으나 입술은 웃으며 행복해하는 얼굴이었다. 그러나 사내는 여자의 볼에 한쪽 볼을 댄 채로 움직이지 않았다.

이윽고 그가 머리를 들었다. 그의 얼굴에서는 눈물이 흘러내리고 있었다. 웃는 모습의 여자는 움직이지 않았다. 이미 죽어 있었던 것이다.

“할 수 없다, 피터슨. 놈의 명이 긴 모양이다.”

워렌은 손에 들고 있던 담배를 내려다보더니 책상 위에 놓인 라이터를 켜서 불을 붙였다. 피터슨이 담배와 그의 얼굴을 번갈아 바라보았다.

“앨버트 그놈이 날 찾고 있고, FBI도 은밀히 내사를 벌이고 있다.”

“보스, 어차피 벌여 놓은 일입니다. 우리만 당하고 있을 수는 없습니다.”

피터슨이 긴장으로 굳어진 얼굴로 말했다.

그는 두 시간 전에 보고타에서 LA로 돌아온 참이다. 지미 골드의 살해도 실패한데다가 이번의 고영무 건도 요원 두 명만 희생시키고 보기 좋게 실패하고 말았다. 페르난도의 동생인 밀리카를 대신 쏴 죽였는데, 차라리 안 한 것보다 못한 작전이었다.

피터슨은 워렌이 길게 담배 연기를 내뿜는 것을 바라보았다. 2년 가깝게 금연을 지켜 오던 그가 담배를 피우는 것이다.

"보스, LA에는 저희 특수반 요원들이 20명 가깝게 있습니다."

워렌이 퍼뜩 머리를 들었으므로 피터슨은 시선을 내리깔았다. 번번이 실패만 하였으니 다른 때 같았으면 벼락이 떨어졌을 것이다. 그러고 나서 알래스카나 우간다로 좌천이다.

"내일 아침에 프린트 내용을 각 언론사에 돌려라."

그의 말소리는 낮았으나 분명했다. 그는 담배의 불똥 끝을 피터슨을 향해 겨누었다.

"해리슨에게도 경고했었다. 난 대통령 명령을 받고 움직이는 몸, 나 혼자만 명예에 먹칠을 할 수 없다고. 죽는 것은 두렵지가 않다. 난 내 두 자식들이, 그리고 다섯 명의 손자들이 아버지와 할아버지를 부끄럽게 생각하게 만들기는 싫다."

워렌의 얼굴이 붉게 달아올랐다. 그는 담배를 재떨이에 비벼 끄고는 아랫입술을 물었다.

"이것이 조국을 위해 30년 봉사한 사람에게 주는 선물인가? 나는 마약을 미국의 CIA가 통제하게 하고 싶었다. 해리슨도 그것을 찬성했고."

"잘 알고 있습니다, 보스."

어차피 한 배를 타고 있는 신세이다. 워렌이 떨어져 나가면 이 시점에서는 순식간에 갈가리 찢어지는 신세가 될 것이다.

피터슨은 어금니를 물었다.

"한국 놈 하나 때문에 이 꼴이 되다니."

워렌이 가지런한 치아를 드러내며 웃었다.

"악마 같은 놈이다, 그놈은. 신이 내게 내린 저주인 모양이다."

"운이 좋았기 때문입니다, 보스."

피터슨이 가볍게 대답했다.

그는 탁자 위에 놓인 프린트물을 주섬주섬 걷었다. 거기에는 해리슨 대통령과 워렌이 콜롬비아 사태에서부터 마약의 분배와 이득금의 처리 문제에까지 협의한 내용이 모두 적혀 있었다. 일부 자료에는 녹음테이프가 첨가되어 있어 완벽한 자료였다.

워렌은 프린트물을 정리하는 피터슨의 손끝을 무심한 시선으로 바라보았다. 미국 국민들이 내일 이 기사를 읽으면 대통령에 대한 배신감으로 치를 떨 것이다. 해리슨은 탄핵을 받아 물러나고 부통령인 고든이 대통령직을 승계하게 될 것이다.

"피터슨, 앨버트를 조심해라. 우리를 제일 악착같이 찾고 있는 놈이 그놈이다."

워렌의 말에 피터슨이 서류를 손에 든 채 빙긋 웃었다.

"걱정하지 마십시오, 보스. 이보다 더 어려운 상황도 겪었습니다."

"해리슨이 CIA 국장직을 나 대신 더글라스에게 맡기려는 것 같다."

더글라스는 차장이지만 행정직으로만 잔뼈를 굳힌 사람이어서 부하들이 잘 따르지 않는다. 해리슨은 고분고분한 국장을 원했을 것이고, 마약부의 로스만이나 FBI국장도 CIA의 격을 떨어뜨리려고 그를 추천했을 것이다.

"이미 저쪽은 불을 질렀다. 이젠 우리도 시작이다."

워렌이 다시 담배를 꺼내어 입에 물었다.

"동양 속담에 이기면 군왕이요, 패하면 역적이라는 말이 있지. 군왕과 역적은 종이 한 장의 차이라는 말이다. 난 내 소신에 자신이 있다."

그의 목소리는 확신에 차 있었다.

앨버트가 밤늦게 사무실로 돌아오자 기다리고 있던 앤더슨이 그의 방으로 따라 들어왔다.

"보스, 여기 가져왔습니다."

그는 책상 위에 타이프된 인쇄물을 펼쳐 놓았다.

앤더슨의 뒤를 따라 서너 명의 부하들이 그의 방으로 들어섰으나 앨버트는 서류를 읽느라고 머리를 들지 않았다.

"이거 대단하구만."

앨버트가 입술을 달싹이며 속삭이듯 말했다. 그의 얼굴은 시간이 지날수록 점점 굳어져 갔다.

워렌은 과연 CIA의 국장다웠다. 그의 폭로 기록은 시간과 장소, 그리고 대화 내용과 결정 사항이 간결하게 적혀 있었고, 그것에 대한 결과와 대통령의 반응까지 상세하게 묘사되고 있었다.

앨버트가 언뜻 보기에도 서류의 내용은 사실이었고 법원의 증거물로도 손상이 없었다.

앨버트는 머리를 들었다. 대여섯 명으로 늘어난 부하 직원들이 말없이 그를 바라보고 있었다.

"큰일이다."

앨버트가 갈라진 목소리로 말했다.

그는 책상 위에서 거칠게 휴지를 뽑아내어 얼굴의 땀을 닦았다. 동전만한 휴지조각이 뺨에 붙어 있었으나 아무도 그것에 관심을 갖지 않았다.

"이게 보도되면 폭동이 일어날 것이다. 아니, 세계가 혼란에 빠지게 된다. 전쟁이 일어난다."

그는 목이 타는지 침을 끌어 모아 삼켰다.

"FBI와 지방 경찰에는 이미 말해놓았다. 이것은 대통령의 특별명령이다. 이것을 보도하려는 언론기관이나 기자가 있으면 사살해도 좋다. 하다못해 집에서 복사기를 써서 인쇄를 한다 해도 그자를 반역죄로 사살해라. 자, 움직여!"

부하들이 다투어 문 쪽으로 밀려갔으므로 문 앞에서 일대 혼란이 일어나다가 순식간에 조용해졌다. 방 안에는 앤더슨이 그를 바라보고 서 있을 뿐이다.

"보스, 시간이 되었습니다."

그가 벽에 걸린 시계를 바라보는 시늉을 했다.

밤 11시 반이 되어 있었다.

머리를 끄덕인 앨버트는 자리에서 일어섰다. 앤더슨은 본부에서 파견된 요원이었다. 30대 중반으로 말끔한 용모의 사내였는데, 니카라과의 정글에서 3년 반 동안 마약조직과 전투를 치른 경력이 있다.

그들은 서늘한 대기에 덮여 있는 건물의 밖으로 나왔다.

그들이 12번가 모퉁이에 있는 CIA 지부에 도착했을 때는 12시가 조금 넘어 있었다. 앨버트와 앤더슨이 앞장서서 현관으로 다가가자 네 명의 요원들이 뒤를 따랐다. 네 명의 요원 중에 두 명은 FBI 소속이었다. CIA 지부는 5층짜리 빌딩이었는데, 현관 간판에 '오리엔트 무역상사'라고 조그맣게 씌어 있다.

"나, 마약부의 앨버트야. 당신 지부장인 김멜을 만나러 왔어."

현관 안으로 들어서자 신사복 차림의 두 사내가 앞을 가로막듯 섰으므로 앨버트가 말했다.

앤더슨이 사납게 그들을 쏘아보았고 뒤따라 들어온 요원들이 그들을 에워쌌다.

"기다리고 계십니다."

한 사내가 겨우 입을 열었다.

"2층의 계단 바로 앞쪽 방입니다."

그러고는 어금니를 물었는데, 자신들의 처지를 잘 알고 있는 눈치였다. 그들의 보스인 워렌이 특수부 요원들을 거느리고 반역을 일으키고 있는 것이다.

그들은 어지러운 발자국 소리를 내면서 2층의 계단을 올라갔다. 김멜의 방은 바로 앞쪽에 있었다.

앨버트가 노크를 하자 곧 안쪽에서 문이 열렸다. 대머리가 벗겨지고 비대한 체격의 김멜이 물끄러미 앨버트를 올려다보고 있었다.

"앨버트, 어서 오게."

그의 목소리는 쉬어 있었다. 앨버트와 앤더슨, FBI 소속의 플레밍이 안으로 들어섰고 다른 요원들은 밖에 남았다.

"앨버트, 우리도 10분 전에 본부의 연락을 받았어. 더글라스 차장이 국장의 직무대리가 되었는데, 자네에게 적극 협조하라고 하더구만."

그들이 자리에 나누어 앉자 김멜이 가라앉은 목소리로 말했다.

그와 앨버트는 술자리도 몇 번 같이한 사이였다. 업무상 협조도 이제까지는 잘 되어 가고 있었다.

"나로서는 할 말이 없어, 앨버트. 명령에 따를 뿐이야."

"김멜, 그렇다면 FBI 소속인 플레밍이 앞으로 자네와 같이 행동할 거야. 이해할 수 있겠지?"

앨버트의 목소리도 부드러워졌다.

"얼마 걸리지 않을 거야. 워렌의 일이 끝나게 되면 다시 원상회복이 되겠지."

"할 수 없지. 하지만 워렌은 이곳에 손을 내밀 입장이 못돼. 그놈 때문에 직원들 사기가 말이 아냐. 직원들이 그놈을 증오하고 있다네."

"알고 있어, 김멜. 만약의 경우를 생각해서 그러는 것이니까."

앨버트는 방안을 둘러보았다.

"그런데 준비는 되었나?"

머리를 끄덕인 김멜이 책상 위에 놓인 단추를 누르자 곧 옆쪽 문이 열렸다. 그러고는 수갑을 찬 신용만이 이맛살을 찌푸린 얼굴로 방 안으로 들어섰다.

그를 데리고 온 직원이 김멜의 얼굴을 바라보더니 뒤돌아 방을 나갔다.

"김멜, 그럼 이 친구는 내가 인수하겠네."

앨버트가 자리에서 일어서자 김멜은 책상 위에 놓인 종이쪽지 한 장을 앞쪽으로 밀었다.

"사인하게."

"내가 하지요."

앤더슨이 나섰다.

그가 사인을 하자 아직도 어릿거리는 신용만의 어깨를 밀고 앨버트는 방을 나왔다. 방에는 김멜과 플레밍이 남았다.

"내 다시는 이런 비행기를 타지 않을 거여."

비행정 안을 둘러보며 최대광이 혼잣말로 투덜거렸는데, 이번의 비행은 두 사람뿐이었으므로 고영무에게 한 말이나 같다.

"웬놈의 비행기가 이렇게 떠는지 달린 것이 다 떨어지겠어."

고영무는 의자를 뒤로 젖혀 놓고는 눈을 감고 누워 있었다. 아닌 게 아니라 진동 의자에 앉은 것처럼 비행정은 끊임없이 떨고 있었다. 페르난도가 신경 써서 골라준 비행기였는데도 이렇다.

목 안이 마른 느낌이 들어 침을 모아 삼키자 비행기의 엔진 소리가 귀를 가득 메웠다. 이제 한 시간 정도만 더 비행하면 LA 앞바다에 내려앉을 것이다.

고영무는 눈을 뜨고는 텅 비어 있는 비행정 안을 둘러보았다. 옆쪽 의자에 앉아 있는 최대광은 불평하는 것에도 지쳤는지 몸을 구부리고 어두운 바깥을 내려다보고 있었다.

밀리카는 고영무가 페르난도와 함께 보고타의 공동묘지에 묻었다.

페르난도는 밀리카의 사망 소식을 듣고 달려왔는데 마치 미쳐버린 사람 같았다. 소리 내어 울다가는 주먹으로 가슴을 쳤고, 그러다가 그녀의 시체를 껴안고 뒹굴기도 했다.

그를 달래던 고영무도 눈물을 쏟으며 함께 울었다. 그녀에게는 이제 영원히 잊지 못할 빚을 지게 되었다고 고영무는 생각했다.

그녀의 사랑을 받아줄 수 없었던 자신이 싫었고, 자신의 목숨까지 버리면서 사랑하는 사람을 구한 그녀에게 죄를 지었다고 생각했다. 밀리카를 안았던 것은 정욕 때문이었다. 그것도 부끄러웠다.

그녀는 그것을 알면서도 이쪽을 받아들였다. 그때 그녀가 느꼈을 반쪽짜리 허전한 가슴을 생각하면 다시 가슴이 아팠다. 밀리카는 억지로라도 사랑한다는 말을 듣고 싶어했었다. 설령 그것이 진심이 아닐지라도 고영무의 입에서 흘러나오는 말만을 듣고 싶었던 것이다.

그녀가 마지막 순간에도 섹스를 원한 것은 아직도 미흡했기 때문이었다. 그의 사랑이 그녀에게 전달되지 않자 굶주린 사람처럼 그저 달려든 것이다. 육체만이라도 끌어안고 확인하고 싶었던 것이다.

그녀는 부족한 채 죽었다. 얼굴에 웃음을 띠고 있었으나 가슴은 비어 있었을 것이다.

시선을 돌린 고영무는 최대광이 이쪽을 바라보는 것을 보았다. 커다란 몸을 웅크리듯 의자에 파묻고는 물끄러미 이쪽을 바라보고 있었다.

"형님, 술 한잔 드릴까요?"

그는 옆자리에 던져 놓았던 위스키병을 들어 보였다. 술은 반쯤 남아 있었다. 고영무는 손을 뻗어 술병을 쥐었다. 안주도 없고 잔도 없다.

마개를 벗긴 고영무는 커다랗게 서너 모금을 삼켰다. 식도를 타고 뜨거운 기운이 위 속으로 떨어져 내리는 것이 느껴졌다. 위 안에 가득히 열기가 고였다.

"형님, 조금만, 어깨 상처가……"

최대광이 고영무의 어깨를 턱으로 가리키며 말했는데, 상처가 덧날 염려가 있으니 조금만 마시라는 말이었다.

고영무는 다시 서너 모금의 위스키를 삼켰다. 총알에 맞은 것이 한두 번이 아니었으나 밀리카가 밀어내지 않았더라면 이번에는 시체가 되었을 것이다.

비행정이 고도를 떨어뜨리는지 몸이 앞쪽으로 쏠렸다.

최대광이 두 손으로 의자의 손잡이를 움켜쥐고는 힐끗 이쪽을 바라보았다.

'그래, 널 사랑하겠다, 밀리카.'

다시 술병을 입으로 가져가면서 고영무는 마음속으로 말했다.

'영혼이 있을 테니까 들어라, 밀리카. 너를 사랑하고 기억하마. 네가 만족할 때까지 너를 아낄 것이다.'

고진호 씨는 신문을 내려놓고 찻잔을 받았다. 얼굴에 엷은 웃음기가 떠어져 있었다.

"난 조금 걱정이 되었어. 소식이 오랫동안 끊겨서 말이야."

"보고타에 가 있었거든요."

김영지는 쟁반을 두 손에 든 채 그의 앞쪽 의자에 앉았다.

"그곳에 제 집이 있고 집에서 운영하는 자동차 수리공장이 있어요."

"허어, 그럼 서울에 집이 있다던 것은."

고진호 씨가 찻잔을 든 채 눈을 둥그렇게 떴다.

"거짓말이었어요. 고영무 씨를 찾기 위해서 그랬어요."

"저런, 왜?"

"오빠와 아버지가 그 사람 손에 피살되었다고 믿었거든요."

고진호 씨는 찻잔을 조심스레 내려놓았다. 잔잔한 얼굴로 김영지를 바라보던 그가 이윽고 머리를 끄덕였다.

"신문에서 읽었지. 그 가족이……"

"네, 제가 김영지예요. 유영미라고 거짓말을 했었습니다."

"그래, 그놈을 찾았나?"

고진호 씨가 다시 찻잔을 들며 물었다.

10월의 한낮이다. 햇살은 맑고 따뜻하게 베란다를 통해 집 안으로 뻗쳐 들어왔고, 바깥에서는 아이들이 노는 소리가 들려왔다. 집 안에는 그들 둘만이 앉아 있었다.

"네, 찾았습니다."

김영지는 머리를 떨어뜨리고 쟁반을 내려다보았다. 무늬가 있는 쟁반이었다.

"그래서 어떻게 되었지?"

그가 부드럽게 묻자 김영지는 머리를 들었다.

"고영무 씨는 저희 오빠를 해치지 않았어요. 아버지도 실수로 넘어지셔서 돌아가셨습니다."

"……"

"저는 지금도 그것을 믿어요. 하지만,"

고진호 씨는 잠자코 그녀의 다음 말을 기다렸다. 그녀가 가슴 가득히 슬픔과 원한을 안고 살아온 것을 이해하는 몸짓이다. 이윽고 김영지가 머리를 들었다.

"그이는 저를 사랑한다고 했어요. 아버지와 오빠 몫까지 합해서 저를 사랑해주겠다고도 했어요. 그런데,"

"……"

“그런데 그것은 알고 보니까 동정이었어요. 책임감 때문이었어요.”

고진호 씨가 천천히 찻잔을 들어 입에 대었다.

“그는 거짓말을 했어요, 저에게.”

김영지는 한쪽 손바닥을 펴서 볼에 대었다. 달아오른 볼에 찬 손바닥이 닿자 온몸에 서늘한 기운이 번져 나갔다.

“그는 다른 여자와 살고 있었어요. 그 여자가 저에게 말해주더군요. 고영무 씨가 저에 대한 책임감 때문에 괴로워한다고, 그 여자는 임신한 몸이랬어요.”

앞쪽에서 찻잔을 내려놓는 소리가 들렸다.

“저는 그이에게 확인하지도 못했어요. 두려웠어요. 그래서 한국으로 왔어요.”

“나쁜 놈.”

으르렁거리는 듯한 소리에 김영지가 깜짝 놀라 머리를 들었다.

고진호 씨는 탁자 위를 노려보고 있었는데 눈을 부릅뜬 얼굴이었다.

“내 아들이 그럴 리가 없어. 만일 그렇다면 그놈은 내 아들이 아니다.”

굵고 낮은 목소리가 응접실을 울렸다.

머리를 든 그는 김영지를 똑바로 바라보았다.

“그것은 사람을 죽이는 것보다 더 나쁜 짓이다. 비열한 짓이기도 하고. 만일 그놈이 그랬다면 내 손으로 내 아들을 죽이겠다.”

“저는, 저는 그런 말씀 듣고 싶지 않아요.”

마침내 김영지의 두 볼에 눈물이 흘러내렸다. 끊임없이 뿜어져 나오는 눈물은 눈에 그득히 고였다가 아래쪽으로 흘러내렸다. 아랫입술을 깨물면서 눈을 크게 떠 눈물을 막으려던 그녀는 갑자기 딸꾹질을 했다.

“저는 그냥 알고 싶고 듣고 싶을 뿐이에요. 하지만 직접 듣기에는……”

또다시 딸국질이 났으므로 어깨를 늘어뜨린 김영지는 길고 가느다란 숨을 내쉬었다.

"알았다. 내가 가지. 어디냐? 그놈이 있는 곳이."

번쩍 머리를 치켜든 고진호 씨가 커다랗게 물었다. 눈물에 범벅이 된 얼굴을 든 김영지가 물끄러미 그의 얼굴을 바라보았다. 그가 어디에 있는지는 알 수가 없었다.

11.

귀환자들

창가에서 몸을 돌린 고영무는 얼굴에 웃음을 띠었다. 그는 다가온 신용만의 어깨를 한 손으로 쥐었다.

"고생 많이 했겠구나. 이렇게 다시 얼굴을 보게 되어서 반갑다."

"형님."

그의 한 팔을 두 손으로 움켜쥔 신용만이 아랫입술을 물었다.

"죄송합니다. 제가 폐만 끼쳤습니다."

"아니다, 그런 것 없다."

신용만의 뒤를 따라 들어온 최대광이 그들의 말을 들었다.

"저 새끼가 불어버려서 그놈들이 보고타까지 찾아왔을 겁니다. 남자는 덩칫값을 한다는 말이 딱 맞습니다."

최대광의 커다란 목소리가 저택의 응접실을 울렸는데 고영무는 쓴웃음을 지었고 신용만은 그의 팔을 움켜쥔 채 머리를 숙이고 있다.

"저 빌어먹을 자식이 알고 보니까 여자하고 뭣을 하다가 잽혔답니다.

저놈은 나보고만 뭐라고 하더니 아주 음흉한 놈입니다.”

신용만의 얼굴이 시뻘겋게 달아올랐다.

고영무는 그의 어깨를 감아 안고 소파 쪽으로 다가갔다.

한동안 저택을 비워 놓아 집 안에서는 나무 냄새가 났다. 환풍을 시키지 않은 탓이다.

“네가 약을 맞고 고문을 당했다는 이야기를 앨버트한테서 들었다. 그런 일로 자책하지 마라.”

소파에 앉은 고영무가 차분하게 말하자 옆쪽에 앉은 최대광은 이제 나서지 않았다.

“형님이 고생하셨다고 들었습니다. 형님, 저 때문에……”

신용만이 다시 머리를 숙이자 최대광이 혀를 찼다. 밀리카의 이야기를 하는 모양이었다.

“네가 말하지 않았더라도 놈들은 곧 알게 되어 있었어.”

고영무가 자르듯 말하자 힐끗 그를 올려다본 신용만은 더 이상 입을 열지 않았다.

응접실 문 쪽에서 어른거리는 모습이 보이더니 브루노와 페드로가 들어섰다. 활기 있는 몸짓이었고 얼굴에도 생기가 차 있다. 크링거 저택의 사건은 덮어두기로 미국 정부의 비공식적인 언질을 받은 것이다.

그것은 로스만과 앨버트의 적극적인 활동 덕분이었다. 아직 워렌의 행방은 알 수 없었지만 이제 CIA나 FBI, 또는 경찰국에 고영무의 사건은 일단락된 것으로 처리되어 있었다.

“보스, 지미한테서 연락이 왔습니다. 워렌의 은신처를 찾았답니다.”

브루노가 최대광의 옆자리에 앉으면서 대뜸 말했다. 그는 방안의 분위기를 알고 있었으므로 평소와는 다르게 커다란 목소리를 내었다.

“라스베이거스에서 50킬로쯤 위쪽의 사막입니다. 그곳에 지금은 쓰지 않는 비행장이 있는데 비행장의 막사에 있다고 합니다.”

고영무가 물끄러미 그의 얼굴을 바라보았다.

지미는 다시 마약부로 귀환하여 워렌을 찾고 있었다. 단숨에 워렌과 입장이 뒤바뀐 것이다.

“몇 명이 있다고 그래?”

브루노를 향해 고영무가 묻자 그제야 신용만이 머리를 들었다. 방 안의 사내들은 일제히 긴장되어 가고 있었다.

“김멜한테 특수부 요원 한 명이 제보를 했답니다. 그것을 김멜이 앨버트 쪽에 보고를 한 것이지요.”

그러고는 지미가 이쪽에다 정보를 준 것이다.

브루노가 말을 이었다.

“워렌과 피터슨, 그리고 특수부 요원 17명입니다. 그중 두 명이 이쪽에 협조를 하고 있습니다.”

“마약은?”

“비행장의 격납고에 쌍발제트기가 있답니다. 거기에 실려 있다는데요.”

“그놈이 도망갈 채비를 하고 있구만.”

최대광이 더듬거리는 스페인어로 말하자 브루노가 머리를 끄덕였다.

“국내에서 언론에 보도가 안 되니까 외국의 언론에 터뜨릴 작정인 것 같습니다. 이것은 지미가 말한 것입니다만.”

“그쪽의 공격 시간은?”

벽에 걸린 시계를 올려다보면서 고영무가 물었다. 오늘 새벽에 LA에 도착했는데 벌써 밤 10시가 되어 있었다.

“내일 아침입니다. 아침 6시에 해가 뜨자마자 공격을 한답니다.”

머리를 끄덕인 고영무가 주위에 앉은 사내들을 둘러보았다.

“그 비행기에 실린 마약 말인데, 그것이 몬태나 호에 실려왔던 것 아닌가?"

"그렇습니다, 보스. 일부는 마피아에게 팔고 꽤 남아 있습니다."

그렇게 대답한 것은 페드로다. 그는 고영무의 시선을 받자 가슴을 폈다.

"1백 50킬로쯤 팔았는데 지금은 7백 킬로 정도가 남아 있다고 들었습니다. 막대한 금액입니다."

"그것은 본래 우리에게 주어질 것이었지, 카스틸로를 제거한 보상으로."

고영무가 선뜻 그의 말을 받았다. 사내들이 잠자코 그를 바라보았다.

"우리는 우리 것을 찾는 것이다. 그리고 마침 빚을 갚을 녀석들도 함께 있으니 더 말할 것도 없다."

그는 눈을 치켜뜨고는 말을 이었다.

"우리가 먼저 가서 우리 것을 찾고 신세진 놈들을 만나기로 하자. 자, 준비해라."

고영무가 자리에서 일어서자 모두들 따라 일어섰다. 긴장으로 팽팽하게 굳어진 얼굴들이었으나 튀는 듯한 활기가 몸에서 풍겨 나왔다.

브루노가 힐끗 고영무의 어깨에 시선을 주었다. 그가 한 팔을 붕대로 감아 어깨에 매고 있었기 때문이다.

"앨버트, 피터슨의 부하 두 명이 활주로의 끝부분에 나가 있겠다고 하네. 놈들은 동료들한테서 멀찍이 떨어지고 싶은 모양이야."

지미가 시계를 내려다보면서 말했다.

라스베이거스는 깊은 정적에 싸여 있었으나 도시 변두리의 주유소 옆 주차장은 바쁘게 움직이는 사내들로 가득 차 있었다. 얼룩덜룩한 위장복 차림의 사내들은 제각기 총기를 점검하거나 그룹끼리 모여 앉아서 작전계획을 익히기에 여념이 없었다.

앨버트는 밴의 몸체에서 등을 떼었다.

“공군의 F-18은 6시 정각에 출격해서 근처 상공에 6시 반까지 머물 거야. 30분 안에 우리 작전을 끝내야 돼.”

“30분까지는 안 갑니다.”

밴의 앞쪽에서 말소리가 들리더니 FBI의 조나단의 모습이 드러났다. 어둠 속에 서 있었으므로 그가 다가온 것을 보지 못했던 것이다.

“10분이면 돼요, 앨버트. 생포하는 것도 아니니까 마구 쏘아대고 나중에 시체만 확인하면 됩니다.”

앨버트가 입맛을 다시고는 입을 열지 않았다.

조나단은 40대 후반의 거인이다. 이번 작전에 FBI의 책임자로 20명의 정예 요원을 이끌고 참가하고 있었는데 마약부의 LA 지부장인 앨버트가 작전의 총책임자가 된 것을 은근히 기분 나쁘게 생각하는 눈치였다. 이번 작전에는 FBI 20명, 마약부 20명, 경찰 20명의 연합부대 60명이 참가하는 것이다.

지미는 다시 시계를 내려다보았다. 새벽 2시 반이었다. 앞으로 두 시간 후인 4시 반에 이곳을 출발해서 비행장 근처에 5시 20분에 도착한다. 그곳에서 비행장 쪽으로 다가가 포위하는 데 40분, 6시 정각에 공격이다.

“참, 천하의 CIA 국장 제이슨 워렌이 사막에서 비참한 모습으로 드러눕겠군.”

조나단이 코웃음 소리와 함께 말했다.

“CIA 애들, 기가 죽어 있는 것을 보면 불쌍합니다.”

그는 그것이 고소한 것 같았다.

지미는 그가 CIA와 전부터 감정이 있는 모양이라고 생각했다.

“지미, 당신이 이번 일의 일등공신이야. 당신이 그런 식으로 터뜨리려고 하지 않았더라면 워렌은 지금쯤 워싱턴의 저택에 누워 있을 거야.”

조나단이 이쪽을 향해 흰 이를 드러내 보였다.

"CIA가 당신을 제거하려고 했다니, 나도 놀랐어. 화가 났다구."

"조나단, 생각해줘서 고마워."

앨버트가 힐끗 이쪽을 바라보았다. 조나단은 평소에 지미와 아는 척도 하지 않는 사이였다.

"소문으로는 당신네 보스 로스만이 CIA 국장이 된다고 하던데, 당신들도 그쪽으로 옮기는 것 아냐?"

"이런, 과연 FBI라 정보가 빠르군. 하지만 난 그런 것에 관심 없어."

앨버트가 불쑥 말을 받았다. 그가 자꾸 저쪽을 힐끗거리는 것으로 보아 조나단이 치근덕거리는 것이 지겨운 모양이었다.

지미도 로스만이 CIA 국장으로 물망에 오르고 있다는 소문은 들어 알고 있었다. 그리고 로스만이 원한다면 CIA로 자리를 옮길 것이다.

지미는 다시 시계를 보았다. 3시였다.

새벽 3시가 되자 동쪽의 지평선이 희끄무레해졌으나 아직도 사방은 짙은 어둠에 싸여 있었다. 사막의 한복판인 이곳은 밤이 되면 냉기가 뿜어져 나온다. 대낮에는 뜨거워서 일사병에 걸리는 곳인데도 밤이면 추워서 모포를 덮고 있어야 했다. 급격한 기온 차이가 나는 곳이라 생물도 거의 없다.

고영무의 앞쪽에 바라다보이는 막사에는 희미한 불빛만 비치고 있을 뿐 인기척이 없다. 막사는 세 채가 있었는데 모두 나란히 세워져 있어서 이곳에서는 제일 앞쪽의 막사만 보였다.

고영무가 뒤쪽으로 몸을 돌렸다.

"할 수 없다. 우리는 인원이 적으니까 한 사람이 막사 한 채씩을 맡는다."

그는 벌려 선 사내들을 둘러보았다.

"용만이 네가 제일 앞쪽 막사를 맡아라."

신용만이 커다랗게 머리를 끄덕였다.

"브루노, 넌 두 번째다. 그리고 대광이 넌 마지막 막사다."

고영무의 시선이 페드로에게 머물렀다.

"페드로, 너는 나하고 격납고로 간다. 아마 그곳은 경비병으로 둘러싸여 있을 거야."

고영무는 시계를 내려다보았다.

"지금이 3시 5분이다. 3시 반 정각에 일제히 공격한다. 자, 시계를 맞춰."

사내들은 일제히 손목시계의 분침을 5분에 맞췄다. 어느 한 사람이 공격을 시작한다면 일제히 따를 것이므로 초침까지 맞출 필요는 없다.

"이것이 아마 미국에서의 마지막 공격이 될 거다."

마악 움직이려는 사내들을 향해 고영무가 낮은 목소리로 말했다. 그들의 시선을 받은 고영무가 어둠 속에서 흰 이를 드러내며 웃었다.

"그러니까 몸들 조심하고 서로 엄호해줘라."

그들은 아무도 대답하지 않았다. 모두가 이런 공격에 익숙해져 있어 호흡이 맞기 때문인지도 모른다.

페드로를 앞장세운 고영무는 발목까지 빠지는 사막의 모래를 밟으며 격납고로 다가갔다. 10미터쯤 앞에 페드로의 서서 걷는 윤곽만 희미하게 보일 뿐 사방은 아직도 짙은 어둠에 묻혀 있었다.

격납고는 1백 미터쯤 앞쪽에 검은 덩어리로만 보이고 있었는데 그것은 동쪽 하늘의 색깔이 엷었기 때문이다. 시계는 3시 15분을 가리키고 있었다.

50미터쯤으로 거리가 좁혀졌을 때 페드로가 걸음을 멈추었다.

고영무는 주위에 신경을 쓰면서 그에게로 다가갔다.

"저기."

페드로가 숨소리를 섞어 가늘게 말하면서 손가락으로 앞쪽을 가리켰다.

고영무는 허리를 숙이고 앞쪽을 바라보았다. 모래밭 위에 검은 덩어리 두 개가 놓여 있었다. 그것은 검은 바위같이 보였는데 끝없이 평평한 모래사막 위에 바위가 있을 리 없다. 사람들이었다. 두 명의 사내가 누워 있는 것이다.

고영무는 손에 든 권총을 고쳐 쥐었다. 왼쪽 팔은 움직이면 통증이 오고 있어서 아직도 목에 붕대를 매달고 있다. 페드로가 옆쪽으로 벌려서더니 그와 함께 앞으로 나아가기 시작했다.

거리는 15미터쯤 되었는데 점점 가깝게 다가가자 그들이 모포로 온몸을 감고 있는 것이 구분되었다.

권총을 그들에게 겨눈 채 고영무는 마침내 10미터쯤의 거리에서 멈췄다. 인원이 조금 더 있었으면 생포했을 것이다. 문득 그런 생각을 떠올리면서 고영무는 권총의 방아쇠를 당겼다.

픽 하는 소리가 제법 크게 들렸으므로 당황한 고영무는 한 걸음 더 나아가 다른 사내의 몸통을 향해 다시 쏘았다.

"픽."

사내들은 몸을 한 번씩 들썩이더니 곧 움직이지 않았다.

페드로가 다가가 사내들의 얼굴을 들여다보았다.

이제 격납고와의 거리는 30미터쯤 되었다. 그들은 옆쪽으로 다가갔으므로 격납고의 출입구는 보이지 않았다.

페드로가 앞장서서 왼쪽의 모퉁이로 다가갔다. 바로 오른쪽이 출입구인 셈이다.

고영무는 시계를 내려다보았다. 3분 전이었다. 3분 안에 위치를 확보하고 저쪽의 동정을 파악해두어야 한다. 무작정 쳐들어갈 수는 없는 노릇이다.

고영무가 출입구 쪽으로 다가갔을 때 바로 옆쪽에서 사람의 말소리가 들렸다. 벽 바로 안쪽에서 들리는 소리였다. 페드로는 5미터쯤 앞의 어둠 속에 몸을 웅크리고 있었는데 바로 모퉁이를 돌면 격납고의 안이 보인다. 사람의 말소리는 다시 안쪽으로 멀어져 갔다.

격납고는 가까이에서 바라보니 더욱 컸다. 직사각이었는데 30미터의 넓이에 길이는 그 두 배쯤 되었다.

고영무는 페드로의 옆으로 다가가 섰다. 서늘한 기온이었으나 온몸에서 땀이 흘러내렸다. 고영무는 페드로의 앞을 지나서 몸을 틀었다. 이제 격납고의 안쪽이 정면으로 보였다. 흰 물체가 어둠 속에 보였는데 그것은 쌍발제트기일 것이다. 조금 전에 들었던 인기척은 어디로 사라졌는지 알 수가 없다. 고영무는 벽에 등을 댄 채로 조금씩 안으로 들어섰다. 페드로가 모퉁이를 돌아 이쪽으로 다가오는 것이 보였다. 안보다 바깥이 밝기 때문에 보이는 것이다.

그들이 안쪽으로 10미터쯤 들어갔을 때였다. 앞쪽의 격납고 중간 부근에서 두런거리는 말소리가 들리더니 번쩍이며 불이 켜졌다. 바로 10미터쯤 앞쪽이었으므로 두 사람은 온몸을 굳혔다. 순간 사내의 얼굴이 선명하게 드러났다. 담배를 입에 물고 주둥이를 내민 모습이었다. 그리고 그의 옆에 누워 있는 또 다른 사내의 윤곽도 보였다가 사라졌다. 그러자 밤하늘을 찢는 것 같은 폭발음이 들리면서 격납고의 바깥이 갑자기 환해졌다. 이어서 날카롭고 명료한 기관총 발사음이 들렸다. 다시 또 한 번의 폭발음이 들렸다.

이쪽의 사내들이 벌떡 일어서고 있었다. 누군가 외마디 소리를 지르는가 했는데 페드로의 M-16이 요란한 총성을 내었다. 바로 10미터 앞쪽이다. 사내들이 넘어지는 것이 보였다. 그 순간 고영무는 몸을 날려 안쪽으로 뛰었다. 이제 비행기의 동체가 바로 눈앞에 있었다. 꽤 큰 동체였다. 아마 20인승은 될 것이다.

바깥에서 연거푸 수류탄 두 발이 터지고 기관총의 발사음이 꽤 오랫동안 계속되더니 뚝 그쳤다.

"페드로, 불을 밝혀라!"

비행기의 바퀴 쪽으로 다가가면서 고영무가 소리쳤다. 그러자 총성이 울리면서 총알이 벽에 맞고 튀었다.

고영무는 바퀴 밑으로 몸을 숙였다. 어디에서 날아온 총알인지 알 수가 없다. 다시 바깥에서 기관총의 발사음이 서너 발 들리다가 그쳤다. 최대광 등이 우선 막사에 수류탄을 던져 넣고는 확인 사살을 하는 모양이었다.

페드로는 약삭빠른 사내였다. 그는 자신이 불을 밝히다가는 보기 좋은 표적이 된다는 것을 알고 있었다. 갑자기 격납고의 벽 쪽에서 거센 폭발음과 함께 불길이 솟아올랐다. 페드로가 벽에 쌓인 폐품더미를 향해 수류탄을 던져 넣은 것이다.

격납고 안이 갑자기 환해졌다. 그러자 비행기의 날개 밑에 엎드려 있던 사내의 모습이 드러났다. 순간 고영무와 사내의 시선이 마주쳤고 사내가 총구를 이쪽으로 돌리기 전에 고영무의 총구에서 불꽃이 튀었다. 사내는 들고 있던 권총을 떨어뜨리면서 바닥에 한쪽 무릎을 꿇었다. 두 손으로 아랫배를 움켜쥐고 있었다.

권총을 겨눈 채로 고영무는 그에게 다가갔다. 이제 격납고 안에 인기척은 없다.

"네 이름은?"

권총을 그의 머리에 겨누면서 고영무가 짧게 묻자 사내가 머리를 들고 웃었다.

"네가 한국인 고영무군."

모난 얼굴에 눈썹을 치켜세운 사내의 눈빛은 아직도 또렷했다.

"난 피터슨이다. 역시 네놈은 명이 길어."

"워렌이 어디에 있는지 말해라."

"네가 찾아라, 한국 놈아."

벽에 붙어 선 페드로가 이쪽을 바라보고 있다가 총을 겨눈 채 다가왔다. 바깥에서 다시 두어 발의 총성이 울렸고, 이어서 쏟아지는 듯한 기관총의 발사음이 계속되다가 그쳤다.

"말하지 않으면 죽는다, 피터슨."

"죽여라."

머리를 끄덕인 고영무는 그의 가슴을 향해 방아쇠를 당겼다. 그러자 그와 동시에 총성이 울리면서 옆으로 다가왔던 페드로가 허리를 꺾었다. 그가 쥐고 있던 M-16이 땅바닥을 향해 수십 발의 총탄을 퍼부었고 고영무는 뒤로 넘어져 있는 피터슨을 건너뛰면서 몸을 돌렸다.

비행기의 출입구가 열려 있는 것이 보였다. 다시 총성이 울리면서 총알이 날카로운 쇳소리를 내며 벽 쪽의 철판에 맞아 튀었다.

고영무는 출입구를 향해 방아쇠를 당겼다. 몸을 드러내어 가슴을 펴고 출입구를 향해 다가가면서 계속 방아쇠를 당겼다. 비행기 안으로 몸을 감췄는지 사내는 얼굴을 내밀지 않았다. 고영무는 두 걸음에 비행기의 트랩을 올라갔다. 격납고의 벽에서 불길이 세차게 일어나고 있어서 안쪽의 모든 것이 드러났다.

총을 겨눈 채 비행기 안으로 불쑥 들어선 고영무의 눈에 사내의 모습이 보였고, 이쪽이 총을 든 손을 앞으로 내미는 것과 동시에 그쪽은 두 손을 위쪽으로 뻗었다. 목이 굵고 작달막한 체구의 사내였다. 백발이 다 된 머리가 어지럽게 흐트러져 있었는데 두 눈이 고영무를 쏘아보고 있었다.

"네가 워렌인가?"

고영무는 자신의 목소리가 갈라져 있는 것을 들었다.

"그렇다, 너는 고영무."

고영무는 입을 다물고는 그의 가슴을 향해 방아쇠를 당겼다. 한 발씩 당겨서 세 번째에 이르자 철컥이며 빈 탄창이 울렸다. 워렌이 털썩 두 무릎을 꿇더니 멍한 시선으로 고영무를 바라보다가 앞으로 엎어졌다.

"형님!"

그러자 격납고 입구에서 신용만의 고함 소리가 들렸다.

"형님!"

이제는 다급한 듯 더욱 크게 소리치고 있었다. 고영무는 권총을 혁대에 찌르고는 비행기의 출입구로 나왔다.

놀라 이쪽으로 총을 겨누는 신용만의 모습이 보였다.

"이건 고영무의 솜씨로군. 박살을 낸 것을 보면."

조나단이 막사를 둘러보며 씹어 뱉듯 말했다.

"악마 같은 자식이야. 한 명도 살려두지 않았어. 그놈이 지나간 곳에는 살아 있는 것이 없어."

지미는 입맛을 다시고는 막사를 바라보고 서 있는 앨버트에게로 다가갔다.

"앨버트, 어떻게 보고를 할 거요?"

앨버트가 힐끗 지미를 바라보더니 손에 든 담배를 땅바닥에 던졌다.

"있는 그대로 보고를 해야지, 나는."

그가 격납고 쪽으로 발걸음을 옮겼으므로 지미는 그를 따랐다. 60명의 공격 요원들은 이제 시체 처리반원이 되어 있었다. 이곳저곳에서 시체들을 찾아내어 사막의 모래 위에 올려놓았는데 벌써 열다섯 구가 넘었다.

"그렇게 보고를 해도 위쪽은 우리가 처리한 것으로 기록할 것 같은데, 분위기가."

혼잣소리처럼 앨버트가 말했다. 그들은 격납고 쪽으로 다가갔다.

두 명의 대원이 시체의 두 손과 다리를 안고 밖으로 나오고 있었다. 피터슨의 시체였다.

"놈은 비행기 안에 실려 있던 마약을 깡그리 훑어갔어."

격납고 안에서 걸음을 멈춘 앨버트가 지미를 바라보았다.

"지미, 자네가 그들에게 정보를 주었지? 그래서 그들이 우리가 오기 전에 일을 마친 거야, 그렇지 않나?"

"이 일은 그들에게 맡겨야 했어, 앨버트."

가라앉은 목소리로 지미가 말했다. 그는 머리를 들어 앨버트를 바라보았다.

"그들은 워렌에게 빚을 갚은 거야. 스물여덟 명이 콜롬비아에 들어갔다가 다섯 명이 돌아왔어. 그리고 임무도 완수했고. 그들은 그러고도 이곳에서 쫓기는 신세가 되었어, 앨버트. 그들에게 우리는 약속을 지켜야 돼."

"그래, 그 엄청난 마약을 놈들이 갖게 해서 미국의 초등학교 급식용으로 나눠주게 할까?"

"고영무는 우리가 지정해준 사람에게만 팔 거야."

"우리가?"

앨버트가 눈을 둥그렇게 떴다.

"우리가 거래를 주선한다구? 마약부원인 우리가?"

"그것이 정상이야, 앨버트. 우리가 아니면 다른 사람이 하게 돼, 워렌처럼."

지미가 그에게로 한 걸음 다가섰다.

"그래서 대통령도 워렌과 합의를 한 거야, 우리 보스인 로스만이 자네 같은 반응을 보일 것을 알고. 어차피 없앨 수는 없는 물건이야, 마약은."

그것은 누구보다도 앨버트가 잘 알고 있었다. 마약의 소비량이 날로 증가되고 있어서 미국 최대의 사회문제가 되고 있지만 이것을 완전히 없앨 수는 없다.

마약은 병원에서도 약국에서도 꼭 있어야 할 물건이다. 그것의 유입과 판매를 통제할 수만 있다면 바랄 것이 없다.

"고영무는 콜롬비아에서 페르난도를 카를로스 대신 앉혀 놓았어. 페르난도는 이제 고영무에게만 마약을 공급할 거야. 그리고 고영무는 우리의 통제 아래에서만 판매하고."

"그건 자네 생각인가? 아니면."

"고영무의 생각이지. 그리고 나도 적극 동의하는 편이고."

워렌의 시체가 들려 나왔으므로 그들은 말을 멈추고 옆쪽으로 비켜섰다.

놀란 듯 눈을 반쯤 뜬 워렌은 두 팔을 늘어뜨려 덜렁거리면서 그들의 옆으로 들려 나갔다.

앨버트가 지미를 바라보았다.

"고영무는 이제 당장 수십억 달러를 벌어들이겠군, 지미. 그렇지 않나?"

"앨버트, 그 절반은 우리 국고로 들어가게 되네."

지미가 입술 끝을 올려 웃었다.

"그것이 해리슨과 워렌이 합의한 내용이야. 잘 알고 있지 않나?"

이제 앨버트는 입을 열지 않았다.

이자영이 숙소로 사용하고 있는 태양 아파트의 입구로 차를 막 회전시켰을 때 승용차 한 대가 입구 쪽에서 나오다가 아차 하는 순간에 양쪽의 차머리가 서로 부딪치며 멈췄다.

밤 9시가 넘은 때여서 아파트 입구는 한산하였으나 충돌하는 소리가 컸으므로 가게에 있던 손님들이 뛰어 나와 이쪽을 바라보았다. 서로 속력을 줄인 상태여서 에어백도 터지지 않았으니 그쪽의 승객이 다치지는 않았을 것이다.

이맛살을 찌푸린 이자영이 안전띠를 풀었을 때 그녀의 차 앞으로 다가와 등을 보이는 두 명의 사내가 있었다. 이명환과 박재룡이다. 그들은 이자영의 경호요원이었다.

앞쪽의 차에서 얼굴을 잔뜩 찌푸린 사내 두 명이 내렸는데 입을 들썩거리고 있는 것을 보면 욕지거리를 하는 모양이었다.

이자영이 차의 문을 열자 이명환이 몸을 돌려 그녀를 바라보았다.

"부장님, 앉아 계세요. 우리가 처리하겠습니다."

이자영은 다시 운전석에 앉아 바깥을 바라보았다. 그러자 슬그머니 짜증이 났다. 이쪽은 좌회전을 하는 바람에 시야가 좁혀져 있는데다가 보는 시간도 짧다. 그러나 저쪽은 직진해 오던 차량이다. 이쪽을 먼저 보고 충분히 대비할 수 있었을 것이다.

저쪽도 두 명이었으므로 그들은 서로 이야기를 주고받더니 이내 웃는 얼굴이 되었다. 그러자 구경꾼들은 아쉬운 표정으로 슬금슬금 물러갔고 이명환이 돌아서서 이쪽으로 왔다.

"부장님, 차를 입구 안쪽에 대세요. 금방 합의를 할 테니까요."

웃는 얼굴로 그를 향해 머리를 끄덕인 이자영은 다시 차에 시동을 걸었다. 상대편 차는 라이트 한쪽이 부서져 외눈이 되어 있는데 이쪽은 두 눈이 멀쩡했으므로 어쩐지 기분이 풀렸다.

입구 안쪽에 차를 멈추자 이명환이 탄 차와 함께 상대편의 차가 뒤쪽에 나란히 섰다. 주위는 어두웠고 저만큼 앞쪽에 아파트의 현관이 보였다.

차에서 내린 이자영은 우선 차의 앞부분을 살펴보았다. 범퍼가 약간 안쪽으로 밀려 들어갔고 범퍼 위쪽에 유리 조각이 떨어져 있을 뿐 그녀의 대형 승용차는 멀쩡했다.

"과실은 양쪽에 있으니까 서로 기분 좋게 해결합시다."

밝은 목소리로 이명환이 말하는 소리가 뒤쪽에서 들렸다. 그러자 퍽 픽 하고 무언가 부딪치는 소리가 나고 부스럭대는 소리가 들렸으므로 이자영은 몸을 돌렸다. 한 사람이 이미 땅바닥에 주저앉아 있었는데 누구인지는 어두워서 알아볼 수가 없다. 다른 한 사람도 비틀거리다가 마악 무릎을 꿇는다. 그것이 이명환이라는 것이 옷차림으로 분간이 되었다.

이자영의 가슴이 철렁 내려앉았다. 사내 한 명이 이명환의 뒤통수를 무언가로 쳤다. 그리고 그 순간 두 명은 이쪽으로 달려왔다. 차의 문고리를 잡아 문을 여는 이자영의 어깨에 어떤 사내의 손이 닿았다. 거친 숨소리가 들렸다.

"야, 이년아. 쇠뭉치로 맞고 반쯤 죽어서 따라갈 거냐, 아니면 순순히 갈래?"

사내의 우악스런 손이 그녀의 팔을 움켜쥐었다. 다른 사내는 이자영의 멱살을 잡아 비틀고 있다.

이자영이 차에서 내렸을 때는 아파트의 입구에서 납치된 지 두 시간 쯤 지났을 때였다. 뒷좌석의 발이 놓이는 부분에 반듯이 엎드려 있던 참이라 아직도 가슴이 울렁거렸고 온몸이 저렸다. 차 밖을 바라볼 수도 없어 이곳이 어디인지도 알 수가 없다.

저택은 잔나무가 우거진 숲속에 세워져 있었다. 공기가 맑은 것을 보면 서울 근교의 별장지대 같기도 했다.

등을 밀린 이자영은 저택의 현관으로 다가갔다. 불이 환하게 켜진 양옥이었는데 지붕은 기와를 덮어 멋을 내었다. 그녀는 커다란 유리문 안으로 들어섰다. 그곳은 넓은 응접실이었다. 바닥에 윤이 나는 나무가 깔린 것을 보면 로비 같기도 했다.

이쪽이 정면으로 바라보이는 곳에 한 남자가 앉아 있었다. 50대 중반쯤으로 보이는 날카로운 인상의 사내였다. 그는 그녀와 시선이 마주치자 온 얼굴에 주름살을 만들면서 웃어 보였다.

"어서 와, 이자영 씨. 아니, 이부장. 기다리고 있었어."

사내 한 명이 등을 세게 밀었으므로 그녀는 주춤거리며 두 걸음쯤 앞으로 더 나아갔다.

"도대체. 왜 이러시는 거예요?"

마음을 다져먹은 터라 그녀의 입에서 쨍쨍한 목소리가 터져 나왔다. 이들은 경찰이 아니다. 그리고 폭력조직이라면 겁날 것도 없는 것이다.

"댁이 지금 무슨 일을 하고 있는지나 아세요? 난……"

"넌 장규식하고 같이 일하는 계집이지."

사내가 대뜸 말을 받았다.

"그리고 일성그룹 회장을 협박해서 거액을 착취한 수배범이기도 하고."

이자영은 아랫입술을 물었다. 집안에서는 은은한 향기가 났고 벽 쪽에 세워진 받침대 위에는 고급스러운 도자기가 놓여 있었다. 사내가 다시 느린 목소리로 말을 이었다.

"나는 네가 왜 장규식이와 함께 일을 하는지, 그리고 무슨 일을 하는지, 그것만 알면 된다. 네가 그곳의 2인자라고 들었으니까. 그곳을 들락거리는 놈들도 파악해두었다."

사내의 얼굴에는 이미 웃음기가 가셔 있었다. 눈빛이 날카롭게 이쪽을 훑어보고 있었으므로 이자영은 침을 삼켰다.

"그걸 말해라. 네가 누구인지, 무슨 일을 하고 있는지를."

로스만은 방으로 들어서는 고영무를 보자 자리에서 일어섰다.

"어서 오시오, 미스터 고."

얼굴에 환한 웃음을 띠고 있었으므로 고영무도 얼굴을 폈다.

"이렇게 만나게 되어서 정말 다행이오."

앞자리에 앉은 고영무를 향해 로스만이 웃는 얼굴로 말했다.

"당신은 우리 정부를 사정없이 흔들어 놓았소. 나는 지금같이 혼란스러웠던 때를 본 적이 없습니다."

고영무는 상체를 펴고 방 안을 둘러보았다. 로스만이 갑자기 만나자고 한 것을 보면 나쁜 일은 아닐 것이다. 그는 이제 CIA의 국장이었고 고영무에게 할 말이 있을 리도 없다. 로스만의 시선이 자신의 어깨에 닿고 있는 것이 느껴졌다.

"지난번, 사막에서 워렌을 제거하신 것으로 알고 있는데……"

로스만이 조심스럽게 다시 입을 열었다.

"비행기에 실려 있던 1톤에 가까운 마약, 그것에 대해서 말씀드리고 싶어서."

"글쎄, 로스만 국장, 난 도무지 무슨 말씀인지 이해할 수가 없어서요."

고영무가 머리를 들고 똑바로 그를 바라보며 덧붙였다.

"워렌이라니, 난 그런 사람을 모릅니다. 더욱이 마약이라니요?"

"미스터 고, 당신이 보관하고 있는 마약을 처분해야 하지 않겠소? 지미 골드가 당신에게 방법을 일러줄 거요."

고영무는 잠자코 그의 얼굴을 바라보았다.

로스만이 말을 이었다.

"우리가 당신을 인정해주겠다는 말입니다, 미스터 고. 당신은 페르난도로부터 마약을 공급받아 이쪽으로 실어옵니다. 지미 골드가 당신에게 판매선과 판매량을 일러줄 겁니다."

"……"

"그건 본래 당신이 계획했던 일이라고 들었소."

지미 골드가 로스만에게 모든 것을 털어놓은 것 같았다.

고영무는 자리를 고쳐 앉았다.

"당연한 일입니다, 로스만 국장. 판매선과 판매량은 당신에게 일임하겠습니다. 하지만 가격은 내가 정합니다."

"내가 각하하고 이야기를 했는데, 미스터 고."

"당신들의 몫을 바라시지요?"

"그렇소, 우리는 그것을 여러 가지 공익사업에 쓸 작정이오."

"판매 단가의 50퍼센트를 드리지요. 내가 알기로는 워렌과 크링거가 그렇게 계약을 맺은 모양이더군요."

로스만은 만족한 듯 머리를 끄덕였다.

"좋소, 그럼 결정되었소."

사람만 워렌에서 로스만으로, 이쪽은 크링거에서 고영무로 바뀌었을 뿐이지 달라진 것은 없다. 마약은 남미 제국에서 끊임없이 생산되어 생산업자와 그들의 국가를 먹여 살리고 이쪽은 이쪽대로 운용을 한다. 고영무는 의자에 등을 기대고는 편히 앉았다.

무엇보다도 큰 소득은 두말 할 것도 없이 자신의 위치와 입장이 이 쪽에서 단단하게 인정받게 되었다는 것이다. 이젠 살인자의 수배도 풀렸을 뿐만 아니라 CIA 국장과 마약부의 비공식적인 지원도 받게 되었다. 그리고 그것은 미국 대통령이 승인해 준 일인 것이다.

"그럼 지미와 판매선에 대해서 이야기를 해보겠습니다."

고영무가 입을 열었다.

지미는 CIA의 서부 지역 책임자로 자리를 옮겼다. 그것은 앨버트와 지미를 함께 운용하여 마약관계를 처리하려는 로스만의 생각에서였다.

로스만의 배웅을 받으며 엘리베이터를 타고 아래층으로 내려온 고영
무는 대기실에서 기다리고 있는 최대광과 브루노에게 다가갔다. 그들은
CIA 본부에 들어섰을 때부터 어깨를 굳히고 있었다.

"보스, 무슨 일입니까?"

현관으로 나서며 브루노가 물었다.

10월 중순이었으나 찬바람이 얼굴을 때리는 서늘한 오후였다.

"브루노, 조직을 다시 만들어야겠다. 페르난도의 물품을 받아 판매선
에 뿌려야 할 조직이다."

계단을 내려가면서 고영무가 커다랗게 말하자 지나치던 사람들이 힐
끗거렸고 브루노는 어깨를 세웠다.

"네가 책임자다, 브루노. 믿을 만하고 충실한 놈들을 뽑아라. 짐 버클
리나 후안, 앙헬이나 필리페, 마라크, 산토스 그런 놈들로."

모두 콜롬비아에서 죽은 부하들이다.

고영무는 번쩍 머리를 치켜들고는 앞장서서 주차장으로 다가갔다.

"잊었구나, 페드로 같은 놈도 뽑아라."

브루노는 머리를 꺾고 그의 뒤를 따랐다. 그들은 모두 죽었다. CIA 본
부에서의 일이 잘 풀리자 보스는 죽은 부하들 생각이 치밀어 오르는 모
양이었다.

"그놈이 언제부터 우리를 파악하고 있었는지는 알 수 없지만 이대로
앉아 있을 수만은 없어."

장규식이 이한기와 조한철을 번갈아 바라보았다.

"형님 신세를 지는 것도 한두 번이지, 이번 일을 보고하기에는 낯이
뜨거워."

이한기가 이맛살을 찌푸리더니 자리에서 일어나 창문을 열었다. 방 안

에 자욱하게 덮여 있던 담배 연기가 열린 창문으로 빠져 나가고 있었다.

"유장수의 기반을 조금씩 깎아 내어서 허물어버린다는 계획은 탁상공론이야, 장사장."

창틀에 허리를 댄 그가 던지듯이 말했다. 밖은 아직 햇살이 가득한 오후였으나 방 안은 어둡다. 이곳은 청량리 근처의 여관방이었다. 사무실을 비워 놓고 이쪽으로 피신해 있는 것이다.

"놈의 기반은 하루아침에 만들어진 것도 아니고 겉을 긁는다고 해서 쉽게 허물어지지도 않아." 이한기의 말에 장규식이 번쩍 턱을 세웠다.

"우리가 조금 늦었을 뿐이야. 놈은 곧 크게 걸려들게 되어 있었어. 학교 공사대금도 밀려 있고 마약판매도 안 돼 곧 조직 보스들이 떨어져 나갈 참이었어."

"이성철이를 데리고 다니면서 설쳐 대는 것은 경기도 보스들을 휘어잡아 놓았다는 증거야. 우리 생각과는 영 딴판이구만."

조한철이 갑자기 주먹으로 방바닥을 쳤다.

"대체 지금 뭣들 하시는 겁니까? 경기도가 어떻고, 학교 공사가 어떻단 말입니까? 우선 당장 해야 할 일은 이부장을 찾아와야 하는 것 아닙니까?"

그의 말소리가 탁한 방안을 울렸다.

"형님들이 이러고 계시겠다면 난 내 똘마니들만 데리고 쳐들어가겠습니다. 아예 그놈을 쑤시고 나도 죽지요."

이한기와 장규식이 멍한 얼굴로 그를 바라보았다. 그것을 보자 조한철은 내친 김이라고 작정을 했는지 다시 주먹으로 방바닥을 쳤다.

"형님, 형님 하시는데, 고영무인가 그 양반이 와도 별 수가 없습니다. 사생결단을 하고 쳐들어가는 수밖에."

"아니 한철이, 그게 무슨 소리야?"

장규식이 상체를 앞쪽으로 숙이고는 턱을 들었다. 이맛살이 잔뜩 찌푸려져 있었다.

"자네, 한 번만 더 형님을 모욕했다가는 내가 가만 안 있겠어. 입조심해."

조한철이 마악 입을 벌리려는데 이한기가 버럭 소리쳤다.

"이 자식아, 입 닥쳐!"

입을 닫은 조한철이 눈을 부릅뜨고는 방바닥을 노려보았다. 세 사람이 제각기 세 가지로 불평을 해대고 있었으므로 아침부터 모여 앉아 있었지만 행동이 일어나지 않는다.

장규식이 어깨를 늘어뜨리며 길게 숨을 내쉬었다. 조한철의 말대로 식칼을 품고 쳐들어가는 것이 제일 뱃속 편한 방법이다. 그러고는 순식간에 병신들이 되는 것이다.

"우선 이부장이 어디에 있는지를 알아내야겠는데."

이한기가 혼잣소리처럼 말하자 장규식이 머리를 들었다.

"조금 전에 연락이 왔는데 이천 이성철의 별장에 있다고 합디다……"

"이천요?"

조한철의 눈이 번들거렸다.

"이천 이성철의 별장이라면 나도 압니다. 강가에 있는데."

"그쪽은 30명도 넘는다는데 우린 그 반도 안 돼."

장규식의 말에 조한철이 사나운 눈길로 그를 바라보았다.

"내가 10명은 데려올 수 있어요, 후배들로. 형님도 마음만 먹으면 2, 30명은 끌고 올 수 있지 않습니까?"

"이봐, 한철이, 이건 전쟁하자는 것이 아니야. 장사장이 그러려면 진즉 했을 거다."

이한기가 다가와 그들 옆에 책상다리를 하고 앉았다. 그것은 처음으로 장규식의 입장을 옹호해주는 것이어서 눈을 껌벅이며 장규식이 그를 바라보았다.

이한기가 말을 이었다.

"문제는 유장수야. 이부장을 빼앗아 온다는 것은 솔직히 말해서 우리에게 중요한 일이 아니다. 우리 세 명이 조직의 핵심이고 이부장은 보좌역할을 하는 사람이지."

이한기가 힐끗 장규식을 바라보았으나 장규식은 말없이 방바닥을 내려다보고 있다.

"우선은 우리 셋만 놈들의 손을 피하면 조직은 살아. 하지만 장사장의 말대로 이대로 있을 수만은 없어. 이렇게 여관방에 숨어 있을 수만은 없단 말이야."

유장수의 부하들이 몰려오기 전에 다행히 몸을 피하기는 했으나 테헤란로의 사무실은 이틀 동안에 난장판이 되어 있었다. 지금도 유장수의 부하들이 채권단을 가장해 사무실에 진을 치고 있을 것이다. 조한철은 천장을 바라보며 길게 숨을 들이쉬었다.

부드럽게 뭉쳐진 구름덩이들이 눈 아래 깔려 있어서 바다는 보이지 않았다. 구름 위를 날고 있는 보잉 747은 이제 정지된 것처럼 보였는데 엔진소리만 없으면 그냥 하늘 위에 떠 있는 느낌이 들 것이다.

고영무는 창에서 시선을 떼었다. 통로 건너편 좌석에 온몸을 묻은 최대광이 깊은 잠에 빠져 있었다. 그는 비행기가 덜덜거리며 떨지도 않는데다가 1등석이라 소음도 없고 좌석이 넓은 것에 만족했다. 그런 때문인지 이번에는 술도 마시지 않고 잠만 자고 있다.

"형님, 술 한잔 드릴까요?"

뒤쪽의 바에서 술병을 빼내 온 신용만이 다가왔다. 벌써 몇 잔을 마셨는지 눈가가 빨갛다.

머리를 끄덕이자 그는 잔에 호박색의 액체를 가득 따랐다. 1등석은 비어 있는 자리가 많았다. 신용만은 그의 옆자리에 앉았다.

"형님, 저 결혼하기로 했습니다."

고영무가 한 모금에 잔을 비우자 신용만이 불쑥 말했다.

"그래, 그거 잘 되었구나."

머리를 끄덕인 고영무가 그에게 빈잔을 내밀었다.

"그 카운터를 본다는 아가씨하고 말이냐?"

"네, 형님."

신용만이 자고 있는 최대광을 힐끗 바라보았다.

"그쪽 부모님한테도 허락을 받았습니다."

"잘됐구나. 그럼 LA에서 살아야겠구나."

이은영이 미국 시민권이 있다는 이야기를 들었던 것이다.

"아닙니다. LA건 서울이건 저는 상관없고 그 여자도 제가 하는 대로 따라오기로 했습니다."

고영무가 따라 준 술잔을 들면서 그가 웃음을 띠었다.

"그 여자는 동생이 네 명이나 됩니다, 형님. 다섯 형제니까 대가족이지요."

"그것도 잘되었다. 네가 외로운 몸이니까."

신용만의 밝은 얼굴을 바라보던 고영무는 술잔을 고쳐 쥐었다. 비행기는 한 시간 후면 서울에 도착할 것이다. 3년 만에 돌아가는 고향이었으나 아직 집안 식구에게는 연락을 하지 않았다. 아버지의 얼굴이 떠올랐고 비명에 돌아가신 어머니의 모습도 보였다.

신용만은 가족을 늘리고 있는데 이쪽은 있던 가족까지 잃어 가고 있었다.

"형님, 대광이는 LA에서 살겠다고 하던데요."

　신용만이 다시 말했다.

　"홍사장이 한국에 돌아가자 않겠다고 한 모양입니다."

　머리를 끄덕인 고영무는 다시 한 모금에 술을 삼켰다. 뱃속의 열기가 내뱉는 숨결로 뿜어져 나온다.

　이제 LA와 보고타는 조직의 기반이 탄탄하게 굳어져 있다. LA는 CIA의 배경을 업고 지미 골드와 앨버트의 협조를 받으며 장사를 한다. 크링거에게서 되찾은 마약으로 일거에 5억 달러를 벌어들인 것이다. 보고타는 라파엘 대통령과 알폰소의 지원 아래 페르난도가 정상적인 마약생산을 하고 있다.

　고영무는 손에 들고 있던 술잔을 의자 옆에 내려놓았다. 서울은 어쨌거나 고향이고 가족이 있는 곳이다. 그곳에서 기반을 굳히지는 않았다손 치더라도 고영무의 머릿속에는 언제건 돌아갈 곳으로 심어져 있던 곳이다. 목적을 이루었거나 참담한 모습이 되었더라도 돌아갈 곳이 있다고 생각하면 위로가 되는 것이다.

　그들이 대합실로 나오자 장신의 백인 두 명이 사람들을 헤치고 이쪽으로 다가오는 것이 금방 눈에 띄었다. 이곳은 이제 한국이다. 백인이 드문 곳이기 때문이다.

　"미스터 고, 저는 CIA 한국지부의 부책임자인 맨슨입니다. 이쪽은 제 부하인 스테판입니다."

　앞장 선 백인이 고영무를 향해 말했다.

　"저희 상관인 지미 골드 씨로부터 연락을 받았습니다. 최선을 다해 당신을 도우라는 지시였습니다."

　"고맙소, 맨슨. 내가 부탁할 일이 있어서 지미에게 이야기를 했던 겁니다."

"네, 그래서 조사 결과를 가져왔습니다, 미스터 고."

그들은 대합실을 나왔다. 10월의 하늘에 흰 구름이 가득 덮여 있어서 푸른 하늘은 보이지 않았다.

"개 같은 년, 끝까지 거짓말을 하는구만."

박주경이 어이없다는 듯 턱을 들고 쓴웃음을 지었다.

"100억이 넘는 돈이야. 그 돈을 네 머리나 배짱으로는 엄두도 못 낸다는 것을 잘 알고 있어. 정말 네 동업자 놈을 말하지 않을 테냐?" 이제는 이자영이 입술 끝을 올리면서 웃었다.

"병신 같은 놈, 나 말고 또 다른 놈한테도 돈을 뜯기고는 하소연할 데가 없었던 모양이지?"

두 손이 묶여 있었으므로 이자영은 두 팔을 들어 소매 끝으로 이마의 땀을 닦았다. 방에 가둬놓을 때는 결박을 풀어주었으나 이런 때에는 묶어두었다.

"난 너하고는 이제 아무런 감정이 없어, 그리고 지난 일에 대해서 말하기도 싫고. 이제 그만 날 보내줘."

"넌 이 집에서 못 나가. 네가 말할 때까지 갇혀 있어야 돼."

"납치교사로 고소할 거야. 그러면 너는 끝장이야."

"끝장은 누가 나고 있는데?"

그러다가 박주경은 이런 말싸움에 짜증이 났는지 벌떡 일어섰다.

"네년을 고문시키도록 하겠다. 네가 자백할 때까지."

"날 죽이지 않는 한 널 꼭 잡아넣을 거야, 박주경."

박주경이 방을 나가자 곧 두 명의 사내가 들어섰다. 제각기 손에 기다랗게 만든 모래 몽둥이와 바스켓, 주전자들을 나눠 들고 있었다.

조한철은 풀밭에 엎드려 저택에서 들려오는 이자영의 비명 소리를 들었다. 손바닥으로 얼굴의 물기를 쓸고 난 그는 젖은 온몸을 굳히며 저택 쪽을 바라보았다. 50미터쯤 떨어져 있는 저택은 휘황하게 불을 밝히고 있었다. 단층집이어서 안에서 비치는 불빛으로 오가는 사람들의 그림자가 드러났다.

조한철은 온몸을 떨면서 4, 5미터 앞쪽으로 더 기어갔다. 놈들은 이쪽이 강을 건너오리라고는 생각하지도 못할 것이다. 그래서인지 이쪽을 경비하는 사내는 커다란 유리창 밑에 서 있는 두 명의 사내밖에 없었다. 10월 중순이었으나 강물은 찼다. 수심이 깊고 물살이 세어서 조한철은 50미터나 더 넘게 떠내려갔다가 이쪽 기슭으로 올라온 것이다.

조한철은 다시 5, 6미터를 더 기어서 앞쪽으로 다가갔다. 이자영의 비명 소리는 이제 그쳐 있었으나 어쩐지 그것이 더 불안했다. 조한철은 앞쪽으로 기어가면서 시계를 내려다보았다. 밤 11시 50분이었다. 배 밑에 자갈들이 깔려 있어서 움직일 때마다 덜그럭거리는 소리가 났다. 그는 상반신을 세운 엉거주춤한 자세로 두 발과 손을 땅바닥에 짚고 다가가는 짐승 같은 모습이었다.

이자영의 모습이 눈앞에 떠올랐으므로 조한철은 어금니를 물었다. 자신이 그 여자를 사랑하고 있다고 확신하게 된 것은 며칠밖에 되지 않는다. 그녀와 헤어진 후 매일 밤 고통으로 시달려 오던 조한철은 그렇게 스스로 확인을 하자 이제까지의 고통과 불안이 순식간에 사라져 버리는 것에 놀랐다. 이제는 그녀를 구할 일만 남은 것이다. 그리고 그녀를 괴롭힌 녀석과 함께 죽는 것이다.

이제 유리창 밑에 앉아 있는 사내들과의 거리는 10미터 정도로 좁혀져 있었다. 그들은 아직 이쪽을 발견한 것 같지 않았다. 나란히 앉아 무엇인가 서로 이야기를 주고받았는데, 말소리가 바람을 타고 이쪽으로 흐르고 있다.

온몸이 떨리고 이가 부딪쳐 왔으므로 조한철은 어금니를 힘주어 물었다.

다시 2, 3미터를 온 정신을 곤두세우며 기어간 조한철은 사내들과의 거리가 5, 6미터로 좁혀지자 와락 자리에서 일어섰다. 그러고는 몽둥이를 쳐들고 사내들을 향해 쏜살같이 달려들었다.

사내들이 엉거주춤 엉덩이를 들었고 입을 따악 벌리면서 그를 올려다보았는데 그때는 이미 늦어 있었다. 조한철의 쇠몽둥이가 마악 일어서는 한 사내의 머리를 쳤고 발끝이 다른 사내의 고환을 올려 찍었다. 꿍 하는 소리가 났는데 그것은 고환을 차인 사내였다. 머리를 맞은 사내는 종이가 구겨지듯이 땅바닥에 누웠으나 이놈은 허리를 기역자로 숙이고 있다.

조한철의 몽둥이가 사내의 뒷머리에 맞는 둔탁한 소리가 났다. 사내는 땅바닥에 엎드린 채 이제 움직이지 않았다. 조한철은 사내들 위쪽의 유리문에 달라붙었다. 그러고는 머리를 들어 안쪽을 바라보았다. 이자영이 머리를 풀어헤친 모습으로 의자에 앉아 있었다. 그녀는 의자에 몸이 묶여 있었는데 사내 한 명이 묶인 끈을 풀어 주고 있고 다른 사내 한 명은 허리를 굽혀 바닥에 놓인 것들을 집고 있다. 고문하는 도구인 모양이었다.

머리를 돌린 조한철은 의자에 앉아 있는 사내 한 명을 바라보았다. 그의 입술이 달싹이는 것을 보면 무슨 말인가를 하는 모양이다. 이자영이 흐트러진 머리칼을 날리면서 머리를 젓는 것이 보였다. 조한철은 이를 악물고 그것을 바라보았다. 문득 저 알 수 없는 놈이 부럽다는 생각이 들었다가 지워졌다. 이윽고 두 명의 사내가 문을 열고 나가자 방에는 두 사람이 남아 있게 되었다.

"자, 이젠 고집 그만 피우고 털어봐. 돈은 어디에다 두었어?"

"난 없어, 이놈아. 나에게서 나올 이야기는 그것뿐이다."

헐떡이며 말하던 이자영이 기침을 했다. 두 무릎 안쪽이 찢어진 듯 아파왔고 겨드랑이 사이도 그렇다. 온몸을 까딱할 수 없는 것이다.

"넌 죽게 돼. 이자영이 네 시체가 발견되더라도 나에게는 아무런 상관도 없고 연관도 없게 된단 말이다."

그의 말소리가 방안을 울렸다. 이자영이 지친 눈을 들어 박주경을 힐끗 바라보았다. 그러고는 눈을 커다랗게 치켜떴다. 순간 박주경 뒤쪽의 커다란 유리창이 부서져 내렸다. 소리가 요란했으므로 박주경이 입을 벌린 채 엉거주춤 자리에서 일어섰다.

안으로 뛰어든 조한철이 다가왔다. 손에 길이가 50센티쯤 되어 보이는 검은 쇠몽둥이를 들고 있었다.

"어, 이것, 나는, 이것 보시오!"

나는 이곳과 상관이 없는 사람이라고 말하려고 했는지, 아니면 나는 너희들과 인종이 다른 사람이라고 하려 했는지는 박주경이나 뛰어든 조한철도 알 수 없었다. 눈을 치켜뜨고 입을 벌린 이자영이 알 리는 더욱 없다.

무슨 말을 할 듯 입을 더 벌리던 박주경은 다음 순간 머리가 부서지는 것을 의식하면서 정신을 잃었다. 문이 와락 열리면서 서너 명의 사내들이 방 안으로 쏟아져 들어왔다.

"자영이, 너를 사랑한다."

쇠몽둥이를 고쳐 쥐면서 조한철이 으르렁거리듯 말했다. 시선은 이미 세 명의 사내들 쪽을 향하고 있다.

"그 말을 알려주려고"

사내들이 와락 달려들었으므로 그는 더 이상 말을 잇지 못하고 쇠몽둥이를 휘둘렀다. 상대방이 맞는 것을 느끼는 순간 조한철도 어깨에 충격을 받았다.

화창하게 맑은 날씨여서 햇살이 단풍으로 치장된 숲의 나뭇잎들을 환하게 내리쬐고 있었다. 강가의 자갈들이 반짝이며 빛을 반사시켰고, 강물의 수면 위에는 빛의 막이 덮여 있는 것 같았다.

강가에 대여섯 명의 사내들이 얼쩡거리고 있는 것을 보고 난 유장수는 몸을 돌렸다. 행차 뒤에 나팔이라고 이제야 강 쪽의 경비를 강화시킨 것이다. 조한철이라는 놈이 어제 단독으로 쳐들어왔으니 망정이지 떼로 몰려왔다면 이자영을 빼앗길 뻔했던 것이다.

"회장님, 차 드시지요."

안쪽에서 이성철의 목소리가 들려왔으므로 유장수는 응접실의 소파로 다가갔다. 이성철이 시선을 내리깐 채 커피잔을 스푼으로 젓고 있었다. 그는 어젯밤의 사건이 불안한 모양이었다. 유장수가 서울에서 이쪽에 도착하자마자 이자영을 붙잡아둘 필요가 있느냐는 이야기부터 꺼내는 걸 봐도 그렇다.

유장수는 소파에 앉아 커피잔을 들었다. 박주경이 머리가 깨져 중상을 입고는 병원에 실려간 것은 큰 사건이다. 그의 운전사에게 시켜 박주경을 싣고 고속도로로 나가 차만 벼랑 아래로 밀어뜨리고는 차 사고로 위장해놓았지만 진땀이 났다. 운전사는 요령이 있는 놈이고 경호원 또한 이쪽과 말을 맞춰놓고 있어서 일단은 언론에 그렇게 보도는 되었으나 꺼림칙했다.

장규식은 어디로 도망쳤는지 보이지도 않는다.

"박회장이 아직 의식이 없답니다. 이거 죽으면 큰일인데……"

이성철이 혼잣소리처럼 말하자 유장수가 머리를 들고 입맛을 다셨다.

"어차피 이곳이 알려지지는 않을 테니까 이사장은 걱정할 것 없어요."

"조한철이는 태워버리는 것이 낫습니다. 그래야 증거를 찾지 못하니까요."

조한철은 머리가 깨지고 팔다리가 각각 한쪽씩 부러지는 중상을 입고 지하실에 있다.

유장수는 잠자코 커피잔을 들었다. 박주경이 저 꼴이 되었으니 이제까지의 일은 허사가 될지도 모르는 일이다. 이번 일이 없었다면 박주경은 며칠 후에 납치된 이자영을 자신이 심문하는 비디오테이프를 보게 될 것이고 그것으로 유장수의 꼭두각시가 되었을 것이다.

"이봐요, 이사장. 한 사람 더 화장을 시킵시다."

커피잔을 내려놓은 유장수가 이성철을 바라보았다. 이성철이 눈을 끔벅이며 다음 말을 기다렸다.

"이자영이 말이오, 이젠 필요 없으니까 조한철이하고 같이 태워버립시다."

유장수가 자르듯 말하자 이성철이 머리를 끄덕였다.

"차라리 그것이 낫습니다. 이곳에 잡아 두고 골치를 썩느니보다는."

이곳이 자신의 별장이므로 더욱 그럴 것이다.

바깥쪽에서 자동차의 경적이 울렸으므로 그들은 서로 얼굴을 마주 보았다. 부하들은 별장 앞에서 자동차의 경적을 울리지 않기 때문이다.

문이 열리더니 부하가 들어섰다.

"이천 경찰서의 김경감이 오셨습니다."

유장수가 찌푸린 얼굴로 이성철을 바라보았다.

"왜?"

이성철이 거칠게 묻자 부하가 당황해서 머리를 저었다.

"그건 잘 모르겠습니다."

"혼자 왔어?"

"아닙니다, 두 사람입니다."

이성철이 유장수를 바라보았다.

"아는 사람이오. 내가 키워주는 놈인데, 아마 내가 여기 있는 걸 알고 인사하러 온 모양입니다."

유장수는 잠자코 그를 바라본 채 대답하지 않았다.

"백만 원쯤 넣어서 봉투를 만들어 놔. 그리고 이쪽으로 데려와."

부하에게 던지듯 말한 이성철이 입맛을 다셨다.

"지난 달 말에도 주었는데 이놈이 재미를 붙인 모양이군. 돈이 꽤나 나갑니다."

잠시 후에 부하의 안내를 받아 건장한 체격의 사내 두 명이 방 안으로 들어섰다. 앞장 선 사내는 경감 계급장을 어깨에 붙인 경찰복 차림이었다.

"여어, 김경감, 갑자기 웬일이야? 연락도 않고."

김경감의 시선이 이성철을 스쳐 유장수에게 머물렀다.

"이사장님, 잠깐 여쭐 말씀이 있어서요."

"그거야 얼마든지. 자, 여기 앉아."

그러나 김경감이 옆에 선 사내를 손으로 가리켰다.

"그보다 우선, 이분은 KIA의 이영길이라는 분인데, 인사들 하시지요."

그제서야 유장수와 이성철의 시선이 옆에 서 있는 사내에게 유심히 꽂혔다. 건장한 체격에 사복 차림인 그는 유장수와 이성철을 번갈아 바라보며 가볍게 머리를 끄덕였다.

"이분이 이사장님과 유회장님께 급하게 물어보실 말씀이 있다고 하셔서요."

김경감은 수건을 꺼내어 이마의 땀을 닦았다. 그들은 자리에 앉을 생각도 없는 눈치였고 이성철과 유장수도 엉거주춤 서 있는 분위기였다.

"김경감님, 저기 문을 닫으시오."

사내가 턱으로 문 쪽을 가리키자 김경감이 서둘러 다가가 문을 닫았다.

"물어볼 말씀이 뭐요?"

이성철이 무뚝뚝하게 물었다. KIA건 CIA건 이런 나이쯤이면 조무래기일 것이다. 그러나 KIA가 찾아온 것은 처음이어서 가슴이 뛰었다.

"우선 앉읍시다."

사내가 자리에 앉으면서 말했으므로 유장수와 이성철은 앞쪽 자리에 앉았다. 김경감은 열중 쉬어 자세로 문을 가로막듯 서서 이쪽을 바라보고 있었다.

그것이 또한 마음에 걸린 이성철이 힐끗거리며 그를 바라보았으나 입을 열지는 않았다.

"나는 KIA의 고문 자격을 가진 사람이지 정식 직원이 아닙니다."

사내가 부드러운 목소리로 말하면서 이성철과 유장수를 바라보았다.

"신문은 읽어서 알고 계시겠지만, 이번에 새로 임명된 CIA의 로스만 국장이 이곳 KIA에 협조를 요청해서 고문 자격을 갖게 되었습니다. 이번 일만 끝나면 그만둘 것입니다."

사내의 시선은 맑았고 표정은 자연스러웠다. 소파에 등을 기대고 앉아 있는 모습도 어색하지가 않다. 유장수는 가슴이 답답해져 오는 것을 느꼈다.

"그래, 도대체 무슨 일로 이곳에 오셨습니까? 우리는 지금 바빠서."

이성철이 이제는 긴장한 듯 이맛살을 찌푸리며 물었다. CIA의 로스만 국장 이야기가 이 순간에 나온 것은 뜻밖이었고 그것도 그를 불안하게 하는 것이다.

"여러 가지가 있는데, 첫째는 마약거래요. 특히 당신, 유장수 씨는 한국의 마약을 거의 독점하다시피 하시던데."

"말도 안 되는 소리."

유장수가 번쩍 턱을 들었다.

"당신이 CIA인지 KIA의 뭣인지는 모르지만 쓸데없는 소리 집어치우시오. 내가 문제가 있다면 당신 같은 조무래기한테 심문을 받을 리가 없어.”

그는 눈을 치켜뜨고 앞에 앉은 사내를 쏘아보았다.

“아직 어려서 잘 모르는 모양인데, 이런 일은 극히 중요한 문제야. 정치적인 문제라구. 난데없이 나타나서 유도심문을 하지 마. 내가 곧 당신 실장한테 알아볼 테니까.”

그러자 사내가 입술 끝만 움직여서 얼굴에 웃음을 띠었다.

그는 머리를 돌려 이쪽을 바라보고 선 김경감에게 말했다.

“김경감, 데리고 들어와요.”

“알았습니다.”

그는 고분고분하게 대답하고는 방을 나갔다. 이성철은 이맛살을 찌푸리며 유장수를 바라보았다. 유장수의 표정도 굳어져 있었다.

“두 번째 일이 있는데, 그것은 당신이 이자영이라는 사람을 납치해서 감금하고 있다는 것이오.”

사내가 말하면서 방안을 둘러보는 시늉을 했다.

“아마 이 집 안에 있을 텐데, 그렇지 않습니까?”

이성철이 혀로 입술을 축였다. 이제는 온몸이 조여드는 것같이 굳어진다. 그는 어금니를 물었다.

문이 열리더니 김경감과 사내 한 명이 방 안으로 들어섰다. 머리를 든 유장수가 눈을 치켜뜨고는 입을 벌렸다. 서울의 본사에 있어야 할 전우석인 것이다.

그는 곧장 이쪽으로 다가왔다. 그러나 그의 시선이 향하는 곳은 사내의 얼굴이다.

“부르셨습니까?”

사내 앞에 다가선 전우석이 정중하게 물었다. 그것을 바라보던 유장수의 가슴이 천천히 아래로 내려앉았다. 사내가 머리를 끄덕였다.

"그래, 유장수 씨가 마약거래를 한 사실이 없다고 해서."

"말도 안 됩니다. 지금도 창고에는 마약이 있고, 이제까지 거래해온 장부가 제 손에 있는데요."

전우석은 유장수에게 옆모습만 보인 채 말을 이었다.

"마약자금의 사용처까지 제가 모두 기록해두었습니다."

"이놈의 새끼, 나를."

안간힘을 쓰듯 그렇게 말한 유장수가 말을 멈췄다. 얼굴을 일그러뜨리고 있었는데 충격 때문에 배에 힘이 들어가지 않는다.

"당신은 한국 사회에서 없어져야 할 인물이야. 거기 당신, 당신도 그렇고."

사내가 가라앉은 목소리로 입을 열었으나 방 안에 있는 사람들에게는 분명하게 들렸다.

"그래서 여러 가지를 생각해 보았지. 당신들을 어떻게 할까 하고."

"개수작하고 있네, 이 자식이."

이성철이 버럭 소리를 치며 자리에서 일어섰다.

"네가 뭔데 이 자식아, 젊은 놈이 건방지게! 당장 꺼지지 못해!"

그러자 갑자기 퍽 하는 소리가 들렸고 이성철이 소파에 엉덩이를 찧으며 주저앉았다. 그러고는 머리를 숙여 한쪽 어깨를 내려다보았다. 어깨에 5백 원짜리 동전만 한 구멍이 났고 금방 피가 솟아올랐다.

유장수가 눈을 치켜뜨고는 이제 자신의 가슴으로 향해 있는 베레타의 총구를 바라보았다. 소음기가 끼워져 있어서 길다.

"넌 누구냐?"

유장수의 목소리는 갈라져 있었다.

"어이구."

그때서야 어깨를 움켜쥔 이성철이 신음소리를 내었다.

사내가 그의 시선을 받더니 표정 없는 얼굴로 머리를 끄덕였다.

"나는 고영무, 쓰레기들을 청소하러 한국에 왔다."

유장수가 뻣뻣하게 상체를 굳혔고 이성철은 신음을 멈췄다.

고영무가 입안에 물었던 것을 빼내자 둥글게 휘어진 철사 끝에 조그만 플라스틱 덩어리가 끼워진 물체가 나왔다. 이제는 신문에서 보았던 고영무의 얼굴이었다. 양쪽 볼의 두툼한 부분이 없어진 그의 얼굴을 바라보며 유장수는 한동안 입을 열지 않았다.

"너희들 둘만 없어지면 되겠더군. 그래서 김경감에게 부탁을 했다. 김경감이 이사장과 친하다는 것쯤은 알고 있었지."

고영무가 머리를 돌려 유장수를 바라보았다.

"유장수, 할 말이 있으면 해라."

"일이 더럽게 되었어, 내가 너 같은 조무래기에게 당하다니."

던지듯이 말한 유장수가 소파에 등을 기대었다.

"살인을 밥 먹듯이 하는 놈이라고 들었다. 어서 죽여라."

고영무가 머리를 끄덕였다.

"과연 보스답다. 너는 이성철이와 서로 맞쏘아 죽는 것으로 하겠다. 그래서,"

고영무는 가슴 호주머니에서 다시 소음기가 끼워진 브라우닝을 빼내어서 유장수를 겨누었다.

"할 말은? 남길 말이 있다면 전해주마."

"너하고는 원한이 없다. 넌 꼭 빚을 갚는 놈이라고 들었는데 이번은 내 몫을 가로채려고 죽이는 것이구나."

"그런가? 그럼 저승에 가서 물어보아라. 너 때문에 누가 죽었는가를."

브라우닝의 총구에서 둔한 발사음이 울렸을 때, 문 앞에 서 있던 김경감은 무의식중에 어깨를 흠칫 치켜 올렸다가 내렸다.

이마 한가운데에 구멍이 뚫린 유장수는 벌떡 머리를 소파 뒤쪽으로 젖혀놓고는 움직이지 않았다.

"살려주십시오, 형님."

이성철이 온 얼굴을 찌푸리며 고영무를 바라보았다. 그는 상체를 탁자 위로 숙였다.

"무슨 일이든 하겠습니다. 제발, 저는."

"피라미 같은 놈."

"형님, 저는 유장수가 시키는 대로."

고영무의 오른손에 쥐고 있던 베레타가 다시 발사되었다. 가슴에서 솟아나는 핏줄기를 바라보던 이성철이 탁자 위로 상체를 떨어뜨렸다.

고영무가 자리에서 일어섰다. 전우석과 김경감이 긴장한 얼굴로 그를 바라보았다.

"시체는 저희들이 처리하겠습니다."

김경감이 서두르듯 말했다.

"제가 서로 맞쏘아 죽는 현장을 목격했으니까요. 염려 마십시오."

"이자영이는 어디로 돌려보낼까요?"

전우석이 묻자 고영무가 머리를 돌려 그를 바라보았다. 한동안 그의 얼굴을 바라보던 고영무가 이윽고 머리를 끄덕였다.

"집으로."

"넌 여기서 기다려."

차 밖으로 따라나온 최대광에게 말하고 난 고영무는 앞쪽의 아파트를 바라보았다. 오후의 햇살을 비스듬히 받은 유리창 한 장이 이쪽에 빗발의 신호를 보내는 것처럼 반짝였다.

"오래 걸리실 거지요?"

불쑥 최대광이 물었으므로 고영무가 그를 바라보았다. 최대광의 입술 끝이 치켜 올라가다가 내려왔다.

"왜?"

"아닙니다, 그냥."

고영무는 몸을 돌렸다.

김영지는 아파트 현관을 나와 좌우를 두리번거리고 있었다. 햇살이 비치고 있었으나 바람이 제법 세게 부는 날씨였다. 가벼운 스웨터 차림의 그녀가 양손을 스웨터 주머니에 찌르고는 어깨를 움츠리고 있다.

고영무가 그녀 쪽으로 다가가자 김영지는 주춤 움직임을 멈추었다. 어깨 위까지 닿은 머리칼이 바람에 날려 볼 위를 덮고 있었다. 화장기가 없는 얼굴은 창백하게 보였다.

그가 다가가 그녀의 바로 앞쪽에 멈춰 서자 그녀의 시선이 아래로 떨어졌다. 이제는 이마 위로 흐트러진 머리칼과 곧은 콧날의 윗부분만 보였다.

바람결에 그녀의 냄새가 코에 스며들고 있었다. 엷고 아늑한 냄새였다. 부드럽기도 했다.

"아버지한테 이야기를 들었어."

그녀의 이마를 향해 고영무가 말했다.

"바람이 세어서 많이 날려. 어디 조용한 곳으로 가자."

고영무가 그녀의 팔 쪽으로 반쯤 손을 뻗었을 때 김영지는 몸을 틀어 아파트 입구 쪽으로 걸음을 옮겼다. 헐렁한 긴 치마는 짙은 감색이었다. 치마 사이로 두 다리가 힐끗 보였는데 가벼운 단화를 신고 있었다.

어중간한 시간이어서 카페에는 손님이 한 사람도 없었다. 남자 종업원이 커피를 그들 앞에 내려놓고 돌아갈 때까지 그들은 입을 열지 않았다.

"어머니는 차도가 있다면서, 민 선생님한테 들었어."

고영무가 그녀를 바라보며 입을 열었다.

"갑자기 사라져 버려서 놀랐는데, 아버지 말씀을 듣고 나서야 영문을 알 수 있었어."

"……"

"나한테 직접 물어볼 수도 있었을 텐데."

고영무는 찻잔을 들고는 잠시 검은 액체를 내려다보다가 잔을 내려놓았다.

"널 보고 싶었어. 네가 없어서 무척 허전했어."

문득 김영지가 머리를 들었다.

"그 여자, 밀리카 그 여자한테도 그런 말을 하셨어요?"

그녀의 말소리는 또렷했는데 시선이 마주치자 다시 머리를 돌렸다.

"나한테 한 말과 똑같이."

고영무는 그녀의 옆얼굴에서 시선을 떼었다.

"그리고 날 만난 것은 동정심 때문이라고."

"……"

"난 당신을 믿었어요. 당신의 말 한마디 한마디를 모두."

"……"

"그 여자는 당신의 아이를 가지고 있다고 했어요. 3개월째라고. 그런데 어떻게 나에게……"

말끝이 떨려 왔으므로 그녀는 침을 삼키더니 찻잔을 쥐었다. 그러나 마실 생각은 없는 모양이다.

고영무는 그녀의 손가락을 내려다보았다. 가늘고 긴 손가락과 안의 핏기가 붉게 비치고 있는 투명한 손톱이 눈에 들어왔다.

문득 머리를 든 김영지가 고영무의 얼굴을 들여다보았다. 자신의 손가락을 내려다보고 있는 그의 시선을 보자 찻잔에서 손을 떼고는 주먹을 쥐었다가 이내 탁자 밑으로 손을 내렸다. 고영무는 시선을 그대로 둔 채 들지 않았고 입도 열지 않았다. 김영지는 그의 얼굴이 차갑게 느껴지도록 굳어져 있는 것을 보았다.

"당신이 밀리카를 나에게 보냈다고 하더군요. 나도 당신이 직접 오지 않았던 것에 실망했었어요."

"……"

"당신이 그녀를 사랑하고 있다고도 했어요, 나 때문에 괴로워한다고도 했고."

김영지는 탁자에 가슴이 닿도록 상체를 붙였다.

"날 사랑하세요? 지금도?"

머리를 든 고영무와 그녀의 시선이 마주쳤다. 한동안 둘은 서로의 눈을 들여다보았고 먼저 시선을 뗀 것은 고영무였다. 이 여자에게는 그런 이야기를 수없이 했었지만 한 번도 듣지 못하다가 죽는 순간에 억지로 들었던 여자도 있다.

"모두 내 잘못이야. 어떤 인연이건 내가 뿌린 원인이 이렇게 만들었다."

고영무가 머리를 돌려 그녀를 똑바로 바라보았다.

"짐승처럼 본능에 따라 움직이기만 했는데, 난 다른 사람의 감정 따위는 염두에 두지 않았어. 난 죄책감을 느낀다. 나는 내 욕심만 채웠어."

고영무가 자리에서 일어서자 김영지는 아랫입술을 깨물었다. 얼굴이 달아올랐고 치켜뜬 눈에는 눈물이 고였다. 그녀는 카페를 나서는 그의 인기척만 들었다.

이자영은 젖은 수건으로 조한철의 얼굴을 조심스럽게 닦아 내었다.

"머리 아픈 건 어때요?"

조한철의 검은 눈이 이쪽을 물끄러미 올려다보았다.

"괜찮아, 자영 씨. 이젠 그만 돌아가 봐."

"괜찮아요, 잘 되고 있으니까요. 유장수와 이성철의 부하들 대부분이 이쪽으로 흡수되었어요."

이자영이 수건을 내려놓고는 손가락으로 그의 머리칼을 쓸어 올렸다. 이젠 지역의 보스들도 따라 들어올 것이다. 장규식과 이성철만 제거하면 된다고 조한철도 생각해온 터였다.

"난 자영 씨가 이렇게 날 간호해주리라고는."

조한철이 성한 팔을 들어 이자영의 손을 쥐었다.

"고마워, 자영 씨."

이자영의 손 한쪽이 다시 그의 손등을 덮었다.

"같이 있을게요. 한철 씨가 퇴원하고 나서도."

"……"

"날 위해 목숨을 바치려고 했던 남자예요, 당신은. 내 무엇을 드려도 모자라요."

"보상받을 생각은 없었어."

"알아요. 나도 그것 때문에 그러는 것이 아니에요. 난 다시 시작하겠어요, 한철 씨와 함께."

조한철이 그녀의 손을 힘주어 쥐었고 이자영은 그것을 감싸 쥐었다. 이자영의 눈이 갑자기 치켜떠지며 그것이 빛을 내었다.

"알아요? 이제까지 나를 감동시킨 남자는 한 사람도 없었어요, 아무도."

이자영이 눈을 깜박이며 조한철의 이마를 내려다보았다.

"그런데 딱 한 사람이 있어요. 나만큼, 아니 나보다 나를 더 아끼는 사람, 그것이 당신이었어요. 난 이제 다시 시작하겠어요. 당신과 함께."

"당신을 사랑해, 자영 씨."

"당신을 위해 모든 것을 버릴 만큼, 당신처럼 되도록 노력할게요. 그렇게 될 거예요.”

　구름 한 점 떠 있지 않은 파란 하늘이었다. 11월 초순이어서 날씨는 제법 쌀쌀했으나 햇살은 밝았다.
　공항 대합실의 유리벽을 통해 비행기의 이착륙을 바라보던 고영무는 시계를 내려다보았다. 오전 11시가 되어 있었다.
　“고향에서 부모님이 올라오셔서 고속버스 터미널까지 모셔다 드리고 온다고 했으니까 곧 올 겁니다.”
　옆쪽 의자에 앉아 있던 신용만이 말했다.
　최대광의 부모님이 장성에서 올라와 사흘간 최대광과 함께 보내고 있었다. 호강시켜 드리겠다면서 일급 호텔의 스위트룸을 잡아 드렸으나 부모님은 하루가 지나고 나자 진저리를 내고는 호텔을 나왔다. 도무지 침대에서 잠을 잘 수 없는데다가 호텔 안에 쉴 곳도 없다는 것이다. 사람구경도 사람 나름이지 외국사람 보기가 징그럽다면서 그들은 이틀째 되는 날은 아예 변두리 여관으로 자리를 옮겼다.
　고영무는 다시 유리벽 쪽으로 시선을 돌렸다. 장규식과 이한기 등의 보스들이 공항에 배웅을 나왔다가 조금 전에 돌아갔다. 그들은 이제 서울에서 단단히 기반을 갖춘 조직이 되었고 걸릴 것이 없었으므로 표정들이 밝았다.
　이자영은 공항에 나오지 않았는데 그것도 이해가 되었다. 그녀는 이제 조한철과 함께 있겠다면서 일에서 손을 떼었다. 신용만이 시계를 내려다보았다.
　“세 시간 전에 여관에서 나갔다는데.”
　“당연히 그래야지. 상관없다, 비행기야 기다릴 테니까.”
　활주로에는 콜롬비아에서 페르난도가 보내 준 20인승 쌍발제트기가 기다리고 있었다. 지난번에 한국에서 보고타로 들어갈 때에는 LA와 멕시코시티를 거친 기역자의 비행이었다. 그러나 지금은 서울에서 보고타까지 직행하게 되어서 시간이 열 시간은 절약될 것이다. 페르난도는 벌써 제조된 마약을 걸어놓고는 그를 기다리고 있었다. 신용만이 머리를 돌려 그를 바라보았다.

"형님, 형님이 언젠가 그러셨지요. 엘도라도(ELDORADO)는 황금의 땅이라고. 그때는 그냥 넘겨 들었는데……"

그의 얼굴에 웃음이 떠올랐다.

"그곳에서 우리는 황금 대신 엄청난 것을 얻었습니다. 그렇지 않습니까?"

대합실 입구 쪽으로 머리를 돌린 고영무는 의자에서 몸을 일으켰다.

최대광이 계단을 올라오는 것이 보였다. 머리와 상반신이 드러나더니 쑥쑥 하체가 치솟아 오른다. 그리고 그 다음에 솟아오르는 것은 김영지의 모습이었다.

모래색 바바리 코트를 걸친 그녀는 머리가 나타났을 때부터 이쪽을 바라보고 있다. 신용만이 힐끗 이쪽을 바라보고는 따라 일어섰다.

"형님, 모시고 왔습니다."

다가선 최대광이 커다랗게 울리는 목소리로 말했다.

"제가 말씀드렸습니다. 저, 이것저것."

힐끗 최대광을 바라본 고영무가 김영지에게로 다가갔다. 긴장으로 굳어져 있었으나 그녀의 눈가는 조금 붉었다. 아랫입술을 물었다가 놓았는지 입술은 물기에 젖어 있었다. 그들은 잠시 서로의 얼굴을 바라보았다.

"같이 가겠어요."

그녀가 조그맣게 말했는데 대합실의 소음 속에서도 그 말은 고영무에게 분명하게 들렸다.

"당신이 절 받아들여만 주신다면요. 왜냐하면 전 당신을 사랑하기 때문에……"

그녀의 목소리는 낮았으나 떨리지는 않았다. 고영무는 어금니를 물고 그녀의 얼굴을 찬찬히 바라보았다. 그는 자기 두 눈의 근육이 팽팽하게 굳어져 가는 것을 느꼈다. 가슴에 가득 무엇이 들어차 있었으므로 주먹으로 내려치고 싶었다.

"당신한테 강요하지 않을게요. 그냥 옆에만 있을게요."

최대광은 밀리카가 호텔에서 총에 맞아 죽었다는 이야기밖에 하지 못했을 것이다. 김영지에 대해서 호감을 가지고 있는 그는 내용에 대해서는 아무것도 아는 것이 없다. 최대광이나 신용만에게 털어놓고 이야기해준 적이 없기 때문이다.

고영무가 반걸음쯤 다가섰다.

"미안해, 영지."

김영지가 불안한 듯 눈을 들어 그를 올려다보았다. 두 눈이 두어 번 깜박였다.

"하지만 나하고 같이 가주겠다면……"

고영무는 크게 숨을 들이마셨다.

"같이 가."

머리를 끄덕인 김영지가 손을 뻗어 그의 팔을 쥐었다.

"제가 당신의 가슴을 채워드릴게요, 그분 대신."

그녀를 내려다본 고영무는 대답하지 않았다.

최대광과 신용만이 다가왔다.

"형님, 가시지요. 시간이 너무 늦었습니다."

머리를 끄덕인 고영무가 김영지를 돌아보았다.

"어디로 가요?"

　그의 팔을 끼면서 김영지가 물었다. 둔한 최대광은 그것도 이야기하
지 않은 모양이었다.
　"황금제국으로."
　팔을 뻗어 그녀의 어깨를 감싸 안자 김영지가 상체를 그에게 붙여 왔다.
　신용만이 그것을 보더니 얼굴을 활짝 펴면서 웃었고 최대광은 휘적거
리는 걸음으로 앞장을 섰다.